Alexandra Ivy vit avec sa famille à Ewing, dans le Missouri. Elle dit avoir découvert la passion de la lecture en se rendant à la bibliothèque, avec les aventures de Nancy Drew. Elle demeure une grande passionnée de lecture.

Du même auteur, chez Milady :

Les Gardiens de l'éternité :
1. *Dante*
2. *Viper*
3. *Styx*
4. *Cezar*
5. *Jagr*
6. *Salvatore*
7. *Tane*
8. *Ariyal*
9. *Caine*
10. *Santiago*

Les Sentinelles :
1. *Forgé dans le sang*

www.milady.fr

Alexandra Ivy

Forgé dans le sang

Les Sentinelles – 1

Traduit de l'anglais (États-Unis) par Hélène Assens

Milady

Milady est un label des éditions Bragelonne

Titre original : *Born in Blood*

ISBN : 978-2-8112-1242-1

Bragelonne – Milady
60-62, rue d'Hauteville – 75010 Paris

E-mail : info@milady.fr
Site Internet : www.milady.fr

Prologue

Valhalla avait toujours été enveloppé de mystère.

Les dirigeants de ce gigantesque complexe qui portait le nom du séjour des dieux scandinaves affirmaient qu'il s'agissait d'un lieu d'asile pour ces êtres trop uniques pour vivre au sein de la société normale.

Bien sûr, personne n'ignorait que c'était juste une façon polie de dire que c'était le foyer des phénomènes de foire.

Sorcières, médiums, nécromanciens, Sentinelles et Dieu seul savait quoi d'autre rôdaient dans le domaine protégé par une couche de puissants sortilèges.

Au cours du siècle dernier, Valhalla avait effrayé et fasciné le monde entier, mais plus particulièrement les habitants d'une petite ville du Midwest, qui voyaient le bleu chatoyant du ciel réfléchi par le dôme protecteur dissimulant les bâtiments aux regards.

Sans surprise, certains réclamaient la destruction totale de cet endroit. Les bizarroïdes étaient dangereux, insistaient-ils, dotés de pouvoirs qu'aucun d'eux ne comprenait vraiment. Qui savait ce que ces monstres feraient si on les mettait en rogne ?

Tandis que d'autres soutenaient qu'on devrait les enfermer pour les étudier comme des rats de laboratoire. Leurs mutations pourraient peut-être servir pour aider les gens normaux.

La plupart, cependant, choisissaient de feindre d'ignorer l'existence de Valhalla et des évolués – comme ces derniers préféraient qu'on les appelle – qui vivaient derrière le dôme.

Jusqu'à ce qu'ils aient besoin d'eux, bien sûr.

Chapitre premier

Kansas City, Kansas

Le sergent Duncan O'Conner avait un train de retard. Affligé d'une méga gueule de bois, il avait avalé deux antalgiques avec une tonne de café brûlant avant d'insérer sa voiture de flic pourrie dans la circulation fluide dominicale en direction du quartier résidentiel sécurisé situé dans la banlieue sud-ouest.

Il avait reçu l'appel à 15 heures. Dix minutes avant qu'il ait traîné sa piteuse carcasse hors du lit. Et il lui avait encore fallu une demi-heure sous la douche pour parvenir à ouvrir ses yeux douloureux et à se débarrasser de l'odeur fétide de whisky bon marché et de cigares encore meilleur marché.

Il avait d'abord voulu rappeler pour leur dire de trouver quelqu'un d'autre. N'était-ce pas censé être son fichu week-end de repos ? Que Caleb se charge du dernier macchabée en date.

Puis, à l'idée que tout le poste allait se douter qu'il avait passé la nuit du mariage de son ex-femme à se bourrer la gueule, il s'était obligé à rejoindre sa voiture en trébuchant. Ouais, comme si ses yeux injectés de sang et sa démarche traînante de vieillard ne le trahiraient pas, reconnut-il d'un air sarcastique. Mais alors qu'il pouvait endurer les railleries, être plaint lui était insupportable.

Ça, jamais.

Il avait beau être un loser pathétique, il était un loser pathétique qui faisait sacrément bien son boulot.

Une fois dans l'impasse, Duncan se gara et se dirigea vers la maison de brique. Il ne prêta pas attention aux regards inquisiteurs des voisins qui s'étaient rassemblés en un petit groupe serré de l'autre côté de la rue. Il avait l'habitude que les femmes reluquent son corps svelte et athlétique mis en valeur par un jean délavé et un tee-shirt noir. Même après la douche qui avait laissé humides ses courts cheveux d'un blond pâle et la barbe naissante dorée qui couvrait sa mâchoire volontaire, il avait l'air d'un homme qui savait quoi faire d'une femme. Ajoutez-y des yeux noisette où pétillait un charme coquin, et elles lui mangeaient dans la main.

Les hommes avaient tendance à être plus intéressés par le pistolet fixé à sa taille et l'expression dure de son visage fin qui avertissait qu'il n'avait besoin que d'une excuse pour botter le cul de quelqu'un.

Toute son attention rivée sur la demeure, il entra dans le vestibule petit mais élégant. Pas le genre d'endroit qu'une jeune femme pouvait s'offrir sans aide. Celle de papa. Ou plus probablement, de papa gâteau.

Non qu'il fasse preuve de sexisme. Il ne pourrait pas s'offrir un maudit abri de jardin dans ce quartier huppé. Même si son vieux lui donnait, jusqu'au dernier sou, ce qu'il se faisait en conduisant un taxi.

Il jaugeait toujours l'ameublement noir et blanc audacieux, quand un policier en uniforme lui tendit un dossier contenant les éléments pertinents de l'enquête. Un instant après, un autre agent arriva pour l'escorter à l'arrière de la maison, dans une cuisine baignée de lumière et disposant d'une vue parfaite sur la piscine.

Le soleil de cette fin de printemps lui provoqua une pointe d'atroce souffrance dans son crâne douloureux et il grimaça, avant de baisser les yeux sur la femme nue étendue sur le carrelage.

Il n'était pas étonné qu'elle soit belle. Incroyablement belle, avec de longs cheveux illuminés de mèches châtaines, de jolis traits et un corps svelte et musclé.

Ce qui le surprit, ce fut l'absence de tout signe de violence. Elle semblait s'être simplement couchée par terre au beau milieu de la pièce avant de mourir paisiblement.

D'après son expérience, les charmantes jeunes femmes qu'on retrouvait mortes le dimanche avaient été battues à mort par un petit ami jaloux ou violées puis tuées par un psychopathe de passage.

Pas… quoi ?

Les sourcils froncés, il balaya la pièce d'un regard rapide et constata que tout était parfaitement en ordre, sans même une tasse de café laissée dans l'évier. Peut-être que la femme n'utilisait jamais la cuisine, préférant manger dehors ou chez son amant. Peut-être qu'elle était maniaque et que sa cuisine était toujours impeccable.

Mais il savait dans ses tripes qu'elle n'avait pas vécu là assez longtemps pour cesser de se soucier de l'état de sa maison.

— *Hola*, O'Conner. On n'a pas l'air dans son assiette, lui lança d'une voix traînante le légiste aux cheveux argentés qui dépliait un drap blanc pour en couvrir le corps. J'ai entendu dire que Susan s'était trouvé un homme bien pour faire d'elle une honnête femme.

Ouais, un homme tellement bien qu'il la baisait dans le propre lit de Duncan.

Écartant la remarque de son ami de son esprit, Duncan ouvrit le dossier et parcourut des yeux les maigres informations qui avaient été réunies sur la femme.

— Qui a découvert le corps ?

— Une alarme silencieuse a été déclenchée.

— Cause du décès ?

— Elle n'a plus de cœur.

Duncan se figea, et fouilla du regard la peau immaculée de la victime, manifestement dépourvue de toute trace de sang.

— Comment peut-elle bien ne plus avoir de cœur ?

— Je l'ignore, reconnut Frank Sanchez, l'aigreur qui transparaissait dans sa voix râpeuse trahissant ce qu'il pensait de son « ignorance ». Mais j'ai passé le scanner IRM portable trois fois sur elle pour le confirmer.

Bosser avec cet homme plus âgé n'était pas toujours une sinécure, mais il assurait. Rien n'échappait à son œil vigilant. S'il affirmait que la femme n'avait plus de cœur, alors elle n'avait plus de cœur.

Merde. Duncan détestait les mystères.

— Pas d'ADN ?

— Rien. Absolument rien.

Dans un autre grognement, Frank rassembla les instruments de sa profession pour les ranger dans une sacoche de cuir noir.

— Un bizarroïde, alors ?

— C'est ce que je dirais.

Déconcerté, Duncan lut le dossier.

« Leah Meadows

Vingt-six ans

Célibataire, originaire de Little Rock.

Emploi actuel : danseuse au *Rabbit Hutch.* »

Ce qui expliquerait son domicile, conclut-il avec cynisme. Son salaire de danseuse ne devait pas couvrir le loyer, mais les clients qui fréquentaient cette boîte de striptease selecte n'auraient eu aucun mal à s'offrir cet endroit pour y loger leur maîtresse du moment.

Néanmoins ça n'expliquait pas pourquoi elle était étendue nue dans sa cuisine sans son cœur.

Lorsqu'il releva les yeux, il croisa le regard préoccupé de Frank.

— Tu as appelé ?

Frank grimaça, n'ayant pas besoin d'en entendre davantage.

Lorsqu'ils avaient affaire à un meurtre sans témoin direct ou suspect valable, la procédure voulait qu'ils aient recours à l'un des mutants. Et lorsque ce meurtre était susceptible d'impliquer un autre mutant, ils les contactaient aussi vite que possible.

— Ouais. Elle devrait…

Juste à cet instant, l'un des policiers en uniforme apparut dans la cuisine.

— La nécro est là.

— Elle n'aurait pas pu mieux tomber, marmonna Duncan. Faites-la entrer.

Pour une raison qu'il ignorait, les nécros étaient presque toujours des femmes.

Le jeune homme acquiesça d'un signe de tête et disparut dans le couloir alors que Frank refermait sa sacoche noire dans un claquement.

— Le moment est venu pour moi de filer.

Duncan afficha un large sourire.

— Effrayé ?

— Carrément, répondit Frank sans la moindre gêne. Ces phénomènes de foire me foutent les jetons. Je ne sais pas comment tu peux rester dans la même pièce qu'eux.

Duncan esquissa un sourire amer. *Qui se ressemble s'assemble…*

Non ! Avec une détermination farouche, il chassa ces mots moqueurs de son crâne douloureux. Il n'était pas comme ces mutants de Valhalla.

Beaucoup de monde voit l'âme des gens, non ?

Il réprima une sinistre envie de rire et baissa les yeux sur le drap.

— Tu peux rester dans la même pièce qu'un cadavre, mais pas qu'une nécro ?

Frank haussa les épaules.

— Je respecte les morts. Personne ne devrait farfouiller dans leur cerveau.

— Même si ça nous aide à retirer un meurtrier de la rue ?

— J'aime attraper mes criminels à l'ancienne. On devrait abolir le recours aux nécros ainsi qu'au reste de…

— Je préfère le terme « devin », si vous permettez, murmura une douce voix envoûtante à l'autre bout de la cuisine, poussant les deux hommes à se tourner vers la porte comme des aimants.

Même en y étant préparé, Duncan eut le souffle coupé à la vue de Callie Brown.

Pas uniquement parce qu'elle était d'une incroyable beauté avec ses courts cheveux ébouriffés d'un roux si foncé qu'ils chatoyaient comme du feu au soleil, ses traits pâles finement ciselés, sa bouche qui était une invitation sensuelle et son nez fier.

Et son corps… Bon Dieu, il était svelte avec juste assez de rondeurs pour donner à un homme des idées de draps de soie noire et de longs week-ends. Ce jour-là, il était parfaitement mis en valeur par un pantalon en Lycra noir et un haut blanc moulant.

Mais c'était l'aura blanche qui dansait autour de sa petite silhouette qui enflamma le sang de Duncan.

Si pure. D'une innocence si totale, si absolue.

Et comme n'importe quel salopard, il brûlait d'être celui qui corromprait cette candeur alors même qu'il goûtait la beauté rare de son âme.

— Merde, grommela Frank, qui se dirigea vers la porte s'ouvrant sur la terrasse de derrière. *Adios, amigo.*

Duncan remarqua à peine le départ précipité du légiste, tout le corps vibrant d'un désir qui était loin de se réduire à une attirance sexuelle. Non qu'au plus petit encouragement il ne renverse pas Callie sur le dos, ses jambes enroulées autour de sa taille.

C'était une sensation qui aurait dû lui foutre une peur bleue. Mais il esquissa un sourire coquin.

— Bonjour, Callie.

Elle tourna la tête pour l'observer à travers les lunettes de soleil réfléchissantes qui lui masquaient les yeux, l'expression impassible.

Lors de la demi-douzaine de fois où Duncan avait travaillé avec Callie, elle ne s'était jamais départie de sa sérénité. Ce qui, bien sûr, ne faisait que le pousser à tenter de lui arracher une réaction. Il serait prêt à tout pour entrevoir la femme de chair et de sang qui se cachait derrière cette image de calme.

La raison pour laquelle il lui importait tant de découvrir cette femme venait s'ajouter à la liste des choses qu'il rangeait dans la catégorie « rien à battre ».

— Sergent O'Conner, dit-elle, s'approchant du drap avec une grâce surnaturelle.

— Duncan, insista-t-il, se déplaçant de l'autre côté du cadavre, sans jamais quitter du regard son visage pâle.

— Le corps a été examiné ?

— Autant qu'il est possible de le faire sur le terrain. Vous êtes libre de faire vos trucs.

— Heure du décès ?

— Ça fait au moins une heure.

— Dans ce cas, il devrait être encore temps. (Elle s'agenouilla et tendit la main vers le bord du drap.) L'étincelle…

Il l'arrêta d'un geste. Il avait beau ne pas partager les préjugés de la majorité des gens à l'encontre des bizarroïdes, ça ne signifiait pas qu'il souhaitait entendre un exposé approfondi sur la nécromancie. *Bon Dieu.* Rien que d'y songer, il sentit son ventre se nouer.

— Ouais, pas la peine de m'expliquer. Voyez juste ce que vous pouvez faire.

— Bien.

Froide, indifférente. Alors, elle se raidit.

— Si jeune, murmura-t-elle.

— Vingt-six. (Il s'accroupit pour examiner la peau soyeuse qu'aucune ride ne marquait.) Plus que vous ?

— Une femme ne partage jamais cette information.

— Vous ne partagez rien.

— Vous me le reprochez ?

À cette pique mielleuse, il pinça les lèvres. La plupart des gens s'efforçaient d'éviter les bizarroïdes, mais certains considéraient que rien ne valait un bizarroïde mort. Quelques sectes formaient même leurs membres à les tuer. Principalement des simples d'esprit ayant besoin qu'on leur dise quoi penser et des parias hargneux n'ayant nulle part ailleurs où aller, mais ça ne les rendait pas moins dangereux.

— Non, pas vraiment.

— Comment s'appelait-elle ?

Il serra les dents. D'accord, il était futile. Il avait passé la majeure partie de sa vie à être conscient que les femmes le trouvaient irrésistible. Ignorer si Callie avait ne serait-ce que remarqué qu'il était un homme le mettait hors de lui.

Étouffant un juron, il chassa son ego pour se concentrer sur le seul truc qui importait pour l'instant. Démasquer le fils de pute qui avait tué cette femme.

— Leah Meadows.

— C'est son vrai nom ?

Il haussa les épaules.

— C'est tout ce que j'ai pour le moment.

Elle hésita avant de hocher la tête avec lenteur.

— Ça devrait faire l'affaire.

— Pourquoi avez-vous besoin de son nom ?

Il énonça la question qui l'avait intrigué plus d'une fois.

La loi leur interdisait de fournir des informations sur le décès de crainte d'influencer le nécro dans la désignation d'un meurtrier alors même que l'examen des souvenirs de la victime n'avait pas pu révéler la vérité.

Mais un nécro demandait toujours un nom.

— Ça m'aide à me relier à son esprit.

Il frémit.

— Bon Dieu.

— C'est vous qui avez voulu savoir, lui rappela-t-elle dans un murmure.

— Il vous faut d'autres renseignements ?

— Je dois la toucher.

— Là. (Il lui indiqua l'avant-bras, là où Frank devait avoir préparé la victime.) La zone a été désinfectée.

Elle releva enfin la tête.

— Pourriez-vous vous assurer… ?

— Que personne n'entre ? termina-t-il à sa place.

— Oui.

Il se renfrogna brusquement.

— Où est votre Sentinelle ?

Un nécro ne quittait jamais le complexe sans la protection d'une Sentinelle. Non seulement ces dernières pouvaient ouvrir des portails pour se rendre d'un lieu à un autre – une aptitude mystérieuse dont les mortels ordinaires ne parlaient jamais –, mais c'étaient également des guerriers endurcis au corps couvert de tatouages élaborés. D'après le peu que Duncan avait réussi à apprendre, ces symboles rituels les préservaient aussi bien de la magie que de toute tentative pour contrôler leur esprit.

Et, ah ouais, les Sentinelles étaient capables de tuer de leurs mains nues.

Il se disait aussi qu'il existait d'autres Sentinelles : des chasseurs qui ne portaient aucun signe distinctif et pouvaient se fondre au sein des humains sans se faire remarquer. Mais toute information à leur sujet était gardée top secret.

— Je lui ai demandé d'attendre à l'extérieur.

Il arqua un sourcil.

— Pourquoi ?

— Parce que vous prenez un tel plaisir à le tourmenter alors qu'il se maîtrise trop bien pour vous remettre à votre place.

— Vous insinuez que je ne sais pas me maîtriser ?

Sans saisir cette invitation manifeste à lui rétorquer qu'il était tout juste civilisé, elle se concentra de nouveau sur la victime.

— La porte, s'il vous plaît.

Avec lenteur, il se redressa, et réprima un grognement quand son crâne protesta par de nouveaux élancements. Le whisky était le breuvage du diable, exactement comme sa petite maman l'avait toujours affirmé.

— Personne ne va entrer, grommela-t-il, mais je vais monter la garde si ça peut vous rassurer.

— Merci, sergent.

— Duncan. (Sa migraine oubliée, il lui décocha un sourire absolument provocateur.) Un jour vous le direz. Bon Dieu, un jour vous pourriez même le crier.

Pas de réponse. Dans un grondement sourd, Duncan marcha jusqu'à la porte et s'appuya au montant pour s'assurer que personne ne passerait, l'attention toujours rivée sur la femme agenouillée près du cadavre.

Sans se soucier de lui, elle leva la main pour ôter ses lunettes. Au même instant, les rayons obliques du soleil l'inondèrent, et jouèrent dans le bleu saphir de ses yeux.

Le cœur de Duncan oublia comment battre.

Il les avait déjà vus. De loin. Sur le moment, il s'était dit qu'ils ressemblaient à des pierres précieuses parfaitement taillées et brillant d'une lueur intérieure. De près, ils étaient encore plus magnifiques.

Seigneur.

Ces yeux étaient d'une beauté hypnotisante.

D'inestimables joyaux qui révélaient que cette femme n'avait rien d'ordinaire.

Duncan aurait été ravi d'apprendre que seules ses années d'entraînement permirent à Callie de rester insensible à son magnétisme sexuel à l'état brut.

Il était le genre d'homme primitif qui aurait dû l'exaspérer, pas éveiller ses fantasmes les plus profonds.

Bien sûr, la Mave lui dirait que les fantasmes étaient faits pour être nourris de désirs déplacés. Pourquoi ne pas soupirer pour un flic mauvais garçon ? Ce n'était pas comme si elle allait passer à l'acte. Elle ignorait s'il flirtait avec elle pour la torturer ou s'il faisait partie de ces fanatiques qui prenaient leur pied en couchant avec des « bizarroïdes », mais quoi qu'il en soit ça n'avait rien à voir avec elle en tant que personne.

N'empêche, ce ne fut qu'au prix d'un effort qu'elle parvint à chasser les minuscules frissons d'excitation qui dansaient dans le creux de son ventre et à contrôler la moiteur de ses mains.

Ce n'était ni le lieu ni le moment.

Cette nuit, dans ses rêves… eh bien, c'était une autre histoire.

Après s'être éclairci les idées, elle posa les mains sur le bras de la victime et ferma les yeux.

Elle mit une seconde à passer de son propre esprit à celui de la femme étendue au sol. Elle éprouvait toujours une étrange sensation de… flottement. Comme si sa conscience était suspendue entre un corps et l'autre. Elle se concentra sur le bras sous ses doigts et murmura le nom de la victime.

— Leah.

Ce mot suffit.

Avec une brutalité à faire se dresser les cheveux sur la tête, elle fut arrachée à son corps et propulsée dans l'esprit de Leah.

Elle n'eut aucun mal à sentir l'âme de cette dernière, tout comme le fait qu'elle s'éloignait.

Et vite.

Malgré les mythes ridicules, un nécromancien ne pouvait ni contrôler ni ressusciter les morts. Callie était juste capable de se relier à l'esprit de la victime assassinée pour voir les ultimes minutes de son existence.

Et seulement dans un court laps de temps.

Dès que… l'étincelle – faute de terme plus approprié – s'était éteinte et que l'âme était partie, les souvenirs ne lui étaient plus accessibles.

Un don en grande partie insignifiant. Mais en de rares occasions, il offrait la possibilité de la justice.

Avec une habileté bien exercée, Callie pénétra au cœur de la mémoire de la femme. Le simple fait d'être né devin n'impliquait pas nécessairement d'être en mesure de lire dans les souvenirs. Nombre de nécromanciens ne parvenaient jamais à faire plus qu'entrer dans le corps dans l'espoir de saisir une pensée isolée.

Callie, cependant, faisait partie des plus doués.

Ce qui expliquait que c'était toujours elle qu'on envoyait quand on soupçonnait le décès d'être l'œuvre d'un évolué, comme les bizarroïdes préféraient s'appeler.

Lorsqu'elle découvrit l'endroit qu'elle cherchait, elle se glissa délicatement dans les souvenirs qui s'estompaient, se laissant traverser par eux.

Soudain, elle n'était plus agenouillée sur le sol dur de la cuisine, mais se trouvait dans le garage attenant, et descendait de la Jaguar noire aux lignes pures. Elle ressentait une lassitude plaisante dans ses membres, comme si elle sortait tout juste d'une séance énergique à la salle de gym ; une impression qui se trouva confirmée quand elle baissa les yeux et vit qu'elle portait un pantalon moulant et une brassière de sport assortie.

Elle contourna la voiture et ouvrit la porte qui menait à la maison. Elle entra dans la petite buanderie et ôta ses vêtements humides de sueur pour les jeter dans la machine à laver. À présent nue, elle s'avança dans la cuisine inondée de soleil.

Elle se dirigea vers le frigo en Inox pour prendre une bouteille d'eau ; l'aisance de sa démarche indiquait qu'il s'agissait d'un dimanche ordinaire pour elle, tandis que la sensation de bien-être qu'elle éprouvait dans cette demeure montrait qu'elle y vivait depuis au moins quelques semaines.

Callie perçut néanmoins une légère pointe de fierté quand Leah observa la vaste cuisine qui ressemblait à une photo tirée d'un magazine branché.

Leah s'était récemment élevée dans la société.

Et elle goûtait pleinement sa nouvelle position.

Callie venait à peine de le comprendre quand Leah se raidit et tourna la tête vers les portes-fenêtres.

Était-ce une ombre qui était tapie près de la haie bien taillée qui bordait la terrasse ?

Elle poussa un rire forcé et leva la bouteille pour boire l'eau qui restait avant de la lancer dans la poubelle pour le recyclage près du frigo.

Ce quartier était le plus sûr de la ville. Sans compter que la maison était protégée par un système de sécurité.

Si un sale type dehors tentait de jeter un coup d'œil furtif par les fenêtres, il déclencherait une centaine d'alarmes et tout le tremblement à la seconde où il poserait le pied sur la terrasse.

Des pensées courageuses, mais un minuscule frisson descendit avec lenteur dans le dos de la femme quand l'ombre bougea, puis s'écarta de la haie et révéla…

Tout à coup, l'image disparut.

Juste comme ça.

Callie cligna des yeux, s'attendant à être revenue dans son corps. Lorsque l'étincelle s'en allait, elle détruisait tous les liens que Callie avait établis avec le mort.

Mais elle constata qu'elle se trouvait toujours dans celui de Leah, debout au milieu de la cuisine comme si elle était encore dans ses souvenirs… sans Leah.

Qu'est-ce que ça voulait dire ?

— Je crains de ne pas pouvoir t'en laisser voir davantage, déclara soudain une voix traînante masculine.

Stupéfaite, Callie se retourna pour regarder l'homme grand aux cheveux argentés tirés de part et d'autre de son visage fin au hâle prononcé franchir sans se presser la porte menant à la salle à manger.

Elle porta la main à son cœur qui battait la chamade.

Personne ne devrait être là.

Personne à part elle et l'âme avec laquelle elle était entrée en relation dans le monde physique.

Malheureusement, personne n'avait remis à l'inconnu le manuel de la nécromancie. Loin de disparaître, il continua à avancer, la lumière tamisée dévoilant ses traits d'une douloureuse beauté. Il avait le front haut et intelligent, un nez pareil à une lame fine et des lèvres pleines délicatement ciselées. Et ses yeux…

C'étaient des joyaux comme les siens, sauf qu'au lieu d'être bleus ils étaient d'une clarté parfaite, comme des diamants scintillant d'une lueur froide.

Un nécromancien ? Parmi les rares qu'elle avait rencontrés, aucun n'avait eu des yeux de cette couleur. Et certainement pas le genre de force à vous glacer le sang qu'elle sentait tournoyer dans l'air autour de lui.

Une épaisse robe grise couvrait son corps musclé du cou aux pieds, mais elle aperçut un instant des doigts fins du même hâle bronze que son visage.

Plus terrifiée qu'elle ne l'avait jamais été de sa vie, Callie lutta pour parvenir à parler.

— C'est vous qui avez tué Leah ?

Il s'arrêta à moins d'un mètre d'elle et l'examina comme si elle était une bestiole curieuse sous un microscope.

— Une devineresse, dit-il enfin d'une voix empreinte d'un léger accent. Et dotée d'un pouvoir stupéfiant.

— Comment est-ce possible ? Êtes-vous dans l'esprit de Leah ?

Il sembla réfléchir, puis écarquilla les yeux avant de rejeter soudain la tête en arrière, partant d'un rire teinté d'un amusement froid.

— Callie Brown. N'est-ce pas ironique ? (Ses yeux de diamant étincelèrent d'une lueur aveuglante.) Ce ne peut qu'être le destin qui nous a réunis ici.

Il savait qui elle était ? Cette pensée la troubla jusque dans ses cellules.

— Qui êtes-vous ? souffla-t-elle.

Elle vit un sourire mystérieux ourler ses lèvres sensuelles avec lenteur.

— Ce n'est pas la bonne question.

Il s'imaginait que c'était un jeu ?

— D'accord. (Elle s'obligea à soutenir son regard de diamant.) Qu'est-ce que vous êtes ?

— Ce n'est pas ça non plus, l'avertit-il, levant une main vers le visage de Callie.

Celle-ci recula d'un bond, le cœur tambourinant contre ses côtes avec la force d'un marteau-pilon.

— Ne me touchez pas.

Son gloussement sourd sembla l'envelopper comme de la magie corrompue.

— La question, ma belle Callie, est… (à dessein, il s'interrompit) qui es-tu ?

Callie fut arrachée à la peur qui la secouait par la sensation soudaine de Fane qui la ramenait à la réalité.

— Non !

Consciente que la mort d'une jeune femme n'était pas seule en jeu, elle tenta de lutter contre l'étreinte impitoyable de sa Sentinelle.

— Attends. Tu fais chier.

Sa dernière vision fut celle de l'inconnu qui soufflait vers elle un baiser railleur.

Chapitre 2

Lorsque Callie ouvrit les yeux, elle s'aperçut, déconcertée, qu'elle était affalée sur le sol dur, la tête délicatement posée sur les genoux de Fane.

Comme toujours, la Sentinelle avait l'air d'avoir été taillée dans du granit. Mesurant un mètre quatre-vingt-dix, elle avait les muscles ciselés d'un guerrier et la puissance d'un bœuf. Pas étonnant quand on savait qu'elle avait été élevée depuis le berceau pour constituer une arme.

Elle était aussi couverte du sommet de son crâne rasé à la pointe des orteils de tatouages élaborés qui l'immunisaient contre n'importe quelle magie.

Il existait deux classes de Sentinelles.

La première regroupait les guerriers nés avec des sens et des réflexes supérieurs ainsi qu'une force naturelle, mais sans pouvoirs magiques. Ils devenaient des chasseurs en raison de leur aisance à « passer » pour humains, et la Mave faisait souvent appel à eux pour traquer les évolués rebelles qui avaient commis un crime ou représentaient un danger pour eux-mêmes ou les autres.

Les rares nées avec des aptitudes physiques supérieures ainsi que des pouvoirs magiques étaient confiées aux moines et formées à la fonction de gardien, pour protéger les évolués incapables de prendre soin d'eux-mêmes.

Les moines consacraient toutes leurs ressources à en faire les tueurs les plus compétents, les plus craints à avoir jamais foulé la terre.

Et avec Fane, ils avaient dépassé toutes leurs attentes.

Il incarnait la Mort marchant sur ses ennemis.

Lesquels incluaient quiconque menaçait Callie.

Les sourcils froncés, elle se concentra sur le visage austère de son gardien. Ses yeux sombres étaient plus durs que d'habitude et ses traits sévères à la beauté sauvage sous les arabesques de tatouages noirs affichaient une expression féroce.

— Fane, qu'est-ce que tu fais ? demanda-t-elle, interloquée par le son rauque de sa voix.

— Le flic est venu me chercher, répondit la Sentinelle dans un grondement sourd. Il m'a dit que tu avais des ennuis.

— Pourquoi ?

— Pourquoi ?

Le visage fin à la beauté exaspérante de Duncan apparut brusquement dans son champ de vision quand il se plaça au-dessus d'elle, un mélange d'émotions explosives brûlant dans son regard noisette.

— Vous vous foutez de moi ? Vous êtes tombée à la renverse et avez commencé à vous tortiller comme un maudit poisson hors de l'eau. J'ai cru que vous faisiez une attaque.

Soudain, elle se souvint de ce qui s'était passé au cours de ses dernières secondes dans l'esprit de Leah.

— Oh, souffla-t-elle.

Duncan plissa les yeux.

— Vous pouvez me remercier maintenant.

— Merci, s'obligea-t-elle à murmurer en s'asseyant.

Une partie d'elle était furieuse d'avoir été arrachée à son entretien avec l'inconnu avant d'avoir pu déterminer ce qu'il pouvait bien être. Mais une plus grande partie comprenait qu'elle avait été sérieusement en danger. Peut-être plus qu'elle ne souhaitait l'imaginer, à en juger par sa tête qui l'élançait.

Duncan ricana.

— Je suis confus devant tant de gratitude.

Elle tendit la main pour attraper ses lunettes. D'habitude, elles constituaient son armure personnelle contre un monde qui la considérait comme un phénomène de foire.

À présent, elle les utilisait pour dissimuler la peur à l'état brut qui vibrait en elle.

— Je dois parler à Fane.

Elle vit Duncan se composer son visage de flic. Dur. Inflexible. Casse-pieds.

— Personne ne vous en empêche.

— En privé.

— Non.

Les sourcils froncés, elle croisa son regard noir, autorisant Fane à l'aider à se lever. Ses genoux protestèrent un instant, menaçant de se dérober sous elle, mais avec une résolution implacable, elle leur ordonna de ne pas fléchir. Avoir été jetée dans une poubelle alors qu'elle était âgée de moins d'une semaine ne l'avait pas tuée. Trente ans à être haïe, crainte et même traquée par des norms cinglés ne l'avait pas tuée.

Ce n'était pas ça qui la tuerait.

— Je ne demandais pas votre permission, sergent.

— C'est ma scène de crime, mademoiselle Brown, gronda-t-il. Et tout ce que vous avez aperçu dans l'esprit de Leah constitue une preuve.

Elle hésita. Du point de vue juridique, il avait raison. Tout ce qu'elle découvrait au cours de son examen faisait l'objet d'une transcription officielle pouvant être utilisée au tribunal.

Mais concrètement, Leah était déjà morte quand l'inconnu avait surgi dans son esprit. Ce qui laissait la question du droit… floue.

Du moins, pour ce qui la concernait.

— Ça n'a rien à voir avec votre enquête.

— Ah ouais ? (Il se rapprocha d'elle.) C'est à moi de décider de ce qui a ou non un rapport avec mon enquête, répliqua-t-il.

Il tendit la main vers son bras. Comme s'il pensait qu'elle avait l'intention de disparaître dans un nuage de fumée.

Une crainte qui n'avait rien de déraisonnable.

La plupart des gens ne comprenaient pas comment les Sentinelles étaient capables de se déplacer. Ils supposaient juste qu'elles se rendaient d'un endroit à l'autre grâce à quelque magie mystérieuse.

Le flic, cependant, avait oublié une règle importante quand on travaillait avec un devin.

Sa main se trouvait encore à quelques centimètres du bras de Callie quand Fane lui agrippa le poignet à lui faire mal.

— Ne… la… touchez… pas.

Duncan grogna, et ne quitta jamais Callie du regard alors qu'il utilisait sa main libre pour saisir la crosse du pistolet glissé dans un étui à sa hanche.

— Rappelez votre chien de garde, ordonna-t-il à travers ses dents.

Sans desserrer son étreinte, Fane s'avança pour se poster aux côtés de Callie.

— Je suis sa Sentinelle, pas son serviteur. Si j'estime que quelqu'un constitue une menace, je fais le nécessaire pour la protéger. Votre plaque ne m'effraie pas.

Malgré la tenue décontractée de Fane – un treillis et un débardeur blanc –, personne, absolument personne n'aurait pu se méprendre sur la dangerosité de la Sentinelle.

— Fane. S'il te plaît.

Elle posa doucement la main sur son bras. Il ne s'agissait pas juste de la protéger. L'air était saturé de testostérone. Un mot de travers et les choses pourraient très, très mal tourner.

— On réglera ça un jour, lança Fane d'un ton hargneux avant de le libérer à contrecœur.

Avec ostentation, Duncan éloigna la main de son arme.

— Plus vite que vous ne l'imaginez.

Callie leva les yeux au ciel.

Les hommes.

— Peut-être que le sergent devrait rester, déclara-t-elle.

Elle avait fini par se résoudre au fait que Duncan ne lâcherait pas l'affaire, et plus généralement ne cesserait pas de leur casser les pieds, tant qu'il n'aurait pas eu ce qu'il voulait.

Ou jusqu'à ce que la Sentinelle craque et le tue.

Comme pour confirmer ce dernier point, Fane glissa un bras autour des épaules de Callie, tant pour mettre en garde Duncan que pour soutenir son équilibre chancelant.

— Tu as besoin de te reposer, dit-il.

Elle secoua la tête.

— Nous n'avons pas de temps à perdre.

Fane fronça les sourcils, la peur qui transparaissait dans sa voix ne lui ayant pas échappé.

— Que s'est-il passé ?

— Je n'en suis pas tout à fait certaine.

— Avez-vous… ?

Duncan tenta de dissimuler une grimace.

Elle termina sa phrase.

— J'ai réussi à trouver sa mémoire.

— Alors vous savez ce qui lui est arrivé ? demanda Duncan.

— Pas exactement.

Le flic fronça les sourcils.

— Pas exactement ?

— Je n'en suis pas sûre.

— Comment ça, vous n'en êtes pas sûre ?

— Son âme est partie avant que j'aie pu accéder à ses derniers souvenirs.

— Merde, grommela Duncan, la frustration couvant dans ses yeux noisette.

Il avait beau être casse-pieds, son dévouement professionnel ne faisait jamais aucun doute. Il était aussi tenace qu'un bouledogue quand il s'agissait de résoudre une enquête.

— Alors, vous n'avez pas vu son meurtrier ? s'enquit-il.

Elle frémit, se rappelant de façon frappante les yeux aussi brillants que des diamants.

— En fait… il était encore là.

Duncan s'avança, son visage fin contracté de stupéfaction.

— Qu'est-ce que vous racontez, putain ?

— Reculez. (Fane le mit en garde de la main avant de scruter sa protégée.) Callie ?

— Un homme est apparu. Je pense que c'est celui qui a tué Leah.

Fane grogna, et la fit tourner pour pouvoir l'examiner.

— Il s'en est pris à toi ? souffla-t-il. C'est pour ça que tu as eu une crise ?

Inconsciemment, elle porta la main à sa tête. Elle commençait à l'élancer avec une persistance désagréable.

— C'est ce qui a dû se passer, mais je n'ai rien senti pendant qu'on parlait.

— Tu dois voir un guérisseur.

— Plus tard. Je te le promets.

Elle posa la main sur son large cou. Un geste intime qui n'avait rien de sexuel. Juste la confiance entre partenaires.

— Comment est-ce possible ? intervint Duncan avec brusquerie, la voix chargée d'irritation. C'était un nécro ?

Elle se retourna pour croiser son regard, et remarqua les cernes sous ses yeux noisette et la pâleur inhabituelle de son visage hâlé. Malade ? Ou juste une nuit trop courte ?

Quoi qu'il en soit, ça ne la regardait pas.

— Il devait posséder des pouvoirs de nécromancie, mais était plus que ça, dit-elle.

Elle serra les bras sur son ventre en reportant son attention sur Fane.

— Bien plus que ça, insista-t-elle. Je dois parler à la Mave. Elle saura peut-être qui, ou du moins ce qu'il est.

Sans hésiter, Fane se dirigea vers la porte. Alors qu'elle s'apprêtait à le suivre, Callie dut s'arrêter quand Duncan se posta sur son chemin.

— Je vous accompagne, annonça-t-il.

Avec entêtement, il resta sur ses positions, même s'il eut l'intelligence de ne pas la toucher.

Fane était sur les nerfs. Un geste déplacé et il exploserait. Elle secoua la tête.

— Ce n'est pas possible.

Duncan se pencha vers elle, l'enveloppant de son parfum viril chaud et d'une odeur de… était-ce du whisky ?

Ah ! Alors, pas malade, mais la gueule de bois.

— Dans ce cas, faites en sorte que ça le soit.

En un clin d'œil, Fane interposa entre eux son corps massif, les muscles prêts à recourir à la violence.

— Un homme suicidaire, dit-il d'une voix traînante.

— Plutôt un flic avec une victime qui n'a plus de cœur et sans blessures apparentes, répliqua Duncan.

Le souffle coupé, Callie contourna Fane pour dévisager le policier d'un air horrifié. Elle ne demandait jamais comment la victime était morte. Elle pourrait être influencée quand elle revivait ses souvenirs.

— Elle n'a plus de cœur ?

— Disparu, comme par magie. (Il soutint son regard, l'expression sinistre.) Ce qui signifie que le tueur est un bizarroïde. Je ne vous quitterai pas des yeux tant que je ne saurai pas ce qui se passe.

Elle mit une minute à comprendre qu'elle venait de se faire insulter. Étrange, étant donné que ça arrivait avec une régularité assommante.

— Vous insinuez que je tenterais de masquer l'identité d'un meurtrier ?

Sans se soucier de Fane, qui s'était hérissé, il se déplaça pour se tenir juste devant elle.

— J'insinue que vous ne vous débarrasserez pas de moi, Callie Brown.

Fane gronda, mais avant qu'il ait pu céder à son envie d'écraser son poing dans la figure de Duncan, Callie lui fit face, détournant son attention.

— Tu veux bien prévenir la Mave qu'on aura un visiteur ?

La Sentinelle pinça les lèvres, mais elle acquiesça aussitôt d'un signe de tête.

Quand il s'agissait de la sécurité de Callie, ça regardait Fane. Mais quand elle prenait des décisions en tant que devineresse, c'était elle la chef.

Sortant le téléphone de sa poche, il s'avança vers la porte. Les appels vers Valhalla se faisaient toujours en privé.

Bien sûr, la Sentinelle ne put partir sans s'arrêter le temps d'adresser un avertissement à Duncan.

— Vous allez être sur mon territoire, flic, murmura-t-il.

— J'ai hâte, lui assura Duncan, qui se tourna pour voir le redoutable guerrier quitter la pièce.

— Est-ce vraiment nécessaire ? demanda Callie, exaspérée.

D'un mouvement brusque, Duncan reporta son attention sur elle.

— C'est votre amant ?

À cette question abrupte, elle le dévisagea fixement.

— Ce ne sont pas vos affaires.

Effrontément, il lui saisit le menton.

— Dans la mesure où vous allez partager mon lit, je dirais que ce sont parfaitement mes affaires.

Elle se renfrogna, feignant de ne pas éprouver de papillons dans le ventre.

— Fane avait raison.

Il baissa le regard sur ses lèvres, la chaleur qui couvait dans ses yeux noisette promettant toutes sortes de plaisirs coquins.

— À quel sujet ?

— Vous représentez une menace.

Duncan arpentait la pièce allongée peinte dans des tons apaisants de bleus et à l'ameublement aux lignes pures constitué d'acier et de cuir noir.

Elle ressemblait plus à la salle d'attente d'un chirurgien esthétique huppé qu'à une maison de fous. *Non, pas une maison de fous. Valhalla*, se corrigea-t-il d'un air sinistre.

Il doutait que ses habitants apprécient le surnom que les norms utilisaient pour désigner l'étrange complexe caché derrière le dôme chatoyant. Et dans la mesure où plus d'un pouvait lire dans ses pensées, il serait un imbécile de les provoquer à dessein.

Il pinça les lèvres en atteignant le fond de la pièce où des images étaient projetées sur le mur lisse. On aurait dit les infos locales, même s'il ne se donna pas la peine de tenter de lire sur les lèvres de la jolie présentatrice. Il tourna plutôt les talons et continua à faire les cent pas.

Il ne devait pas cesser de bouger. S'il s'arrêtait, il pourrait se rappeler avoir été conduit jusqu'à un petit monastère à la périphérie de Kansas City, et être entré dans une pièce secrète avec Callie et son chien de garde, Fane. D'abord, il avait supposé devoir endurer quelques prières aux dieux, quels qu'ils soient, que les bizarroïdes vénéraient. Après tout, certaines Sentinelles étaient élevées par des moines, et alors qu'elles ne semblaient jamais particulièrement pieuses, cela devait avoir eu quelque effet sur elles.

Mais il n'avait pas été question de prier quand Fane avait demandé qu'ils touchent tous l'étrange poteau de cuivre qui se dressait au centre de ce cadre austère.

En fait, tout n'avait été que silence avant que le monde se volatilise brusquement.

Il n'existait pas d'autres mots pour expliquer ce qui s'était passé.

À un moment Duncan s'était tenu près de Callie, à humer son parfum délicat et à alimenter des pensées qui pourraient lui valoir d'être arrêté, et le suivant il n'y avait plus eu… rien.

Un vide immense qui lui avait retourné l'estomac et rendu la bouche sèche.

L'espace d'un fol instant, il avait craint d'avoir été jeté dans un oubli infini. Ce qui était bizarre. Sa petite maman lui avait toujours assuré qu'il était destiné aux puits flamboyants de l'enfer.

Mais les ténèbres n'avaient duré que quelques secondes avant que le monde se matérialise de nouveau. Et il s'était retrouvé dans une pièce si semblable à celle qu'ils venaient de quitter qu'il s'était demandé s'il ne s'était pas juste agi d'une plaisanterie élaborée pour effrayer ces imbéciles d'humains.

Puis on l'avait conduit à travers un labyrinthe de couloirs, qui ne pouvait appartenir qu'au tristement célèbre Valhalla. Le savoir n'avait en rien apaisé ses nerfs à vif.

Pas plus que Fane qui lui avait ordonné d'un ton bourru de rester dans la pièce et de ne toucher à rien, avant de partir avec Callie pour s'entretenir avec l'insaisissable Mave.

— Avancez là, O'Conner. Attendez ici, O'Conner, railla Duncan tout bas. Couche-toi et fais le mort comme un bon chien-chien, O'Conner.

— Et vous nous traitez *nous* de « bizarroïdes » ? déclara une voix traînante féminine dans son dos. Au moins, on ne parle pas tout seuls.

Sortant son pistolet, il fit volte-face pour voir une inconnue entrer sans se presser par une porte secrète, et d'instinct, il resserra les doigts sur la détente.

Non qu'elle ressemble à quelqu'un sur qui on devait tirer. Putain, elle avait l'air d'avoir été créée pour combler les fantasmes les plus profonds des hommes.

Sculpturale, avec des rondeurs généreuses si parfaitement mises en valeur par un pantalon en cuir noir et un bustier rouge qu'on en restait bouche bée, elle avait une longue crinière de jais qui contrastait avec sa peau pâle.

Mais une lueur dangereuse dans ses yeux vert clair avertissait qu'elle n'était pas une jolie minette inoffensive. Cette femme avait des griffes qu'elle n'hésiterait pas à utiliser.

Surtout sur lui, à en croire le sourire de plaisir anticipé qu'elle esquissa avec lenteur.

— Qui êtes-vous ? demanda-t-il.

Elle s'arrêta au centre de la pièce, les jambes bien écartées et paraissant incroyablement longues dans des bottes à talons de sept centimètres qui lui remontaient jusqu'aux genoux.

— Serra, souffla-t-elle, une pointe d'accent russe dans la voix.

Il l'examina. Pas comme un homme intéressé par une femme. Il avait déjà choisi sa prochaine maîtresse, même si Callie n'avait pas accepté l'inévitable.

Mais comme un flic évaluant une arme chargée.

— Vous n'êtes pas une nécro.

— Non, mon pouvoir n'est pas la nécromancie. Et non (elle afficha un sourire railleur), je ne suis pas une sorcière.

Il grogna. La chance n'avait rien à voir là-dedans.

— Une télépathe.

— Hip, hip, hip ! Un biscuit pour le chien-chien !

Il ne tenta pas de dissimuler son malaise. À quoi bon ? Les télépathes étaient capables de fouiller dans l'esprit des gens. Ou, du moins, c'était le bruit qui courait dans les rues.

Mais ça ne signifiait pas qu'il allait se mettre à genoux et se laisser intimider par cette salope.

— Permettez-moi de prendre un risque en supposant que vous ne m'aimez pas, déclara-t-il avec un sourire prévu pour agacer au maximum. Est-ce parce que je ne suis pas un…

— Attention, murmura-t-elle, un dangereux pouvoir se cristallisant dans ses yeux.

— Évolué ? termina-t-il.

Elle s'avança en se déhanchant, le moindre de ses mouvements une invitation coquine.

— Vous avez perturbé mon amie.

Il fronça les sourcils. *D'accord.* Il ne s'attendait pas à ça.

— Vous parlez de Callie ?

— Ça se pourrait bien.

— De toute évidence, vous n'avez pas eu l'info. Ce n'est pas moi qui l'ai perturbée.

Il rangea le pistolet dans son étui. Aucune raison de chercher les ennuis. Il ne pouvait pas buter cette femme juste parce qu'elle le faisait chier. Sans compter qu'il était plus probable qu'elle le force à se tirer une balle dans sa propre tête avant qu'il ait pu appuyer sur la détente dans sa direction à elle.

— Ce n'est pas vous qui lui avez foutu une trouille bleue, mais vous la perturbez chaque fois qu'elle est obligée de travailler avec vous.

La perturber ? Comment pourrait-il bien… *ah !* Cette fois, son sourire était sincère.

Ainsi, la devineresse adorable et si distante que ça en était frustrant n'était pas complètement indifférente à lui.

Dieu merci.

— Parce que je lui rappelle qu'elle est une femme ? (Il haussa les épaules.) En quoi est-ce négatif ?

— Êtes-vous un fan de « bizarroïdes » ?

— Putain, non.

— Hmmm. (Elle plissa les yeux.) Que lui voulez-vous ?

Il arqua un sourcil.

— Pas la peine de lire dans mes pensées pour deviner ce que je veux.

— Callie a beau ne plus être vierge, elle n'en est pas moins innocente.

— Je sais.

La femme hésita, stupéfaite, avant de s'avancer d'un pas lent, pour tourner autour de lui comme un prédateur jaugeant sa proie.

— Bien, bien, dit-elle enfin d'une voix traînante. Quels secrets cachez-vous, sergent O'Conner ?

Duncan se figea de fureur.

— Foutez le camp de mon esprit !

Elle gloussa, mais avant qu'elle ait pu continuer à le tourmenter, l'air se fit mordant et une silhouette vaporeuse commença à se former au centre de la pièce.

— Serra, réprimanda une voix douce.

À sa grande surprise, la Reine des Salopes s'empressa d'exécuter une profonde révérence.

— Pardonnez-moi, Inhera.

Duncan fronça les sourcils. Dans la mesure où l'image demeurait nébuleuse, il supposait qu'il s'agissait d'une sorte de projection. Comme la télé sur le mur du fond.

Technologie ou magie ?

Impossible à dire.

— Veillez, je vous prie, à ce qu'une chambre soit préparée pour notre invité, ordonna Inhera – la vision brumeuse paraissait être celle d'une femme, même si ses traits restaient indistincts. Puis rejoignez-moi pour que nous puissions poursuivre vos études.

— Tout de suite, acquiesça immédiatement Serra, d'un ton profondément déférent.

Puis, à l'instant où l'image s'évanouit, elle se retourna pour foudroyer Duncan du regard.

— O'Conner ?

Il releva le menton d'un cran.

— Quoi ?

— Si vous faites du mal à Callie de quelque façon que ce soit, je vous donnerai des cauchemars qui vous feront hurler. (Elle sourit avec une intention malveillante.) Littéralement.

Elle quitta la pièce avec la grâce fluide qui semblait propre à la plupart des évolués, ses talons claquant sur le parquet poli.

De nouveau seul, Duncan laissa échapper un soupir tremblant. La téléportation avec des Sentinelles tatouées, des gonzesses télépathes en cuir SM, des projections de femmes qui apparaissaient et disparaissaient et une nécro qui lui enflammait le sang même quand elle le traitait comme si elle était aussi froide que de la glace…

— Mon vieux m'avait dit de ne pas me frotter aux bizarroïdes, marmonna-t-il.

Chapitre 3

Le bureau de la Mave avait été conçu pour produire un maximum d'effet.

Peint dans des nuances de noir et de blanc, il était tapissé de bibliothèques du sol au plafond, et des fauteuils bas en cuir étaient disposés en face du lourd bureau d'ébène. Un tapis blanc au motif géométrique noir s'étendait par terre. Et le mur du fond était entièrement constitué de verre pour offrir une vue superbe sur la roseraie à la française.

Non que la femme alors assise derrière le bureau ait besoin de ce décorum traditionnel pour prouver son autorité.

La dirigeante des évolués paraissait à peine avoir trente ans et était d'une incroyable beauté avec sa lisse crinière de jais et son pâle visage ovale. Mais dans ses yeux d'un gris orageux miroitait un pouvoir prodigieux, ainsi qu'un calme empreint de dignité étrangement intimidant. Et alors que les hommes les plus audacieux auraient secrètement pu désirer ce grand corps svelte vêtu avec décontraction d'un jean délavé et d'un pull en cachemire, il suffisait d'un regard à la tache de naissance sur le renflement de sa poitrine, qu'elle dévoilait à dessein, pour les pousser à la traiter avec respect.

Cette petite marque de la forme d'un œil indiquait qu'elle était une sorcière-née, et l'éclat de sa teinte émeraude chatoyante révélait que ses pouvoirs étaient hors norme. Plus sombre la couleur, plus grande la magie.

Qu'elle soit aussi l'une des télépathes les plus douées jamais répertoriées ne faisait qu'accroître son arsenal considérable.

Et sa réputation.

Il était de notoriété publique que se retrouver dans le bureau de la Mave avait valu aux Sentinelles les plus endurcies de mouiller leur froc.

Heureusement, Callie avait déjà eu la trouille de sa vie lors de son tête-à-tête inattendu avec l'inconnu dans l'esprit d'une femme morte. À présent, elle voulait juste obtenir des réponses à tout prix.

La Mave resta parfaitement immobile, son visage à la beauté classique impassible pendant qu'elle méditait l'étrange récit de Callie.

— Vous dites qu'il avait les yeux clairs ? demanda-t-elle enfin, pianotant de ses doigts fins à un rythme régulier sur la surface polie du bureau.

— Oui. (Callie frémit au souvenir de l'éclat froid des yeux de l'inconnu.) À facettes, et ils brillaient comme des diamants.

— Et il avait les cheveux gris ?

— Plutôt argentés, je crois, précisa-t-elle, ne sachant pas vraiment quels détails étaient importants.

— De vieillesse ?

— Je n'en suis pas sûre. Il avait le visage d'un homme mûr mais il m'est impossible de deviner son âge.

Callie sentit la main de Fane se poser doucement sur son épaule. Le guerrier se tenait derrière son fauteuil, lui offrant en silence le réconfort dont elle avait désespérément besoin.

— Inhabituel.

« Tap, tap, tap », faisait le doigt.

Callie ignorait si ça signifiait que la Mave était troublée par ses propos, ou si elle s'ennuyait simplement.

Et elle s'en foutait.

Elle ne partirait pas tant qu'elle n'aurait pas obtenu de réponses.

— Et son pouvoir… (Elle frémit de nouveau.) Je n'ai jamais rien perçu de semblable.

Fane lui serra l'épaule, sa désapprobation grandissante réchauffant l'air. La température corporelle des Sentinelles était naturellement élevée. Et elle fluctuait avec leur humeur.

Ce qui donnait un tout nouveau sens à l'expression être chaud bouillant au lit. Non que Callie en ait fait personnellement l'expérience, mais elle avait entendu les rumeurs.

— Elle est revenue là-dessus une dizaine de fois, gronda-t-il d'un ton – tout juste – respectueux. Elle a besoin de se reposer.

Craignant qu'il se fasse jeter dans les cachots, Callie tapota la main de son gardien. Eh oui, il y avait des cachots.

— Je vais bien, Fane.

— Non, il a raison. Vous êtes épuisée et je dois effectuer quelques recherches. (Elle les mit tous deux en garde du regard.) Pour l'heure, je veux que cela reste strictement entre nous. Tant que je n'en saurai pas plus, inutile de laisser filtrer cette histoire au risque de provoquer une émeute.

Callie hocha la tête.

— Bien sûr.

Avec aisance, la Mave se leva.

— Reposez-vous une petite heure et nous nous reparlerons.

Callie s'était extirpée du fauteuil avant même d'avoir eu conscience de se déplacer.

— Et le sergent O'Conner ? demanda-t-elle.

Elle vit une lueur amusée miroiter dans les yeux couleur de fumée de la Mave.

— Un homme très têtu.

— Je peux me débarrasser de lui si vous le souhaitez, s'empressa de proposer Fane.

— Non, nous devons collaborer avec les autorités. Nos… (la Mave hésita, cherchant le terme approprié) relations sont déjà assez difficiles sans que les humains nous soupçonnent de tenter de leur cacher un meurtrier. En outre, je dois lui poser quelques questions.

Alors qu'elle se dirigeait vers ses appartements privés, elle s'arrêta le temps de lancer un regard à Callie par-dessus son épaule, un sourire mystérieux aux lèvres.

— J'ai demandé qu'on le conduise dans le quartier des invités, si ça vous intéresse.

— Dommage, grommela Fane quand la Mave quitta le bureau en refermant la porte.

Callie fronça les sourcils.

— Qu'est-ce qui est dommage ?

— J'espérais avoir l'occasion de le mettre dehors à grand renfort de coups de pied au cul.

— Pourquoi tu ne l'aimes pas ?

— Ne pose pas de questions idiotes, Callie.

Il vint se placer juste devant elle et lui prit le menton entre ses doigts pour examiner les cernes pâles sous ses yeux.

— Qu'a dit le guérisseur ?

Fane avait insisté pour la conduire directement auprès des guérisseurs, grognant après quiconque s'approchait d'elle. Y compris Duncan, qu'on avait éloigné avant qu'elle ait pu lui adresser la parole.

— Qu'il y avait des signes de pression sur mon lobe frontal, mais pas de lésion. (Elle grimaça.) Il soupçonne l'inconnu d'avoir fouillé mon esprit.

Elle vit une promesse de vengeance briller dans ses yeux sombres.

— Le salaud.

Elle se mordit la lèvre inférieure, perturbée à la seule pensée de Fane affrontant l'inconnu qui avait volé le cœur d'une jeune femme sans laisser de trace.

— Je suis inquiète.

— Une prémonition ?

— Non, je n'ai aucun don pour deviner l'avenir, mais je sais en revanche que l'homme, ou la chose, que j'ai rencontré n'en a pas terminé. (Elle sentit un frisson lui descendre dans le dos.) Il va y avoir d'autres morts.

L'expression de Fane était aussi dure que du granit.

— On devrait se rendre dans le Tabuk.

Le monastère caché dans l'Himalaya constituait un refuge pour les évolués ayant besoin de se couper de la civilisation. Non seulement il était à l'abri des norms, mais il était si isolé qu'il n'était pas détectable par les moyens technologiques classiques.

Avec douceur, elle se dégagea de son étreinte. Si Fane avait son mot à dire, elle serait enfermée pour le restant de sa vie.

— Je t'ai affirmé que j'allais bien.

— Tu es en danger.

Les magnifiques arcs et spirales de ses tatouages se détachèrent avec d'autant plus de netteté sur sa peau quand il contracta les muscles de frustration.

— Cette créature te connaît. Il est entré dans ta tête. Je ne permettrai pas que tu deviennes la prochaine victime.

Elle haussa un sourcil.

— Permettre ?

— Je suis ton protecteur.

— Et j'apprécie ton dévouement, Fane, murmura-t-elle. Mais s'il avait voulu me tuer, il aurait déjà pu le faire.

Sa logique n'impressionna pas Fane.

— Peut-être qu'il aime la chasse.

Elle ne protesta pas. Elle avait perçu la nature prédatrice de l'inconnu. Néanmoins, ce qu'il chassait demeurait un mystère, que ce soit une personne ou non.

— Peu importe. Je ne peux pas partir. Je suis la seule à pouvoir identifier cet homme.

La Sentinelle se renfrogna.

— Tu ne pourras pas l'identifier si tu es morte.

Elle effleura des doigts les muscles rigides de son bras.

— Fane, cet homme possède un tel pouvoir qu'il n'existe pas un endroit où je serai en sécurité.

— Je ne te perdrai pas.

Elle éprouva une vague familière d'affection pour la Sentinelle qui avait consacré sa vie à la protéger.

— Je ne vais nulle part, lui assura-t-elle, avant de laisser retomber sa main quand le portable de Fane bipa.

Inutile d'être un génie pour deviner qui tentait de le joindre. Fane n'était pas du genre à avoir des amis qui l'appelaient juste pour bavarder.

— Wolfe ? demanda-t-elle alors qu'il sortait le téléphone de sa poche en jurant tout bas.

— Il attend mon rapport.

Callie grimaça. Wolfe était le Tagos, le dirigeant actuel des Sentinelles, et le seul homme à être plus effrayant que Fane.

Un exploit incroyable.

— Il va provoquer un esclandre, marmonna-t-elle. Tu sais à quel point il déteste ne pas être au courant de tout.

— Je vais m'occuper du Tagos. (Il lui adressa un regard d'avertissement.) Toi… sois prudente.

Elle lui décocha un sourire railleur et posa les doigts sur son cœur.

— Croix de bois, croix de fer…

Il secoua la tête et quitta le bureau.

Callie patienta. Inutile de partir tant qu'elle n'était pas sûre que Fane n'était plus dans les parages. S'il se doutait qu'elle n'avait pas l'intention de rentrer directement dans son appartement, il la jetterait sur son épaule pour l'y porter lui-même.

Finalement, elle se glissa hors de la pièce et longea le couloir blanc, que teintait de rose le crépuscule qui progressait. Les lucarnes du plafond offraient une vue parfaite sur le ciel, malgré le dôme magique qui enveloppait le complexe. Du dehors, le sortilège soustrayait Valhalla aux regards indiscrets, mais de l'intérieur il était invisible.

Elle tourna dans le couloir, sans se soucier des ascenseurs d'argent étincelants qui l'auraient conduite chez elle.

Valhalla était un complexe immense qui s'étalait sur des centaines d'hectares et abritait plusieurs ateliers, garages et granges, ainsi qu'une école, et un hôpital entièrement équipé. Le bâtiment central était de la forme d'un pentagone, avec une vaste cour intérieure.

La plupart des gens n'avaient accès qu'aux bureaux officiels du rez-de-chaussée ou aux salons de réception solennels, même si un petit nombre recevait le rare honneur de se voir attribuer des appartements lorsque leur visite durait plus de quelques heures. Et assurément personne n'était autorisé à explorer les neuf niveaux de quartiers privés et de laboratoires secrets qui s'enfonçaient loin sous terre.

Sans prêter attention aux regards inquisiteurs des évolués qu'elle croisait parfois, elle suivit le couloir qui tournait de nouveau. Cette fois dans le quartier des invités.

Elle ralentit, prenant soudain conscience qu'elle ignorait complètement ce qu'elle faisait.

Enfin, elle savait qu'elle n'avait pas envie de retourner chez elle.

Et qu'elle éprouvait le besoin étrange de parler avec le flic humain exaspérant et terriblement sexy.

Mais à part ça… quel était son plan ?

Ce n'était pas comme si elle avait l'intention de marcher d'un pas décidé jusqu'à la porte de Duncan O'Conner et de se mettre à la marteler. Et elle ne pouvait pas vraiment passer des heures à aller et venir dans le couloir, si ?

Alors qu'elle était occupée à peser la sagesse de faire demi-tour, le destin lui évita d'avoir à faire un choix quand la porte au bout du couloir s'ouvrit d'un coup sec et que l'homme qui n'avait pas quitté ses pensées depuis leur arrivée à Valhalla sortit.

Les sourcils arqués, elle s'arrêta alors qu'il avançait d'un air distrait, le bras levé au-dessus de lui et la tête inclinée en arrière.

— Duncan ? (Elle s'éclaircit la voix.) Que faites-vous ?

Il baissa brusquement la tête en prenant conscience qu'il n'était pas seul, et bougea la main pour dévoiler le portable niché dans sa paume.

— J'essaie de trouver un maudit réseau.

— Oh. Les portables ne fonctionnent pas à Valhalla.

Elle lui indiqua la lucarne qui offrait une vue du ciel qui s'obscurcissait, pour lui rappeler le sortilège invisible qui enveloppait la région.

— Bien sûr que non, grommela-t-il.

Enfonçant le téléphone dans la poche avant de son jean, il s'approcha d'elle avec lenteur, l'examinant de ses yeux noisette avec une intensité troublante.

— Vous devriez disposer d'une ligne fixe dans vos appartements, dit-elle, résistant tout juste à l'envie de reculer.

Elle ignorait ce qui se passait avec cet homme. Il la fascinait tout en la faisant se sentir aussi nerveuse qu'une biche éblouie par des phares.

— Ou, si c'est pour une urgence, la Mave peut envoyer un message par télépathie, ajouta-t-elle.

— Ça peut attendre.

Son grognement rauque lui frôla la peau telle une caresse physique. Elle frissonna. *Oh, mon Dieu !* C'était de la folie.

Elle humecta ses lèvres sèches.

— Je ferais mieux d'y aller.

— Non.

Il lui couvrit la joue de la main et fronça les sourcils, son regard perçant lui brûlant le visage. Elle se souvint un peu tard qu'elle avait laissé ses lunettes dans le bureau de la Mave.

— Restez, souffla-t-il.

Elle se figea, se demandant ce qu'il voyait.

— Quelque chose ne va pas ?

— Vous avez des cernes. Vous souffrez ?

Du doigt, il effleura la peau fragile sous ses yeux. Son expression était sévère, mais ses gestes doux.

— Non. Les guérisseurs se sont occupés des séquelles.

Le visage de Duncan se durcit encore.

— Savez-vous qui… ou ce que c'était ?

— Pas encore, reconnut-elle. La Mave va vouloir vous parler. Elle a des questions pour vous.

Il fit descendre son doigt sur sa joue pour suivre la courbe de sa lèvre inférieure.

— Moi aussi.

À ces mots, elle plissa brusquement les yeux.

— Oui, vous nous avez laissé entendre clairement que vous nous soupçonniez d'avoir l'intention de protéger un tueur.

Il ne s'excusa pas. Elle doutait qu'il sache comment s'y prendre.

— Dites-moi au moins que votre Mave est en mesure de s'assurer que ce salopard n'entre pas dans votre tête.

Sous sa caresse légère, elle frissonna, comme s'il lui embrasait chaque terminaison nerveuse de la peau.

— Nul ne peut l'affirmer, mais je pense que ses pouvoirs sont similaires à ceux d'un devin, pas d'un télépathe.

— Ce qui signifie ?

Elle hésita. Tout évolué avait pour règle d'or de ne jamais discuter des pouvoirs des mutants avec les norms. Non seulement ça leur aurait fourni une autre raison de les craindre, mais évoquer les dons d'une personne s'apparentait à parler de sexe.

Bien trop intime pour s'en ouvrir auprès du premier venu.

Mais en raison de son poste de flic, Duncan avait plus facilement accès aux mystères de Valhalla que beaucoup.

Et, plus important, elle le suspectait de dissimuler lui-même quelques secrets.

— Je doute qu'il soit capable d'atteindre mon esprit, à moins que j'utilise mes pouvoirs pour m'introduire dans les souvenirs des morts.

— Dans ce cas, vous n'êtes officiellement plus en service.

Un instant perdue dans le noisette moucheté d'or de ses yeux, Callie mit un moment à prendre conscience qu'elle venait juste de recevoir un ordre.

Grosse erreur.

S'écartant de ses doigts, elle posa les mains sur ses hanches.

— Ce n'est pas à vous d'en décider, sergent.

— Duncan, insista-t-il, serrant les dents de frustration. Et ça peut changer. Il suffit d'un mot chuchoté à l'oreille du procureur général.

Oh, il n'a pas osé, si ?

— Je n'ai pas besoin de votre protection.

— Il ne s'agit pas uniquement de vous, répliqua-t-il. Si le bruit court qu'il y a eu une sorte d'ingérence pendant votre séance de divination, toute information que vous auriez réussi à obtenir sera rejetée par le tribunal.

Elle se raidit. Qu'est-ce qui avait bien pu lui passer par la tête ? Elle aurait dû se rendre directement à son appartement. Elle aurait été en train de se détendre dans un bain moussant bien chaud avec un bon verre de chardonnay. Au lieu de quoi, elle luttait contre l'envie de foutre un coup de pied dans les couilles de cet homme exaspérant.

— Très bien. Je ne suis plus en service. (Elle tourna les talons et remonta le couloir d'un pas décidé.) Ce qui signifie que nous n'avons plus rien à nous dire.

Avec une rapidité digne d'une Sentinelle, Duncan lui bloqua le chemin.

— Où est votre chien de garde ?

À cette question inattendue, elle le regarda fixement.

— Si vous faites allusion à Fane, il n'est plus en service non plus.

Elle vit un sourire coquin lui ourler les lèvres quand il lui agrippa le poignet pour la traîner dans le couloir.

— Bien.

Duncan n'avait jamais été un type du genre zen.

Il était soupe au lait, mettait constamment les pieds dans le plat et avait tout le charme d'un blaireau mal luné. Néanmoins, il était assez futé pour savoir quand il se comportait comme un crétin.

Il n'aurait pas dû aboyer des ordres comme s'il se croyait au poste face à la lie habituelle de la société. Callie était une femme intelligente et raisonnable qui avait déjà dû comprendre qu'elle ne serait plus appelée sur des enquêtes de police. Pas quand un inconnu rôdait dans les esprits des morts.

Malheureusement, une peur sombre qu'il n'avait encore jamais ressentie avait grondé en lui avec une force telle que son cerveau s'était déconnecté, le laissant à la merci de ses instincts masculins les plus primitifs.

Jamais une bonne chose.

À présent, le moment était venu de limiter les dégâts.

Et s'il n'avait pas complètement tout merdé… il aurait peut-être une chance d'apercevoir la femme qui se cachait derrière la devineresse.

Lorsqu'il atteignit la porte de ses appartements, il l'ouvrit et traîna Callie à l'intérieur, suffisamment loin pour refermer le battant avant qu'elle ne fasse volte-face pour lui lancer un regard noir empreint de méfiance.

— Qu'est-ce que vous faites ?

— On doit parler en privé.

Duncan l'observa pendant qu'elle balayait des yeux le salon petit mais bien ordonné qui était meublé d'un canapé vert pâle et de fauteuils assortis. Une grande fenêtre offrait une vue sur la campagne environnante, et la cuisine intégrée était peinte d'un jaune gai. Il supposait que la porte menait à une chambre, mais n'avait pas eu le temps de le vérifier.

— Rien ne justifie qu'on soit seuls, marmonna-t-elle enfin.

À dessein, il s'appuya contre la porte et croisa les bras.

— On a peur, Callie ?

— Je devrais ?

— Je suis peut-être d'une moralité douteuse et on compare souvent mes manières à celles d'un pit-bull enragé, mais je ne vous ferai jamais de mal, Callie Brown. (Il soutint son regard méfiant, l'expression grave.) Et je tuerai quiconque essaiera.

Elle le regarda fixement, manifestement prise au dépourvu par les accents meurtriers de sa voix. Et elle n'était pas la seule, admit-il avec ironie. Cette femme faisait ressortir un aspect de lui qu'il ne reconnaissait pas.

— Vous avez un penchant pour les bizarroïdes ? demanda-t-elle.

— Juste pour une.

Encore ce regard fixe.

— Pourquoi ?

Il eut le souffle court à la vue de ses yeux semblables à des joyaux qui scintillaient à la lumière du plafond. *Oh, putain.* Avec de tels yeux et ses cheveux léchés par les flammes, elle lui rappelait les oiseaux que sa petite maman l'emmenait admirer au zoo.

Splendide. Exotique. Et si terriblement fragile.

— Pourquoi quoi ? s'enquit-il d'un ton distrait.

— Vous me connaissez à peine.

— J'ai bien l'intention de changer ça.

Quand il se redressa, il huma une bouffée de son doux parfum féminin. Aussitôt, il eut une érection. Comme si cette senteur séduisante avait été directement reliée à son membre.

— Dois-je verrouiller la porte ? ajouta-t-il.

Elle recula d'un pas.

— Seulement si vous comptez me retenir prisonnière.

— Je n'ai besoin que de mon charme pour vous retenir prisonnière, affirma-t-il avec un sourire suffisant. Mais j'aimerais autant éviter que Fane déboule ici pour m'arracher les couilles.

— S'il décide de vous arracher les couilles, ce n'est pas une porte verrouillée qui va l'arrêter, l'informa-t-elle, ne semblant pas particulièrement inquiète du sort de ses bijoux de famille.

— Pas très réconfortant.

Elle haussa les épaules.

— Il n'est mon gardien que quand je quitte Valhalla.

— Vous le lui avez dit ?

— Inutile. Je suis certaine que quelqu'un d'autre ne va pas tarder à l'en convaincre.

Il vit un sourire mystérieux lui ourler les lèvres. Le genre de sourire qui devrait pousser un homme sain d'esprit à fuir dans la direction opposée.

Hmm. Il s'avança vers elle sans se presser, ravi à l'idée que l'attention de Fane soit accaparée par une autre femme que Callie.

— Devrais-je chercher à en savoir plus ?

— Non.

Ses joues s'empourprèrent alors qu'elle se retournait brusquement pour marcher vers la fenêtre d'un pas nerveux.

— Vos appartements vous conviennent ? s'enquit-elle.

Il ricana, avant de s'élancer dans son sillage, veillant à ne pas la serrer de trop près. Il avait beau aimer mettre sa carapace de calme à l'épreuve, il ne voulait jamais qu'elle se sente menacée.

Pas par lui.

— Vous ne poseriez pas cette question si vous aviez déjà vu où j'habite, répondit-il.

Elle lui jeta un regard par-dessus son épaule.

— Je ne comprends pas.

— Mon ex-femme a eu l'intelligence d'embaucher un requin comme avocat. Elle a fini avec la maison, la plus grosse partie de ma paie et le chien. (Il pinça les lèvres.) Oh, et le livreur, qu'elle a épousé hier.

Elle inclina la tête, et l'observa de ses yeux pareils à des joyaux avec une curiosité manifeste.

— Et vous ?

Il enfonça les mains dans les poches de son jean.

— Un appart de merde et une caisse de whisky parfaitement vieilli que j'ai sifflé la nuit dernière.

— Je suis désolée.

— Y a pas de quoi, dit-il d'un ton bourru.

Il ne parlait jamais de son ex-femme. Et putain, il n'évoquait jamais la culpabilité déchirante qu'il avait éprouvée à la mort douloureuse de son mariage. Mais il avait besoin que Callie comprenne qu'il ne vivait pas dans le passé. Qu'il avait beau avoir des regrets, tout au fond de lui il se sentait soulagé que Susan ait refait sa vie. Ce qui, bien sûr, faisait de lui un vrai salopard.

Pourquoi était-ce important qu'elle sache tout ça ? Une question à méditer... *Jamais.*

Ouais, jamais semblait parfait.

— Duncan ? appela-t-elle doucement.

— Susan était une femme bien qui en a eu marre d'attendre que je devienne un mari au lieu d'un flic, avoua-t-il. Je ne pouvais pas lui donner ce dont elle avait besoin, alors elle s'est trouvé quelqu'un qui en était capable.

Elle hocha la tête, l'expression heureusement dépourvue de blâme.

— Ainsi, vous faites partie de ces hommes qui vivent pour leur boulot ?

— Être un flic définit ce que je suis. (Jamais mots plus vrais n'avaient été prononcés.) Ce n'est pas quelque chose que je peux laisser au poste.

— Je suppose que non.

Il se risqua à se rapprocher, et posa la main sur son épaule pour la tourner vers lui avec douceur.

— Et vous ?

— Moi ?

— Vous passez beaucoup de temps dans des endroits pas vraiment fréquentables. Ce ne doit pas être facile.

Il la sentit se raidir à cette question, comme si personne n'avait jamais envisagé ce que son don lui coûtait. Étrange, étant donné qu'elle venait de vivre des moments horribles dans l'esprit d'une victime, à regarder un meurtre se dérouler sous ses yeux en technicolor.

— Non, chuchota-t-elle, l'éclat de ses yeux voilé par une ombre. Ce n'est pas facile.

Du regard, il balaya la pâle perfection de son visage.

— Vous faites des cauchemars.

Elle fronça les sourcils.

— Comment le savez-vous ?

— Un homme ayant connu autant de nuits blanches que moi reconnaît les symptômes.

— Quels symptômes ?

Il fit glisser sa main sur son bras jusqu'à pouvoir entourer des doigts son minuscule poignet.

— Malgré tous vos efforts pour paraître sereine, vous êtes toute en angles durs et en bords fragiles. (Il porta sa main à ses lèvres et lui déposa un baiser sur la paume.) Je crains qu'un jour vous ne vous brisiez en mille morceaux.

Chapitre 4

Des cauchemars…

Callie oublia de respirer, laissant ses mots pénétrer à travers ses défenses farouches.

Il comprenait.

Vraiment.

Comme c'était étrange.

Elle était entourée d'évolués, dont trois devineresses comme elle, et ils savaient tous exactement ce qu'elle faisait. Mais pas un seul ne lui avait jamais demandé si elle faisait des cauchemars.

Oh, ce n'était pas qu'ils s'en foutaient. Les habitants de Valhalla constituaient sa famille et ils l'aimaient. Sans parler du fait qu'ils se battraient jusqu'à la mort pour elle.

Mais les évolués se montraient respectueux à l'excès de l'intimité de chacun. Une règle plus que nécessaire étant donné que nombre d'entre eux étaient médiums, télépathes et pour une petite poignée empathes. Ils n'insisteraient jamais pour lui arracher des confidences.

Mais cet homme… ce soi-disant norm… avait plongé son regard tout au fond de ses yeux et vu beaucoup trop de choses.

Non seulement vu, mais compris.

Elle ne prêta pas attention aux signaux d'alarme dans son esprit. Elle savait déjà que l'aptitude de Duncan à percer ses murs de défense représentait un danger. Presque autant que les frissons d'excitation que lui procurait la pression de ses lèvres sur sa paume.

Elle soutint son regard entendu.

— Comment gérez-vous les cauchemars ?

— Avec du whisky. (Il fit glisser ses lèvres jusqu'à l'intérieur de son poignet.) Mon job…

Il appuya la langue contre l'endroit où son pouls battait la chamade.

— Et du sexe.

Elle trembla, tentant de feindre de ne pas être enflammée par ses caresses.

— Prévisible.

— Eh bien, je suis un norm, murmura-t-il, un éclat doré moqueur dans ses yeux noisette. À quoi vous attendiez-vous ?

— Ah oui ?

Si elle ne l'avait pas observé d'aussi près, elle n'aurait jamais remarqué la tension qui l'envahit soudain.

— Quoi ?

— Vous êtes vraiment un norm ?

Il lui mordilla la pulpe du pouce, le regard vigilant.

— Où voulez-vous en venir ?

— Vous… voyez plus que la plupart des humains.

— Je suis flic, répliqua-t-il d'un ton posé, trop posé. C'est mon boulot de voir ce que les autres ne voient pas.

— Hmm. (Elle ne tenta pas de dissimuler son incrédulité.) Je vous soupçonne de me cacher quelque chose.

Brusquement, il lui passa les bras autour de la taille pour l'attirer contre son corps ferme. Il baissa la tête jusqu'à ce que leurs nez se touchent.

— Devenez ma maîtresse et je vous dirai tout.

Intellectuellement, elle savait qu'il essayait de la distraire. Physiquement, elle n'en avait rien à faire.

Une excitation brûlante gonfla dans le creux de son ventre, chassant la gêne qu'elle éprouvait habituellement à être frôlée par tout autre que ses amis les plus proches.

C'était… terrifiant, grisant. Merveilleux.

— Du chantage ?

— Un encouragement.

Elle arqua un sourcil railleur.

— On n'est plus si sûr de ce charme à la O'Conner censé m'emprisonner, pas vrai ?

— Ce ne sont pas juste mes cauchemars qui me gardent éveillé la nuit, ma douce Callie. (Il lui posa la main à plat sur les battements rapides de son cœur, sa respiration lui caressant la joue.) Vous portez une part de responsabilité.

Elle trembla alors même qu'elle s'efforçait de feindre de ne pas trouver son contact magique.

— Ne me dites pas que ce genre de baratin marche ?

Il traça un chemin de baisers jusqu'au coin de sa bouche.

— Pour une fois, ce n'est pas du baratin.

Elle eut le souffle court.

— Ouais, c'est ça.

Il plaqua les mains sur le bas de son dos, pour la coller contre son sexe qui durcissait.

— J'ignore pourquoi, mais je ne peux pas vous sortir de ma tête.

— Parce que vous voulez baiser ?

Le rire mordant de Duncan se réverbéra contre les murs.

— Ça serait une explication préférable.

Elle releva le visage pour croiser son regard songeur.

— Par opposition à quoi ?

— Encore une question sur laquelle je n'ai pas l'intention de me pencher, grommela-t-il en lui couvrant la joue de la main avec douceur. Vos yeux étaient-ils de cette couleur à votre naissance ?

Waouh. Elle s'efforça de suivre ce coq-à-l'âne. De toute évidence, la liste des sujets que Duncan O'Conner était prêt à aborder était limitée.

— Oui. (Elle haussa les épaules.) J'imagine que c'est ce qui a poussé mes parents à m'abandonner.

— Vous avez été abandonnée ?

Elle esquissa une moue.

— Ça n'a rien d'inhabituel. Les gens s'attendent à avoir des gosses qui leur ressemblent parfaitement. Ils ignorent comment s'occuper d'un mutant.

Elle vit l'expression de Duncan se durcir, comme si sa réponse le mettait en colère.

— Les gens peuvent être de vrais connards.

— Exact.

— Je suppose que je ne devrais pas me sentir désolé pour vos parents, mais c'est le cas.

Elle fronça les sourcils, se demandant si elle avait bien entendu. Rares étaient les évolués à éprouver de la compassion pour les familles qui se débarrassaient de leurs propres enfants. Peu importait qu'il puisse être difficile d'accepter un bizarroïde.

— Vous vous sentez désolé ?

Du pouce, il lui caressa la joue, comme fasciné par la texture de sa peau.

— Ils ont une fille belle, intelligente et incroyablement sexy qui emploie ses dons pour faire du monde un endroit meilleur. (Il baissa la tête pour lui parler directement à l'oreille.) Mais ils ne vous connaîtront jamais et c'est leur plus grand malheur.

Le désir, ainsi qu'une sensation bien plus dangereuse, l'envahit jusqu'à ce qu'elle craigne de fondre à ses pieds. D'instinct, elle leva les bras pour les enrouler autour de son cou.

— Peut-être que vous avez bien un tout petit brin de charme, reconnut-elle à contrecœur.

Le péché à l'état pur couvait dans ses yeux noisette.

— Je n'ai rien de petit, Callie. Laissez-moi vous le prouver.

Il avança le bassin, comme si elle aurait pu ne pas remarquer la longueur rigide de son érection qui appuyait contre son bas-ventre.

Elle huma son parfum chaud et sexy. Elle n'avait jamais prêté attention à l'odeur d'un homme avant.

Bien sûr, il y avait chez Duncan beaucoup de choses auxquelles elle était sensible. La perfection avec laquelle son jean moulait son cul. La ligne têtue de sa mâchoire souvent obscurcie par une barbe naissante dorée. Sa tendance à se concentrer entièrement sur ses objectifs. Qu'il s'agisse de mettre la main sur un criminel, ou de la faire trembler de désir.

— Une amie m'a prévenue que si un homme se vante de sa taille, c'est parce qu'il sait qu'elle est décevante, murmura-t-elle, jouant des doigts avec les cheveux sur sa nuque.

— Permettez-moi de deviner, dit-il d'un ton ironique. Cette amie ne s'appellerait-elle pas Serra ?

Callie poussa un cri de surprise.

— Vous la connaissez ?

— Nos chemins se sont croisés. (Des lèvres, il dénicha un endroit délicieusement tendre juste sous son oreille.) Malheureusement.

Elle se cambra contre son corps d'une fermeté bienvenue, bizarrement heureuse que sa chère amie ne provoque pas chez lui le genre de réactions qu'elle suscitait d'habitude chez les mâles.

— La plupart des hommes la trouvent irrésistible.

Il couvrit de baisers la courbe de sa gorge, le frôlement de sa barbe naissante la faisant frissonner de plaisir.

— C'est une dévoreuse d'hommes.

Penser lui devenait difficile.

— Comment ça ?

— On s'en fout, lui assura-t-il. La seule opinion qui m'importe, c'est la vôtre.

Il referma la main sur sa nuque pendant qu'il lui procurait des sensations coupables en suivant de la langue le décolleté de son petit haut moulant.

Elle rejeta la tête en arrière, offrant un meilleur accès à Duncan. Il semblait savoir ce qu'il faisait. Pourquoi intervenir ?

— Hmm.

— Je n'ai jamais touché peau plus douce, souffla-t-il, attardant les lèvres sur le léger renflement de sa poitrine. C'est comme du satin chaud.

Ses tétons se durcirent, et ses frissons d'excitation se muèrent en un désir acéré qui la fit hésiter.

D'accord. La situation lui échappait beaucoup trop vite.

Et l'un des premiers trucs que tous les évolués apprenaient était que ça tournait à la catastrophe quand ils se laissaient aller à perdre le contrôle.

— Que voulez-vous de moi ? s'enquit-elle soudain.

— Un baiser. C'est tout. (Il se déplaça pour lui mordiller la lèvre inférieure.) Juste un baiser.

— Je ne…

— Fais-moi confiance, Callie. Je ne te demanderai jamais plus que ce que tu es prête à donner.

Lui faire confiance ? Fane lui dirait qu'elle était folle. Qu'elle ne pouvait se fier à personne.

Et certainement pas à un norm qui avait carrément accusé la Mave d'être capable de cacher un meurtrier.

Mais juste l'espace de quelques minutes, elle ne souhaitait plus être une nécromancienne qu'on craignait et même haïssait. Ni la femme timide qui s'éclipsait dans un coin.

Et, plus important, elle avait envie d'embrasser cet homme.

— D'accord.

Elle venait à peine de prononcer ce mot qu'il lui couvrait les lèvres d'un baiser qui l'enflamma jusqu'à la pointe des pieds.

Oh... là là.

Les talons de sept centimètres de Serra claquaient sur le sol du couloir tandis qu'elle dépassait les grandes portes de la cafétéria puis celles du centre culturel.

Comme toujours, les deux niveaux juste en dessous du bâtiment principal grouillaient d'évolués. Ces parties communes constituaient un lieu de détente et de rencontre. Et, pour ceux d'une nature plus solitaire, elles offraient une vaste bibliothèque et un jardin zen japonais.

Enfin, pour les Sentinelles insaisissables, il avait été prévu une salle de gym entièrement équipée, avec un stand de tir attenant, qui leur permettait d'affiner leurs aptitudes à un degré fatal, tout en libérant l'agressivité qui leur était tellement intrinsèque.

Et c'était par là qu'elle se dirigeait.

Indifférente aux regards des hommes – et de quelques femmes –, qui suivaient son corps élégant dont les courbes généreuses étaient mises en valeur par un pantalon en cuir noir et un bustier rouge, elle rejeta en arrière ses longs cheveux de jais.

Elle était bien plus intéressée par l'homme grand et mince qui sortit comme un ouragan de la salle de gym, blême de rage.

Même de loin, Wolfe, l'actuel Tagos, ressemblait à un redoutable prédateur.

C'était un chasseur plutôt qu'un gardien comme Fane, ce qui signifiait qu'il ne possédait pas de pouvoirs magiques ni ne portait de tatouages, mais quiconque ayant la stupidité de penser qu'il avait accédé à sa position en étant un habile politicien comprenait vite son erreur.

Il était plus rapide, plus fort et plus impitoyable que n'importe quel autre guerrier. C'était également un connard rusé capable de mettre tout le monde dans sa poche pour atteindre ses objectifs. Et, bien sûr, il n'avait rien contre le fait de recourir à son puissant sex-appeal pour manipuler les gens.

Avec une peau cuivrée et des yeux aussi noirs que l'ébène, il ressemblait à une ancienne divinité égyptienne. Il avait un fier nez aquilin et des pommettes saillantes. Des sourcils foncés fournis et des lèvres ciselées en des lignes généreuses. Un visage plus frappant que séduisant, et d'une virilité si farouche que certaines femmes le trouvaient intimidant.

Tout aussi saisissants étaient ses cheveux d'un brun brillant qui lui effleuraient les épaules et où se mêlait sur sa tempe droite une surprenante mèche argentée. Le bruit courait qu'il avait été touché par le diable dans le berceau. Ce qu'il n'avait jamais pris la peine de démentir.

Après s'être figée le temps qu'il s'éloigne du côté opposé d'un pas lourd qui traduisait sa mauvaise humeur, Serra se dirigea vers la salle de gym. Elle avait beau être intrépide, nul ne croisait le chemin d'un Wolfe enragé.

Elle contourna les tapis de sol et le ring avant d'entrer dans la salle de musculation, et repéra sa proie avec une adresse exercée.

Trop exercée, reconnut-elle avec ironie en apercevant Fane qui levait des poids qui auraient écrasé la plupart des hommes.

Depuis combien de temps traquait-elle cette Sentinelle stoïque et distante ?

Elle avait l'impression que ça faisait une éternité.

Elle s'arrêta à côté d'un tas de poids et admira les muscles de Fane qui se contractaient pendant qu'il soulevait inlassablement les haltères massifs à un rythme régulier.

Dieu tout-puissant. Il constituait un chef-d'œuvre.

Du sommet de son crâne rasé à la pointe de ses orteils nus, il incarnait une perfection dure et ciselée. Comme s'il avait été créé par la main de Michel-Ange. Quoi d'étonnant à ce qu'il ait réussi à capter son intérêt blasé ?

Sans compter le bonus supplémentaire de ses tatouages sacrés. Ces sortilèges puissants empêchaient Serra de lire dans ses pensées, même par inadvertance.

Une barrière nécessaire pour n'importe quel voyant. Rien de tel que d'être en pleins ébats et de découvrir que son partenaire fantasmait sur une autre femme.

Ouais… une vraie douche froide.

Bien sûr, cette absence totale de vision à haute définition dans son esprit n'avait pas que du bon.

Cet homme gardait ses émotions sous scellés comme si c'étaient des denrées rares qui ne pouvaient être distribuées qu'avec parcimonie.

Sa conversation était tout aussi lacunaire. Un « oui ». Un « non ». Et quelquefois un grognement si elle avait de la chance.

Elle avait déjà été prête à donner ses bottes Fendi préférées juste pour avoir un aperçu de ce qui se passait derrière son visage sévère.

— Je viens de voir Wolfe sortir comme un ouragan, dit-elle alors que Fane poursuivait les exercices auxquels il s'astreignait.

Depuis son arrivée, il ne lui avait pas accordé la moindre attention, même s'il avait dû percevoir sa présence à l'instant où elle était entrée dans la salle de gym.

Le sale type exaspérant.

Encore heureux qu'il soit si bien fait.

— Il n'apprécie pas qu'on m'ait interdit de répondre à ses questions, déclara Fane, daignant au moins lui parler.

Parfois, il était plongé dans une transe profonde qui lui permettait de se couper de tout sauf de ce sur quoi il souhaitait se concentrer.

Un tour que les moines lui avaient appris. Ainsi que comment tuer un homme en trois secondes chrono.

— J'espère qu'il ne compte pas affronter la Mave dans cet état d'esprit, murmura-t-elle.

La Mave était la seule personne à ne pas être effrayée par Wolfe quand il cherchait la bagarre.

Elle pourrait le transformer en crapaud s'il se ruait dans son bureau sur un coup de tête.

— Wolfe ne choisit pas toujours la voie de la sagesse, fit remarquer Fane.

Elle grimaça.

— Comme la majorité d'entre nous.

Pas de réponse. D'accord, un nouveau sujet.

— Comment va Callie ?

— Ça ne serait pas plus simple de le lui demander directement ?

— Je suis passée par son appartement mais elle n'y était pas.

« Clac ! » Fane posa brutalement les haltères dans le râtelier derrière sa tête. Bondissant sur ses pieds, il saisit une serviette pour essuyer son torse nu, manifestement déterminé à se lancer à la recherche de son poussin égaré.

— Merde !

Serra sentit une irritation familière la transpercer. Elle adorait Callie. En fait, elles étaient proches comme des sœurs.

Mais savoir que cet homme était attaché à la belle devineresse à un niveau si profond que leurs liens ne seraient jamais brisés était une source constante de frustration.

— Tu n'es pas sa baby-sitter, Fane, lâcha-t-elle d'un ton acerbe. Elle a le droit d'aller et venir à Valhalla sans ta permission.

Elle vit dans ses yeux sombres une censure muette.

— Il m'appartient de la protéger.

— Ou tu veux dire qu'*elle* t'appartient ?

— Le moment est mal choisi pour cette conversation.

Elle ne devrait pas insister. Pas la peine d'être devin pour comprendre qu'il se passait quelque chose. Quelque chose de grave. Et que Fane serait rendu super fou – enfin, encore plus « super fou » que d'habitude – par son besoin de veiller sur Callie.

Mais elle était une femme. Ce qui signifiait qu'elle était autorisée à se montrer complètement déraisonnable quand il s'agissait de l'homme qu'elle convoitait.

Bon Dieu, c'était son devoir.

— Quand est-ce que ce sera le moment ?

L'expression sévère de Fane ne se modifia jamais.

— Je l'ignore.

— Et si je décide de ne pas attendre ?

— Je ne t'ai jamais menti, Serra.

À cette réponse douce mais ferme, son courroux s'envola.

Mince. Pourquoi ne pouvait-il pas au moins s'énerver comme n'importe quel homme normal ? Une bonne séance de hurlements, voilà exactement ce qu'il lui fallait pour libérer le ressentiment qui à présent bouillait en elle.

Mais elle se heurtait à un mur d'honnêteté. *Pas drôle du tout.*

— Non, tu as toujours fait preuve d'une franchise brutale, reconnut-elle, esquissant un sourire empreint d'autodérision.

Il fronça les sourcils, jetant la serviette de côté.

— Tu peux avoir n'importe quel homme.

Presque malgré elle, elle caressa du regard son large torse, puis baissa les yeux sur les tablettes de chocolat qui ne demandaient qu'à être léchées.

— De toute évidence, non, grommela-t-elle.

— Serra…

— Arrête. (Elle leva une main implorante.) C'est tellement... tragique, putain.

Elle recula et serra les bras sur son ventre en un geste de défense inconscient.

— Au moins, dis-moi que Callie va bien, reprit-elle.

Fane hésita, comme aux prises avec quelque démon intérieur. Puis, finalement, il hocha la tête.

— Pour l'instant.

— Tu peux me raconter ce qui est arrivé ?

— Non.

Elle haussa les épaules. Elle s'était attendue à son refus. Même les tâches routinières qu'effectuaient les Sentinelles étaient gardées top secret. Mais sa curiosité la rendait folle. Elle souhaitait désespérément savoir ce qui se passait.

— Ça doit être lié à l'intrusion de Callie dans les souvenirs de cette femme morte, raisonna-t-elle tout haut. Sinon le flic n'aurait jamais été autorisé à entrer à Valhalla.

Avec une rapidité qui ne cessait jamais de la troubler, Fane se tint juste devant elle, la chaleur soudaine dans l'air l'avertissant qu'elle avait enfin provoqué une réaction.

Même si ce n'était pas celle qu'elle désirait.

— Ce n'est pas un jeu, Serra. La Mave elle-même a pris la direction de la... situation, gronda-t-il. Elle ne montrera aucune clémence si elle découvre que tu mets le nez dans ses affaires.

Elle haussa les épaules. Ce ne serait pas la première fois qu'elle froisserait les haut placés.

— Mais c'est un nez si mignon.

— Pas mignon, contesta-t-il d'un ton bourru, faisant glisser avec douceur le doigt sur la ligne de son nez. Énergique. Fier. Unique. Je ne voudrais pas qu'il lui arrive quelque chose.

Silence. Et stupéfaction. Et un bon paquet de *« quoi ? »* alors que, un peu tard, Fane éloignait la main.

Difficile de déterminer lequel des deux était le plus surpris par sa marque d'affection, mais ce fut Serra qui parla la première.

— Ne me dis pas que tu tiens à moi ? tenta-t-elle de se moquer, même si ses mots sortirent d'une voix discordante.

— J'ai toujours tenu à toi, affirma-t-il, se retirant de nouveau dans cet endroit inaccessible aux émotions, pendant qu'il enfilait un tee-shirt militaire. Et c'est pour ça que je t'ai conseillé de te trouver un homme capable de t'offrir la relation que tu mérites.

La rage la consumait.

— Mince, Fane, tu n'es pas mon gardien, cracha-t-elle.

Il ne croisa pas son regard furieux.

— J'en ai conscience.

— Alors cesse d'essayer de me protéger.

Par peur de faire un truc comme le frapper – ou pire… l'embrasser –, Serra tourna les talons et s'éloigna d'un pas lourd.

Elle découvrirait dans quoi Callie s'était fourrée.

D'une façon ou d'une autre.

Chapitre 5

Dégageant une atmosphère à la Poudlard, la demeure du bord du lac, à la périphérie de Kansas City, comportait plus de vingt pièces, réparties dans ses ailes immenses et tourelles vertigineuses.

La plupart des gens supposaient qu'une rockstar recluse vivait derrière le haut portail et les vigiles armés qui patrouillaient dans le gigantesque terrain. Ou alors un trafiquant d'armes.

La dernière chose à laquelle ils se seraient attendus, c'était un professeur.

Enfin, du moins c'était le titre qu'il se donnait.

Le docteur Zakary était apparu à Kansas City huit mois plus tôt, et avait emménagé dans ce manoir retiré au beau milieu de la nuit. Personne dans le voisinage ne l'avait vu dans la pénombre, même si, s'ils avaient mieux regardé, ils auraient pu apercevoir la longue limousine qui avait franchi le lourd portail avant de disparaître dans le garage conçu pour abriter cinq véhicules.

Ce qui signifiait, bien sûr, qu'ils étaient rongés par la curiosité.

Non que Zak en ait quoi que ce soit à foutre. Les voisins fouineurs constituaient le cadet de ses soucis.

Assis dans la bibliothèque tapissée d'étagères qui s'élevaient sur deux niveaux sous le plafond en voûte, il étudiait le parchemin ancien soigneusement étiré sur le bureau de merisier.

La lumière du lustre inondait ses cheveux argentés qu'il portait lâchés et qui encadraient son visage fin fortement hâlé, et brillait dans ses yeux de diamant.

Des yeux qui marquaient sa différence malgré son choix délibéré d'un pull à col roulé noir et d'un pantalon de soie.

Bien sûr, même s'il les cachait, il ne pourrait jamais passer pour un norm.

Pas quand ses pouvoirs emplissaient l'air d'un froid constant.

Peu de gens pouvaient rester dans la même pièce que lui sans être assaillis d'une irrépressible envie de fuir. Pas s'ils avaient un cerveau en état de marche.

Alors qu'il tentait de déchiffrer un passage particulièrement difficile, Zak tendit la main vers le verre en cristal de Baccarat qui contenait un cognac hors de prix.

Il savoura la douce brûlure dans sa gorge, et reposa le verre quand un coup à la porte interrompit le silence divin.

— Entrez, lança-t-il, s'enfonçant dans son fauteuil en cuir alors qu'un jeune et solide gaillard s'avançait timidement dans la bibliothèque.

Stanley York était sorti de prison moins d'un an plus tôt et cherchait à gagner de l'argent rapidement. Ce qui signifiait qu'il était prêt à faire n'importe quoi sans poser de questions.

Vêtu d'un jean délavé et d'un débardeur, il avait des traits grossiers avec des yeux sombres et rusés et les cheveux complètement rasés. Il arborait plusieurs tatouages, mais aucun de magique. Un ridicule gâchis d'encre.

Toujours nerveux en présence de Zak, l'ancien taulard s'attarda près de la porte, à jeter des regards furtifs dans la pièce comme s'il sentait des yeux invisibles.

— Pardonnez-moi.

— Vous avez du nouveau ? s'enquit Zak d'une voix douce empreinte d'un accent.

— Oui.

L'homme de main se tourna vers Zak sans croiser son regard. Malgré son attitude de gros dur, il était aussi lâche que n'importe qui sous ses yeux de diamant.

— Tony a retrouvé le… paquet, poursuivit-il.

Zak frappa le bord du bureau d'un doigt fin, son visage parfait indéchiffrable.

— Il l'a emballé exactement comme je le lui ai demandé ?

L'homme grimaça.

— Je vous promets qu'il a suivi vos instructions comme si sa vie en dépendait.

— Une sage décision, murmura Zak.

C'était incroyable comme ses serviteurs étaient prompts à lui plaire depuis qu'ils l'avaient vu enlever le cœur d'un de leur collègue qui avait eu le malheur de rentrer au manoir sans leur dernier paquet.

— Ouais. (Stanley se racla la gorge.) Il devrait être là dans deux heures. Peut-être moins, ça dépend de la circulation.

— Assurez-vous qu'il ne fasse rien pour attirer l'attention des autorités. Je serais excessivement mécontent si mon nom devait apparaître dans un rapport de police.

Il garda une voix douce. Seul un petit tyran avait besoin de crier et de fulminer. Zak dirigeait grâce à une peur à l'état pur, permanente. Bien plus efficace.

— C'est un pro pour ce qui est d'éviter les autorités. Tout est sous contrôle.

— Vous feriez mieux de prier que ce soit vrai.

Stanley blêmit jusqu'à ce que sa peau prenne une teinte grise intéressante.

— Oui, professeur. (Il agita les mains, comme s'il ne savait pas vraiment quoi en faire.) Y a-t-il autre chose ?

— Je veux être immédiatement informé de l'arrivée de Tony.

— Bien sûr.

Reculant en traînant les pieds, Stanley ferma la porte avant de se réfugier précipitamment dans l'aile des serviteurs.

Zak tendit la main vers son verre et vida le cognac en attendant que l'ombre se détache de la bibliothèque la plus éloignée, révélant une silhouette féminine.

Il avait perçu la présence d'Anya depuis une demi-heure, mais n'avait pas été d'humeur à lui parler.

À présent, il s'était résigné au fait qu'elle ne partirait pas tant qu'elle n'aurait pas dit ce qu'elle avait à dire.

— Quelle brute, grommela-t-elle avec dégoût.

Il reposa son verre et effleura d'un œil indifférent la robe noire moulante qui dévoilait plus qu'elle ne cachait. Avec ses longs cheveux roux qui lui descendaient dans le dos en une rivière de feu chatoyant, la sorcière était un fantasme vivant.

Non qu'il soit dans un état d'esprit propre à apprécier sa beauté. Contrairement à la plupart des hommes, il n'était pas gouverné par sa bite.

Jamais.

— Exact, mais tout général a besoin de soldats jetables pour faire le sale boulot, souligna-t-il.

— Dommage qu'ils doivent être aussi stupides. C'est uniquement à cause d'eux que les autorités ont trouvé le corps.

Elle s'arrêta près du bureau, une odeur d'herbes et de sang s'accrochant à elle. Un indice certain qu'elle venait de ses appartements où elle avait concocté quelque potion.

Zak appuya les doigts sous son menton. Inutile de le lui rappeler.

Il avait été furieux quand son serviteur était revenu au manoir sans la femme que Zak avait personnellement sélectionnée. Ce qui ne signifiait pas, néanmoins, qu'il était disposé à accepter la défaite.

— Charles a payé pour ses erreurs.

— Peut-être, mais…

Zak plissa les yeux lorsqu'elle laissa délibérément les mots mourir sur ses lèvres.

— Dis ce que tu as à dire, Anya.

— Tu aurais dû en choisir une autre. C'est trop risqué de récupérer le corps dans la morgue de la police.

Elle était la seule créature au monde à avoir le cran de lui faire la leçon, même si elle prit soin de dépouiller sa voix de toute critique.

— Il nous a fallu vingt ans pour mettre la main sur Calso et six mois de plus pour trouver une façon de franchir son système de sécurité. (Il retroussa les lèvres avec mépris.) Tu veux tout foutre à l'eau parce que tu n'es plus très chaude ?

— Ce n'est pas ça, protesta-t-elle avec mauvaise humeur. Mais je ne serai pas contente si on est encore obligés de partir.

D'un mouvement délibéré, Zak se leva de son fauteuil, et son pouvoir virevolta dans les cheveux d'Anya en un avertissement glacé.

La sorcière lui avait sauvé la vie alors qu'il mourait sur le bûcher. C'était aussi elle qui avait réussi à découvrir par hasard les moyens qui le conduiraient vers son triomphe suprême.

Mais il était né à une époque où seuls les forts survivaient et il ne croyait pas à la démocratie.

C'était lui qui commandait.

Ce qui signifiait qu'il ne lui dirait pas sur qui il était tombé pendant qu'il était dans l'esprit de Leah. Ni qu'il avait quasiment défié ces imbéciles qui se cachaient derrière les murs de Valhalla.

Il en avait fini d'attendre.

— Je ne fuirai plus.

Comprenant un peu tard qu'elle avait dépassé de dangereuses limites, Anya recula d'un pas.

— Non, bien sûr que non, s'empressa-t-elle de susurrer, imprégnant ses mots d'un sort d'apaisement – comme si sa magie pouvait influencer un homme possédant ses pouvoirs. Bientôt, tu auras d'innombrables disciples qui seront dignes de ta grandeur.

— C'est ce que tu me promets depuis les derniers… (À dessein, il s'interrompit.) Ça fait combien de temps, Anya ?

Elle pinça les lèvres.

— Près de trois cents ans.

Zak grimaça. Il avait gardé un souvenir saisissant de la nuit où il avait été attrapé par les villageois et jeté sur le bûcher. Difficile de ne pas se le rappeler. Les images passaient et repassaient chaque soir. Comme si ses cauchemars étaient bloqués sur une chaîne.

Les cent années suivantes s'étaient déroulées dans un cocon magique protecteur dont Anya avait recouvert son corps brûlé qui tenait tout juste à la vie, puis un autre siècle assommant avait été consacré à régénérer son enveloppe physique. Une période dont il ne conservait qu'un vague souvenir.

Dieux merci.

Au cours du siècle dernier, il s'était efforcé de reconstituer ses anciens pouvoirs. Et, plus important, de trouver la clé des vieux secrets qui le conduiraient à son destin suprême.

— Ma patience est à bout, informa-t-il la sorcière.

— Je comprends, vraiment, mais nos ennemis sont à ta recherche, tenta-t-elle de le calmer. Attirer ainsi l'attention sur toi est trop dangereux.

Zak s'avança vers elle, et la lumière du lustre joua dans ses yeux à facettes jusqu'à ce qu'ils miroitent d'un éclat aveuglant qui emplit la pièce.

— Y a-t-il une raison pour laquelle tu souhaites que j'attende ?

— Je ne veux pas que tu prennes des risques inutiles. (Elle releva le menton.) Je t'ai consacré ma vie.

— Tu as consacré ta vie à l'espoir que je fasse de toi une reine.

Il la regarda hausser les épaules.

— Et alors ? Je suis une femme ambitieuse.

— Contente-toi de t'assurer d'être une femme en mesure de voyager jusqu'au temple.

— Je serai prête, promit-elle avec une arrogance qui égalait la sienne. Tant que tu ne nous fais pas tuer tous les deux avant d'avoir mis la main sur le jeton.

— Attention, Anya. Je peux me passer de toi pour me rendre là où j'ai besoin d'aller. (Il sourit.) Compris ?

La douceur même de sa menace poussa Anya à saisir la petite amulette suspendue à son cou alors qu'elle se précipitait vers la porte.

— Connard.

— C'est ce qu'on dit, murmura-t-il à son dos qui s'éloignait.

Duncan avait fait des trucs stupides dans sa vie.

Bon Dieu, il avait porté la stupidité à un niveau spectaculaire.

Il y avait eu la fois où il avait vidé son compte d'épargne pour acheter une voiture de sport merdique qui avait rendu l'âme avant qu'il ait pu la sortir de l'allée.

La nuit où il avait poursuivi un bandit sur le territoire d'un gang et s'était fait tabasser pratiquement à mort.

Le jour où il avait décidé de faire un saut chez lui pour faire une surprise à Susan et l'avait trouvée en train de s'adonner aux délices de la sieste crapuleuse dans leur lit.

Et dix minutes plus tôt quand il avait promis à Callie qu'il ne désirait qu'un baiser.

Tous ceux qui le connaissaient savaient qu'il éprouvait des difficultés à maîtriser ses impulsions.

Comme un gamin de cinq ans, il n'avait jamais adhéré au fait de différer son plaisir quand il pouvait obtenir une satisfaction immédiate.

Mais Callie avait cru naïvement à sa promesse, et s'était abandonnée dans ses bras avec une telle confiance qu'il lui était impossible de profiter de la situation.

Zut.

Entravant farouchement le désir qui grondait dans son corps tendu, Duncan se concentra sur la saveur enivrante des lèvres de Callie. Jusqu'à cet instant, il avait considéré le baiser comme une étape nécessaire pour avoir une femme nue sous lui. C'était agréable, mais seulement parce que ça conduisait à la destination suprême.

Il n'avait jamais vraiment apprécié les délices d'un simple… flirt.

À présent, il savourait chaque lent frôlement de leurs bouches. La chaleur humide quand il glissait la langue entre ses lèvres. Ses frissons quand il couvrait de minuscules caresses le visage qu'elle levait vers lui.

Lui enveloppant la nuque de la main, il passa l'autre dans ses cheveux satinés. Ils étaient parfaits pour cette femme. Doux, mais avec un feu piquant qui rappellerait toujours un homme à l'ordre.

Du moins, tout homme assez chanceux pour se voir octroyer une place dans son monde retiré.

Prenant conscience qu'il retournerait bientôt à sa vie de meurtres, de nuits blanches et d'appartement vide pendant que cette femme extraordinaire resterait cachée derrière la magie de Valhalla, il unit leurs lèvres en un baiser qui frôlait le désespoir.

L'espace d'une seconde divine, elle l'embrassa avec la même fougue et la même rage puis, les sourcils légèrement froncés, elle s'écarta pour examiner son expression songeuse.

— Duncan ?

— Je me suis demandé pendant si longtemps quelle saveur tu aurais, avoua-t-il d'une voix rauque.

Elle passa la langue sur ses lèvres gonflées en un geste inconscient qui arracha à Duncan un grognement d'atroce souffrance.

Ce n'était pas parce qu'il était soudain devenu accro aux doux baisers de Callie que son membre était heureux d'être fin prêt sans avoir nulle part où aller.

— Et quel est le verdict ? s'enquit-elle.

— Danger.

Elle le regarda avec perplexité, les incroyables joyaux de ses yeux brillant d'une lueur intérieure.

Bon Dieu… ils étaient magnifiques.

Hypnotisants.

— J'ai la saveur du danger ?

— Oui.

— Je ne suis pas sûre de comprendre.

Il pinça les lèvres. S'il s'était agi de toute autre femme, il ne lui aurait jamais offert une arme aussi puissante. La vie lui avait appris que les femmes, même les femmes bien, aimaient manier le fouet quand un homme était assez stupide pour le leur fourrer dans les mains.

Et savoir qu'un homme était prêt à tout donner, à payer n'importe quel prix pour mettre une femme dans son lit, constituait un sacré fouet.

— Tant mieux.

Elle secoua la tête.

— Tu parles toujours par énigmes ?

Il baissa les yeux sur ses lèvres.

— Je préférerais ne pas parler du tout.

Il vit une rougeur se répandre sur ses joues, mais alors même qu'il sentait son ventre se serrer de plaisir anticipé, on frappa un coup sec à la porte.

— Allez-vous-en ! aboya-t-il, sans jamais détourner le regard de l'invitation de ses lèvres.

— Vous avez un appel.

Une voix masculine flotta à travers la barrière de bois.

— Prenez le message.

— Duncan, ça pourrait être important, le réprimanda Callie.

— Je rappellerai plus tard.

— C'est votre chef, annonça la voix avec une pointe de satisfaction indubitable à cette interruption intempestive – un ami de Fane ou encore un autre soupirant de Callie ? Elle dit que c'est important.

— Merde !

À contrecœur, Duncan laissa retomber ses bras et recula. Si Molinari téléphonait, alors c'était important.

Ce qui signifiait que son bref moment en compagnie de Callie était bel et bien fini.

Manifestement parvenue à la même conclusion, Callie alla entrebâiller la porte juste assez pour parler au jeune homme séduisant qui se tenait dans le couloir.

— L'appel a été transféré ?

L'homme hocha la tête et, par-dessus l'épaule de Callie, foudroya Duncan d'un regard ouvertement hostile.

— Oui, sur la ligne deux.

— Merci, Mel.

— De rien.

L'homme jeta au flic un dernier regard noir par la porte avant de s'éloigner d'un air digne dans le couloir, mais Duncan traversait déjà la pièce pour composer le numéro du poste, le combiné collé à l'oreille.

— O'Conner.

— On a un problème.

Comme toujours, Molinari ne mâchait pas ses mots au point d'en être impolie.

La cinquantaine, mesurant un mètre soixante-cinq, elle ne pesait pas quarante-cinq kilos toute mouillée mais dirigeait le poste de police d'une main de fer.

— Un autre ?

— Le corps a disparu.

Il en eut le souffle coupé. Il ignorait ce à quoi il s'était attendu, mais ce n'était certainement pas à ça.

— Celui de Leah ?

— Ouais.

— Il lui est arrivé quoi, putain ?

— Nul ne le sait.

Il avait vaguement conscience que Callie avait eu la politesse de s'éloigner, pour lui donner un semblant d'intimité alors même qu'elle ne pouvait s'empêcher d'entendre leur conversation. Ce n'était pas comme si Molinari ou lui se souciaient de baisser la voix.

— Un cadavre ne disparaît pas juste comme ça, gronda-t-il.

— Vous croyez que je ne le sais pas ?

— Vous avez vérifié les caméras de surveillance ?

— Rien.

— Et personne n'a vu qui que ce soit entrer ou sortir de la morgue ?

— Personne.

— Et…

— Vous voulez venir faire mon boulot ? l'interrompit sa chef sur un ton qui l'avertissait qu'il l'avait poussée au bout de sa patience. Peut-être me torcher le cul tant que vous y êtes ?

Duncan grimaça.

— Je veux comprendre ce qui se passe.

— Alors découvrez-le.

De l'index, il se frotta la tempe pour en chasser la douleur qui commençait à y irradier et s'efforça de réfléchir.

Ce qui aurait été mille fois plus facile si les tuiles bizarres arrêtaient un peu de pleuvoir.

— Les mafieux traditionnels ne se risqueraient pas à voler un corps dans la morgue de la police, marmonna-t-il, faisant allusion aux gangs qui faisaient parfois une razzia sur les cadavres de l'hôpital – si la mort était assez récente, les organes se vendaient une fortune au marché noir. À moins qu'un nouveau joueur se soit établi en ville.

— J'ai demandé à Caleb de regarder du côté des suspects habituels, dit Molinari.

— Vous attendez quoi de moi ?

— Découvrez si les bizarroïdes n'ont pas un cadavre en trop qui traîne.

Duncan leva les yeux au ciel.

— Génial.

Callie s'appuya au comptoir qui séparait la petite cuisine du salon.

Contrairement aux rumeurs, tous les évolués apprenaient les bonnes manières. Elle savait qu'elle devrait quitter la pièce pour que Duncan puisse s'entretenir avec sa chef en privé.

Mais elle ne pouvait nier que découvrir si la police humaine était entrée en possession de nouveaux éléments sur la femme morte éveillait en elle une curiosité irrésistible. S'ils pouvaient établir la raison pour laquelle elle avait été choisie comme victime, ils auraient assurément accompli un grand pas en avant dans la poursuite du meurtrier, non ?

Et, plus important, elle avait juste envie de rester près de Duncan. Du moins, encore un peu.

Inconsciemment, elle leva la main pour en effleurer ses lèvres, toujours gonflées à la suite de ses baisers. Elle s'était presque attendue à être déçue. Après tout, ce flic sexy avait rempli plus d'un de ses fantasmes au cours des années. Comment aurait-il bien pu se montrer à la hauteur de ses espérances scandaleusement élevées ?

Non seulement il avait été à la hauteur, mais il les avait fait voler en éclats tandis qu'il l'avait initiée à une vaste gamme de baisers, de ceux d'une douceur tendre à ceux d'une perfection à l'état brut, à faire fondre.

Elle s'était perdue dans les sensations qui l'avaient envahie. Les battements de son cœur. Sa poitrine comprimée alors qu'elle luttait pour respirer. Le désir douloureux qui lui nouait le ventre.

Et tout ça à cause d'un baiser…

Elle n'était pas sûre de survivre à un assaut général.

Non qu'elle ne soit pas disposée à essayer, reconnut-elle en frissonnant.

Quand elle s'aperçut que Duncan reposait le combiné avec violence, Callie chassa farouchement ces pensées rebelles. Une fille morte avait disparu. Il n'y avait plus lieu de regretter qu'ils aient répondu au coup frappé à la porte.

Plus tard, ils auraient le temps d'explorer la chaleur qui crépitait entre eux. Elle avait bien l'intention de s'en assurer.

Elle s'écarta du comptoir et le vit se retourner pour croiser son regard calme ; à sa grande surprise, une touche de couleur rougissait ses pommettes.

Parce que sa chef les avait traités de bizarroïdes ? Ou parce qu'ils étaient toujours considérés comme des suspects ?

Les deux, probablement.

— Tu as entendu ? demanda-t-il.

Elle hocha la tête.

— Ce n'est pas que j'essayais d'écouter ta conversation…

— Peu importe. Nous devons découvrir ce qu'il est advenu du cadavre.

Il passa les doigts dans l'or pâle de ses cheveux et Callie éprouva une telle envie de lui lisser ses mèches satinées qu'elle en eut le souffle court.

Mince. D'un mouvement brusque, elle traversa la pièce. Elle ne pouvait pas se concentrer quand elle était seule avec cet homme.

— La Mave doit en être informée.

Elle ouvrit la porte avant qu'il ait réussi à la saisir par le bras pour la retenir et, les yeux plissés, il plongea son regard dans le sien.

— Callie.

Elle sentit un frisson de plaisir anticipé lui descendre dans le dos avec lenteur.

— Oui ?

Il se pencha jusqu'à ce que leurs nez se touchent.

— On n'en a pas terminé.

— Tu as parlé d'un baiser, lui rappela-t-elle.

Elle n'était pas près de reconnaître qu'elle avait déjà pris la décision de l'enfermer dans son appartement jusqu'à ce qu'il lui ait démontré si le reste de ses talents se montraient à la hauteur de ses fantasmes.

Il avait un ego suffisamment gros, merci bien.

— Un baiser pour l'instant, rectifia-t-il, la voix rauque.

— Et après ?

Il colla les lèvres au coin de sa bouche avant de relever la tête.

— Je veux… tout, l'avertit-il dans un murmure.

Ils se tenaient là, à se dévorer des yeux dans un silence chargé d'émotions, quand un bruit de pas qui approchaient les fit tous deux se retourner vers la porte.

C'était encore Mel. Le guérisseur avait de toute évidence enfreint une règle qui lui valait d'exécuter des travaux d'intérêt général. Rien d'inhabituel pour un jeune homme impétueux qui sortait à peine de l'adolescence. Et il n'était pas vraiment ravi de devoir faire office de messager.

D'autant moins quand il s'agissait de jouer les serviteurs devant un norm agressif.

Il foudroya Duncan du regard.

— La Mave veut vous voir dans son bureau.

— Les bonnes nouvelles voyagent vite, marmonna Duncan.

Callie grimaça. Rien de ce qui se produisait à Valhalla n'échappait à l'attention de la Mave. Et un appel de la chef de la police humaine devait avoir éveillé son intérêt à une vitesse record.

— Tu préfères lui parler seul ? demanda-t-elle.

— Bon Dieu, non.

Mel ricana, comme s'il n'avait jamais mouillé son froc quand la Mave le convoquait dans son bureau.

— Je vais conduire notre visiteur auprès de la Mave, informa-t-elle le jeune homme.

Il lança à Duncan un autre regard noir.

— Devrais-je prévenir les cachots qu'ils s'apprêtent à recevoir un pensionnaire ?

— Ça suffit, dit Callie, mettant fin à la conversation.

Elle attendit que Mel s'éloigne dans le couloir sans se presser, avant de précéder Duncan dans la direction opposée.

Elle marcha d'un bon pas, mais il lui était impossible de ne pas remarquer les regards froids et soupçonneux qu'ils s'attiraient sur leur passage.

— Des gens sympathiques.

— Autant que le seraient tes collègues flics si je déambulais dans le poste de police, souligna-t-elle à voix basse.

— Bien vu, grommela-t-il.

— Par ici.

Callie tourna dans le couloir et se dirigea directement vers le bureau de la Mave. Ce ne fut qu'une fois dans le petit renfoncement juste devant sa porte qu'elle s'aperçut que Duncan traînait des pieds. Elle s'arrêta et lui jeta un regard par-dessus son épaule, perplexe.

— Qu'est-ce qui ne va pas ?

— J'ai entendu beaucoup de rumeurs sur ta chef, avoua-t-il.

— Et de quelles rumeurs parle-t-on, sergent O'Conner ? demanda la Mave en ouvrant la porte, adressant un sourire serein à Duncan. Celle qui prétend que j'ai carrément des cornes et une queue ? Ou ma préférée, celle qui suggère que je ne suis qu'un mythe ? Comme le magicien d'Oz ?

Chapitre 6

Duncan avait l'habitude de foutre ses pieds pointure 46 dans le plat.

Ça faisait partie de ses petits talents.

Mais il n'avait pas l'habitude de se retrouver sans voix.

Putain de merde. Il eut l'impression qu'une mule lui avait décoché une ruade quand il aperçut pour la première fois la mystérieuse Mave de Valhalla.

Ce n'était pas juste qu'elle était belle à tomber. Il avait une nette préférence pour les lutins aux cheveux de feu et aux yeux de saphir. Ou qu'elle affichait sa marque de sorcière avec une fierté manifeste. Celle-ci était assez sombre pour avertir même un norm borné qu'elle possédait suffisamment de magie pour le transformer en un truc horrible s'il ne gardait pas ses préjugés pour lui.

Non, c'était simplement le pouvoir de sa présence.

Lequel était gravé sur l'ovale pâle et parfait de son visage. Dans ses yeux d'un gris orageux. Et dansait dans l'aura qu'il était le seul à discerner.

Même s'il avait absolument tout ignoré de cette femme, il aurait compris qu'elle était une force de la nature.

— Bon Dieu, souffla-t-il.

— Pas vraiment, sergent O'Conner, murmura-t-elle en reculant pour indiquer le bureau noir et blanc derrière elle. Vous voulez bien entrer ?

D'une démarche maladroite, il contourna sa silhouette svelte et se dirigea vers le fauteuil le plus proche.

— Je suis désolé, marmonna-t-il.

— Vous pouvez me croire, j'ai entendu pire. Un rafraîchissement ?

La Mave traversa la pièce pour se tenir près du grand bureau où tout le nécessaire pour le thé attendait sur un plateau.

— Non.

Callie s'avança près de lui et lui donna un coup de coude dans les côtes pour lui rappeler les bonnes manières.

— Merci, ajouta-t-il alors sans conviction en se laissant tomber dans le fauteuil en cuir.

Callie s'installa à côté de lui tandis que la Mave se glissait derrière le bureau, le regard posé sur elle.

— Callie, comment vous sentez-vous ?

— Bien.

— Pas de maux de tête ?

— Aucun.

— Parfait. (Elle tourna ses yeux gris sur Duncan.) On m'a dit que vous aviez reçu un appel de votre chef ?

Refuser de répondre n'était pas envisageable. Pas sous ce regard troublant.

— Le corps de Leah a disparu.

Il vit ses yeux gris s'obscurcir. Pas de surprise comme il s'y était attendu, mais de… gêne ?

— Disparu ?

— Oui.

— Par négligence ou il a été volé ?

Il haussa les épaules, assez sage pour ne pas s'offenser à cette question brutale.

— Personne ne peut affirmer quoi que ce soit.

— Mais votre chef soupçonne un évolué d'être impliqué ?

Il réprima un grognement. Pourquoi avait-il insisté pour venir à Valhalla ? C'était Molinari qui aurait dû être assise dans ce fauteuil à se faire cuisiner par la Mave.

Tu parles d'un choc des Titans.

À présent, il se retrouvait obligé de choisir ses mots avec soin.

— Elle envisage juste toutes les possibilités.

Il vit un sourire ironique lui ourler les lèvres.

— Très diplomatique, sergent.

— On m'accuse rarement de diplomatie.

— Sans déc', marmonna Callie près de lui.

Il lui décocha un large sourire dénué de tout repentir avant de reporter son attention sur la femme puissante installée derrière le bureau.

— La chef a demandé à un autre agent de jeter un coup d'œil du côté des suspects habituels.

— Mais ? insista-t-elle.

— Les caméras n'ont rien révélé et on n'a aucun témoin, avoua Duncan. Alors on a affaire soit à un coup monté de l'intérieur, soit à de la magie.

La Mave s'enfonça dans son fauteuil, l'expression préoccupée.

— Dommage.

— Que voulez-vous dire ?

— J'espérais qu'il s'agissait d'un simple vol de cadavre.

Il sentit une boule d'effroi se loger dans le creux de son ventre.

Si un truc inquiétait cette femme, alors ce devait être grave.

Grave puissance mille.

— Vous savez quelque chose, souffla-t-il.

Elle prit un dossier dans le tiroir du haut et le lui tendit par-dessus le bureau.

— Tenez.

Son horreur s'accentua quand il ouvrit la chemise pour découvrir des articles de journaux, des rapports de police et des photos jaunies.

— Paris. Vienne. Johannesburg. (Il releva les yeux, surpris.) Comment vous êtes-vous procuré tout ça ?

— J'ai fait jouer mes relations après m'être entretenue avec Callie. Il m'a semblé important de savoir si l'étrange décès de Leah constituait un incident isolé ou quelque chose… (elle réfléchit un instant) de plus vaste.

Duncan parcourut les rapports de police, dont certains remontaient à cinquante ans en arrière, avant de s'attaquer aux articles de journaux qui étaient encore plus anciens.

Il comprit soudain l'inquiétude de la Mave.

— Merde.

Callie lui effleura le bras.

— De quoi s'agit-il ?

— Leah n'est pas la première victime à ne plus avoir de cœur, dit-il d'une voix rauque.

Les sourcils froncés, la jeune devineresse jeta un coup d'œil au dossier dans ses mains.

— Comment as-tu pu ne pas en entendre parler ? Je croyais que la police partageait ce genre d'informations ?

— Tous ces crimes se sont produits à des années d'intervalle et sur des continents différents. Le premier date de près d'un siècle.

Il reporta son attention sur les photos granuleuses. Rien ne reliait les victimes entre elles. Un prêtre âgé. Un explorateur au visage buriné. Une artiste.

— Je peux les montrer à ma chef ? s'enquit-il.

— Bien sûr, acquiesça aussitôt la Mave.

Il releva la tête pour croiser son regard calme.

— Ces meurtres ont-ils un sens ?

— Pas pour moi.

Ses instincts de flic notèrent ce qu'elle ne disait pas.

— Mais ils en auraient peut-être pour quelqu'un d'autre ?

— La plupart des vieilles histoires recèlent en leur cœur un grain de vérité, murmura-t-elle.

— Vous pensez à une vieille histoire en particulier ?

— À celles qui prétendent qu'un nécromancien peut réellement contrôler les morts.

Il jeta un coup d'œil interloqué à Callie, qui leva les mains en signe de démenti.

— Ne me regarde pas.

Il se retourna vers la Mave.

— C'est possible ?

— Encore hier je vous aurais affirmé que non. Aujourd'hui…

Elle haussa les épaules.

Génial. Juste génial, putain.

Il pouvait déjà sentir la panique qui se répandrait dans la population humaine si le bruit courait qu'un nécromancien tuait des jeunes femmes et volait leurs cadavres. Les gens chargeraient leurs fusils, prêts à tirer sur tous les bizarroïdes qu'ils rencontreraient, sans se soucier qu'ils soient innocents ou non.

— Dites-m'en plus sur ce dont ces nécromanciens seraient capables, demanda-t-il brusquement.

Il devait trouver un moyen d'arrêter ce meurtrier.

Et vite.

— Mes connaissances se limitent à des contes pour enfants. (Ses yeux gris renfermaient une compréhension sinistre de la tragédie qui les menaçait.) Ceux-là mêmes que je suis sûre que vous avez entendus.

Il grogna de frustration.

— Alors, je cherche une créature de contes de fées ?

— J'ai bien peur que oui.

— Vous pouvez me suggérer par où commencer ?

Elle arqua un sourcil et le dévisagea comme si elle était déçue qu'il soit aussi bouché.

— Par où commencer si ce n'est par le Gardien des histoires ?

Callie poussa un soupir interloqué avant de bondir sur ses pieds.

— Vous n'êtes pas sérieuse ?

Avec lenteur, Duncan se leva, surpris par la réaction farouche de Callie.

— Qui est le Gardien des histoires ? demanda-t-il, redoutant presque de formuler cette question.

— Boggs. Il est…

La Mave s'efforça de trouver le mot juste. Callie l'avait.

— Cinglé, dit-elle. Complètement fou à lier.

— Excentrique, ainsi que le sont de nombreux érudits, rectifia doucement la femme plus âgée. Mais il a réussi à réunir et à préserver nos contes populaires.

Duncan fronça les sourcils.

— Ainsi, c'est un bibliothécaire ?

— En quelque sorte, se déroba la Mave.

— Bien, je vais lui parler. S'il détient des informations, je m'en fous qu'il soit cinglé ou non.

Duncan haussa les épaules. Au point où il en était, il déjeunerait avec Belzébuth si c'était nécessaire.

Les deux femmes échangèrent un regard lourd de secrets.

— Il n'est pas ici, avoua finalement la Mave.

— Quand doit-il rentrer ?

— À vrai dire, c'est vous qui devrez aller le trouver, précisa la sorcière.

— S'il le permet, ajouta Callie d'un ton écœuré.

D'accord. Il y avait assez de brouillard dans la pièce pour perdre un éléphant. Ou un flic très soupçonneux.

— Qu'est-ce qui m'échappe ?

La Mave se leva pour marcher vers la fenêtre, se déplaçant avec une grâce majestueuse.

— Boggs est spécial, même pour un évolué.

Un bizarroïde bizarre ?

Pas très rassurant.

— Spécial comment ?

— Il est aveugle de naissance, et soutient qu'il entend les murmures des gens et même des objets. (La compassion adoucit son expression sévère.) C'est pourquoi il vit dans un isolement absolu.

Eh bien… ça ne semblait pas si terrible. Il s'était presque attendu à un cinglé qui mangeait des bébés au petit déjeuner.

— Ils lui murmurent quel genre de trucs ?

— Ce n'est jamais la même chose. Parfois l'avenir… ou du moins, un avenir possible, répondit la Mave. Plus souvent c'est le passé ou le présent.

— Des foutaises, grommela Callie.

Duncan examina son visage empourpré, et haussa les sourcils.

— Je me trompe ou ça cache quelque chose ?

Elle croisa les bras sur son ventre.

— Il a demandé à me voir le jour où Fane est devenu mon gardien.

Duncan serra les poings à la pensée que cette femme était liée à un autre. Platonique ou non, cette relation rendait Fane bien trop possessif.

— Cette date était-elle importante ? gronda-t-il.

— Qui sait ? (Callie balaya l'air de la main.) Cet homme est taré.

Duncan se figea, et observa son agitation grandissante d'un regard intrigué. Ce n'était pas la Callie froide et calme qu'il connaissait.

— Qu'est-ce qu'il t'a raconté ?

— Ça n'a pas d'importance. Comme je l'ai dit, il lui manque une case.

Comprenant que le moment était mal choisi pour exiger des aveux complets, Duncan jeta un coup d'œil vers la Mave, qui regardait Callie d'un air préoccupé.

— Que pensez-vous que je puisse apprendre de Boggs ? s'enquit-il, réprimant tout juste l'envie instinctive d'attirer la fragile devineresse dans la protection de ses bras.

La sorcière composa son visage en un masque impassible alors qu'elle se tournait vers Duncan.

— Ses dons lui ont permis d'amasser une grande quantité de connaissances.

— Ouais, mais est-ce qu'elles sont crédibles ? (Il grimaça.) Chaque jour on a des témoins qui viennent au poste en affirmant avoir vu un meurtre ou un enlèvement, et même Elvis Presley dans un vaisseau spatial.

Elle soutint son regard durant une longue et troublante minute.

— Ce sera à vous d'en juger.

Putain de merde. Se doutait-elle qu'il possédait lui-même quelques talents inhabituels ? Il n'avait jamais envisagé la possibilité que tant de bizarroïdes sentiraient qu'il n'était pas normal quand il avait insisté pour se rendre à Valhalla.

Quel imbécile il avait été.

Il s'éclaircit la voix. Le moment était venu pour une diversion.

— Alors, comment je le trouve ?

— Vous ne le pouvez pas, l'informa la Mave. À moins qu'il souhaite être trouvé.

Ainsi, la seule personne qui pouvait potentiellement leur fournir un indice sur les meurtres était introuvable. Duncan leva les yeux au ciel.

— Parfait.

— Je vais tenter de le joindre, promit la Mave en retournant à son fauteuil derrière le bureau. S'il est disposé à vous parler, alors Fane parviendra à vous conduire jusqu'à lui.

— Seigneur, et moi qui croyais que la journée avait mal commencé. Maintenant, je dois passer encore plus de temps avec le majordome de la famille Addams ?

Duncan frémit, pas vraiment ravi à l'idée d'être projeté dans l'espace avec la Sentinelle. Il redoutait que ce salopard mette à dessein le bazar dans ses molécules.

Callie pouffa.

— Je doute que Fane en soit plus heureux.

La Mave lança un regard à la jeune devineresse.

— Je crains qu'il le soit encore moins quand il apprendra que vous les accompagnez.

— Ah ! (Duncan sourit alors que Callie blêmissait.) La journée s'améliore.

— Merde, marmonna Callie.

Chapitre 7

Callie n'avait pas prévu de manger.

Sa décision d'emmener Duncan à la cafétéria et de s'installer à une table près des fenêtres donnant sur la cour intérieure avait plus été motivée par un instinct de conservation qu'une envie de se restaurer.

Elle n'était pas sûre de ce qui se produirait s'ils se retrouvaient seuls dans une pièce, mais elle savait en revanche qu'il y aurait des baisers passionnés et des vêtements qui voleraient…

Une façon tentante de passer la nuit, mais pas alors qu'ils seraient inévitablement interrompus.

Lorsqu'elle mettrait enfin cet homme dans son lit, elle avait l'intention de consacrer plusieurs heures à l'exploration de son corps nu.

Mais dès que la salade, les lasagnes et le pain à l'ail arrivèrent, elle se surprit à finir son assiette et même à s'accorder une portion de tiramisu.

Les chefs de Valhalla pourraient travailler dans n'importe quel hôtel cinq étoiles. Dieu merci, son métabolisme brûlait les calories à vitesse grand V.

Lorsqu'elle repoussa finalement son assiette vide, elle leva les yeux pour découvrir que Duncan jetait des coups d'œil méfiants à travers la salle bondée.

— Ils me foudroient du regard parce que je suis un norm ou parce que je suis avec toi ? demanda-t-il d'un ton aigre.

Elle haussa les épaules. Quand toute cette histoire serait terminée, ses amis allaient se bousculer pour qu'elle leur explique pourquoi elle avait semblé tellement à l'aise avec Duncan O'Conner, mais pour l'heure ce qu'ils pensaient lui importait peu.

— Parce que tu es flic, probablement.

Il la dévisagea d'un air renfrogné.

— C'est quoi le problème avec les flics ?

— Beaucoup d'évolués ont eu des expériences déplaisantes avec les forces de l'ordre.

Il tendit la main vers sa bouteille de bière fraîche.

— N'en est-il pas ainsi pour nous tous ?

Elle plissa les yeux en voyant la désinvolture avec laquelle il balayait ce que son peuple avait enduré au fil des années.

— Ce n'est pas pareil. La plupart des policiers nous considèrent comme mauvais par nature.

— Il ne faut pas le prendre personnellement, protesta-t-il. Les flics se montrent toujours soupçonneux.

— Ouais, c'est ça.

Se souvenant peut-être de la réaction de son légiste à la présence de Callie à peine quelques heures plus tôt, il avala une grande lampée de bière.

— Les choses mettent du temps à changer.

— C'est ce qu'on dit.

Il s'enfonça dans son siège et reposa la bouteille. À la lumière du plafonnier, ses cheveux pâles avaient l'éclat lisse de l'or poli et ses traits fins étaient d'une beauté plus sauvage que jamais.

Ce qui fit regretter à Callie sa décision de choisir la cafétéria bondée plutôt que son appartement.

Du moins, jusqu'à ce qu'il ouvre de nouveau la bouche.

— Raconte-moi ce qui s'est passé avec Boggs.

Elle redoutait cette question depuis qu'ils avaient quitté le bureau de la Mave, mais celle-ci réussit malgré tout à la prendre au dépourvu.

— Ce ne sont pas tes affaires.

Il se concentra sur elle avec cette obstination qui faisait de lui un si bon flic.

Et un compagnon de table agaçant.

— Et si je veux que ça le devienne ?

Elle se déplaça pour s'assurer de tourner le dos au reste de la salle. Si l'un de ses amis apercevait sa mine renfrognée, il accourrait à son secours en un éclair.

— Tu es prêt à me dévoiler ton intimité ?

Il haussa une épaule.

— Qu'est-ce que tu désires savoir ?

— Tu aimais ta femme ?

Le souffle coupé, il serra le poing sur la table.

— Tu n'y vas pas par quatre chemins, hein, Callie ?

— On n'a plus tellement envie de jouer maintenant ? railla-t-elle.

Après un court silence explosif, il croisa les bras.

— Je connaissais Susan depuis le premier jour de maternelle, commença-t-il d'un ton sec, le visage complètement fermé. C'était une brave fille catholique du quartier qui semblait incarner exactement le genre de femme que je devais épouser. Mes parents étaient ravis.

Elle avait conscience qu'elle devrait arrêter. De toute évidence, parler de sa femme – de son ex-femme – lui était encore difficile.

Et elle n'avait aucun droit d'insister. Mais une partie d'elle-même avait besoin de savoir. C'était comme une épine sous sa peau qui devenait insupportable.

— Ça ne répond pas à ma question, dit-elle, sans jamais quitter du regard son expression dure.

Un autre long et pénible silence suivit.

— J'aimais vraiment beaucoup Susan, mais je n'ai jamais été fou d'elle comme un homme devrait être fou de sa femme, avoua-t-il abruptement.

— Fou ? (Elle le dévisagea d'un air interloqué.) C'est un choix de mot intéressant.

Il se pencha vers elle et lui prit la main pour porter son poignet à ses lèvres.

— Une relation ne devrait pas être un arrangement confortable, gronda-t-il contre son pouls qui battait la chamade. Mais être torride, passionnée, toute en émotions à l'état brut.

Un frisson d'excitation électrique la traversa brusquement et elle ne sut plus où se mettre.

Waouh. Torride, en effet. Elle avait l'impression d'avoir été brûlée.

— Je vois ce que tu veux dire, souffla-t-elle.

Il baissa la main de Callie mais garda les doigts enroulés autour de son poignet et titilla du pouce l'endroit qu'il venait juste d'embrasser.

— Parle-moi de Boggs.

Elle soupira, mais ne fit pas mine de s'écarter de son étreinte légère. Franchement, elle avait besoin de la chaleur réconfortante de son contact. Le souvenir de sa visite à Boggs n'était pas un truc qu'elle avait envie de déterrer.

Jamais.

— Il a fait savoir à la Mave qu'il était tombé sur un artefact annonçant une menace, commença-t-elle d'une voix basse.

— Le charabia habituel des soi-disant prophètes ?

— Exactement, reconnut-elle.

Elle sentit sa peau devenir moite tandis qu'elle se remémorait la caverne obscure à l'air confiné remplie de tas d'objets étranges qui semblaient sortis d'un plateau de cinéma hollywoodien. C'était à faire froid dans le dos. Surtout pour une fille qui n'avait guère quitté Valhalla.

— Il a affirmé devoir s'entretenir avec « la jeune devineresse aux yeux comme des saphirs », reprit-elle.

— Il ne s'est pas trompé sur les yeux, murmura Duncan. Ils sont insolites ?

— La plupart des devins ont les yeux marron ou verts.

— Il y en a combien ? Ou est-ce un secret ?

— Moins de vingt, répartis à travers le monde.

Il parut interloqué par cette information.

— Un don rare.

Elle haussa les épaules.

— Oui, mais pas le plus rare.

Il fronça les sourcils, comme s'il souhaitait savoir ce qui pouvait bien exister de plus exceptionnel qu'un nécro, puis il secoua vivement la tête.

— Alors Boggs a demandé à te voir ? s'enquit-il, refusant manifestement de se laisser distraire.

— Oui.

— Et qu'est-ce qu'il t'a dit ?

Elle frémit. Même douze ans après, elle se rappelait encore la vision de Boggs qui ôtait sa robe pour dévoiler ses pouvoirs cachés.

— Que les morts ont le sommeil agité dans leurs tombes.

Il observa son expression qu'elle prit soin de garder neutre.

— Ça ne t'a pas impressionnée ?

Elle étira les lèvres en un sourire dépourvu de toute chaleur.

— Je l'aurais plus été s'il ne m'avait pas fait attendre dix heures dans une caverne humide juste pour m'annoncer exactement la même chose que m'avait révélée une diseuse de bonne aventure dans une fête foraine quand j'avais douze ans.

— La diseuse de bonne aventure t'a dit la même chose ?

Zut. Si seulement elle avait retenu sa langue.

Ça donnait bien plus d'importance à cette coïncidence qu'elle n'en avait.

Ou, du moins, bien plus qu'elle avait toujours espéré qu'elle en avait.

À présent… eh bien, elle n'était plus sûre de rien.

— Le fait que je suis une devineresse n'est pas un secret, déclara-t-elle d'un ton qu'elle voulait détaché. Qu'est-ce qu'ils auraient pu me révéler d'autre ?

— Oh, je ne sais pas.

La touche d'or se fit soudain plus prononcée dans ses yeux noisette. Un signe certain qu'il l'imaginait nue.

— Peut-être que tu étais destinée à rencontrer un flic séduisant qui allait chambouler ta vie, reprit-il.

À cette moquerie délibérée, elle sentit se desserrer les bandes qui lui comprimaient la poitrine.

— Tes techniques de drague sont vraiment trop nulles, murmura-t-elle en secouant la tête.

— Heureusement que je suis beau gosse.

— Et d'une telle modestie.

Elle vit son bref sourire s'évanouir, son expression s'assombrir.

— Tu es sûre que recevoir le même avertissement de deux personnes différentes n'est qu'un simple hasard ?

Elle grimaça. C'était une question qui l'avait hantée plus d'une fois au cours des années. Et toujours, elle était parvenue à une conclusion identique.

— Et après ? répliqua-t-elle avec une impatience grandissante. Qu'est-ce que je suis censée faire de cadavres agités ?

Il ne put masquer un frisson horrifié.

— Je ne suis pas le mieux placé pour te répondre.

— Vous n'êtes pas le mieux placé pour beaucoup de choses, railla Fane en s'arrêtant près de leur table.

Immédiatement, Duncan fut submergé par une overdose d'agressivité masculine.

— Vous savez que j'ai encore mon flingue ?

— Je pourrais vous tuer avant même que vous ayez pu le sortir de son étui, affirma le gardien, posant les mains à plat sur la table, un sourire empreint d'une promesse mortelle sur les lèvres.

Callie soupira alors qu'un silence inquiétant descendait sur la salle. Exactement comme dans un western quand une fusillade était imminente.

Les imbéciles.

Elle éloigna sa main de Duncan. Inutile de jeter de l'essence sur un feu qui couvait.

— Tu as besoin de quelque chose, Fane ?

— La Mave m'a contacté. On part dans une heure. (De son regard sombre, il examina son visage pâle.) Tu devrais te reposer.

— C'est ce que je vais faire. (Elle lui adressa un sourire réconfortant.) Je te le promets.

— On se retrouve à la chapelle.

— D'accord. (Elle soutint son regard, pour qu'il voie qu'elle était assez forte pour affronter les épreuves à venir.) Tout va bien se passer.

— J'ai l'intention de m'en assurer, jura-t-il en décochant un regard noir à Duncan. Prenez garde.

Son avertissement délivré, Fane se retourna et quitta la cafétéria sans se presser, indifférent aux regards avides qui suivirent sa sortie.

Fane n'en avait vraiment, vraiment rien à foutre de ce que les gens pensaient.

Consciente que l'attention allait immanquablement se reporter sur eux à la seconde où la Sentinelle aurait disparu, Callie se leva brusquement.

— Partons d'ici.

Duncan poussa un soupir de soulagement quand ils sortirent de la cafétéria par une petite porte et entrèrent dans les jardins baignés par le clair de lune.

Il avait toujours pensé savoir ce que devaient éprouver les bizarroïdes lorsqu'ils s'aventuraient dans le monde. Les regards – plus ou moins – furtifs. La peur agressive de ceux qui les entouraient. La forte antipathie qui imprégnait l'atmosphère d'une sinistre menace.

À présent, il devait admettre qu'il n'en avait pas eu la moindre idée. Comprendre de façon raisonnée le concept fondamental du racisme et en subir réellement les effets constituaient deux choses différentes.

Durant plusieurs minutes, ils marchèrent en silence, Duncan essayant de se débarrasser de la sensation persistante des regards soupçonneux et Callie manifestement préoccupée par leur prochaine rencontre avec Boggs.

Finalement, il inspira profondément et parcourut des yeux les massifs de roses déjà épanouies bien qu'ils ne soient qu'en avril. Des pétales veloutés allant d'un bordeaux profond au blanc le plus pur parfumaient l'air, tandis que dans une fontaine de marbre l'eau dansait en un spectacle étincelant. Des bancs et des vasques magnifiquement sculptés complétaient le tout, et les jardins étaient bordés de haies basses taillées avec une telle perfection qu'elles ne semblaient pas réelles.

Il pinça les lèvres au souvenir de ses tentatives enthousiastes pour ébarber les haies, quand il possédait une maison. Non seulement elles avaient fini en chicots nus, mais il avait entamé par accident celle des voisins. Inutile de préciser qu'il n'avait pas été invité à la fête du quartier.

Un des avantages de vivre dans un immeuble merdique… pas de jardinage.

— Je n'imaginais pas que ce serait si beau, murmura-t-il, lui effleurant la main alors qu'ils marchaient sur l'allée dallée.

Il vit un sourire contraint lui ourler les lèvres.

— Mère Nature est toujours spectaculaire, mais on ne perd rien à avoir une sorcière comme jardinière.

— En effet.

Il examina le visage qu'elle levait vers lui, et sentit son membre vibrer à la vision qu'elle offrait dans le clair de lune. Elle était superbe. Comme toujours. Mais sa place n'était pas dans ce jardin. Elle n'était pas une rose de serre. Elle était trop rare, trop exotique. Comme une fleur cueillie sur une lointaine île tropicale.

— Ton enfance a été heureuse ici ?

— Oui. (Son sourire se fit plus détendu, des souvenirs agréables remplaçant la peur qui l'accablait.) Les enfants qui sont amenés à Valhalla sont confiés à des familles d'accueil, mais tout le monde s'implique dans leur éducation. J'avais une dizaine de mères qui me couvraient d'attentions.

— Tu n'as jamais songé à rechercher tes parents biologiques ?

— Ils ont cessé d'être mes parents quand ils m'ont jetée à la poubelle, dit-elle avec un mépris brutal. Je n'ai jamais éprouvé la moindre envie de savoir quoi que ce soit sur eux.

Il hocha la tête. De toute évidence, elle avait reçu tout l'amour et la protection dont elle avait eu besoin. Pourquoi souhaiterait-elle connaître les salopards qui s'étaient débarrassés d'elle comme d'une ordure ?

— Ça se comprend.

Elle le regarda de côté.

— Et ton enfance à toi ?

D'instinct, il ralentit le pas lorsqu'ils approchèrent d'un coin sombre du jardin, qui présentait l'avantage d'être caché par un treillis entrelacé de roses grimpantes.

— Bruyante, désordonnée. (Il lui décocha un large sourire.) Parfois douloureuse.

Interloquée, elle s'arrêta.

— Douloureuse ?

— J'ai deux frères aînés qui m'ont balancé par la fenêtre de notre chambre et m'ont laissé, pieds et poings liés, dans l'abri de jardin jusqu'à ce que mon vieux me trouve. Ils m'ont aussi mis au défi d'embrasser ma maîtresse de CM1, qui m'a immédiatement exclu de l'école pendant une semaine.

Elle arqua un sourcil ; il ne discerna pas la moindre trace de compassion sur ses traits.

— Des sœurs ?

— Trois.

— Plus âgées ?

— Ouais.

— Ça explique tout.

Il pinça les lèvres pour dissimuler son sourire. Il était sur le point de se faire insulter. Son amusement ne ferait que gâcher le plaisir de Callie.

— Explique quoi ? s'astreignit-il à demander.

— Que tu es persuadé que les femmes ne peuvent que t'adorer.

— Évidemment qu'elles m'adorent. Je suis adorable.

Elle ricana.

— Tu es pourri gâté, oui.

Il ne pouvait le nier. Bien qu'elles aient fait de sa vie un enfer, ses sœurs lui avaient passé absolument tous ses caprices.

— J'ai peut-être été un peu trop choyé, convint-il.

Elle tendit la main pour cueillir une rose épanouie sur le treillis et en caressa les pétales couleur pêche.

— Ta famille habite à Kansas City ?

— Oui.

Il s'éclaircit la voix. Bon Dieu, mais il avait une érection rien qu'à la vue de ses doigts délicats qui effleuraient la fleur. Il voulait sentir ses mains le toucher, l'explorer et même pourquoi pas le serrer.

— Ma mère serait terrassée si l'un de ses poussins s'envolait trop loin du nid, reprit-il.

Elle sourit.

— Tu as eu de la chance.

— Je n'ai pas toujours envisagé les choses comme ça. Une grande famille peut étouffer un jeune homme qui tente de déployer ses ailes.

Rien de tel que deux parents et cinq frères et sœurs plus âgés qui mettaient leur nez dans ses affaires. L'intimité avait été plus précieuse que l'or quand il avait été un adolescent bourré d'hormones et très porté sur la chose.

— Maintenant, j'ai appris à apprécier le clan O'Conner. (Il s'interrompit, frappé par une inspiration soudaine.) Je t'emmènerai peut-être au repas dominical.

Elle le dévisagea avec incrédulité. Un long moment.

— Moi ?

— Pourquoi pas toi ?

— Je crois que c'est évident.

— Manifestement non.

— Très bien. (Elle releva le menton d'un air défensif.) Je doute d'être la bienvenue.

Duncan respira profondément. Imaginer Callie dans la maison de son enfance se révélait d'une facilité effrayante. Les O'Conner étaient bruyants, joviaux et pas toujours très fins, mais ils étaient tous fondamentalement protecteurs. Un regard à cette beauté fragile avec ses yeux pareils à des joyaux et ils se bousculeraient pour jouer les mères poules.

— Tu te trompes. Ma mère est une femme remarquable. Elle ne refuserait jamais quelqu'un à sa table, lui assura-t-il, avant d'éclater d'un rire bref en songeant à la réaction de son père devant Callie Brown. Bien sûr, ce pourrait être dangereux.

— Pourquoi ? Elle pourrait me planter un couteau dans le ventre ?

— Pire, elle pourrait commencer à prendre tes mesures pour une robe de mariée.

Encore ce regard fixe.

— Tu n'es pas sérieux ?

— Ma mère est de la vieille école. (Il haussa les épaules.) Elle pense qu'un homme ne peut être heureux que sous la coupe d'une femme.

Callie affichait une expression méfiante, comme si elle craignait qu'il joue à un jeu cruel.

— Je ne peux pas croire qu'elle soit jamais assez désespérée pour voir en moi une belle-fille potentielle.

Il passa la main sur ses cheveux ébouriffés, avec douceur malgré la colère violente qui monta en lui. Merde, il avait envie de foutre son poing dans la gueule de tous les crétins ignorants qui avaient poussé cette femme remarquable à s'imaginer qu'elle était tout sauf extraordinaire.

À moins qu'il se contente de leur tirer dessus.

Ouais. Voilà qui semblait bien plus satisfaisant.

— Pourquoi ne voudrait-elle pas de toi ? demanda-t-il. Tu es jeune, belle et je suppose que tu es capable de produire les petits-enfants requis ?

Elle s'humecta les lèvres, ce qui envoya une autre onde de chaleur dans le corps de Duncan. *D'accord. On arrête de penser aux enfants. Ou à la façon dont un homme les obtient.*

— Je suis un phénomène de foire qui lit dans l'esprit des morts, répliqua-t-elle.

Il lui écarta une de ses mèches flamboyantes.

— Ma chérie, ce n'est pas vraiment un secret. Je t'ai vue à l'œuvre.

— Les mères n'invitent pas les gens comme moi à leur repas dominical.

— Ainsi tu es spéciale, dit-il. Encore mieux.

Elle l'observa, perplexe, durant une longue minute. Puis brusquement, elle plissa les yeux.

— Ah ! Je sais ce que tu fais.

Ah oui ?

— Je suis content que l'un de nous le sache, marmonna-t-il.

— Tu essaies de me distraire de notre prochaine rencontre avec Boggs.

Exact. Il avait assurément commencé par tenter d'arracher un sourire à ses lèvres pleines et délectables, mais il avait perdu de vue son objectif en cours de route.

Et pire, il avait conscience qu'il aurait du mal à chasser la vision de Callie entourée de sa famille à la table de la cuisine de sa mère.

Un fantasme redoutable.

Il valait bien mieux se concentrer sur le désir simple qui vibrait en lui comme un courant électrique.

C'était le genre de danger qu'il pouvait gérer.

Alors qu'il suivait des doigts la courbe de son oreille, il se déplaça pour la cacher aux regards de quiconque entrant dans le jardin.

— J'ai de meilleurs moyens de te distraire, murmura-t-il en baissant la tête pour lui mordiller la lèvre inférieure.

— Vraiment ? souffla-t-elle, levant les mains pour s'agripper à ses épaules.

À sa réponse enthousiaste, il frissonna.

— Oh oui.

Lui prenant le visage entre les mains, il lui inclina la tête pour pouvoir s'emparer de sa bouche en un baiser empreint d'une demande sexuelle patente.

Ils disposaient de quelques minutes avant d'être obligés de quitter Valhalla. Loin d'être suffisant pour faire ce qu'il voulait faire avec cette femme.

Mais il comptait profiter de chaque seconde.

Glissant la langue dans la chaleur satinée de sa bouche, il se perdit dans la douce dépendance que représentait Callie Brown.

Chapitre 8

Sous le manoir majestueux, les pièces n'étaient pas meublées avec élégance ni conçues pour impressionner.

En fait, le sous-sol ressemblait exactement à une morgue.

Probablement parce que c'était ce dont il s'agissait.

Dans la longue salle immense carrelée de blanc, des congélateurs en Inox étaient encastrés le long des murs, emplissant l'air d'un bourdonnement sourd. Au plafond, les rangées de lumières brillaient avec l'éclat du soleil.

Et au centre se dressait un lit à roulettes en acier où était étendue une jeune femme, la peau aussi blanche que le drap qui couvrait son corps nu et sur les bords duquel se répandaient ses cheveux châtains.

L'ourlet de sa robe grise balayant le sol, Zak traversa la salle jusqu'au lit. Il scruta ses traits délicats, comprenant objectivement pourquoi un homme se ridiculiserait pour une telle créature, même si ses propres passions avaient été purgées dans les flammes de ses ennemis.

—Ah! (Il lui tourna le visage sur le côté, à la recherche du moindre défaut.) Elle est exquise.

L'homme qui se tenait près de lui dansa d'un pied sur l'autre, mal à l'aise.

Tony était exactement ce qu'Anya avait dit d'un autre serviteur de Zak.

Une vraie brute.

Petit, avec un torse puissant, il était aussi fort qu'un bœuf et à peu près aussi intelligent. Ses cheveux bruns étaient lissés de part et d'autre de son visage carré au nez de travers et aux petits yeux de fouine.

Sa personnalité était aussi agréable que celle d'un pit-bull, mais il possédait de la famille qui connaissait toujours quelqu'un qui connaissait quelqu'un qui connaissait quelqu'un ; autrement dit, il avait un cousin qui travaillait au poste de police et avait accepté d'arrêter les caméras de surveillance assez longtemps pour que Tony entre et sorte sans déclencher les alarmes.

— Si vous le dites, marmonna la brute qui frotta inconsciemment ses mains épaisses sur son jean.

Tout le monde ne se sentait pas aussi à l'aise que Zak avec les morts.

Étrange. Cet homme avait prétendument tué plus d'une dizaine de personnes, y compris des femmes et des enfants. Comment pouvait-on être dégoûté par la mort quand on était si doué pour la donner ?

En plus, les cadavres se révélaient de bien meilleure compagnie que les vivants.

— Vous pouvez partir, le congédia Zak.

— Dieu merci.

L'homme se précipita vers la porte.

— Tony, l'arrêta-t-il.

L'homme lui jeta un regard par-dessus son épaule.

— Oui ?

— Je n'ai pas à vous rappeler qu'il serait extrêmement dommageable de parler de quoi que ce soit en lien avec votre travail.

Sa voix n'était qu'un doux murmure mais Tony fut soudain aussi pâle que la femme morte.

— Promis, mes lèvres sont scellées.

— Allez-y.

Tony n'avait pas besoin qu'on le lui dise deux fois. Se déplaçant avec une rapidité surprenante pour sa carrure, il quitta le laboratoire et grimpa l'escalier.

Écartant le serviteur de son esprit, Zak poursuivit son inspection de la femme. Ce n'était pas par plaisir. Il devait s'assurer que le légiste n'avait pas commencé l'autopsie.

— Tu es satisfait ? susurra Anya en entrant dans le laboratoire vêtue d'une autre robe, en l'occurrence d'un vert profond qui contrastait avec le riche rideau de ses cheveux.

Zak, qui resta de marbre, reporta son attention sur le joli cadavre.

— On l'a récupérée avant qu'elle ait été abîmée.

— Alors tu peux achever le rituel ?

Certain que la femme était toujours apte à remplir le rôle qu'il lui avait attribué, il releva le drap et s'approcha d'un plan de travail qui courait entre deux congélateurs.

— Tu es pressée maintenant ? demanda-t-il alors qu'il se lavait les mains dans un évier et les essuyait avec une serviette. Avant, tu insistais pour que j'attende.

— Je n'ai vu aucune annonce de son décès, mais ce n'est qu'une question de temps, répliqua Anya d'un ton brusque. Les risques que tu as pris pour obtenir cette femme ne nous apporteront rien de bon si Calso apprend qu'elle est morte.

Il glissa la main sous le plan de travail pour saisir deux bougies et un bol en ivoire peu profond. D'un tiroir, il sortit un grand couteau de cérémonie.

— Certaines choses ne peuvent être précipitées.

— Très bien.

Un silence divin descendit sur le labo – une raison de plus de préférer les morts aux vivants – tandis qu'il s'ouvrait dans la paume une entaille fine comme une lame de rasoir et laissait plusieurs gouttes de sang emplir le fond du bol.

Puis, après s'être enveloppé la main d'un tissu de lin pour arrêter le saignement, il alluma les bougies et psalmodia tout bas l'incantation familière.

Sans jamais s'interrompre, il répéta le chant, passant les mains au-dessus du sang dans le bol.

Ce n'étaient ni les paroles ni les bougies qui importaient.

Elles ne représentaient qu'un point d'ancrage pour invoquer ses talents latents.

Avec lenteur, presque imperceptiblement, un vent froid commença à tournoyer à travers le labo, apportant une senteur humide de terre, ainsi qu'autre chose.

Quelque chose d'étranger.

Il s'ouvrit au froid envahissant, le laissa lui emplir le corps d'un pouvoir plus grand que le sien.

Il ignorait quand il s'était découvert la faculté de dépasser le simple fait d'entrevoir l'esprit des morts. Il avait été trop jeune pour être effrayé lorsque le pouvoir s'était élevé pour le consumer, bien qu'assez âgé pour comprendre qu'il devait le garder secret.

Pendant qu'il vivait dans un domaine reculé en Russie, il lui avait été aisé d'exercer ses aptitudes croissantes à l'abri des regards indiscrets. Et s'il avait été surpris une ou deux fois par un serf, eh bien, il était relativement facile de les éliminer.

Avec le temps, ses pouvoirs étaient devenus plus qu'une source de fascination.

Il s'en était servi pour gravir les échelons : d'aristocrate mineur, il était passé favori à la cour du tsar, entouré de la richesse et du luxe que son faible et imbécile de père n'aurait jamais pu imaginer.

Bien sûr, il n'était plus le genre d'homme à se satisfaire de tels goûts superficiels.

Il n'avait pas reçu ses dons pour le plaisir.

Mais pour régner.

Et c'était exactement ce qu'il comptait faire.

— Apporte-moi l'urne, dit-il, le corps engourdi par le pouvoir froid qui grondait en lui.

— Tes désirs sont des ordres, marmonna la sorcière, qui se dirigea vers le congélateur le plus proche.

— Si tu as envie de te comporter comme une enfant, tu peux aussi bien partir.

Elle grommela, mais eut la sagesse de poser avec précaution l'objet en céramique sur le plan de travail près de lui.

— Voilà.

Sans se soucier de la sorcière irritée, Zak enfonça la main dans l'urne pour en sortir un cœur congelé. Il recommença à psalmodier tandis qu'il disposait l'organe délicat dans le bol et le couvrait de ses mains.

Il ne prêta pas attention à la sorcière, qui trépignait avec une impatience grandissante, ni même aux pas lourds de Tony à l'étage, qui se rendait à coup sûr dans la cuisine pour dévaliser le frigo. Cet homme mangeait de façon continue.

Rien ne pouvait le distraire du pouvoir cinglant. Alors que celui-ci battait en lui avec une violence de plus en plus douloureuse.

Arracher une personne des griffes de la mort ne constituait pas un don pour les faibles. Comme ces devins ridicules qui se cachaient derrière les murs de Valhalla et se contentaient de tout juste effleurer la surface de ce qui était possible.

À chaque seconde qui passait, il risquait d'être consumé par les ténèbres glacées qui palpitaient en lui.

Il luttait contre la Faucheuse, sans jamais avoir la certitude de gagner.

Finalement, la force qui bouillonnait en lui s'échappa soudain par ses mains pour plonger dans le cœur.

L'organe frémit, et la glace fondit brusquement alors qu'il se remplissait d'une magie aussi vieille que le temps.

Inspirant profondément, Zak repartit vers le lit à roulettes. Il veilla à marcher d'un pas assuré malgré la lassitude qui l'envahissait.

Il ne dévoilait jamais de faiblesse.

Surtout pas devant Anya.

La sorcière avait beau lui avoir juré fidélité, c'était une salope perfide qui se retournerait contre lui en un clin d'œil.

Lorsqu'il s'arrêta près du lit, Zak posa la main sur le front de la femme.

— Leah, réveille-toi, ordonna-t-il, regardant ses paupières se soulever.

Ses yeux marron clair étaient dénués d'émotion mais renfermaient une conscience qui représentait tout ce dont il avait besoin.

Duncan ferma les yeux avec force, s'agrippant désespérément au poteau de cuivre tout en tentant de ne pas hurler comme une mauviette.

Il avait du mal à croire qu'à peine un quart d'heure plus tôt, il se trouvait dans l'obscurité aux senteurs de rose avec Callie dans ses bras.

Perdu dans le plaisir enivrant de leur baiser, il essayait d'oublier le monde autour d'eux quand Fane avait fait une entrée intempestive.

À partir de là, les choses n'avaient fait qu'empirer.

L'emmerdeur fini tatoué était arrivé sans un bruit, et à la violente hostilité qui avait empli l'air, Callie s'était écartée, gênée, une touche de couleur sur les joues.

L'espace d'un fol instant, Duncan avait serré les poings. Comme s'il allait frapper ce salopard.

Seul le fait de savoir que la Sentinelle avait consacré sa vie à protéger Callie, et que la jeune femme pourrait très bien avoir besoin de ses pouvoirs considérables avant qu'ils en aient terminé avec toute cette affaire, l'avait empêché d'écraser ses phalanges sur sa mâchoire arrogante.

Une décision qu'il avait regrettée tandis que la Sentinelle les avait conduits jusqu'à la petite chapelle. Duncan avait tout juste pu jeter un regard à ce lieu austère, que Fane lui avait saisi la main sans ménagement pour la plaquer contre le pilier au centre de la pièce, et le monde avait été réduit à néant.

Un coup de poing n'aurait eu aucun effet sur ce salopard mais, main cassée ou non, lui assener un gnon lui aurait procuré une satisfaction.

La sensation de vide s'évanouit brusquement tandis que le monde se matérialisait de nouveau autour de lui. Un instant désorienté, Duncan s'agrippa au pilier, ayant la tête qui tournait.

— Merde.

— Un problème, flic ?

Duncan foudroya du regard la Sentinelle qui observait son malaise avec un sourire suffisant.

— Rien qui ne puisse être réglé avec une balle bien placée.

— Continuez à vous dire ça si ça peut vous faire vous sentir mieux.

Sans se soucier de leurs chamailleries, Callie traversa le sol de pierre pour examiner les étranges gravures sur le mur.

— Ce n'est pas le même endroit.

Duncan la rejoignit.

— Quoi ?

— Ce n'est pas ici que j'ai rencontré Boggs la dernière fois, expliqua-t-elle, jetant un regard à Fane. On est où ?

— En Allemagne.

Sans un mot de plus, le guerrier se retourna pour quitter la pièce exiguë, s'attendant manifestement à ce qu'ils le suivent.

Pour une fois, l'arrogance de cet homme ne dérangea pas Duncan.

Non seulement il s'efforçait encore de recouvrer l'équilibre, mais apprendre qu'il venait juste d'être projeté à l'autre bout du monde l'avait ébranlé.

Nom de Dieu.

Le plus loin qu'il avait jamais été de Kansas City, c'était à Key West, en Floride, pour sa lune de miel.

Et il lui avait fallu deux jours de route.

Alors qu'il se demandait si les Sentinelles planquaient des passeports et des devises étrangères aux quatre coins de la planète, Duncan s'aperçut que Callie s'éloignait.

Secouant la tête, il lui emboîta le pas et sortit de la chapelle circulaire pour entrer dans le réfectoire.

La longue salle correspondait à l'image qu'il se faisait d'une vieille abbaye. Construite en pierre nue et bordée d'arcades imposantes qui s'ouvraient sur des passages latéraux, elle contenait plusieurs tables disposées dans le fond, comme si les moines s'y réunissaient pour manger. Ou peut-être prier.

Le plafond en voûte donnait l'impression d'un vaste espace, orné des mêmes hiéroglyphes qui étaient tatoués sur Fane.

Une protection contre la magie.

Et Dieu savait quoi d'autre.

Callie s'arrêta quand ils aperçurent Fane à l'extrémité de la salle qui parlait calmement avec un moine encapuchonné. De toute évidence, il aurait été mal élevé de les interrompre.

— Qu'est-ce qui se passe ? demanda Duncan.

— Je suppose qu'il nous faudra un moyen de transport pour rejoindre Boggs, dit-elle, les bras serrés sur le ventre en un geste de défense inconscient.

Il se plaça derrière elle et lui massa avec douceur les muscles tendus des épaules.

— Avec moi, il ne t'arrivera rien, jura-t-il.

Elle lui jeta un regard, les lumières des candélabres jouant dans ses yeux.

— Tu ne sais pas que l'époque des damoiselles en détresse est révolue ?

Il eut le souffle coupé. Pourquoi sa beauté ne cessait-elle pas de le prendre au dépourvu ? Il fit remonter et descendre ses mains sur ses bras, éprouvant un désir compulsif de la toucher.

— Je ne doute pas que tu sois capable de te débrouiller seule, Callie, mais on a tous besoin de quelqu'un pour surveiller nos arrières, déclara-t-il d'une voix rauque.

— Même les flics machos ?

— Surtout les flics machos.

Silence. Du genre empli d'une fascination puissante, d'une pointe de chaleur perfide et d'une méfiance partagée envers les liens qui se formaient entre eux.

Ça n'avait pas été écrit.

Pour aucun d'eux.

— Venez, intervint Fane, son irritation exacerbée réchauffant l'air tandis qu'il foudroyait Duncan du regard. On doit se dépêcher.

— Qu'est-ce qui presse ? répliqua Duncan avec hargne.

Il se promit que dès qu'il serait certain que Callie ne risquait plus rien, il l'emmènerait très loin de son chien de garde. *Le salopard indiscret et arrogant.*

Quitte à devoir enchaîner ce guerrier au mur avant de jeter les clés.

Comme s'il percevait son sinistre serment, Fane le transperça une dernière fois du regard avant de les précéder sous l'une des arcades.

— Boggs refuse de parler après le lever du soleil.

Alors qu'il lui emboîtait le pas, Duncan grimaça.

— Ce n'est pas un vampire, si ?

Fane haussa les épaules.

— Vous verrez.

Duncan décocha un coup d'œil à la silencieuse Callie.

— Ça ne va pas me plaire, si ?

— Comme l'a dit la Mave… c'est un excentrique.

Il secoua la tête. Inutile de chercher à deviner ce qui l'attendait.

Ils marchèrent à travers les passages étroits de l'abbaye, les épaisses ténèbres repoussées uniquement par la lueur vacillante de rares bougies.

Même si pour lui il était 19 heures ou 20 heures – il ne portait jamais de montre –, l'abbaye était plongée dans un sommeil que seules venaient parfois perturber des silhouettes en robe ayant eu la malchance de se voir attribuer la ronde de nuit.

Ils traversèrent une salle de travail vide où des tables de bois croulaient sous des rouleaux de parchemin et des bouteilles emplies d'un liquide sombre qu'il supposa être de l'encre. Il vit même des plumes d'oie entassées sur un banc.

Des scribes ? À notre époque ?

Ça semblait… trop.

Fane continua d'avancer d'un bon pas quand ils sortirent de l'abbaye et traversèrent une cour pavée jusqu'à un grand édifice qui devait avoir jadis abrité les écuries. Quelques minutes plus tard, un SUV noir aux vitres teintées surgit de l'angle du bâtiment et Fane ouvrit la portière arrière pour que Callie s'installe sur la banquette.

Duncan s'empressa de se glisser après elle sur le siège en cuir moelleux, de sorte que la Sentinelle fut obligée de monter à l'avant avec le moine encapuchonné.

Puéril ?

Putain, ouais.

Mais tout le monde savait que la plupart des hommes avaient la maturité d'un gamin de cinq ans.

Il referma la portière et venait tout juste de réussir à boucler sa ceinture quand le moine écrasa la pédale de l'accélérateur et qu'ils s'éloignèrent de l'abbaye à une vitesse qui devait être illégale.

Pas un bruit ne se fit entendre dans l'habitacle du véhicule luxueux tandis que Callie se retirait dans ses pensées. Fane semblait être plongé dans un état zen. Le moine avait sans doute fait quelque vœu de silence, à moins qu'il prenne juste plaisir à feindre de courir le Grand Prix.

Et Duncan… eh bien, il serrait les dents trop fort pour articuler autre chose qu'un cri.

Il aperçut un large fleuve qu'il supposa être le Rhin et qui suivait la route étroite qui serpentait à travers une forêt dense. Ils passèrent en trombe dans un petit village, si vite qu'il distingua à peine les boutiques pittoresques avec leurs écriteaux de bois et leurs devantures bien astiquées remplies de pendules à coucou sculptées à la main, d'ours en peluche mous et des incontournables chopes de bière.

Sa petite maman serait enchantée, reconnut-il, se promettant de suggérer à ses frères et sœurs de se cotiser pour offrir à leurs parents des vacances bien méritées. Son vieux insisterait pour visiter l'Irlande, mais il s'assurerait que sa mère ait son mot à dire.

Ils roulaient depuis moins d'un quart d'heure quand le SUV bifurqua brusquement sur un sentier envahi par la végétation. D'instinct, il attira Callie contre lui alors qu'ils étaient secoués sur le chemin cahoteux, et se demanda qui avait appris à conduire à ce maudit moine.

Heureusement, ce trajet éprouvant se termina enfin au sommet d'une colline et, poussant un grognement sourd, Duncan ouvrit la portière et s'extirpa du véhicule. Il se retourna pour aider Callie à sortir, et constata sans surprise que Fane avait déjà repris sa place à ses côtés, alors qu'elle avait à peine posé le pied au sol.

Duncan serra les dents et se concentra sur ce qui l'entourait. Le moment était mal choisi pour jouer les hommes des cavernes. Le seul truc qui importait était d'obtenir les réponses dont ils avaient besoin sans mettre Callie en danger.

Il scruta les ténèbres un moment avant de comprendre que le monticule qui s'élevait derrière les arbres n'était pas une autre colline mais une construction en pierres que la forêt rongeait peu à peu.

— Il habite dans un château ? grommela-t-il, étonné.

— Je doute qu'il ait une maison, dit Fane, sortant de sa poche un cristal clair suspendu à une lanière de cuir. Il est plus du genre à squatter.

Duncan grimaça, passant en revue le mur d'enceinte croulant qui avait jadis entouré le domaine.

— Il n'aurait pas pu squatter au Ritz ?

Fane murmura un mot et le cristal commença à briller.

— Restez sur vos gardes, flic, l'avertit-il, poussant Callie vers le pont qui enjambait les douves oubliées depuis longtemps.

Fermant la marche, Duncan prit son pistolet et fouilla l'obscurité à la recherche d'une cible.

— Vous vous attendez à des ennuis ?

Fane se glissa sous la barbacane et entra dans ce qui devait avoir constitué la basse-cour. À présent, ce n'était plus qu'une parcelle raboteuse de mauvaises herbes et de ronces.

— Pas vous ? gronda-t-il.

— Si.

Duncan sentit un frisson lui courir sur la peau, comme si des yeux invisibles l'observaient.

Ils traversèrent le terrain à découvert, habilement menés par Fane qui leur fit contourner le trou béant d'un ancien puits et un canon presque entièrement dissimulé.

Devant eux, le donjon les dominait de ses deux étages, avec ses ouvertures nues, telle une coquille vide. C'était certainement une mine d'or pour les historiens du coin, mais il rendait Duncan nerveux.

Il était un flic qui connaissait le paysage urbain comme sa poche.

Il pouvait identifier un criminel au milieu d'une foule. Il pouvait filer une voiture pendant des jours sans se faire remarquer. Il pouvait entrer dans un lieu et vous dire aussitôt le nombre de sorties, l'emplacement des obstacles, au cas où il devrait se déplacer rapidement, et si quelqu'un dans la pièce cachait une arme.

Mais soudain entouré par la nature sauvage et luxuriante, il avait l'impression d'être un poisson hors de l'eau.

Ce n'était pas l'épaisse végétation qui menaçait à tout instant de le faire trébucher, ni les ténèbres tenaces susceptibles de masquer n'importe quoi. Ni même le silence qui rendait impossible toute tentative d'avancer sans trahir sa position.

Mais c'était l'étrange pouvoir qui vibrait aux limites mêmes de sa perception.

Il avait entendu des rumeurs sur des norms capables de « sentir » la magie. Comme s'il s'agissait d'une force tangible. Il soupçonnait le gouvernement de les recruter pour garder les évolués à l'œil.

Jusque-là, il n'avait jamais pensé posséder un tel talent. Il ne le pensait toujours pas. Non. S'il devait émettre une hypothèse, ce serait que tout le monde avait l'aptitude de percevoir les perturbations de l'atmosphère. Ce n'était qu'une question de degré de sensibilité. Et quand celles-ci étaient aussi puissantes qu'elles l'étaient dans la basse-cour, même la personne la moins sensible pouvait les remarquer.

Fane grimpa les marches menant au donjon et ouvrit d'un coup de pied la lourde porte en bois avant de s'avancer sans l'ombre d'une hésitation.

— On ne frappe pas ? railla Duncan en levant les yeux vers le plafond aux poutres apparentes enfoui sous les toiles d'araignées.

Fane tendit le cristal au-dessus de sa tête, baignant la vaste pièce d'une lumière douce.

Il n'y avait pas grand-chose à voir.

Des murs de pierre. Un sol de pierre. Une cheminée de pierre.

À une époque, cette pièce avait certainement été rendue accueillante par un feu flamboyant qui jetait des lueurs dansantes sur les riches tapisseries drapées sur les murs et par l'air parfumé par la paille fraîche répandue au sol.

À présent, tout n'était plus que… pierre.

Et poussière.

Une sacrée vague de poussière.

— S'il n'avait pas voulu qu'on entre, il aurait érigé des défenses, dit Fane, avançant d'un pas prudent vers l'escalier qui menait à l'étage. Bien sûr, ça ne signifie pas qu'il n'a pas prévu quelques pièges pour les étourdis. Les ermites possèdent un sens de l'humour étrange.

Duncan leva les yeux au ciel. Le contraire l'aurait étonné.

Ils gravirent les marches, et découvrirent une autre pièce vide à l'image de celle du dessous. Sauf que le sol était en bois pourrissant, pas en pierre.

Fane s'arrêta, le corps tendu, prêt à attaquer.

— Il est au-dessus.

Duncan libéra le cran de sûreté de son pistolet.

— Vous percevez sa présence ?

Il lui décocha un sourire railleur.

— Je ne suis pas aussi doué que les Sentinelles chasseuses, mais je peux sentir un évolué quand son pouvoir est du niveau de celui de Boggs.

Duncan grimaça. *Putain, juste parfait.* Encore un bizarroïde qui se doutait manifestement qu'il n'était pas complètement normal.

Non que le moment soit bien choisi pour s'inquiéter pour son petit secret.

— Vous percevez autre chose ?

— Non. Il est seul. (Fane recula sur le côté, balayant la pièce des yeux.) Je vais monter la garde ici.

Un bref instant, il attarda son regard sombre sur Duncan, l'avertissant en silence qu'il lui faisait confiance pour protéger Callie. Et que s'il échouait, il le regretterait amèrement.

Duncan réprima l'envie de lui faire un doigt d'honneur alors qu'il passait un bras autour de Callie et s'engageait dans l'escalier. À un niveau rationnel, il avait beau apprécier la loyauté farouche de Fane envers Callie, il n'avait pas besoin que ce salopard lui dise de protéger cette femme.

Lorsqu'il atteignit le dernier étage, il oublia l'exaspérante Sentinelle et même la magie dont les vibrations constantes lui portaient sur les nerfs.

Une bougie solitaire était posée au milieu du sol crasseux et jetait une lumière vacillante sur les monceaux d'ordures qui occupaient la moitié de la pièce.

Et c'étaient bien des ordures.

Des chaises cassées, des théières en argent terne, un tas de vêtements, des patins à glace, un miroir encadré, des livres écornés et des centaines d'autres trucs qu'il ne parvint pas à identifier.

C'était comme *C'est du propre !* puissance mille.

— Bon… Dieu, grommela-t-il. C'est quoi toute cette merde ?

— L'histoire, Duncan O'Conner. (Une silhouette encapuchonnée s'avança de derrière les tas d'objets, sa voix étrangement mélodieuse.) Ainsi qu'une promesse de l'avenir.

L'espace d'un instant seulement, Duncan pensa que c'était un moine qui les avait suivis depuis le monastère. Puis la lueur de la bougie dansa dans les plis de sa robe et il remarqua qu'elle était noire, et pas marron comme celles des frères.

Il pointa son arme au milieu de la grande capuche.

— C'est assez près.

— Je n'ai pas l'intention de m'en prendre à la devineresse, lui assura l'inconnu. Pas plus que vous.

D'un mouvement ostentatoire, l'homme arracha sa robe et la jeta sur le côté.

Même en s'étant préparé aux possibilités les plus improbables, Duncan faillit tomber à genoux de stupéfaction.

— Fils de pute, souffla-t-il, s'efforçant de comprendre le fait qu'il faisait face à une réplique exacte de lui-même.

Non, pas exacte, convint son esprit abasourdi. Les cheveux blonds et le visage fin avec sa barbe naissante dorée constituaient peut-être son portrait craché. Ainsi que son corps svelte vêtu d'un jean et d'un tee-shirt décontractés. Mais les yeux n'allaient pas du tout. Ils étaient d'un blanc d'une pureté troublante. Pas pâles, ni clairs. Juste… blancs.

— Qu'est-ce qui se passe ?

Callie lui effleura le bras, pour l'inviter à baisser son arme. *Une femme intelligente.* Il était à deux doigts de craquer.

Et il ne souhaitait pas provoquer d'accident.

— Boggs est un *doppelgänger*.

Duncan fronça les sourcils.

— Un quoi ?

La… créature sourit.

— Je peux prendre l'apparence des personnes qui se trouvent près de moi.

Nom de Dieu.

Flic jusqu'au bout des ongles, Duncan se mit aussitôt en alerte maximale. Une créature capable de modifier son apparence pour ressembler à n'importe qui ?

Les catastrophes possibles étaient innombrables.

Elle pouvait se transformer en garde et dévaliser une banque. Elle pouvait multiplier les meurtres et endosser une nouvelle identité pour chacun. Bon Dieu, elle pouvait devenir le Président et commencer une guerre.

Et pire, la touche de ténèbres qui dansait dans son aura révélait qu'elle avait plus d'une fois flirté avec le mal.

— Pourquoi je n'ai jamais entendu parler des *doppelgängers* ?

Ouvrant grand les bras, Boggs éclata d'un rire empreint d'une joie à faire froid dans le dos.

— Le ciel et la terre recèlent plus de choses, Duncan O'Conner, que n'en a rêvé votre philosophie.

— Arrêtez ça, ordonna Duncan.

Il vit une lumière intérieure illuminer soudain ses yeux blancs.

— Vous préférez peut-être cette apparence ?

En un clin d'œil, le *doppelgänger* était devenu Callie, avec des cheveux cramoisis ébouriffés et un corps svelte mis en valeur par un pantalon en Lycra et un petit haut moulant.

— Non, putain je… Attendez. (Il ravala ses mots furieux en se souvenant des paroles de Callie.) Je croyais que tu avais dit qu'il était aveugle.

Chapitre 9

Callie frémit. Même en devinant ce qui viendrait, il lui était impossible de ne pas paniquer.

— Il l'est, dit-elle, s'efforçant de ne pas laisser transparaître son dégoût dans sa voix.

Elle était une exclue. Elle comprenait exactement ce que ça faisait d'être traitée en paria. N'empêche… Boggs portait la bizarrerie à un tout autre niveau.

— Dans ce cas, comment il sait de quoi on a l'air ? souffla Duncan.

— Je perçois votre essence, avoua Boggs, abandonnant sa magie pour révéler sa véritable apparence.

Duncan jura à la vue de la créature pâle et glabre qui ressemblait de façon troublante à une larve. Elle avait des traits indistincts et des yeux brillants de pouvoir. La robe était réapparue, mais elle était ouverte pour dévoiler un corps dépourvu d'organes génitaux.

— Et avant que votre imagination de policier ne commence à s'emballer, poursuivit-il, permettez-moi de vous assurer que je dois me trouver à quelques mètres de ceux que je reproduis et que je ne peux tenir leur image que quelques minutes. Je ne représente aucun danger pour la société.

Callie sentit Duncan se raidir, comme si Boggs avait réussi à toucher un point sensible, mais comme d'habitude le flic releva le menton et resta sur ses positions.

Un courage stupide.

Qui causerait sa perte.

— Vous pouvez lire dans les pensées ? gronda-t-il.

— Je n'ai pas besoin d'être voyant pour savoir ce que vous pensez. Les préjugés des hommes à insigne me sont d'une familiarité lassante. Ils supposent immédiatement que les évolués sont sans moralité.

— La Mave nous a envoyés pour vous poser des questions, intervint Callie. (*Les hommes…* Fallait-il toujours qu'ils se lancent dans des combats de coqs ?) Êtes-vous disposé à y répondre ?

Elle vit une expression rusée passer sur ses traits extraterrestres tandis qu'il se rapprochait subrepticement, refermant la robe pour cacher son corps.

— J'imagine que ça dépend des questions.

Duncan se déplaça pour s'assurer d'être en mesure de s'interposer entre elle et Boggs s'il percevait une menace, son pistolet toujours à la main.

— On a trouvé des corps sans cœur.

Duncan prenait les choses en main. *Bien sûr.* C'était un flic.

— Mais ils ne portent aucune blessure, ajouta-t-il. C'est comme si leur cœur avait juste disparu de leur poitrine.

Boggs poussa un grognement guttural. Pas de stupéfaction. Mais de… résignation ?

— Un bokor, grommela-t-il.

Duncan fronça les sourcils.

— Un quoi ?

— Un mort-vivant.

Sans surprise, le flic blêmit à cette explication brutale.

— Comme un zombie ?

Callie était loin d'être aussi abasourdie que Duncan. Depuis qu'elle avait quitté le berceau, elle avait entendu des histoires de morts-vivants et de nécromanciens qui pouvaient les ressusciter.

Bien sûr, elle n'y avait jamais cru.

Jusqu'à présent.

— Je pensais que c'était un mythe, dit-elle.

Boggs passa un doigt trop fin sur la ligne de sa mâchoire.

— Un seul nécromancien a été capable de contrôler les morts.

— Qui ? demanda-t-elle.

— Il a porté beaucoup de noms.

Duncan ricana.

— Je suppose que vous ne connaissez pas celui qu'il a actuellement ?

Boggs secoua la tête.

— Non, mais il a autrefois été le seigneur Zakhar.

Callie humecta ses lèvres sèches. Un vrai nécromancien. Ça ne semblait pas possible. C'était comme découvrir que le Père Noël était réel.

Mais en plus terrifiant.

— Que pouvez-vous nous dire sur lui ?

— Pas grand-chose. C'était un noble à la cour russe. De ce que j'ai pu apprendre, sa puissance ne cessait d'augmenter quand il a été accusé de sorcellerie.

— Rien d'inhabituel, commenta Duncan contre toute attente. La politique russe a toujours été redoutable et ceux qui grimpaient les échelons de la société accusaient souvent leurs rivaux de crimes odieux.

Boggs se tapota le menton du bout du doigt.

— Que ce soit vrai ou non, il a été brûlé sur le bûcher il y a trois cents ans.

— Seigneur, gronda Duncan. Les nécromanciens peuvent ressusciter d'entre les morts ?

Il ôta les mots de la bouche à Callie.

— Je n'ai pas dit qu'il était mort, souligna Boggs d'un ton narquois.

Callie arqua un sourcil. Nombreux étaient les évolués à mener des vies très longues. Ce n'était pas de notoriété publique, et la plupart des norms l'ignoraient. Mais rares étaient ceux capables de survivre au bûcher.

— Alors, qu'est-ce qui lui est arrivé ?

— Nul ne le sait.

L'accent de sa voix trahissait l'irritation que lui procurait son ignorance. De toute évidence, Boggs comprenait que la connaissance constituait le pouvoir.

— Les gens du coin ont supposé qu'il avait péri dans les flammes, poursuivit-il, mais des rumeurs prétendent qu'un pouvoir sombre aurait surgi pour le sauver. Certains ont affirmé que le diable était apparu pour l'emporter.

Callie serra les bras sur son ventre, soudain glacée jusqu'aux os.

Se pouvait-il que ce soit lui ?

Était-il possible que l'homme qu'elle avait rencontré dans l'esprit de Leah soit un nécromancien vieux de trois siècles ayant la faculté de ressusciter les morts ?

— Vous savez à quoi il ressemblait ?

— D'après les légendes, il avait des yeux de diamant.

— Merde, grommela Duncan en regardant le visage de Callie perdre ses couleurs.

Boggs émit un sifflement en expirant.

— Vous l'avez vu ?

— Pas en chair et en os. (Callie frémit.) Il était dans l'esprit d'une femme morte.

— Qu'a-t-il dit ?

— Ce n'est pas vous qui êtes censé répondre aux questions ? répliqua Duncan d'un ton brusque.

Boggs leva une main fine.

— C'est un échange d'informations.

— Il a dit que la question était… (Elle fut obligée de s'interrompre pour s'éclaircir la voix.) La question était… « Qui es-tu ? »

Boggs écarquilla ses yeux blancs.

— Intéressant.

Callie fronça les sourcils. Ce n'était pas intéressant. C'était sinistre. Et menaçant. Et flippant comme pas possible.

— Qu'avez-vous vu quand vous avez souhaité me rencontrer la première fois ? s'enquit-elle brusquement.

Le *doppelgänger* se figea, comme pris au dépourvu. Puis, dans un tremblement de sa robe, il se retourna pour se diriger vers son tas de détritus.

— Un instant, murmura-t-il, fouillant avec délicatesse dans son étrange collection.

Duncan grommela un truc sur les cinglés, mais Callie resta concentrée sur Boggs, qui soupira de satisfaction.

— Ah, la voilà !

Il revint se poster devant elle, brandissant une étoffe rose en boule.

— Une couverture de bébé ? devina-t-elle.

Boggs la leva devant son visage, et ses traits devinrent encore plus indistincts tandis qu'il la frottait contre sa joue.

— Elle parle de vous.

Argh.

Elle ne prêta pas attention à la façon dont il semblait savourer la sensation du cachemire contre sa peau. À moins qu'il ne s'agisse d'une communication silencieuse entre lui et l'étoffe.

— Pourquoi une couverture parlerait de moi ?

Il haussa les épaules.

— Peut-être vous a-t-elle appartenu, autrefois.

Très improbable, mais elle était prête à jouer le jeu.

— Qu'est-ce qu'elle dit ?

— Que vous marchez dans un cimetière.

— C'est tout ?

— Les morts s'agitent sous vos pieds.

Une image beaucoup trop saisissante de mains surgissant des tombes pour la toucher lui transperça l'esprit. C'était un cauchemar qu'elle avait fait bien trop souvent.

— Ils essaient de me mettre en garde ?

— Non, Callie Brown.

Elle sentit un pressentiment former une boule froide au creux de son ventre.

— Quoi, alors ?

— Ils tentent de vous suivre.

Ces mots frappèrent Callie avec la force d'un tsunami et l'immense vague d'horreur et de stupéfaction la submergea avant qu'elle se rende compte de ce qui lui arrivait.

Alors qu'elle tombait en avant, elle eut vaguement conscience de Duncan qui s'élançait pour la rattraper dans ses bras, avant d'être entièrement engloutie par les ténèbres.

Duncan grommela un chapelet de jurons en déplaçant le corps inerte de Callie contre sa hanche tout en pointant son pistolet sur le salopard qui se précipitait vers eux.

— Je suis désolé. Je ne voulais pas…

En signe d'avertissement, Duncan tira une balle assez près de la tête du *doppelgänger* pour qu'il se baisse vivement de peur.

— Restez où vous êtes, ordonna-t-il.

— Duncan, je vais bien, murmura Callie.

Elle réussit à recouvrer l'équilibre même s'il refusa obstinément d'enlever le bras qui lui enlaçait la taille.

Les sourcils froncés, il examina son visage trop pâle.

— Les gens qui vont bien ne s'évanouissent pas.

— Je ne me suis pas évanouie, protesta-t-elle en vain. J'ai juste été… surprise.

— Ouais, c'est une façon de le présenter.

Elle se tourna vers Boggs avec une expression de défi alors même que Duncan sentait de minuscules tremblements lui secouer le corps.

— J'ignore ce que vous avez vu, Boggs, mais je ne peux pas ressusciter les morts.

Il leva ses mains fines avec une innocence feinte.

— Je ne suis que le messager.

Ouais, c'est ça. Les doigts le démangeaient tandis qu'il tentait de réprimer son envie de tirer un autre coup. Une balle ou deux dans la chair spongieuse de Boggs, ça lui apprendrait peut-être que tout le monde n'appréciait pas son mystérieux charabia.

— Vous avez vu autre chose ? demanda Callie, la voix mal assurée.

— Oui.

— Vous comptez nous le dire ? lui lança Duncan d'un ton brusque.

Boggs leva de nouveau les mains.

— C'est fait.

Callie secoua la tête.

— Je ne comprends pas.

— Il m'a parlé, annonça Fane, sa voix retentissant juste derrière eux.

Duncan ne détourna pas son attention du *doppelgänger* alors que la Sentinelle se postait à côté d'une Callie perplexe.

— Fane ? murmura-t-elle, incrédule.

Duncan poussa un grognement écœuré.

— Je suppose que vous avez vos raisons de ne pas nous avoir tout révélé.

— Après notre première visite à Boggs, j'ai ramené Callie à Valhalla avant de revenir dans la caverne.

— Pourquoi ?

Boggs répondit.

— Il a menacé de me tuer.

— Je n'aime pas les hommes qui donnent des cauchemars aux petites filles, gronda Fane, ce qui lui valut l'entière approbation de Duncan.

Boggs, néanmoins, fit claquer sa langue.

— Les chuchotements me rendaient fou. En plus, j'ai attendu ses dix-huit ans.

Duncan lança un regard rapide vers Fane, mais ce fut Callie qui posa la question qui leur brûlait les lèvres.

— Qu'est-ce qu'il t'a appris ?

— Il m'a prévenu qu'une ombre grossissait, commença la Sentinelle, les yeux rivés sur le *doppelgänger*. Et que si je manquais à mes devoirs envers toi, ce seraient tous les évolués qui en paieraient le prix.

À cet aveu réticent, Callie eut le souffle coupé.

— Pourquoi tu n'as rien dit ?

Fane haussa les épaules.

— Tu avais assez de soucis comme ça.

— Pas étonnant que tu te sois montré hyper protecteur, marmonna-t-elle.

Duncan fronça les sourcils. Cet avertissement avait beau être vague, à moins que la créature soit un vrai imposteur, ils étaient dans la merde jusqu'au cou.

Des cadavres sans cœur qui disparaissaient de la morgue.

Un nécro cinglé qui pouvait carrément ressusciter les morts.

Et à présent, quelque ombre menaçante.

— Alors, en quoi consiste cette ombre ? demanda-t-il à Boggs qui, comme Duncan s'y était attendu, secoua la tête.

— Je l'ignore. Tout ce que je vois, c'est des ténèbres engloutissant peu à peu les évolués, avec Callie qui se tient au milieu. (Une peur sincère brilla dans ses yeux blancs.) Si les ténèbres la recouvrent, alors tout est perdu.

Duncan resserra les doigts sur le pistolet. À l'idée que Callie soit au centre du danger qui se tramait, il avait envie de buter un truc.

— Vous êtes un maître du mélodrame avec très peu d'éléments concrets pour nous aider, lança-t-il d'un ton brusque, foudroyant le *doppelgänger* du regard.

Boggs se raidit, manifestement blessé par l'accusation brutale de Duncan.

— Je vous ai offert tout ce que j'avais.

Callie lui adressa un regard réprobateur avant de s'avancer vers la créature.

— Vous pouvez nous en dire plus sur le nécromancien ? demanda-t-elle, implorante. Comment peut-on le trouver ?

Un pouvoir dense emplit l'air tandis que Boggs semblait grossir, sa présence une force accablante.

— Parfois pour voir l'avenir on doit regarder dans le passé, déclara-t-il d'une voix qui résonna à travers la pièce.

Duncan tressaillit. *Oh, putain.* Il avait traité Boggs comme si c'était un cinglé inoffensif, pas un évolué doté de pouvoirs magiques et très certainement capable de l'écraser comme une bestiole.

C'était un miracle qu'il soit encore debout.

Puis, comme pour souligner ce point, Boggs ouvrit grand les bras et, dans de violents remous d'énergie, il disparut brusquement.

« Pouf ! »

Parti.

— Merde, souffla Duncan, stupéfait.

Fane ricana.

— Voilà qui résume bien la situation, flic.

CHAPITRE 10

Le temps qu'ils aient rapporté leur entrevue avec Boggs à la Mave, Callie était épuisée. Même selon les critères des évolués, ç'avait été une journée terrible, et tout ce qu'elle voulait, c'était se glisser dans son lit et sombrer dans l'oubli.

Alors, pourquoi avait-elle suivi Duncan dans ses appartements au lieu de rentrer simplement chez elle ?

C'était un grand garçon. Elle était parfaitement sûre qu'il pouvait parcourir cette courte distance sans être escorté. Mais alors même qu'elle songeait à faire demi-tour, ses pieds franchirent son seuil et se dirigèrent directement vers la fenêtre qui offrait une vue sur la campagne environnante baignée par le clair de lune.

— *Doppelgänger*, grommela Duncan en refermant la porte. Quelles sont les autres créatures dont j'ignore tout ?

Elle ne se donna pas la peine de se retourner ; elle apercevait son reflet sur la vitre. Son corps fin et musclé. Ses traits sévères assombris par la lassitude. Son regard noisette qui reluquait son cul.

Il avait beau être fatigué, il était mâle jusqu'au bout des ongles.

— Tu sais que je ne répondrai pas à cette question, répliqua-t-elle.

Il s'approcha d'elle sans se presser.

— Tu ne crois pas que j'ai le droit de savoir ?

— Ce n'est pas à moi de prendre ce genre de décision. (Elle haussa les épaules.) N'hésite pas à retourner dans le bureau de la Mave pour le lui demander si tu en as envie.

À cette suggestion obligeante, il ricana.

— Ouais, merci, mais non merci.

Elle se retourna pour l'observer en arquant les sourcils.

— C'est important ?

— Seulement si elles sont dangereuses.

— On s'occupe des évolués dangereux à notre façon.

— Les chasseurs ?

Elle hocha la tête à la mention des Sentinelles qui traquaient les renégats. En ce moment même, elles étaient sur les traces d'un évolué à l'origine d'une vague de meurtres au Texas.

— Parfois.

— Et les autres fois ?

— Les médiums. Les sorcières. (Elle grimaça.) Et Wolfe.

— Wolfe ?

— Le chef des Sentinelles. Personne n'a envie de le faire chier, déclara-t-elle avant de secouer soudain la tête. Enfin, à part la Mave. C'est ce qu'elle fait avec assiduité.

— Je ne suis même pas vaguement étonné.

— Parfois, je pense…

Elle ravala ses mots, stupéfaite de s'apercevoir qu'elle avait été sur le point d'avouer qu'elle soupçonnait que les étincelles qui volaient entre le Tagos et la Mave n'étaient pas dues qu'à des questions d'autorité.

Qu'est-ce qu'il y avait chez Duncan qui lui donnait le sentiment qu'elle pouvait lui confier ses pensées et émotions les plus intimes ?

C'était… troublant.

Il fronça les sourcils.

— Callie ?

— Je devrais te laisser te reposer, dit-elle abruptement en se tournant vers la porte. Tu peux utiliser le téléphone si tu as besoin d'appeler ta chef.

— Attends.

D'un mouvement rapide, il lui bloqua le passage et lui saisit les bras avec délicatesse.

— Il est tard, protesta-t-elle, sentant son cœur palpiter à la douceur de son étreinte. On pourra parler demain matin.

Il baissa les yeux sur son visage, s'attarda sur ses lèvres avant de croiser son regard circonspect.

— Tu as raison.

— Ah oui ?

— Je ne veux pas parler.

Elle frissonna. La chaleur de ses doigts lui brûlait la peau, lui envoyant des décharges électriques sensuelles à travers le corps.

— Duncan, souffla-t-elle.

Elle vit ses yeux entrouverts jeter un éclat doré à la lumière tamisée du plafond.

— Je peux te serrer dans mes bras ?

Elle humecta ses lèvres sèches.

— Quoi ?

Il lui caressa le bras.

— On est tous les deux fatigués et plus qu'un peu terrifiés.

— Exact.

— Je n'ai pas envie de rester seul cette nuit.

— C'est encore ton baratin à deux balles ?

— Pas cette fois. (Son expression était d'une étrange gravité.) Je veux juste te sentir dans mes bras pendant mon sommeil.

À ces simples mots, son cœur manqua un battement. Elle n'avait jamais rencontré d'homme qui désirait juste la serrer contre lui. En fait, la plupart des hommes qui étaient prêts à coucher avec elle auraient été horrifiés à l'idée de partager son lit.

Après tout, elle scrutait l'esprit des morts.

Que Duncan semble sincèrement vouloir la tenir dans ses bras la toucha en un endroit profond, vulnérable.

— Oh !

Il grimaça.

— Trop fleur bleue ?

Fleur bleue ? C'était… d'une dangereuse perfection.

Mince.

— Non, dit-elle d'une voix rauque.

Il serra les dents, comme s'il se préparait à être rejeté.

— Mais ?

Un silence tendu s'installa pendant que Callie méditait les possibilités qui s'offraient à elle.

La raison lui conseillait de prendre la porte sans jeter un seul regard derrière elle.

Elle ne comprenait pas ce qui se passait entre Duncan O'Conner et elle, même si elle savait qu'il ne s'agissait pas du désir classique pour un étalon à croquer.

Mais elle n'avait pas envie de se montrer raisonnable.

Pas cette nuit.

Elle avait beau être habituée à son lit solitaire, elle s'était peut-être même persuadée qu'elle préférait être seule, mais comme l'avait souligné Duncan, ç'avait été une longue et terrifiante journée. À coup sûr, la première de nombreuses à venir.

Pourquoi ne devrait-elle pas savourer quelques heures enveloppée dans les bras de ce flic superbe et sexy à tomber ?

Elle esquissa un petit sourire.

— Je n'ai pas ma nuisette.

Elle vit une émotion indéfinissable briller un instant dans ses yeux noisette quand Duncan se déplaça pour la soulever du sol avec une rapidité qui aurait rivalisé avec celle d'une Sentinelle.

— Ce n'est pas grave, dit-il d'une voix rauque en se dirigeant vers la chambre. Moi non plus.

Alors qu'elle s'autorisait à se détendre contre les muscles fermes de son torse, la barbe naissante dorée qui lui assombrissait la mâchoire attrapa son regard.

Il était si… viril.

D'une virilité absolue, redoutable.

Et pourtant, il la tenait avec une délicatesse qui lui procurait un étrange réconfort.

Il avait beau être agressif et violent si nécessaire, il ne lui ferait jamais, au grand jamais, de mal.

— Je ne crois pas que tu portes de nuisettes.

— Une de ces nuits, je te montrerai exactement ce que je porte ou non, lui promit-il avec un grand sourire coquin. Pour celle-ci, il y a deux peignoirs accrochés dans la salle de bains.

Lorsqu'il entra dans la chambre confortable, bien qu'impersonnelle, décorée dans des tons de noir et d'argent, il se baissa jusqu'à ce que les pieds de Callie touchent la moquette.

— Tu peux aller te changer en premier.

Elle hocha la tête en se précipitant dans la salle de bains attenante et referma la porte.

Ce n'était pas qu'elle soit timide. Ou effrayée.

Ou du moins, pas exactement.

Mais le jour de ses dix-huit ans, elle avait emménagé dans son propre appartement. Elle n'avait pas l'habitude de partager un espace intime avec qui que ce soit.

Après s'être dévêtue, elle s'avança dans la douche et régla l'eau pour qu'elle soit chaude à lui rosir la peau. De la vapeur tournoyait autour d'elle tandis qu'elle se savonnait de la tête aux pieds avant de remplir sa paume de son shampoing à la pomme préféré pour se laver les cheveux en vitesse.

Elle admirait les femmes comme Serra, qui parvenaient à garder leur longue chevelure parfaitement arrangée – quoi que ça puisse bien signifier. Elle, au contraire, ressemblait à un porc-épic à la fin de la journée. Sans compter que la couleur originale de ses cheveux lui attirait le genre d'attention qu'elle aurait aimé éviter.

Elle sauta hors de la douche, se sécha rapidement et enfila l'un des épais peignoirs en tissu éponge. Puis elle sortit de la salle de bains et regagna la chambre, le regard rivé sur ses orteils nus.

— À ton tour.

Elle sentit qu'il hésitait, comme s'il voulait dire quelque chose. Puis elle entendit le bruit régulier de ses pas alors qu'il se dirigeait vers la salle de bains et refermait la porte derrière lui.

Callie expira l'air qu'elle avait retenu sans s'en rendre compte.

C'était ce qu'elle désirait.

Vraiment.

Mais elle se sentait aussi mal à l'aise qu'une adolescente sur le point de partir pour son premier rendez-vous.

Non. C'était pire. Son premier rendez-vous avait été avec un garçon qu'elle connaissait depuis des années. Sa mère adoptive, qui se trouvait être une sorcière, l'avait prévenu que s'il faisait autre chose que lui tenir la main il serait transformé en une limace visqueuse.

Et elle n'avait certainement pas fait les cent pas en ayant l'impression d'avoir le ventre rempli de papillons fous.

Et c'était quoi le problème avec la température ?

Elle avait chaud, puis froid, puis chaud, puis…

— Hé, détends-toi, ma puce, lui chuchota à l'oreille une voix masculine. Je veux juste te sentir près de moi.

De nouveau, des bras puissants la soulevèrent du sol pour la porter vers le lit. Avec délicatesse, il la déposa sur le matelas et ôta son peignoir pour dévoiler un corps mince étonnamment hâlé vêtu d'un boxer vert. Elle eut à peine l'occasion d'admirer ses larges épaules, ses tablettes de chocolat bien dessinées et ses cuisses musclées qu'il s'était glissé dans le lit derrière elle, ramenant la couverture sur eux.

— Ça va ? demanda-t-il.

— Oui.

Elle inspira profondément, s'obligeant à relâcher ses muscles crispés tandis que la chaleur du corps de Duncan s'insinuait dans sa peau. Il sentait le savon, le dentifrice et un parfum séduisant propre à Duncan O'Conner.

— Je n'ai jamais dormi avec quelqu'un avant… je veux dire… pas pour toute la nuit.

Avec précaution, il se rapprocha d'elle, lui enlaçant la taille.

— Est-ce que tous les évolués se tiennent autant à l'écart ?

Elle posa la tête sur l'oreiller et examina d'un regard absent la peinture à l'huile représentant un champ de jonquilles accrochée au mur.

— Ça semble bien constituer un trait caractéristique.

— C'est parce que tu n'oses pas accorder ta confiance ?

Elle lutta pour se concentrer. Elle se dit que sa nervosité était due au fait qu'elle ne s'était jamais blottie contre un homme au lit en essayant d'entretenir une conversation. Ses rares aventures sexuelles s'étaient révélées brèves, sans vraiment de bavardage.

C'était normal d'être mal à l'aise la première fois, non ?

Et ça n'avait certainement rien à voir avec les images importunes de ce qu'il adviendrait si elle faisait glisser son peignoir et se tournait vers lui.

— En partie.

Elle fut obligée de s'éclaircir la voix. Elle ne s'imaginerait pas se frottant contre ce corps ferme et viril. Ni ses tétons sensibles chatouillés par les poils dorés de son torse tandis qu'il lui couvrait le cou de baisers. *Non.* Elle ne le ferait pas.

— La plupart des évolués possèdent des facultés exceptionnelles qui les contraignent à se maîtriser constamment en présence d'autres personnes, parvint-elle à poursuivre. Il leur faut du temps et de l'espace simplement pour se détendre.

— Je vois. (Son souffle chaud lui frôla la nuque, lui envoyant des pointes de plaisir dans le dos.) Les flics n'ont pas de pouvoirs spéciaux, mais après une journée passée dans la rue ils ont vraiment besoin de décompresser. Toutes les épouses ne comprennent pas pourquoi on veut aller dans un bar s'enfiler quelques verres ou s'allonger sur le canapé en essayant de feindre de pouvoir oublier la vision d'une jeune femme trouvée morte sur le sol de sa cuisine.

Elle se figea. Pour une fois, ils étaient complètement seuls sans risque qu'on les entende.

— Ce n'est pas complètement vrai, si ? demanda-t-elle doucement.

— Qu'est-ce qui n'est pas vrai ?

— Que tu n'as pas de pouvoirs spéciaux.

Il se tendit, et resta songeur durant une longue minute. Callie se mordit la lèvre inférieure, regrettant sa question impulsive. Se mêler des dons d'une personne était particulièrement indiscret. Même les évolués les plus jeunes ne l'ignoraient pas.

Si Duncan avait voulu qu'elle connaisse ses pouvoirs, il lui en aurait parlé.

Elle s'apprêtait à s'excuser quand il brisa brusquement le silence.

— Tu le sais depuis quand ?

— Je ne suis sûre de rien, lui assura-t-elle. Tu te donnes beaucoup de mal pour les dissimuler.

Elle hésita, déchirée entre la curiosité et les bonnes manières qui lui avaient été inculquées dès le berceau. La curiosité l'emporta.

— Tu en as honte ?

— Pas honte, rectifia-t-il d'un ton pensif mais pas irrité, heureusement. Mais quand j'étais tout petit, ma mère m'a averti de ne jamais parler de mon… don.

Une réaction typique. Les mères du monde entier faisaient leur possible pour protéger leurs enfants.

Enfin, à part la sienne. Ses parents aimants l'avaient jetée dans la poubelle la plus proche.

— Elle considérait que c'était une malédiction ?

— Non, elle craignait que je lui sois enlevé.

— Ah.

Elle garda le regard rivé sur le tableau de jonquilles alors même qu'elle avait une conscience très nette du corps mince de Duncan collé contre son dos. Quelque part, c'était plus facile de se faire des confidences en n'étant pas face à face.

— Tu veux me dire ce que c'est ? s'enquit-elle.

Un autre silence suivit avant qu'il réponde d'une voix si basse qu'elle l'entendit à peine.

— Je vois les auras.

Elle en eut le souffle coupé.

— Un liseur d'âmes.

— Liseur d'âmes.

Duncan laissa ces mots retentir dans sa tête. Il n'avait jamais entendu ce terme, mais il lui semblait étrangement approprié.

— Tu vois l'âme des gens, c'est ça ? demanda Callie d'un ton désinvolte qui dissipa le malaise à l'état brut qui lui nouait le ventre.

Révéler son plus sombre secret s'apparentait à se dévêtir au milieu d'une foule et permettre à une poignée d'inconnus de lui mesurer le pénis. Le fait qu'elle n'accorde pas plus d'importance que ça à sa « grande révélation » le faisait se sentir moins… vulnérable.

— Ouais, je suppose que c'est ce que je fais.

— Un don rare, murmura-t-elle. Pas étonnant que tu sois un si bon flic.

À ce compliment, il fronça les sourcils. Il s'était cassé le cul pendant des années pour accéder au grade de sergent.

— Hé, il faut plus qu'un halo de couleur autour d'un criminel pour faire de moi un bon flic.

— Mais ça aide.

Il pinça les lèvres, amusé malgré lui. *D'accord.* Il avait peut-être utilisé ses aptitudes pour percevoir la culpabilité ou l'innocence des prévenus.

— Oui, ça aide, convint-il, jouant distraitement avec la ceinture de son peignoir.

Lorsqu'il était monté sur le matelas avec Callie, il avait presque été rendu incapable de réfléchir à cause du désir farouche qui vibrait en lui. Il n'était pas une bête. Ou du moins, la plupart du temps. Mais être au lit avec la femme qui avait hanté ses rêves durant plus de nuits qu'il ne souhaitait l'admettre avait un drôle d'effet sur sa libido.

Il la voulait avec une soif compulsive qui se faisait carrément douloureuse.

Seul le souvenir du malaise craintif de Callie lorsqu'il était sorti de la salle de bains le retint de glisser les mains sous le peignoir pour explorer la soie ivoirine de sa peau.

Il deviendrait son amant quand elle fondrait dans ses bras. Pas alors qu'elle tremblait de nervosité.

— Personne n'est au courant à part ta mère ? demanda-t-elle, n'ayant heureusement pas conscience de ses tourments.

— Non. (Une idée le frappa soudain.) Tu vas en parler à quelqu'un ?

— Non, à moins que tu le veuilles.

Ça semblait beaucoup trop facile.

— Signaler les évolués ne constitue pas une sorte d'obligation ?

— Pas pour moi.

Ah ! Il y avait bien anguille sous roche.

— Mais ? insista-t-il.

Elle hésita, comme si elle pesait ses mots.

— Je suis sûre que Fane doit avoir perçu tes pouvoirs.

C'était ce qu'il avait pensé, ce qui ne l'empêcha pas d'éprouver une pointe d'agacement. La dernière chose qu'il souhaitait, c'était que l'exaspérante Sentinelle ait un truc qu'elle puisse retenir contre lui.

— Et il n'a rien dit ? gronda-t-il. J'ai du mal à le croire.

— Pas à toi, rectifia-t-elle, se pelotonnant plus profondément dans le matelas, les mèches courtes de ses cheveux mouillés brillant comme des flammes sur l'oreiller blanc. Mais il doit en avoir informé le Maître des Dons.

— Le Maître des Dons ? C'est une blague ?

Il poussa un grognement incrédule. On aurait dit le nom d'un personnage de jeu vidéo.

— Non. Calder et son ordre recherchent les évolués à travers le monde.

Génial. Il existait un ordre entier dédié à la traque des évolués.

— Dois-je m'attendre à être traîné jusqu'à son bureau ?

— La vérité ?

Il prit carrément le temps de réfléchir.

Il s'en était très bien tiré en prétendant que ses aptitudes n'étaient rien de plus qu'une bizarrerie de la nature. Comme les contorsionnistes ou les daltoniens.

À quoi bon faire des vagues ?

Puis il comprit que si Fane découvrait qu'il possédait des pouvoirs, non seulement il y aurait des vagues, mais ça risquait de provoquer un raz-de-marée. Il poussa un soupir résigné.

— Balance-la.

— Ils doivent déjà t'avoir gardé à l'œil et établi que tu ne représentais aucun danger pour toi ou les autres.

Ah! Qu'on l'ait surveillé en secret ne lui donnait pas envie de sauter de joie, putain, mais, vraiment, était-ce bien différent des pratiques du Bureau des enquêtes internes ?

En plus, si ça signifiait qu'on lui foutait la paix, ça lui allait.

— Alors ils ne vont pas tenter de me retenir ici ? demanda-t-il, pas près de s'en laisser conter.

Vous savez, les flics crédules qui se font avoir à cause de leurs suppositions.

— Valhalla n'est pas une prison. (Elle s'interrompit, comprenant manifestement que ce n'était pas entièrement vrai.) Du moins, tant que tu n'as pas commis de crime.

Il n'avait pas l'intention de se plonger dans le système judiciaire établi par les évolués. Les flics qui mettaient leur nez dans ce qui ne les regardait pas ne tardaient pas à se le faire couper.

— Et ils ne diront rien ? Ma chef…

— Ton secret ne craint rien, flic, lui assura-t-elle, bâillant soudain, rattrapée par sa journée éprouvante. On peut dormir maintenant ?

— Oui, murmura-t-il, lui déposant un baiser sur la nuque.

Duncan ferma les yeux et s'autorisa à goûter la joie simple de serrer Callie dans ses bras.

Peu importait qu'il ait une érection et brûle du désir de la posséder. Ou que son peignoir soit rêche contre sa peau nue.

Boggs les avait avertis que Callie se trouvait au centre des ténèbres à venir, et, que ce *doppelgänger* à faire froid dans le dos soit authentique ou juste un illuminé, Duncan sentait que ce moment de tranquillité se révélerait une denrée rare à l'avenir.

Il comptait savourer chaque seconde où il la tiendrait tout contre lui.

Malheureusement, même s'il était subjugué par la présence et le parfum de sa belle compagne, il ne réussit pas à empêcher son esprit de ressasser à l'infini les conséquences de la découverte de son secret qui ne l'était plus tant que ça.

Alors qu'il pensait Callie endormie, il fut pris au dépourvu quand elle effleura ses doigts, qui étaient toujours agrippés à la ceinture de son peignoir.

— Duncan ?

À ce léger contact, il ferma les yeux avec force, transpercé par une pointe de chaleur.

— Hmm ? parvint-il à marmonner entre ses dents.

— Qu'est-ce qui te préoccupe ?

Il ouvrit brusquement les yeux, interloqué. Comment avait-elle bien pu deviner qu'il était préoccupé ?

— Tu es voyante ?

— Intuition féminine.

— Waouh. (Il grimaça.) Voilà qui m'est bien trop familier. Ma mère et mes sœurs flairent un mensonge à des kilomètres.

— Alors tu sais que ça ne sert à rien de nier que quelque chose ne va pas.

— Ce n'est pas ça, démentit-il.

Elle lui serra les doigts.

— Parle-moi, flic.

Rien au monde n'aurait pu lui arracher une réponse si ce n'était cette femme.

Callie était différente.

Elle… comprenait. En tout point.

— Il y a d'autres personnes comme moi ?

Il formula la question qui le rongeait.

— Des liseurs d'âmes ? (Elle sembla surprise par son intérêt.) Bien sûr.

— Ici ?

— Oui. (Un bref silence.) Tu veux les rencontrer ?

Le souhaitait-il ? Il ne pouvait nier éprouver une certaine envie de discuter avec quelqu'un qui partagerait ses aptitudes. Peut-être même qu'il pourrait découvrir comment les perfectionner pour en faire un outil plus efficace.

Mais était-il vraiment prêt à sortir au grand jour ?

— Je ne sais pas, dit-il, la voix tendue. Pas tout de suite.

— Il n'y a pas de raison de se presser, lui assura-t-elle d'un ton distrait, comme troublée par une pensée soudaine. En fait, il vaut peut-être mieux éviter de trop faire connaître ton don.

— Pourquoi ?

Elle hésita.

— C'est juste une théorie.

— Je t'écoute.

— Si le nécromancien qu'on recherche peut vraiment ressusciter les morts, alors on doit être capables de les identifier.

Argh. Des morts-vivants ? Leur place était dans les films de série B. Pas à traîner des pieds dans les rues de Kansas City.

— J'aurais cru que des cadavres animés ne seraient pas très difficiles à repérer dans une foule.

— Pas si la magie leur donne l'apparence de la vie.

— Mince.

Duncan se renfrogna. Comme si l'idée de zombies pourrissants n'était pas déjà assez désagréable sans la possibilité de morts se baladant sans éveiller les soupçons.

— Je suppose que je ne peux pas juste tirer sur les gens pour savoir s'ils sont morts ou vivants, ajouta-t-il.

— Je préférerais que tu évites. (Avec lenteur, elle tourna la tête pour le regarder par-dessus son épaule.) Tu as un moyen plus simple de nous aider.

Il se prépara à sa réponse, sentant déjà qu'elle ne lui plairait pas.

— Lequel ?

— Un mort n'a pas d'âme.

Il examina son visage pâle avec perplexité, se demandant si elle se moquait de lui.

Puis il inspira brusquement.

Bien sûr. Il voyait les auras qui dansaient autour des gens.

Autrement dit, s'il n'y avait pas d'aura il s'agissait d'un cadavre.

— Tu veux que je devienne un chasseur de zombies, grommela-t-il.

— Qui mieux que toi ?

— Merde.

Chapitre 11

Callie ne fut pas vraiment étonnée d'avoir réussi à dormir toute la nuit. Elle avait été au bord de l'épuisement complet, à la fois physiquement et mentalement.

Et avoir son chauffage personnel avait joué aussi.

Mais elle s'était tellement crispée quand il s'était pelotonné dans son dos qu'elle avait eu du mal à concevoir qu'elle puisse se détendre suffisamment pour fermer l'œil.

Revenant peu à peu à elle, elle parvint à soulever ses paupières lourdes, et s'aperçut avec surprise que la pièce était encore plongée dans l'obscurité. D'habitude, elle devait mettre le réveil si elle voulait se lever avant midi.

Alors pourquoi était-elle réveillée à une heure aussi indue ?

Il lui fallut plusieurs minutes pour comprendre ce qui l'avait tirée de ses rêves. Probablement parce que la sensation de lèvres chaudes et viriles effleurant la peau sensible de son cou correspondait précisément à ce dont elle rêvait.

Percevant manifestement qu'elle était réveillée, Duncan enfouit le visage dans la courbe de son cou.

— Mmm.

Elle trembla, mais ce n'était pas de nervosité. Après une nuit entière de songes érotiques, l'idée de passer quelques heures dans les bras de cet homme ne l'alarmait plus.

En fait, elle se sentait fondre alors qu'il se collait tout contre elle, sa dure érection appuyant contre le bas de son dos.

— Tu m'as réveillée, murmura-t-elle, la voix rauque.

— Ah oui ? (Il fit remonter sa langue sur sa nuque, s'attardant sur le creux minuscule juste sous son oreille.) Tu as un parfum de pomme.

Elle frissonna à la caresse rugueuse de sa barbe naissante, et d'instinct enfonça la tête plus profondément dans l'oreiller, l'invitant à poursuivre son exploration sensuelle.

— Il est quelle heure ?

— Tôt, lui chuchota-t-il à l'oreille avant de lui mordre brusquement le lobe.

Elle sursauta de plaisir, et son cœur s'emballa.

— Alors pourquoi tu ne dors pas ?

Il fit glisser ses lèvres sur sa joue, un contact qui sembla s'imprimer sur sa peau.

— Je suis du matin.

Le contraire l'aurait étonnée. Elle grimaça.

— Pff !

— Hé ! (Il resserra les bras autour d'elle, l'enveloppant dans une chaleur délicieuse.) « Pff » n'est pas ce qu'un homme a envie d'entendre de la femme qui se réveille dans ses bras.

Callie réprima un gémissement quand il colla la joue contre la sienne, son souffle lui effleurant les lèvres en une promesse de baiser.

— Dans ce cas, tu n'aurais pas dû me réveiller au milieu de la nuit.

Il rit doucement.

— Tu ne sais pas que l'avenir appartient à ceux qui se lèvent tôt ?

— Très bien, mets-toi en quête de ton avenir et je…

Elle oublia comment parler quand il glissa la main sous son peignoir pour lui faire épouser un de ses seins douloureux.

— Duncan.

Avec une habileté qui la poussa à fermer les yeux de volupté féminine, il fit le tour de son téton du bout du doigt.

— Tu m'as dit de me mettre en quête de mon avenir, lui rappela-t-il. Tu es le seul avenir qui m'intéresse.

Elle lui saisit le bras alors qu'il tourmentait son sein sensible de coups légers, aguichants.

— Je ne suis pas sûre d'être prête à entendre ça.

— D'accord.

Avec une rapidité qui la prit au dépourvu, Duncan ouvrit son peignoir et le lui arracha.

— Je sais comment te convaincre. (Il appuya son membre totalement en érection contre la peau nue de ses fesses.) J'ai l'équipement qu'il faut.

Callie laissa échapper un gloussement voilé tandis qu'il lui déposait une ligne de baisers sur l'épaule.

— Tu es si viril.

— J'essaie.

Il poussa un grondement guttural, continuant à lui caresser la poitrine d'une main tandis qu'il glissait l'autre sur son ventre plat.

— Mon Dieu, que j'aime te sentir dans mes bras, souffla-t-il.

Elle cambra le dos, stupéfaite par la réaction torride que lui provoquait chacune de ses caresses. C'était comme si elle était parfaitement en phase avec sa séduction.

À moins qu'il soit si expérimenté dans l'art de combler une femme qu'il savait exactement comment susciter la réponse qu'il souhaitait.

Cette pensée était étrangement troublante.

— Tu fais souvent ça ?

Des lèvres, il explora son omoplate et fit passer sa main sur sa taille puis par-dessus sa cuisse pour l'introduire entre ses jambes.

— Te serrer dans mes bras ? se moqua-t-il. Pas assez souvent à mon goût.

La respiration de Callie se fit haletante, elle parvenait tout juste à penser pendant qu'il lui soulevait la jambe avec douceur pour la poser sur sa hanche, la laissant vulnérable à la caresse de ses doigts.

— Te réveiller dans un autre lit que le tien, réussit-elle à articuler d'une voix étranglée.

— Je n'ai pas connu de femme depuis mon divorce, avoua-t-il, immobilisant les lèvres sur une zone sensible de sa nuque pendant qu'il dessinait distraitement des motifs sur l'intérieur de sa jambe.

Elle gémit, et une chaleur humide se forma entre ses cuisses tandis qu'il faisait remonter ses doigts toujours plus haut.

Oh… là là.

C'était presque plus qu'elle ne pouvait en supporter. Des frissons de plaisir électrique partaient du bout des doigts de Duncan tout droit dans le vide douloureux au creux de son ventre. La douce pression sur son téton qui durcissait. Et le frôlement de lèvres chaudes sur sa nuque.

Nul homme ne s'était donné autant de mal pour s'assurer qu'elle était complètement excitée.

— Pourquoi moi ? demanda-t-elle.

Il déplaça ses doigts encore deux centimètres plus haut.

— L'une des raisons est évidente.

Elle lui saisit le bras. Pas pour l'arrêter. Bon Dieu, elle pourrait l'étrangler s'il s'avisait de le faire.

Mais il lui était de plus en plus difficile de rester immobile sous ses caresses habiles, et elle devait faire quelque chose pour éviter de rouler hors du lit.

— Et quelle est-elle ?

— Je ne peux pas me trouver dans la même pièce que toi sans t'imaginer toute nue, allongée sur le lit le plus proche.

— C'est…

Elle poussa un petit cri quand ses doigts parvinrent enfin sur son sexe tendre, leur frôlement léger comme une plume ne faisant qu'amplifier sa frustration grandissante.

— Dangereux, lui chuchota-t-il à l'oreille. Mais pas autant que les raisons moins évidentes.

Oh, Seigneur, elle avait du mal à suivre ce qu'il disait.

Elle lui planta les ongles dans le bras et avança les hanches en une supplication silencieuse.

— Devrais-je les connaître ?

Il tira sur son téton, envoyant une explosion de chaleur dans son corps tendu.

— Tu me fascines.

Alors qu'elle frissonnait sous cet assaut de sensations, Callie lui griffa légèrement le bras, et éprouva une joie ridicule quand il poussa un grognement sourd de plaisir.

Hé, ce qui était bon pour l'un l'était aussi pour l'autre.

Ou un truc du genre.

— Parce que je suis un phénomène de foire ? s'enquit-elle, son cœur manquant un battement quand il enfonça un doigt en elle.

— Parce que tu es intelligente. (Il la caressa plus profondément.) Et forte…

Encore une caresse époustouflante.

— Et terriblement insaisissable.

Il ne cessait plus de la caresser. Elle se mordit la lèvre inférieure, luttant pour retenir la jouissance qui montait en elle.

— Tes aptitudes ne sont que la cerise sur le gâteau, poursuivit-il.

Comment faisait-il pour toujours savoir exactement ce qu'il fallait dire ?

— Je ne les ai jamais envisagées comme une cerise, se moqua-t-elle.

— Callie, tu es exquise du sommet de ta tête à la pointe de tes pieds. Laisse-moi te le démontrer.

D'un mouvement rapide, il la retourna sur le dos. Avant même qu'elle ait pu reprendre son souffle, il se tenait au-dessus d'elle, un grand sourire coquin aux lèvres.

Un tremblement délicieux la secoua. Oh, Seigneur, elle avait plus qu'envie d'une démonstration.

En cet instant, cela lui était égal qu'un puissant nécromancien puisse lever une armée de morts-vivants. Ou que Boggs ait plus ou moins insinué qu'elle était censée les arrêter.

Ou même que Duncan rentrerait bientôt dans son monde de norms alors qu'elle était destinée à rester à Valhalla.

Une femme devait parfois saisir le bonheur, quand bien même celui-ci pourrait se révéler fugace.

Comme s'il percevait sa capitulation, Duncan poussa un grondement guttural, couvrant sa peau nue de caresses impatientes alors qu'il baissait la tête pour parsemer son visage de minuscules baisers.

— C'est ce que j'ai désiré pendant si longtemps, murmura-t-il, suivant de la langue le contour de ses lèvres. Trop longtemps.

Callie l'accueillit d'un gémissement quand il ramena l'une de ses mains entre ses cuisses pour titiller son sexe de plus en plus mouillé.

— Personne ne t'arrête, souligna-t-elle, essoufflée.

Il lui écrasa les lèvres d'un baiser brûlant.

— Je veux te vénérer, dit-il d'une voix rauque en glissant un doigt en elle. Avec lenteur.

D'instinct, Callie enfonça les talons dans le matelas et souleva les hanches.

— La lenteur, c'est bien. Mais ça… c'est… (oh là là, de son doigt qui allait et venait en elle, il créait les sensations les plus délicieuses) une torture.

Il fit courir ses lèvres sur sa joue, puis sur la ligne de son visage.

— Non ma puce, ça c'est de la torture.

Il déposa un baiser sur le pouls qui battait la chamade à la base de sa gorge.

— Et ça.

Il descendit la bouche jusqu'à la refermer sur la pointe d'un sein.

— Et ça.

De la langue, il frappa le téton sensible jusqu'à ce que Callie halète de désir.

Quel homme exaspérant! Il ne jouait pas le jeu.

Elle leva les mains pour les plonger dans ses cheveux dorés et enroula les jambes autour de ses hanches.

— Tu vas me le payer, flic.

Il s'écarta pour la dévisager avec un léger sourire ; elle vit des paillettes d'or briller dans ses yeux noisette.

— Tu me le promets ?

À dessein, elle se frotta contre la longueur dure comme du granit de son érection.

— Oh, je te le promets.

Il commença à baisser la tête, avant de s'arrêter en apercevant le minuscule tatouage caché derrière son oreille. Il passa le doigt sur le délicat hiéroglyphe noir.

— Qu'est-ce que c'est ?

— Un sort de protection contre les infections les plus courantes.

— Tu ne peux pas être malade ?

— Pas d'une maladie humaine.

Il plissa les yeux quand ses joues s'empourprèrent.

— Et quoi d'autre ?

— Il m'empêche de tomber enceinte tant que je ne suis pas prête à avoir des enfants. (Elle bougea sous lui.) Bien sûr, il faut que je fasse l'amour avant d'avoir à m'inquiéter de ça.

Il eut le souffle coupé.

— Callie.

Se soutenant sur le coude, il se déplaça jusqu'à ce que le bout de son membre appuie contre son sexe.

— Tu es sûre ? s'enquit-il.

Elle lui tira les cheveux pour croiser son regard étrangement circonspect.

— Je suis une grande fille. Je sais ce que je veux.

— Je ne voudrais pas que tu aies de regrets.

— Duncan, si tu ne passes pas à l'action, je vais le faire.

Sans lui laisser le temps de mettre à exécution sa menace en l'air, Duncan inclina le bassin en avant et glissa en elle d'un lent et implacable coup de reins.

Gémissant doucement, Callie s'agrippa à ses épaules, plantant les ongles dans sa peau. *Oui, oui, oui !* C'était… parfait.

Douloureusement parfait.

Déjà prêt à l'accueillir, son corps s'adapta aussitôt à son érection. Ce qui n'empêcha pas Callie d'éprouver une délicieuse sensation de plénitude, ainsi qu'une intimité surprenante à laquelle elle ne s'attendait pas.

En cet instant, elle était unie à Duncan. Unie d'une façon qui semblait bien plus émouvante que deux corps simplement engagés dans une partie de jambes en l'air.

C'était…

Son esprit refusa immédiatement d'examiner les sentiments puissants qui vibraient en elle. *Zut !* Ce n'était pas censé être plus qu'un plaisir fugace.

— Callie, chuchota-t-il près de son oreille. Tu vas bien ?

— Je vais bien, ne t'arrête pas, c'est tout, gémit-elle, enfouissant le visage dans la courbe de son cou.

— M'arrêter ? Pas même si on me pointait un flingue sur la tête, grommela-t-il, se retirant avant de la pénétrer de nouveau avec une urgence grandissante. Je n'ai jamais rien ressenti de si bon.

Callie n'était pas près de le contredire alors qu'il se retirait encore et entrait en elle à un rythme qui lui coupa le souffle. *Mmmm.* C'était ce qu'elle avait voulu depuis l'instant où elle avait posé son regard sur Duncan O'Conner.

Les yeux fermés, Callie fit courir ses ongles au bas de son dos, ravie quand il grogna de plaisir. Elle les enfonça plus profondément, récompensée lorsqu'il trouva ses lèvres en un baiser farouche, exigeant.

Il ondula plus vite des hanches, et glissa les mains sous ses fesses pour l'orienter vers lui afin qu'elle aille à la rencontre de ses assauts profonds et réguliers.

— Duncan… dépêche-toi, murmura-t-elle contre ses lèvres, le corps si tendu qu'elle avait l'impression qu'elle allait exploser.

— Laisse-toi juste aller, ma puce.

Il baissa la tête pour titiller son téton sensible, ondulant des hanches de plus en plus vite alors qu'elle se cambrait au-dessus du lit pour l'accueillir.

Sa respiration rauque résonnant dans l'obscurité, Callie se concentrait uniquement sur l'endroit précis où le corps de Duncan allait et venait en elle.

Elle se précipitait vers un point limite.

Et elle y était presque.

Presque.

Puis… elle y fut.

Dans un dernier assaut, il l'envoya au septième ciel, la propulsant dans une explosion de volupté exquise.

Il étouffa son cri de plaisir d'un baiser farouche, et continua à aller et venir dans son corps frissonnant jusqu'à ce qu'il se raidisse dans sa propre jouissance.

Laissant retomber sa tête dans la courbe de son cou, Duncan s'efforça de reprendre son souffle.

— Mon Dieu.

Chapitre 12

L'aube rampait à peine sur l'horizon lorsque Zak entra dans la chambre forte construite au sous-sol.

La pièce de ciment de six mètres carrés avait été conçue dans un souci de protection, pas de confort. Elle était dépourvue de fenêtres, la porte était constituée d'un bloc d'acier de quinze centimètres d'épaisseur et elle avait pour seul ameublement un lit étroit.

Assuré que la porte était verrouillée et qu'Anya montait la garde de l'autre côté, Zak s'installa sur le lit et ferma les yeux. Après avoir ralenti sa respiration, puis les battements de son cœur, il se retira en lui-même, dans l'endroit qui abritait son pouvoir.

Il y faisait sombre et froid. Un puits sans fond qui avait manqué de l'engloutir en entier la première fois qu'il s'y était relié.

À présent, avec détermination, il rassembla ses forces et accéda à ces profondeurs glacées, luttant pour ne pas y être aspiré tout en obligeant les ténèbres à vibrer dans ses veines, un pouvoir glacial qui lui infligea une souffrance que peu de personnes auraient été capables d'endurer.

Pour lui, c'était un rappel du coût de l'échec.

Un faux pas et les ténèbres le détruiraient.

Submergé par son pouvoir, Zak prit le petit bol posé sur le matelas près de lui. Une fois celui-ci installé sur ses genoux, il plaça les mains au-dessus du cœur de Leah et libéra la magie dans l'organe palpitant.

Un bref instant, il se sentit déstabilisé alors qu'il quittait son corps physique et s'envolait vers le sud de la ville dans un quartier encore plus huppé que celui qu'il s'était choisi.

Il entra dans le corps de Leah, et grogna quand les ténèbres grossirent brusquement, tentant de l'emporter.

Non! Il serra les dents, les muscles bandés. Il était le maître. La mort s'inclinerait devant lui.

La sueur perla sur son front mais, les mâchoires fermées, il brida le pouvoir et, avec précaution, le laissa pénétrer lentement dans le cadavre.

Petit à petit, il le remplit puis installa sa conscience dans l'esprit de Leah.

Ce ne fut qu'une fois certain de la contrôler parfaitement qu'il ouvrit les yeux de son avatar et regarda autour de lui.

Sans surprise, il était allongé à l'arrière d'une voiture garée. Tony avait de nouveau repris du service pour conduire la dépouille de Leah dans ce quartier huppé, suffisamment près de la demeure qui l'intéressait, mais pas assez pour attirer l'attention.

Lorsque Zak, dans le corps de Leah, s'assit, il aperçut Tony appuyé à la portière, qui surfait paresseusement sur Internet avec son téléphone. Puis, sentant peut-être qu'on l'observait, l'homme se retourna pour jeter un regard plein d'ennui par-dessus son épaule.

À la vue de Leah, ce tueur amoral lâcha un hurlement qui aurait rivalisé avec celui d'une adolescente, et vida sa vessie sur son beau pantalon de toile.

Sans se soucier de son serviteur, Zak ouvrit la portière de la voiture avec gaucherie et posa le pied dans la rue plongée dans l'obscurité.

Il – ou plutôt Leah – vacilla alors qu'il luttait pour garder l'équilibre. Malgré toutes ses facultés, il mettait toujours quelques minutes à prendre le contrôle d'un corps. Quand il baissa les yeux, il remarqua distraitement qu'il était vêtu d'un corsaire moulant et d'une brassière de sport. Anya avait choisi les vêtements, affirmant que Leah aimait se rendre à la gym le matin. Peu lui importait ce qui l'habillait tant qu'il n'attirait pas une attention inopportune.

Il cherchait l'amulette suspendue à son cou par une fine chaîne en or. Un sort mortel était gravé dans le métal poli, n'attendant que d'être libéré.

Assuré d'avoir son arme, Zak jeta un regard rapide au quartier endormi avant de traverser la rue bordée d'arbres. Peu à peu, ses mouvements se firent plus fluides tandis qu'il empruntait l'allée sinueuse conduisant à une demeure de deux étages en brique rouge pâle.

Le toit de bardeaux sombres était très incliné. Des volets blancs encadraient les grandes fenêtres et, sur le côté, se trouvait un garage prévu pour quatre voitures.

Sur la façade, la vaste véranda ornée de colonnes majestueuses était pourvue d'une porte à deux battants, qui invitait l'ennemi à entrer.

Zak esquissa un rictus, une sensation bizarre étant donné que Leah s'était récemment fait gonfler les lèvres avec du silicone nocif. Il avait consacré des décennies à traquer la relique qu'exigeaient les dieux d'Anya. Et encore des années à découvrir qui cachait l'objet.

Il avait consacré les six derniers mois à suivre les moindres mouvements de Calso.

Il savait quand ce salopard se levait, quand il partait au travail, quand il se couchait, quand il chiait. Il avait également mené une enquête tout aussi consciencieuse sur ses employés. Il connaissait leurs habitudes mieux qu'eux.

Malheureusement, cette surveillance constante de Calso ne lui avait pas permis de déterminer l'endroit où se trouvait le jeton, et sans la certitude de pouvoir récupérer cette information dans son esprit quand il serait mort, Zak avait été obligé de concevoir un plan qui lui donnerait l'occasion de fouiller la maison sans inquiéter sa proie.

Ce qui expliquait qu'il avait choisi Leah.

Étant la maîtresse de Calso, elle avait été enregistrée dans son système de sécurité. Ce qui signifiait qu'elle était la seule autre personne à pouvoir entrer et sortir sans éveiller les soupçons des agents de sécurité qui patrouillaient dans le domaine.

Et, plus important, elle était restée humaine malgré la magie qui lui remplissait le corps. Paranoïaque, Calso avait payé une fortune pour faire envelopper sa propriété d'un puissant sort qui détectait les évolués. Si Zak ou Anya s'étaient aventurés à moins de trente mètres de la demeure, ils auraient déclenché une dizaine d'alarmes.

Zak s'arrêta devant la porte et colla sa paume au lecteur électronique. Le scanneur lut les lignes de sa main en émettant un bourdonnement sourd puis, dans un petit bruit sec, les deux battants se rabattirent vers l'intérieur.

Sans hésiter, Zak entra dans le vestibule au carrelage de marbre noir et blanc qui s'ouvrait jusqu'au second étage, et dont les fenêtres cintrées fournissaient de la lumière en abondance à l'enchevêtrement de plantes qui poussaient le long des murs de marbre.

Il ne prêta pas attention à l'escalier impérial qui montait en décrivant un arc gracieux vers le premier étage, et passa directement dessous pour rejoindre le salon en contrebas situé sur l'arrière de la maison.

Il éprouva la même indifférence pour le canapé d'angle blanc disposé autour de l'aquarium colonne en verre qui s'élevait du sol au plafond. Ainsi que pour la cheminée de marbre blanc magnifiquement sculptée sur laquelle deux vases noirs contrastaient vivement avec toute cette étendue immaculée.

Tout ce qui l'intéressait, c'était de trouver le bureau qu'il avait aperçu dans les souvenirs de Leah.

D'après ce qu'il avait pu déterminer avant que Callie ne le dérange si impoliment alors qu'il fouillait l'esprit de la jeune femme, le bureau était la seule pièce du manoir dont Calso lui avait interdit l'accès.

Ça semblait le meilleur endroit par où commencer ses recherches.

Il traversa le tapis blanc et n'était plus qu'à quelques pas de la porte fermée à l'autre bout du salon quand un bruit étouffé lui fit faire volte-face.

Il réprima un juron à la vue du petit homme presque chauve au visage rond et aux yeux noirs de fouine. La soixantaine, il ne portait rien d'autre qu'un boxer, avec son ventre rebondi qui s'avançait comme un ballon de basket poilu.

De justesse, Zak ravala un ricanement. Il paraissait impossible d'imaginer que ce norm pitoyable détenait vraiment une œuvre des dieux.

— Leah ? Qu'est-ce que tu fais ici ?

Calso fronça les sourcils, l'expression méfiante, alors même qu'il embrassait d'un regard compulsif le corps svelte de la jeune femme.

Avec une froide objectivité, Zak analysa les choix qui s'offraient à lui.

La voie de la facilité aurait été de tuer cet imbécile avant de reprendre ses recherches.

L'inconvénient, c'était que ses employés ne tarderaient pas à se lever. Ils ne manqueraient pas de tomber sur son cadavre.

En plus, il pouvait se servir de l'obsession pathétique que nourrissait Calso pour la jeune femme pour l'aider à déterminer avec plus de précision l'endroit où était caché son trophée.

Il s'obligea à avancer d'un pas et esquissa un mouvement brusque de la tête, sentant ses cheveux effleurer la peau nue de ses bras. Ç'avait beau faire des siècles que sa bite ne le dirigeait plus, il se rappelait ce qui l'avait autrefois excité.

— Je suis désolée. (Il s'humecta les lèvres.) Je ne voulais pas te réveiller.

Calso baissa son regard compulsif sur la poitrine de Leah, à peine dissimulée par la brassière de sport, mais il ne se dérida pas.

— Je t'ai posé une question.

— J'ai perdu mon portable. (Zak haussa les épaules.) Je me suis dit que je l'avais peut-être laissé ici.

— Et tu as décidé de venir le chercher à cette heure ?

— Je n'arrivais pas à dormir.

Un silence s'installa pendant que l'homme se débattait entre ses soupçons et sa libido.

Sans surprise, sa libido l'emporta.

— Une heureuse coïncidence, gronda-t-il en s'avançant vers Leah avec lenteur.

Zak détourna discrètement la tête des fenêtres qui commençaient à s'éclaircir avec l'approche de l'aube.

Ses fonctions motrices s'amélioraient mais seule l'obscurité masquait l'absence d'expression faciale de Leah.

— Ah oui, et pourquoi ?

— Je n'arrivais pas à dormir moi non plus.

— Ah. Qu'est-ce que tu crois qu'on devrait faire ?

L'homme fit courir ses doigts sur le décolleté de la brassière de sport de Leah avant de les glisser sous l'étoffe élastique pour lui pincer le sein. À des kilomètres de là, Zak grimaça, farouchement reconnaissant de ne pas avoir à sentir ces doigts épais qui le pelotaient.

— J'ai quelques idées, susurra Calso.

— Je n'en doute pas.

Le visage rond de l'homme s'empourpra.

— Monte à l'étage. Tout de suite.

Zak émit ce qu'il espérait ressembler à un gloussement.

— J'ai une meilleure idée.

Calso arqua un sourcil.

— Tu veux jouer ?

— Attrape-moi.

Sans laisser le temps à cet imbécile de réagir, Zak franchit précipitamment la petite distance qui le séparait du fond de la pièce.

— Zut, Leah, qu'est-ce que tu fais ? grogna l'homme, s'élançant aussitôt à sa poursuite.

— Je joue.

Zak ouvrit la porte et s'engouffra dans le bureau, qu'il passa rapidement en revue.

Un canapé en cuir et des bergères à oreilles autour d'une table laquée. Plusieurs hautes bibliothèques qui débordaient de vieux livres reliés de cuir. Un lourd bureau en noyer placé près de la cheminée en marbre dont la large tablette accueillait un certain nombre de statues en bronze.

Finalement, il se retourna pour regarder Calso entrer comme un ouragan.

— Tu fais quoi, putain ? souffla-t-il.

— Tu n'aimes pas mon jeu ? s'enquit Zak, surveillant soigneusement le regard de Calso, qui se tourna d'instinct du côté du bureau.

— Tu sais que tu n'as pas le droit de venir ici.

Zak recula vers le bureau, sans jamais quitter des yeux le regard révélateur de Calso.

— Pourquoi ?

— C'est mon bureau personnel.

— Il n'est pas encore l'heure de travailler. Tu n'as pas envie de me voir nue sur ton bureau ?

Arrivé à l'angle du meuble, Zak leva la main pour repousser son épaisse chevelure. Comment les femmes supportaient-elles ce truc qui lui donnait des démangeaisons ?

Calso hésita, plissant les yeux pendant qu'il réfléchissait. Considérait-il le plaisir de la baiser sur la surface luisante ?

De toute évidence, Zak n'avait pas trouvé son point faible.

Avant que Calso ait pu tenter de le clouer au bureau, Zak se coula sur le côté et se dirigea droit sur la cheminée.

— À moins que tu préfères que je…

— Ça suffit ! l'interrompit Calso d'un ton brusque en se ruant sur lui. Éloigne-toi de là.

Zak suivit le regard inquiet de l'homme. *Ah !* Prévisible à en être assommant. Un coffre-fort mural caché derrière le Picasso.

— Tes désirs sont des ordres, dit-il d'une voix traînante en se plaçant juste devant Calso.

L'homme commença à se détendre jusqu'à ce qu'il aperçoive l'amulette qui rougeoyait dans l'obscurité persistante.

— Qu'est-ce que c'est ?

Zak parvint à étirer ses lèvres rigides en un sourire.

— La mort.

Calso recula en trébuchant, son visage grassouillet tordu par la peur et la confusion. Mais il était beaucoup trop tard. Il avait à peine esquissé un pas en arrière que l'amulette libéra sa magie, qui le percuta avec une force fatale.

Zak regarda Calso tomber à genoux, avec sa peau qui se déchirait comme un mouchoir en papier tandis que la magie en lui se mettait à enfler et à s'étendre.

La magie ne constituait jamais une façon agréable de mourir.

Et c'était là un sortilège particulièrement horrible.

Mais efficace, dut-il reconnaître en reculant alors que l'homme basculait la tête la première sur le précieux tapis persan et se transformait rapidement en cendres carbonisées.

Anya était avant tout compétente.

Convaincu que l'homme était mort, Zak se retourna et marcha jusqu'à la cheminée.

Il lui fallut moins de cinq minutes pour trouver sur le Picasso le mécanisme qui faisait se rabattre la toile vers l'extérieur, dévoilant le coffre-fort installé dans le mur. Il leva la main et la colla contre le scanneur ; sans la moindre surprise, il entendit la serrure émettre un bruit sec.

Le salopard arrogant n'avait jamais pensé que sa propre maîtresse pourrait le trahir.

L'orgueil.

La faiblesse de tous les hommes riches.

Il saisit la petite poignée sur le coffre et l'actionna.

Un plaisir anticipé vibra en lui alors qu'il plongeait la main à l'intérieur et repoussait les papiers pour découvrir l'urne de pierre pâle façonnée comme un petit vase, avec une étrange créature ailée gravée sur le devant. Avec précaution, il ôta le coton qui bouchait l'ouverture située sur le dessus et renversa la boîte en la secouant pour en faire tomber le jeton.

À plus d'un kilomètre au nord, il sentit son cœur dans son vrai corps faire un bond soudain.

Bientôt…

Bientôt il recevrait les justes récompenses qu'il méritait amplement.

S'efforçant encore de reprendre son souffle, Duncan roula sur le côté et observa le délicat visage de profil de Callie souligné par la promesse rosée de l'aube.

Seigneur.

Ça n'avait pas été bien.

Mais cataclysmique.

Bouleversant.

Mais pourquoi ?

Alors qu'il la serrait tout contre lui, il envisagea quelques excuses.

Il était resté trop longtemps célibataire. Un homme était fait pour partager son lit avec une femme, pas vrai ?

Il avait fantasmé sur cette fille pendant plus longtemps qu'il ne souhaitait se l'avouer.

Il vivait sous une montagne de stress. Tout le monde savait que l'adrénaline faisait tout ressentir avec plus d'intensité. Y compris le sexe.

Malheureusement, aucune de ces excuses pathétiques ne tenait.

Ce qui venait juste de se produire entre eux échappait à toute explication.

Ce qui aurait dû lui foutre une trouille bleue.

Pas lui donner envie de la posséder encore.

Et encore.

Et encore…

Le membre déjà dur de plaisir anticipé, Duncan fronça brusquement les sourcils en prenant conscience que pendant qu'il savourait l'idée d'une deuxième manche, Callie était perdue dans des pensées qui n'avaient rien à voir avec lui ou une partie de jambes en l'air chaude et énergique.

— Hé ! (Il passa le doigt sur la fine arête de son nez.) Où es-tu partie ?

Elle cligna des yeux, comme si elle revenait de loin. Puis, avec lenteur, elle tourna la tête pour croiser son regard préoccupé.

— Je réfléchissais, c'est tout.

— Et ça a assombri ce joli visage ? (Du doigt, il suivit la ligne qui lui barrait le front.) Tu m'as promis que tu ne regretterais pas ce qui s'est produit dans ce lit.

— Je ne pensais pas à… (une adorable rougeur lui colora les joues) ça.

— C'est encore pire, la gronda-t-il, fasciné par la vision de ses yeux pareils à des joyaux qui captaient et renvoyaient les premiers rayons du jour.

Bon Dieu. Avait-il jamais existé rien de plus beau ?

— Je ne suis déjà plus qu'un lointain souvenir, poursuivit-il.

De sa main libre, il lui caressa la cambrure du dos et l'attira contre son érection tremblante.

— Je devrais peut-être te rappeler le genre de feu d'artifice qui éclate entre nous.

Elle eut le souffle coupé.

— Tu peux me croire, je ne l'oublierai jamais.

Aux accents rauques de sa voix, il sourit et attarda le regard sur ses lèvres, encore rouges et gonflées par ses baisers.

— C'est ce que je veux entendre.

Elle leva les yeux au ciel.

— Tu es d'une arrogance.

Il cessa de sourire en percevant qu'elle était encore distraite. Il avait beau mourir d'envie de se noyer dans le plaisir soyeux de son corps, Duncan voulait qu'elle lui accorde son attention pleine et entière quand il la séduisait.

— Bon, Callie, murmura-t-il. Dis-moi ce qui te préoccupe.

Elle grimaça.

— Je pensais juste aux propos de Boggs.

— Avant le petit déjeuner ? (Il frémit d'un air théâtral.) Pas étonnant que tu ne sois pas du matin.

Elle ne releva pas sa moquerie.

— Il a dit : « Pour voir l'avenir on doit regarder dans le passé. »

Duncan ricana. Boggs l'avait troublé plus qu'il ne souhaitait le reconnaître, mais il refusait que Callie prenne des risques juste parce qu'un *doppelgänger* cinglé avait sous-entendu qu'il l'avait vue dans une vision paranormale.

— Il a raconté beaucoup d'inepties.

— Peut-être. (Elle se mordilla la lèvre inférieure.) Peut-être pas.

Son sixième sens s'éveilla. Il connaissait ce regard. Et il n'annonçait jamais rien de bon.

— Alors qu'est-ce que tu manigances ?

Elle ne cilla même pas à son impressionnante aptitude à déchiffrer son expression. Pourquoi en aurait-il été autrement ? Elle avait été élevée parmi des gens capables de scruter la moindre de ses pensées.

— Il doit exister un moyen d'en découvrir plus sur le seigneur Zakhar.

Il se raidit, luttant désespérément contre son besoin primitif de mâle de lui signaler qu'il était absolument hors de question qu'elle se mette en danger. Ses sœurs lui avaient appris que le moyen le plus efficace de pousser une femme à faire un truc était de le lui interdire. Sexiste ? Peut-être. Mais le savoir lui avait rendu service plus d'une fois.

— Internet ? suggéra-t-il. On a un as de l'informatique au poste qui peut déterrer n'importe quelle information.

— Je préférerais trouver des journaux originaux si possible. Ils ont tendance à être un peu plus fiables.

Bien sûr qu'elle préférait les originaux. Ça n'aurait pas pu être si simple.

— Tu vas te rendre en Russie ?

— Oui. Fane peut m'y conduire.

— Génial, marmonna-t-il.

Elle arqua un sourcil.

— C'est son boulot.

En effet. Ça ne voulait pas dire que ça devait lui plaire.

— Très bien. Dans ce cas, je vais faire mon boulot et lancer une recherche sur un Russe inconnu qui viendrait de s'installer en ville. (Il passait déjà mentalement en revue ses différents contacts.) Si on en parle dans la rue, je serai au courant.

Elle toucha la barbe naissante qui lui obscurcissait la mâchoire.

— On croirait entendre un flic.

— Je ne me sens pas comme un flic.

— Non ?

Il tourna la tête pour coller les lèvres au milieu de sa paume.

— Non, je me sens comme un homme qui désire enfermer sa maîtresse pour la protéger.

Elle éloigna brusquement la main et pinça les lèvres en un avertissement silencieux.

— Duncan.

— Ne t'en fais pas, ma puce, s'empressa-t-il de lui assurer. J'ai beau me comporter parfois comme un homme des cavernes, j'ai parfaitement conscience que je ne peux pas te traîner jusque dans ma grotte.

— Pas si tu veux garder tes bijoux de famille.

Il tressaillit.

— Touché. (Il passa les doigts dans la soie écarlate de ses cheveux ébouriffés.) En plus, je comprends mieux que quiconque à quel point tes dons sont importants pour le monde. Ce serait un crime contre nature de ne pas les partager.

Elle fronça les sourcils.

— Pas la peine de te moquer de moi.

— C'est ce que tu crois que je fais ? (Il lui prit la joue dans la main alors qu'elle tentait de se détourner.) Callie, regarde-moi.

À contrecœur, elle croisa son regard grave.

— Quoi ?

— Je sais ce que tu as fait.

— Ce que j'ai fait ?

— Chaque fois que tu enlèves un meurtrier de la rue, tu sauves des vies. (Il passa le pouce sur sa lèvre inférieure.) Il m'est même impossible d'imaginer le nombre de gens qui te doivent leur avenir.

Elle rougit ; être louée pour ses aptitudes la rendait manifestement mal à l'aise.

— Quelques-uns, j'espère.

— Quelques-uns ? (Il poussa un grognement incrédule.) Rien que Smithfield était parti pour tuer au moins un enfant par semaine. Il aurait massacré des centaines d'innocents. Tu les as sauvés.

Il se pencha pour lui voler un baiser.

— Pas toute seule, protesta-t-elle d'une voix essoufflée alors qu'il suivait les contours de sa bouche de la pointe de la langue. Il rôderait encore dans les rues si tu ne l'avais pas arrêté.

— On forme une bonne équipe.

— Une équipe ?

— Pourquoi pas ? (Il s'écarta pour examiner son expression interloquée.) On serait parfaits ensemble.

Il vit ses yeux assombris par une émotion qu'elle se hâta de cacher derrière une indifférence feinte.

— Tu me connais à peine.

Il afficha un sourire empreint d'un amusement coupable.

— Je dirais que je te connais mieux que nombre de personnes. Même si je n'ai rien contre pousser mon exploration.

Elle lui donna un coup de poing dans le torse.

— Ce n'est pas ce que je voulais dire.

Il se départit de son sourire.

— Je te connais, Callie Brown. Du moins, ce que tu es prête à me montrer. Ce qui n'est pas beaucoup.

— Comment ça ?

— Comme moi, tu es obligée de patauger dans la boue pour faire ton boulot.

Elle grimaça.

— Exact.

— Autrement dit, tu ne te réjouis jamais quand un tueur est arrêté, parce que tu te souviens de la mort et de la destruction que tu n'as pas été capable d'éviter. (Des doigts, il effleura la ligne entêtée de son visage.) J'ai raison ?

Une pointe de désir adoucit l'expression de Callie.

— Oui.

— Et, comme moi, tu maintiens les autres à distance parce que tu sais qu'ils ne voient pas le monde avec les mêmes yeux.

Elle l'observa durant une longue minute. Méfiante. Ou peut-être prudente.

— Tu crois qu'on est pareils ?

Il réfléchit. Ce serait facile de faire une remarque désinvolte. Un commentaire sarcastique qui détournerait son attention sans qu'il ait à révéler sa vulnérabilité grandissante.

Mais lorsqu'il croisa son regard de saphir, il comprit que c'était important.

— Je crois qu'on est reliés à un niveau qui dépasse largement l'attirance physique, pas toi ?

— C'est…

— Terriblement flippant ? compléta-t-il à sa place. Ouais, je sais.

Elle plissa les yeux alors qu'il lui caressait la courbe des fesses, l'invitant à s'allonger sur le côté pour qu'ils soient face à face.

— Tu n'as pas l'air particulièrement effrayé, l'accusa-t-elle.

Le cœur de Duncan manqua un battement quand elle se colla contre l'avancée de son érection.

Il était si dur que le seul frôlement de sa peau chaude suffisait presque à déclencher sa jouissance.

— J'ai d'autres choses en tête, murmura-t-il.

Elle se tortilla contre lui, un petit sourire aux lèvres.

— Pas que dans ta tête.

À sa moquerie, il serra les dents. *Oh… bon Dieu!* Quand était-elle devenue si entreprenante ?

— Non, c'est le genre de truc qui te submerge complètement, parvint-il à marmonner, enfonçant les doigts dans la douceur de ses fesses tandis qu'il s'efforçait de brider ses appétits, qui n'allaient pas tarder à échapper à son contrôle. Alors, si tu veux que j'arrête, dis-le-moi tout de suite.

Soudain, elle posa les mains sur son torse et explora ses muscles rigides en une caresse légère, dévastatrice.

— C'est ce que tu souhaites ?

— Bon Dieu, non, grogna-t-il, frôlant des lèvres sa bouche entrouverte. Mais tu représentes une tentation à laquelle je ne peux pas résister, et si tu ne dis pas non, alors je vais prendre tout ce que tu seras prête à me donner.

Elle lui mordilla la lèvre inférieure et fit glisser ses mains plus bas. Duncan gémit, et contracta ses abdominaux de plaisir anticipé.

Oh… bon Dieu!

Avait-elle seulement conscience que ses douces caresses l'embrasaient ?

— Tu es beaucoup de choses, Duncan O'Conner, mais certainement pas faible, murmura-t-elle.

Il ferma les yeux avec force, tant il avait envie de la renverser sur le dos pour libérer ses désirs les plus primitifs.

— Je le suis avec toi, Callie Brown, reconnut-il d'une voix rauque.

Il sentit qu'elle déposait des baisers légers comme des papillons sur sa mâchoire avant de descendre sur la ligne de sa gorge.

— Je suis contente.

— Parce que je te trouve irrésistible ?

Elle lécha le pouls qui battait à la base de son cou.

— Ouais.

— Tu aimes m'avoir en ton pouvoir ?

— Oh, oui. Je veux que tu me réclames en me suppliant.

Son érection frémit, comme si elle tentait de prouver à la femme qui le tourmentait à quel point exactement il la désirait.

Il fit remonter ses mains sur son dos en une caresse impatiente.

— Merde, Callie, tu ne devrais pas dire ça quand on est au lit.

Elle gloussa, tout en lui mordillant sa clavicule proéminente.

— Tu préférerais que je le dise où ?

Il enfouit le nez dans ses cheveux au parfum de pomme, luttant pour aspirer de l'air dans ses poumons, qui lui semblaient étrangement oppressés.

— Je ne tiens plus que par un fil, là, ma puce.

— Laisse-toi aller, flic, chuchota-t-elle.

Elle descendit en se trémoussant pour lécher un de ses tétons plats avant de souffler doucement dessus jusqu'à ce qu'il durcisse d'excitation.

— Callie ?

Il ouvrit brusquement les yeux de plaisir abasourdi.

— Hmm ?

Elle trouva son autre téton, auquel elle donna de légers coups de langue alors qu'il frissonnait en une réponse impuissante.

— Qu'est-ce que tu fais ? s'écria-t-il d'une voix rauque.

Elle inclina la tête en arrière pour le dévisager avec des yeux qui étaient bien plus rares et magnifiques que n'importe quel saphir.

— Je t'ai promis que je me vengerais, non ? annonça-t-elle, souriant avec une intention coquine en reprenant sa lente et intime exploration.

Il manqua de bondir hors du lit quand elle traça un chemin de baisers sur son ventre, et saisit enfin le bout tendre de son membre dans la chaleur soyeuse de sa bouche.

Oh… bon Dieu, ouais !

Elle pouvait se venger autant qu'elle le voulait.

Chapitre 13

Le matin s'était complètement installé le temps qu'ils sortent enfin du lit, et passent encore une demi-heure sous la douche.

Callie ressentait une délicieuse satisfaction tandis qu'elle enfilait le peignoir en éponge et séchait ses cheveux avec une serviette.

Ainsi qu'une autre sensation.

Une sensation enivrante, dangereuse, qui lui était totalement étrangère.

Une sensation qu'elle n'était pas prête à examiner.

Pendant que, derrière elle, Duncan mettait son jean et son tee-shirt, Callie erra dans le salon ; elle ignorait quelle procédure correspondait au « matin après une nuit de sexe débridé ».

Devait-elle proposer un petit déjeuner ? Ils avaient dépensé beaucoup d'énergie – une énorme quantité d'énergie – et Duncan devait être affamé. Mais s'il ne souhaitait pas passer plus de temps avec elle ? Se sentirait-il obligé ?

Peut-être qu'elle devrait juste retourner dans son appartement et…

Un coup brutal frappé à la porte interrompit ses réflexions idiotes, et elle se raidit de surprise.

— Je peux espérer que ce soit le service de chambre avec notre petit déjeuner ? dit Duncan d'une voix traînante en la rejoignant.

Elle hasarda un regard en coin, et admira la façon dont son tee-shirt adhérait avec une tendre perfection aux muscles fermes de son torse, avant de relever la tête pour rencontrer ses yeux amusés. *D'une telle suffisance.*

— Tu peux toujours espérer.

— Ça ne semble pas très prometteur.

On frappa de nouveau à la porte.

— Ça non plus.

Comprenant que son moment avec Duncan arrivait à sa fin qu'elle le veuille ou non, elle alla ouvrir. Elle resta bouche bée à la vue de son gardien. Les Sentinelles ne servaient jamais de messagers. Ce qui signifiait que son apparition n'annonçait rien de bon.

— Fane. Il y a un problème ?

Son visage tatoué demeura stoïque, même si la chaleur qui émanait de son corps indiquait à Callie qu'il n'était pas heureux de sa présence dans les appartements de Duncan.

— La Mave veut te voir dans son bureau. (Il ne détourna jamais les yeux de son visage empourpré.) Amène le flic.

Son message délivré, Fane tourna les talons et disparut prestement.

Ouais. Pas content.

Pas content du tout.

Réprimant un soupir, Callie regretta amèrement d'avoir jamais quitté le lit de Duncan. Pelotonnée contre lui, elle s'était sentie bien au chaud, en sécurité et presque normale. Comme n'importe quelle autre femme qui passerait la nuit dans les bras de son amant.

À présent, la réalité avait fait son retour. En force.

— Je dois aller chez moi pour me changer, murmura-t-elle alors qu'elle se tenait toujours sur le seuil, à scruter le couloir vide. Je te retrouverai au bureau de la Mave.

Avec une rapidité étonnante, Duncan tendit la main pour l'empoigner par le bras.

— Callie.

Elle continua à détourner le regard.

— On ferait mieux de se dépêcher.

Il marmonna quelque chose avant de retirer la main avec lenteur.

— Très bien. Mais ne t'imagine pas un instant que je vais te laisser m'exclure de ta vie, l'avertit-il de sa voix dure de flic. On a largement dépassé ce genre de petits jeux.

— Je dois y aller.

S'enfuyant comme une enfant désobéissante, Callie ne prêta pas attention à son regard noir qui lui brûlait l'arrière de la tête.

Je suis une lâche.

Une lâche authentique, de première catégorie.

Mais ce n'était pas entièrement sa faute. Elle avait pris la décision de coucher avec Duncan. Elle était une adulte célibataire qui était libre de partager le lit d'un homme également adulte et célibataire.

Et leurs ébats s'étaient révélés sublimes. Dignes d'un rêve.

Malheureusement, ça n'avait pas vraiment été la nuit d'ivresse sans complications qu'elle avait espérée.

Empruntant l'ascenseur jusqu'aux étages privés, elle avait réussi à atteindre sa porte quand elle s'aperçut enfin qu'on l'appelait.

— Callie.

Quand elle lança un regard par-dessus son épaule, elle vit la grande femme aux longs cheveux de jais et aux yeux vert clair. Comme toujours Serra était ravissante, avec ses courbes généreuses rehaussées par un pantalon de satin noir et un débardeur. C'était une bombe sexuelle chaussée de bottes Manolo Blahnik.

Elle était aussi intelligente, pleine d'esprit, loyale et l'une des médiums les plus puissantes à avoir jamais été répertoriées.

Si Callie ne l'avait pas aimée comme une sœur, elle aurait été obligée de la pousser du haut d'une falaise très, très haute.

— Oh, Serra. (Elle lui adressa un sourire navré en plaçant le pouce sur le petit écran qui commandait la serrure.)

— Je suis désolée mais je dois rejoindre la Mave. On pourra peut-être se voir plus tard.

Callie entra dans le salon exigu mais bien rangé peint dans une douce couleur crème avec des accents lavande. Le canapé et les fauteuils étaient du même crème, des tables basses étaient disposées au centre de la pièce et un écran plasma fixé au mur. Sur le plancher poli, des tapis tissés à la main avaient été négligemment jetés.

Son salon n'avait rien de chic, mais il était confortable. Plus important, c'était chez elle.

Elle se dirigea directement vers la chambre du fond, qui était décorée dans les mêmes tons crème mais avec des accents de pêche, absolument pas surprise que Serra s'avance dans son sillage.

Elles avaient toutes deux été élevées par les mêmes parents adoptifs. Autrement dit, elle savait que rien ne ferait partir Serra tant qu'elle n'aurait pas déterré l'information qui l'intéressait.

— Ça signifie que tu ne vas pas partager plus de bon temps avec ton flic ?

Ah ! Elle était au courant qu'elle avait passé la nuit avec Duncan.

Prévisible.

Les ragots se propageaient à une vitesse éclair à Valhalla.

— Il n'est pas à moi, protesta-t-elle, s'efforçant de ne pas prêter attention au minuscule pincement au cœur qu'elle éprouva à cette vérité.

Que ferait-elle de lui s'il lui appartenait ?

Serra alla s'asseoir sur le bord du lit et, appuyée sur les coudes, examina Callie d'un regard entendu.

— Mais tu ne nies pas avoir pris du bon temps avec lui ?

Callie ôta le peignoir ; elle sentit une chaleur l'envahir brusquement au souvenir des caresses exigeantes de Duncan.

Ses expériences précédentes avaient été avec des blancs-becs.

Le flic avait été un homme, un vrai.

— C'était top.

— Fonce, ma fille.

Alors qu'elle s'apprêtait à mettre une culotte propre et un soutien-gorge assortis, Callie dévisagea son amie d'un air perplexe.

— Je croyais que tu ne lui faisais pas confiance.

Serra esquissa une moue.

— Je ne fais confiance à aucun homme. Ce sont tous des salopards.

Callie médita soigneusement sa réponse. Malgré leur lien indestructible, elles avaient appris à ne jamais évoquer l'attirance farouche de Serra pour Fane. Ce n'était pas que Serra soit jalouse. Mais elle était frustrée par le refus de la Sentinelle de penser à autre chose qu'à son devoir envers Callie.

— Pas tous, protesta cette dernière en enfilant un jean délavé. Et Arel ?

Arel était une Sentinelle chasseuse qui était terriblement séduisante, avec des cheveux châtains aux reflets de miel et des yeux d'or pur. Serra était sortie avec lui l'année précédente.

— Charmant. Séduisant. Et un parfait salopard. (Serra s'interrompit et examina Callie d'un regard scrutateur.) Cela dit, ça faisait longtemps que je n'avais pas vu cette jolie rougeur sur tes joues. Et s'il te fait du mal, je pourrai toujours lui botter le cul.

Callie choisit un haut moulant jaune vif et l'enfila par la tête avant de le rentrer dans son jean.

— Je peux me charger de botter des culs moi-même, merci beaucoup.

— Tu en es capable, mais tu as un cœur bien trop tendre, souligna Serra.

De trois ans son aînée, l'adorable médium avait décrété être la botteuse de culs attitrée de Callie le jour où elle avait été amenée bébé à Valhalla.

— Le flic va rester combien de temps ? s'enquit-elle.

Callie alla dans la salle de bains attenante pour passer un peigne dans ses cheveux courts, et feignit de ne pas remarquer le feu persistant qui lui empourprait les joues et lui illuminait les yeux.

— Je ne sais pas.

— Qu'est-ce que tu sais ?

Elle revint dans la chambre et chaussa une paire de tennis avant de se retourner pour rencontrer le regard curieux de son amie.

— Il me fait peur, avoua-t-elle avec une franchise brutale.

Soudain, Serra était debout, les yeux plissés en deux fentes redoutables.

— D'accord, ça suffit. Je vais lui trancher la bite.

Oh, bon Dieu. Callie s'élança pour empêcher la dangereuse médium de quitter la pièce.

— Non, Serra.

— Quoi ?

— Ce que je voulais dire, c'est qu'il me fait ressentir des trucs qui me font peur.

Serra la regarda fixement, interloquée. Callie était la plus raisonnable des deux. Celle qui ne prenait jamais de risques. Qui ne craquait jamais pour tous les mecs mignons qui croisaient son chemin. Qui préférait passer une soirée avec un bon livre plutôt que d'aller en boîte.

— Tu es en train de tomber amoureuse de lui ?

Callie se mordit la lèvre inférieure.

— C'est ce qui m'inquiète.

Semblant accepter sa surprenante confession, Serra secoua la tête avec lenteur.

— Pourquoi est-ce que ça t'inquiète ? demanda-t-elle. Je n'ai passé que quelques minutes avec lui, mais je peux te promettre qu'il nourrit une obsession pour toi.

— Une obsession ?

— Tu es tout le temps dans son esprit. (Serra esquissa un sourire d'autodérision.) Ce que la plupart des femmes t'envieraient.

Callie toucha le bras de son amie avec douceur, lui offrant un réconfort silencieux.

— Que je sois dans son esprit ou non, on vit dans deux mondes différents. (Elle grimaça.) Et ce n'est pas une image. On vit littéralement dans deux mondes différents.

Serra arqua un sourcil.

— En es-tu si sûre ?

— Qu'est-ce que tu… ?

Callie poussa un petit cri désapprobateur. De toute évidence, son amie avait utilisé ses pouvoirs pour percer les pensées de Duncan. C'était uniquement de cette façon qu'elle avait pu découvrir que Duncan n'était pas entièrement normal.

— Serra, tu sais que tu n'es pas censée fouiller dans la tête de nos invités.

Serra haussa les épaules.

— Je voulais m'assurer qu'il ne représentait aucun danger pour toi.

Callie lui étreignit le bras.

— Je t'aime, moi aussi.

Serra dansa d'un pied sur l'autre, comme toujours gênée par les démonstrations d'affection de Callie. Elle se sentait bien plus à l'aise dans son rôle d'emmerdeuse.

— Alors, il t'a avoué ses pouvoirs secrets ?

— Après avoir un peu insisté.

— Dans ce cas, tu comprends que vous ne venez pas de mondes différents. Il est l'un des nôtres.

Callie secoua la tête. Duncan s'était exprimé avec une limpidité douloureuse.

— Pas tant qu'il décide de continuer à cacher son don, dit-elle. Pour l'instant, il préfère sa vie avec les norms.

Serra ricana.

— Pourquoi ?

— Il adore son boulot de flic, qu'il ne pourrait jamais conserver si on découvrait qu'il était un liseur d'âmes. En plus, il est très proche de sa famille. (Elle soupira doucement.) Deux puissantes raisons de maintenir le statu quo.

Avec lenteur, Serra esquissa un sourire.

— Alors je suppose que tu devras lui donner une raison encore plus puissante de changer d'équipe.

Le pourrait-elle ?

Plus important, en avait-elle vraiment envie ?

Elle s'empressa de repousser cette question. Elle n'était pas prête à ouvrir cette boîte de Pandore là.

Pas tant qu'elle n'aurait pas le temps d'en affronter les conséquences.

— On verra, murmura-t-elle d'un ton distrait. Pour commencer, cela dit, je dois survivre à la prochaine catastrophe qui m'attend.

Duncan n'était pas particulièrement tatillon.

Il n'avait que quelques entrées sur sa liste « ce que je ne veux jamais faire » :

« Me battre contre un alligator

Manger un navet

Voir ma femme baiser avec le livreur

Partager un tête-à-tête avec Fane l'emmerdeur fini de Sentinelle. »

Vraiment pas de chance qu'il ait été obligé d'endurer chaque entrée de sa liste.

Alors qu'il faisait les cent pas dans le couloir, il s'efforçait de ne pas prêter attention au salopard tatoué appuyé contre le mur, d'une immobilité si parfaite qu'il aurait pu passer pour une statue. Enfin, à condition qu'une statue ait des yeux d'obsidienne qui renfermaient une promesse de mort, et qu'elle puisse dégager assez de chaleur pour faire suer n'importe quel homme.

— Vous semblez nerveux, flic, lâcha la Sentinelle d'une voix traînante en croisant les bras sur son torse nu, qui était large au point de faire honte à un bœuf.

Des stéroïdes ? Il aimerait le croire.

— Je doute qu'on ait été convoqués ici pour de bonnes nouvelles, gronda Duncan. À moins que vous en sachiez plus que moi ?

Fane ricana.

— Ce que je sais et que vous ignorez pourrait remplir des bibliothèques.

Sans relever cette pique, Duncan observa le visage de l'homme. On aurait dit qu'il avait été ciselé dans la pierre, ce qui lui donnait une qualité intemporelle.

— Vous avez quel âge exactement ?

Duncan sentit la température dans le couloir monter encore d'un degré.

— On ne pose pas ce genre de question à un évolué.

Ouais, comme si j'en avais quoi que ce soit à foutre.

— D'après certaines rumeurs, les Sentinelles seraient immortelles.

— Ce ne sont pas les rumeurs sur les Sentinelles qui manquent.

— Au moins l'une d'elles est vraie.

— Ah ouais ?

— Vous êtes tous des cons.

La porte du bureau s'ouvrit, révélant la silhouette imposante de la Mave, qui était vêtue d'un pull en cachemire blanc au décolleté assez profond pour dévoiler l'émeraude chatoyant de sa marque de sorcière, d'une jupe fourreau et d'escarpins noirs. Ses cheveux étaient coiffés sur sa nuque en un chignon serré pour souligner la pâle perfection de son visage et la finesse de son long cou.

— Vous avez fini de jouer tous les deux ? murmura-t-elle, arquant les sourcils.

Fane s'écarta du mur, sans jamais quitter Duncan des yeux.

— Pour l'instant.

Elle recula.

— Vous pouvez entrer.

Duncan fronça les sourcils.

— Callie…

— Je suis là, annonça celle-ci, qui surgit d'un tournant du couloir à ce moment précis.

Enfin, ce n'était peut-être pas tant l'effet du hasard. La Mave l'avait certainement vue approcher sur un écran de contrôle. À moins qu'elle possède des pouvoirs de sorcière qui l'avertissaient des personnes dans les parages.

Quoi qu'il en soit, la pâleur et la fatigue que Duncan n'eut aucun mal à discerner sur le joli visage de Callie le préoccupaient bien plus.

Qu'est-ce qui avait bien pu se passer ? Avant de quitter ses appartements, elle était rayonnante, comblée et délicieusement troublée.

À présent, elle osait à peine croiser son regard.

Il tendit la main pour l'arrêter et exiger qu'elle lui explique pour quelle raison elle était soudain gênée avec lui, avant d'y renoncer quand la Mave le dévisagea d'un air curieux et que Fane poussa un grognement guttural.

Merde.

Toute conversation privée devrait attendre.

Sans un mot, ils entrèrent d'un pas traînant dans le bureau élégant ; Fane prit sa position habituelle dans un coin afin de garder un œil sur la porte et la fenêtre, son grand corps appuyé au mur alors même qu'il bandait les muscles, prêt à attaquer.

Cet homme ne se détendait-il jamais ?

La Mave s'installa derrière son bureau et indiqua de la main les deux fauteuils en face d'elle.

— Asseyez-vous.

Un ordre malgré son ton poli. Duncan attendit que Callie se juche sur le fauteuil le plus proche avant de s'asseoir à son tour, se préparant à la dernière catastrophe en date.

— Il est arrivé quelque chose ? demanda-t-il, connaissant déjà la réponse.

La Mave n'était pas du genre à inviter les gens dans son bureau pour bavarder.

— J'ai reçu un message de votre chef ce matin, annonça la puissante sorcière d'une voix qui ne trahissait rien.

Duncan fronça les sourcils. Pourquoi Molinari ne l'avait-elle pas contacté directement ?

— Qu'a-t-elle dit ?

— Je crois que vous devriez le voir par vous-même.

La Mave prit une télécommande posée sur son bureau et appuya sur un bouton.

Aussitôt, la lumière baissa et des images dansantes apparurent sur le mur opposé.

D'abord, il ne discerna rien d'autre que les ombres qui emplissaient une maison vide.

Non, pas une maison.

Un manoir.

Un de ces endroits immenses et froids qui étaient magnifiques en photo mais devaient se révéler affreusement inconfortables quand on y vivait.

Alors, quoi ? Une grande demeure pleine d'œuvres d'art tape-à-l'œil n'était pas si rare, même à Kansas City.

Alors qu'il s'apprêtait à demander des explications, il se ravisa quand le système de sécurité bascula sur une caméra qui montrait le jardin de devant ; de toute évidence, il était réglé sur des détecteurs de mouvement.

Le souffle coupé, Duncan vit une femme aux longs cheveux châtains et au corps svelte s'avancer avec assurance vers la véranda.

Elle n'était plus nue et se tenait debout au lieu d'être affalée sur le sol de sa cuisine, mais il ne faisait aucun doute qu'il s'agissait de Leah Meadows.

— C'est… Nom de Dieu !

Il frémit, le nom lui restant en travers de la gorge. Il avait entendu des dizaines de victimes lui dire que leur sang s'était glacé dans leurs veines. Jusqu'à cet instant, il ne l'avait jamais vécu lui-même.

— Leah, chuchota Callie à sa place, s'agrippant aux bras du fauteuil.

Il s'empêcha de couvrir de sa main ses doigts serrés.

— Où est-elle ? s'enquit-il.

— À Mission Hills.

Ça expliquait le palace. Ce quartier chic se trouvait dans le sud de la ville et était peuplé par les plus huppés des huppés.

Callie se pencha en avant, les yeux plissés, pour observer Leah qui posait la main sur un petit écran.

— Qu'est-ce qu'elle fait ?

— Elle désactive le système de sécurité, répondit distraitement Duncan, qui faillit ne pas en saisir les implications alors que Leah se tournait pour ouvrir la porte et entrait dans la maison.

À travers un brouillard horrifiant, il regarda la belle jeune femme déambuler comme si elle n'avait pas le moindre souci au monde. *Seigneur.* Était-il possible qu'elle ne soit qu'une coquille vide servant de pantin à quelque nécromancien psychopathe ?

— C'est ça ! s'écria-t-il.

La Mave fronça les sourcils.

— Quoi ?

— C'est pour cette raison que le…

Il s'efforça de trouver le terme approprié. Le salopard n'était pas un devin comme Callie. C'était le croque-mitaine qui effrayait les norms.

— Que le nécromancien a choisi Leah, termina-t-il.

— Bien sûr, souffla Callie, comprenant facilement le fil de ses pensées. Elle pouvait franchir le système de sécurité.

La Mave hocha la tête, l'expression impassible, alors qu'ils se tournaient tous de nouveau vers les images qui dansaient sur le mur. L'angle de la caméra changea pour suivre Leah qui se déplaçait dans la maison, avec une aisance de mouvements glaçante pour un cadavre. Elle traversait un salon allongé quand une autre silhouette, celle d'un homme cette fois, entra dans la pièce.

— Grillée ! Voilà qui promet d'être intéressant.

Inconsciemment, Duncan se pencha en avant, passant rapidement en revue ce nouveau personnage. Un homme blanc âgé qui s'approchait de Leah à la manière d'un paon. La poitrine gonflée, il se pavanait. Il ne lui manquait qu'une queue de plumes à déployer. *Le petit con pontifiant.*

Ils observèrent leur échange en silence. Il n'y avait pas de son, mais ils n'avaient pas besoin d'entendre leur conversation pour savoir que l'homme n'était pas content. Du moins, au début. Ils eurent un court tête-à-tête puis, manifestement rassuré, l'homme glissa la main sous le petit haut moulant de Leah.

— Un peu trop intéressant, répliqua Callie en grimaçant.

— Continuez à regarder, ordonna la Mave d'un ton calme.

La « Leah-zombie » flirta avec une aisance troublante avant de se précipiter dans ce qui ressemblait à un bureau. Ils flirtèrent encore. Mais alors que Duncan éprouvait une rage brûlante à l'idée que le mystérieux nécromancien allait permettre l'outrage suprême au corps de Leah, la jeune femme se posta juste devant son amant et son collier se mit à briller.

— Qu'est-ce que c'est ? grommela-t-il.

Ces mots venaient à peine de sortir de sa bouche, que l'homme de la vidéo reculait brusquement, interloqué, sa peau s'ouvrant comme si elle était déchirée de l'intérieur.

— Une amulette dotée d'un sort puissant, répondit la Mave.

— C'est... complètement fou, souffla-t-il.

Duncan passa les mains dans ses cheveux, son estomac menaçant de se soulever alors que l'homme devenait gris et commençait à se consumer comme un cigare allumé.

— Les gens ne se transforment pas en cendre, poursuivit-il. Et les femmes mortes ne sont pas censées se balader en ville.

— Non, en effet, convint la Mave d'une voix aussi dure que du cristal sous l'effet de la colère qu'elle dissimulait derrière un masque de calme. C'est pourquoi nous allons en arrêter le responsable.

Oui. Oui, il l'arrêterait.

Être un salaud têtu qui refusait de reconnaître être dépassé par la situation se révélait en fait un avantage dans son boulot.

— Qui est le cadavre décomposé ?

— Un certain M. Calso.

Duncan fronça les sourcils. Ce nom lui était vaguement familier.

— Un évolué ?

— Sa dépouille est en route pour notre centre médical, dit la Mave. Nous le saurons bientôt.

Duncan jeta un coup d'œil surpris à la sorcière.

— Ma chef a accepté que vous preniez les restes ?

La Mave haussa les épaules.

— M. Calso est une personnalité éminente du monde financier des norms. Elle a préféré éviter un scandale dans l'opinion publique si son corps venait à disparaître de sa morgue.

Duncan ricana.

— Ouais, sans parler de l'hystérie que ça provoquerait si un homme censé être mort était vu au country club.

— Je ne pense pas qu'il se rende où que ce soit mais, oui, cela faisait partie de ses inquiétudes, convint aussitôt la Mave.

— Elle vole quoi ?

À la question soudaine de Callie, Duncan reporta son attention sur Leah qui retournait un vase de pierre pour faire tomber dans sa main ouverte un petit objet métallique. Du cuivre ? Du bronze ? Impossible à dire de loin.

— Bonne question, grommela-t-il. Ça ressemble à une pièce de monnaie.

— C'était enfermé dans un coffre-fort secret, alors ça doit être rare, souligna Callie.

— Peut-être, reconnut Duncan. Mais c'est aussi le cas du Picasso qui dissimule le coffre et de la sculpture de Matisse sur le dessus de cheminée.

Il indiqua la petite statue de femme en bronze, et s'aperçut un peu tard que trois paires d'yeux le fixaient avec différents degrés d'étonnement.

— Quoi ? Je ne suis pas complètement barbare. J'aime l'art.

— Où voulez-vous en venir, sergent O'Conner ? insista la Mave.

— Ce n'est pas l'argent qui a motivé ce vol. Cette pièce de monnaie pourrait-elle avoir des pouvoirs ?

— Tout objet peut contenir de la magie, répondit la Mave. Mais si on cherche le vrai pouvoir, il serait certainement plus logique de voler une sorcière.

Duncan la regarda sans comprendre.

— On peut voler une sorcière ?

— Les morts peuvent-ils marcher ? répliqua la Mave d'une voix douce.

— Bien vu.

Duncan pinça les lèvres. La Mave possédait un sens de l'humour subtil. Inattendu et à coup sûr fatal pour le pauvre imbécile qui s'imaginerait jamais pouvoir séduire cette femme.

— Et en parlant de morts, Leah a-t-elle été aperçue après avoir quitté la maison ? demanda-t-il.

— C'est votre domaine, l'informa-t-elle sans hésiter.

— Je suppose.

Il sortit son téléphone pour commencer à prendre des notes. Ce qui faisait de lui un bon flic, c'étaient son instinct et son talent secret. Ce qui faisait de lui un flic génial, c'était d'avoir compris que quatre-vingt-dix pour cent de son boulot consistait en un ennuyeux travail sur le terrain à l'ancienne.

— On va devoir quadriller le quartier pour savoir si quelqu'un a remarqué comment elle est arrivée et repartie. On doit aussi en apprendre plus sur Calso et sa mystérieuse pièce de monnaie.

— Votre chef vous fait dire qu'elle vous retrouvera à la demeure de M. Calso, annonça la Mave, qui appuya sur un bouton pour laisser la lumière du petit matin illuminer le bureau.

Duncan se tourna vers Callie.

— Tu m'accompagnes ?

— Pas maintenant. (Elle fronça les sourcils, réfléchissant manifestement à la meilleure façon d'utiliser ses aptitudes.) Je crois que je devrais essayer d'en découvrir davantage sur ce nécromancien.

Il ouvrit la bouche pour protester avant de la refermer brusquement en croisant son regard de saphir brillant.

De toute évidence, elle attendait qu'il se ridiculise en tentant de lui interdire de se mettre en danger. Peut-être même qu'elle avait envie qu'il l'embête pour avoir une raison légitime de le garder à distance.

Heureusement, il n'avait pas eu à supporter un troupeau de sœurs plus âgées pour rien.

Ravalant ses mots impulsifs, il parvint à esquisser un sourire crispé.

— Où vas-tu commencer tes recherches ?

— En Russie, annonça Fane du coin de la pièce.

Chapitre 14

Zak eut le temps de se doucher et de revenir dans la partie principale du manoir avant que Tony rentre avec le corps de Leah et le jeton.

Sans surprise, l'homme de main fonctionnait tout juste, son cerveau humain incapable d'appréhender ce dont il avait été témoin. Ce qui, bien sûr, n'empêcha pas Zak de lui demander de se débarrasser du cadavre. Que lui importait où il le jetait, du moment que c'était assez loin pour qu'on ne puisse pas remonter jusqu'à cette demeure ?

À présent, il était assis dans son bureau et examinait le minuscule objet qu'il avait attendu trois cents ans pour tenir dans sa main.

Celui-ci n'avait pas l'air en mesure de lui offrir le pouvoir qui lui avait été promis. D'un diamètre inférieur à cinq centimètres, il était fin comme du papier et d'un bleu-vert terne. On aurait pu le prendre pour de la camelote si un étrange oiseau aux ailes déployées n'avait pas été gravé dans le métal.

Lorsqu'il passa le doigt sur cet artefact ancien, Zak éprouva un déchirement dans le trou sombre de son cœur.

C'était une souffrance familière.

Ça avait débuté quand il avait à peine cinq ans et avait compris que ses frères étaient destinés à devenir les héritiers de son père alors qu'il était condamné à une existence oppressante au milieu de nulle part, entouré par des serfs superstitieux qui, après avoir jeté un regard à ses yeux singuliers, avaient affirmé que sa mère avait couché avec un démon.

Les péquenauds ignorants.

Il avait été assez facile de se débarrasser de Boris et Viktor. Ces deux-là s'étaient comportés comme des tyrans impitoyables avec lui, mais avaient aussi été bêtes comme des pots. Et dès que Zak avait commencé à entrer en possession de ses pouvoirs, ça n'avait été qu'une question de temps avant qu'il puisse les mettre dans la tombe.

Il s'était occupé de Boris tout simplement en faisant apparaître sa défunte maîtresse dans les bois. L'idiot était tombé de cheval de stupeur et s'était cassé le cou. Pour Viktor, ça s'était révélé un peu plus compliqué, mais Zak avait trouvé par hasard le corps d'un braconnier qui avait récemment été tué et s'en était servi pour éloigner Viktor des écuries et lui tordre le cou.

Il n'avait jamais songé que son père refuserait de faire de lui son héritier. Après tout, il était le seul fils survivant.

Mais le salopard avait informé Zak avec froideur qu'il ne permettrait jamais qu'un sale gosse difforme prétende à son titre.

Cette fois, Zak avait pris les choses en mains, littéralement, étranglant son père avant de cacher le corps. Quelques heures plus tard, il avait utilisé ses pouvoirs pour s'assurer que son père apparaissait le temps de proclamer officiellement Zak son héritier, puis il avait laissé son cadavre s'écrouler au sol.

À partir de là, il s'était rendu à Saint-Pétersbourg, convaincu d'avoir enfin comblé cette sensation de vide.

Mais il avait été consumé de rage quand les nobles l'avaient accueilli avec le même mépris que son père. À grand renfort de ruse, il avait réussi à se frayer une place à la cour, mais cela n'avait pas suffi.

Alors il avait rencontré Anya, qui lui avait révélé le moyen de lui garantir qu'il ne serait jamais plus traité que comme un roi.

Comme si penser à la sorcière l'avait fait apparaître, elle entra dans la pièce et marcha jusqu'au bureau derrière lequel il était assis.

— Tu as le jeton ?

— Enfin, confirma-t-il, continuant à passer les doigts sur la pièce de cuivre.

Anya s'appuya au bord du bureau, son corps svelte à peine couvert par une minirobe d'un jaune éclatant.

Qu'elle s'embête à jouer le rôle d'une minette sexy défiait la raison. Il ne perdait jamais son temps ni son énergie sur un projet à moins d'en retirer un avantage.

Et tout avantage qu'il aurait pu obtenir en invitant la sorcière dans son lit avait déjà été récolté.

— La femme ? demanda-t-elle, posant les mains à plat sur le bureau et se tournant sur le côté pour examiner l'artefact dans ses doigts.

Zak haussa les épaules.

— Tony se débarrasse du corps.

Anya grimaça.

— Cet homme en a vu trop pour son propre bien.

— Il peut encore servir.

Elle tendit la main vers le jeton.

— Je peux ?

Zak se leva avec aisance et recula.

— Non.

À son refus catégorique, elle rougit.

— Tu n'as pas peur que je tente de le voler, si ? (Elle éclata d'un rire bref, dénué de joie.) On a besoin l'un de l'autre.

— Tu as certainement besoin de moi.

S'écartant du bureau, elle grommela quelque chose et se dirigea vers la porte.

— Très bien.

— Où tu vas ?

Elle s'arrêta pour lui jeter un regard par-dessus son épaule.

— J'ai rendez-vous avec ma pédicure.

— Elle va devoir attendre.

Elle plissa les yeux.

— Pourquoi ?

— Je veux que tu me conduises au temple.

La sorcière se figea, l'expression prudente.

— Maintenant ?

— Oui.

— Mais… (Elle secoua la tête et humecta ses lèvres sèches.) Je n'ai pas préparé le sacrifice.

Il leva le jeton.

— Alors, fais-le.

Avec lenteur, elle se retourna pour lui faire face, avec des mouvements circonspects, comme si elle craignait sa réaction.

Une sorcière intelligente.

— Et toi ? Tu es complètement prêt ?

— Qu'est-ce que tu veux dire ?

— Tu t'es persuadé que tu étais destiné à réussir, mais as-tu envisagé les conséquences d'un échec ? murmura-t-elle d'un ton défensif. On ne peut pas être sûrs qu'utiliser un substitut te protégera.

Il sourit avec une froide arrogance.

— Ne t'inquiète pas pour moi, sorcière. Emmène-moi au temple et je deviendrai rien de moins qu'un dieu.

Il vit la peur briller dans ses yeux.

— Tu devrais au moins considérer le danger.

— J'aurais été flatté si j'avais vraiment cru que tu te faisais du souci pour moi, Anya, railla-t-il. Mais nous savons tous deux que tout ce qui te préoccupe, c'est de perdre ton train de vie luxueux. (Avec soin, il ôta une peluche sur la manche de sa chemise de satin blanc avant de lever les yeux pour la transpercer d'un regard meurtrier.) Ou du moins, il vaudrait mieux que ce soit la seule raison pour laquelle tu hésites.

Anya serra les bras sur son ventre.

— Parfois tu m'effraies.

Il arqua un sourcil.

— Seulement parfois ?

Après avoir été ramené à Kansas City par Fane et son portail magique, Duncan passa en coup de vent par son appartement pour se changer avant de se rendre au poste de police pour s'entretenir avec le technicien qui épluchait les vidéos de sécurité de Calso. Il obligea le pauvre type à visionner chaque image ennuyeuse une à une jusqu'à ce que Duncan trouve l'information dont il avait besoin.

Alors seulement il prit la direction du sud de la ville pour rejoindre le manoir devenu à présent une scène de crime.

Duncan se gara à une rue de la demeure et traversa sans vergogne des jardins privés pour entrer par la porte donnant sur la terrasse de derrière. Un décès dans ce quartier attirerait les vautours en masse. Il n'avait pas envie de devoir descendre des paparazzi. Quelle que soit la satisfaction qu'il en retirerait.

Dans la cuisine, il fut accueilli par un bleu qui semblait incroyablement jeune, avec son visage rouge et ses yeux pâles qui brillaient d'excitation.

Seigneur. Avait-il jamais eu ce regard écarquillé et ce teint frais ?

Probablement pas. Dès l'âge de quatre ans, son petit talent spécial lui avait appris que le visage d'un ange pouvait souvent cacher une âme aussi noire que les puits de l'enfer.

— Vous avez interrogé tout le quartier ?

Le jeune homme redressa les épaules, l'uniforme parfaitement repassé et les chaussures luisantes.

— Oui, sergent.

— Et ?

— Et personne n'a rien vu à part une Taurus gris métallisé garée à une rue plus au sud, répondit une voix féminine alors que Molinari entrait dans la cuisine.

Petite femme dans le début de la cinquantaine, la chef de police n'avait ni les muscles ni la grosse voix pour intimider les autres, mais il n'existait pas un flic en ville qui ne tremblait pas sous son regard noir.

Celui-ci avait un truc qui lui rappelait le jour où il s'était fait choper par sa petite maman pour avoir planqué une collection de *Playboy* sous son matelas.

— Quelqu'un a noté la plaque d'immatriculation ?

Molinari secoua la tête, ses cheveux bruns teints, laqués et coiffés en chignon sur la nuque ne bougeant pas d'un pouce. Sa veste ajustée et sa jupe assortie étaient tout aussi rigides tandis qu'elle se tenait dans l'embrasure.

— Non.

— Bien sûr que non. (Duncan roula des yeux.) Je ne peux pas éternuer dans mon appartement sans que la vieille madame Rogers me demande si j'ai attrapé un rhume. Où sont les voisins fouineurs quand on a besoin d'eux ?

— Les fouineurs ne sont pas admis dans les quartiers où vivent les hommes d'influence, dit la chef, tournant son regard sombre vers le jardin de derrière, qui était aussi vaste qu'un terrain de foot. Ils cachent trop de secrets.

— Alors, quels étaient ceux de M. Calso ?

Molinari leva une main fine.

— Venez avec moi, O'Conner. (Elle jeta un coup d'œil au bleu silencieux.) Blackwell.

Le flic déglutit de façon audible.

— Chef ?

— Assurez-vous que nous ne soyons pas dérangés.

— Oui, m'dame.

Duncan suivit Molinari à travers la maison jusqu'au bureau où Calso était mort. Il sourit en apercevant par les fenêtres la dizaine de flics qui encerclaient le manoir, pour tenir à distance les chacals qui s'amassaient.

— On essaie d'étouffer l'affaire ?

La femme marcha vers le bureau, et effectua un large détour pour éviter l'endroit où Calso s'était… désagrégé.

Duncan ne l'en blâmait pas. Le souvenir du corps qui se transformait en cendre le hanterait longtemps.

— Quand le bruit va courir qu'un des hommes les plus riches de Kansas City a été tué par la magie, tout va partir en couilles, grommela Molinari, qui tendit la main pour prendre une chemise cartonnée sur le bureau.

— Vous avez oublié le fait que celui qui a jeté le sort était un zombie qui s'est échappé de notre propre morgue.

Il vit son regard noir se tourner de son côté.

— J'ai déjà donné à mon premier ulcère le nom du maire Stanford. Vous voulez que j'appelle le suivant O'Conner ?

— Sans façon.

— Toute cette maudite affaire est un cauchemar en puissance.

En puissance ?

Duncan était absolument certain qu'ils étaient dans ce cauchemar jusqu'au cou.

— Vous ne pourrez pas cacher ça longtemps à la presse, affirma-t-il, indiquant la fenêtre d'où on apercevait une nouvelle ligne de camionnettes qui bloquaient déjà la rue. Pas avec une victime aussi médiatique.

— Au lieu d'énoncer une évidence, pourquoi ne pas vous rendre utile en me disant que les bizarroïdes savent qui est derrière tout ça.

Duncan se déplaça pour examiner le coffre-fort ouvert, dissimulant son expression avec efficacité. Il se montrait loyal envers son travail et sa chef, mais il mourrait pour protéger Callie et son implication dans l'enquête.

— Comme nous, ils suivent des pistes, répondit-il.

Il remarqua distraitement la pile de billets de mille dollars tout neufs qui n'attendaient que d'être pris. Quelle que soit la raison de la mort de Calso, ça n'avait rien à voir avec l'argent.

— Et ? insista Molinari.

— Et c'est tout ce que je sais.

— Vous n'oseriez pas me cacher quoi que ce soit, n'est-ce pas, O'Conner ?

Il se retourna pour croiser son regard soupçonneux.

— La Mave a demandé à ses hommes de rassembler des infos sur un nécromancien capable de réellement ressusciter les morts. Je suppose qu'ils nous contacteront quand ils auront découvert quelque chose.

— Hmm, fit Molinari, toujours aussi défiante.

— Parlez-moi de Calso.

La chef entrouvrit les lèvres pour procéder à un nouvel interrogatoire mais, estimant manifestement que ça n'en valait pas la peine, elle reporta son attention sur le dossier dans sa main. Après l'avoir ouvert d'un coup sec, elle lut la première page.

— « Homme caucasien de soixante-deux ans, en bonne santé, qui a fait fortune dans la finance. »

— Des personnes qui voulaient sa mort ?

— Deux ex-femmes assez naïves pour avoir signé un contrat de mariage et une dizaine d'employés avec des procès en instance qui l'accusent de tout, du harcèlement sexuel au délit d'initié.

Typique. Pourquoi fallait-il que les riches soient des connards ?

— Ainsi, pas le gars le plus populaire.

— J'ai demandé à Caleb de passer en revue les suspects les plus évidents. Mais…

— Mais ce meurtre est tout sauf évident, termina Duncan à sa place.

— Exactement.

Il s'approcha du bureau sans se presser, laissant son regard errer sans but à travers la pièce. Il avait découvert au fil des années que les indices se présentaient rarement avec une étiquette ou des néons clignotants. Au contraire, ils étaient presque toujours subtils.

Une chaise qui avait été bougée sans raison apparente.

Un tiroir mal fermé.

Une fenêtre récemment réparée.

N'importe quoi qui détonnait et se révélait inexplicablement plus facile à remarquer d'un œil détaché que dans le cadre d'une recherche systématique.

— Vous savez quelque chose sur la pièce de monnaie qui a été volée ?

Molinari haussa les épaules.

— J'ai demandé un agrandissement d'une photo au service documentation. Pour l'instant, ils n'ont rien trouvé.

— Ouais. J'en ai pris un exemplaire.

Non que celui-ci lui ait été utile. Même avec les détails de la pièce en gros plan, ça ne lui évoquait rien. Il avait besoin d'un expert.

— Elle était inscrite sur l'assurance de sa maison ?

— Non.

— Marché noir alors.

— C'est ce que je dirais.

— Et les autres œuvres d'art ?

Molinari tourna les feuilles de son dossier.

— Il semblerait que pour la plupart elles aient des papiers en règle, mais je le ferai vérifier.

Duncan grimaça. Personne ne serait assez stupide pour exposer des pièces aussi célèbres si elles provenaient du marché noir. À moins qu'il s'agisse de faux.

Il prit l'urne de pierre qui avait été soigneusement glissée dans un sac réservé aux preuves.

— Et le vase ?

— Quoi ?

— C'est quoi ?

— Je n'en ai pas la moindre idée. Il a l'air vieux.

Il avait l'air plus que vieux. Ancien.

Le tenant dans la lumière, il examina les étranges symboles gravés dans la pierre.

— Je peux le garder ?

À cette demande inattendue, Molinari fronça les sourcils.

— C'est une preuve.

— Il ne lui arrivera rien.

Un long silence s'installa pendant que la chef hésitait entre leur besoin d'informations et le protocole.

Finalement, aux cris de la foule grandissante de badauds de l'autre côté de la rue, elle poussa un soupir résigné.

— Je suppose que ça ne peut pas faire de mal. On a déjà pris les empreintes, murmura-t-elle. Vous le voulez pour quoi ?

— Callie et sa Sentinelle préférée cherchent à reconstituer l'histoire du nécromancien dans l'espoir de déterminer où il se trouve. J'aimerais commencer à l'autre bout. (Il jeta un regard vers la marque noire sur le tapis où Calso était mort.) Dans le présent.

— Vous m'avez perdue.

Il releva la tête pour croiser son regard perplexe.

— Si on découvre où Calso s'est procuré la pièce de monnaie et pourquoi on est prêt à tuer pour celle-ci, ces éléments pourraient nous aider à établir qui d'autre s'y intéresse, expliqua-t-il, passant mentalement en revue ses différents contacts. Il ne peut pas y avoir tant de numismates que ça disposés à tremper dans le marché noir. On peut espérer que ce vase pourra me conduire jusqu'à un marchand précis.

Avec lenteur, Molinari hocha la tête.

— Intelligent, mais nous ne savons pas avec certitude si le vase et la pièce sont vraiment reliés.

— Il faut bien commencer quelque part.

Brusquement, la chef jeta le dossier sur le bureau, les traits tendus de frustration.

— Merde, je déteste ça.

Duncan grimaça.

— Je crois qu'on va détester encore plus ce qui vient.

Chapitre 15

Le trajet de Kansas City à Saint-Pétersbourg avait beau avoir été effectué en un clin d'œil, il avait été affreusement déroutant. Il semblait qu'indépendamment de l'importance de son pouvoir, on ne pouvait pas propulser une fille à l'autre bout du monde et neuf heures dans l'avenir sans lui donner le vertige.

Callie s'appuya contre le mur couvert de hiéroglyphes délicats et respira profondément, jusqu'à ce que la tête cesse de lui tourner.

De l'autre côté de la petite pièce, Fane était silencieux, la téléportation le laissant de marbre.

Non qu'il soit complètement heureux.

Callie grimaça en effleurant des yeux son grand corps tatoué vêtu d'un treillis décontracté, de lourdes bottes noires et d'un débardeur serré. Elle ne manqua pas de remarquer la rigidité de ses épaules et la tension qui imprégnait ses traits à la virilité sauvage.

Malgré tout son calme stoïque, Fane était dans une rogne royale.

Contre elle.

— Pourquoi ne pas cracher ce que tu as à dire avant que ta tête explose ? murmura-t-elle.

Il l'observa d'un regard insistant.

— Ça servirait à quelque chose ?

Elle songea un instant au plaisir qu'elle avait éprouvé dans les bras de Duncan. Est-ce que ça avait été une erreur ? Peut-être. Est-ce qu'elle en avait quelque chose à foutre ? Non.

— J'en doute, reconnut-elle avec un sourire contrit.

— Alors, à quoi bon ?

— Tu serais peut-être moins grognon.

— J'en doute.

Elle leva les yeux au ciel alors qu'il tournait les talons pour quitter la salle du portail. Fane n'avait jamais tenté de s'immiscer dans ses affaires de cœur. En général, parce qu'elle n'en avait pas, que ce soit des affaires de cœur ou autres.

Mais ils sentaient tous deux que Duncan O'Conner risquait de devenir plus qu'une distraction éphémère.

Lorsqu'ils entrèrent dans la partie principale du monastère, Callie s'obligea à ne pas prêter attention à l'humeur massacrante de Fane alors qu'un moine enveloppé dans une lourde cape s'avançait vers eux.

Son gardien était comme un grand frère. Ils avaient beau se chamailler, rien ne pourrait briser la confiance qui les liait.

Elle ne douterait jamais, au grand jamais, qu'il assurait ses arrières.

— Bienvenue dans notre humble abbaye.

Le moine s'inclina avant de se redresser et de relever sa capuche pour dévoiler un visage allongé aux rides profondes, que des yeux bleus empreints de bonté et un sourire doux rendaient beau.

— Je suis Brandon.

À côté d'elle, Fane s'inclina à son tour, la main sur le cœur en signe de respect.

— Nous sommes honorés d'être vos hôtes. Je suis Fane et voici Callie Brown.

— Fane. Mademoiselle Brown. (Il leur décocha à tous deux un regard perçant.) C'est un plaisir.

— Je vous en prie, appelez-moi Callie.

— Merci. (Brandon leur adressa un autre de ses doux sourires avant d'indiquer de la main un passage voûté.) Nous vous attendions. Si vous voulez bien me suivre.

Ils traversèrent la salle de réception construite en pierre grise nue et percée d'ouvertures étroites qui laissaient tout juste entrevoir la lumière du soleil déclinante. Callie refusa de penser qu'il n'était pas encore midi à Valhalla. Son estomac se remettait à peine du voyage.

Un couloir long et exigu se terminait par une lourde porte de bois équipée d'une serrure en fer à l'ancienne. Brandon sortit de la poche de sa robe une clé également surannée et s'en servit pour l'ouvrir. Puis, d'un air étrangement solennel, il poussa la porte et s'écarta pour que Callie entre en premier.

Elle ignorait à quoi s'attendre.

Même si elle avait été entourée de Sentinelles toute sa vie, sans parler de s'être déplacée par portail avec Fane d'un monastère à l'autre, elle ne s'était jamais aventurée en dehors des salles principales qui étaient toujours austères. Les moines préservaient avec un soin maniaque l'intimité de leurs étudiants et le mystère de leur formation.

À cet instant, elle eut le souffle coupé alors qu'elle parcourait des yeux la vaste bibliothèque.

Cet endroit était… splendide.

Contrairement à celle moderne et de style épuré de Valhalla, celle-ci évoquait le passé de la Russie, avec un plafond à bulbe richement orné d'icônes orthodoxes et bordé de dorures. Le sol était de marbre blanc incrusté de jade et d'or, qui étincelait à la lumière des candélabres. Contre les murs s'élevaient d'imposantes bibliothèques abondamment sculptées et séparées par des colonnes cannelées. Les meubles en bois de rose étaient manifestement l'œuvre de maîtres artisans, si soigneusement polis qu'ils semblaient briller.

— Oh ! (Callie tournoya sur elle-même, admirant la beauté absolue de la salle.) C'est exquis.

Le moine rit tout bas.

— Je ferai part de votre compliment à nos étudiants.

Callie écarquilla les yeux.

— Ce sont les Sentinelles qui ont fait ça ?

— Toutes nos Sentinelles sont formées à un art.

Callie décocha un regard au silencieux Fane.

— Alors, c'est comme ça que tu as appris à sculpter de si jolies figurines.

Fane haussa les épaules, mais ses traits s'adoucirent tandis qu'il observait son expression émerveillée. Il se ferait couper la langue plutôt que d'admettre être fier de ses petites sculptures qui remplissaient les nurseries de Valhalla.

De minuscules ballerines, des arbres avec des écureuils juchés sur des branches couvertes de feuilles, des châteaux élaborés et des casse-tête à s'arracher les cheveux. Des créations enchanteresses que les enfants adoraient.

— C'est pour enseigner que toute chose de valeur résulte de la patience et de l'attention portée aux détails, expliqua Brandon.

Callie sourit.

— C'est une leçon que nous devrions tous retenir.

Brandon s'approcha d'une cheminée qui se trouvait derrière un grand bureau et passa la main sur un vase de jade. Un panneau près de l'âtre bascula soudain pour révéler un escalier secret.

— Par ici, les invita le moine en descendant les marches plongées dans l'obscurité.

Callie lui emboîta le pas, Fane sur les talons.

— Où allons-nous ? demanda-t-elle, déconcertée.

Elle fit courir sa main sur le mur de ciment tandis que les ténèbres s'épaississaient au point de la rendre presque aveugle. Ses propres talents n'incluaient pas la vision dans le noir.

— C'est ici qu'on conserve les objets trop fragiles pour être exposés, répondit Brandon.

Il ouvrit la porte au pied de l'escalier, dévoilant une pièce bien éclairée en forme d'octogone. Dans les murs enduits d'acier, huit portes avaient été percées.

— Ces caves ont été spécialement conçues pour maintenir une température et une humidité adéquates.

Brandon se dirigea vers la porte la plus proche et appuya le pouce sur un scanneur numérique. Si la bibliothèque du rez-de-chaussée avait constitué une image d'élégance surannée, cet endroit offrait une vision de l'avenir.

— Et, bien sûr, les scribes sont formés pour prendre soin même des artefacts les plus anciens.

Callie fronça les sourcils, se demandant s'ils s'étaient mal compris.

— L'information que nous cherchons n'est pas particulièrement ancienne.

Brandon indiqua de la tête la porte qui s'ouvrait en silence.

— Cette cave-ci contient différents livres, journaux et même lettres qui font référence à… (Il s'interrompit pour peser ses mots.) Disons à des événements sensibles en rapport avec notre peuple.

— Une histoire secrète ? s'enquit Callie.

— Pas secrète. (Brandon afficha son sourire tellement, tellement doux.) Communiquée selon les besoins.

Ah ! Callie avait pigé.

Inutile d'effrayer les norms avec des *doppelgängers* qui changeaient de forme ou des nécromanciens qui contrôlaient les morts.

Ils entrèrent dans une pièce allongée bordée de vitrines. Sur le plafond voûté s'entrecroisaient des lumières vives, et du sol en métal rainuré s'infiltrait un air frais.

Callie réussit à distinguer des livres, des rouleaux de parchemin et de jolis journaux intimes féminins enveloppés de rubans.

Elle remarqua aussi des objets étranges qu'elle n'avait jamais vus auparavant et ne voulait jamais plus revoir. Elle grimaça en découvrant une grosse boule de cristal qui renfermait ce qui ressemblait à un œil humain qui la regardait fixement, avec un marteau bizarre qui s'abattit avec violence sur le verre à leur passage.

Argh!

Au fond de la pièce, un espace avait été dégagé pour accueillir une grande table métallique encombrée par plusieurs livres reliés de cuir, des cartes ainsi qu'une pile de lettres jaunies par les ans.

Lorsqu'ils s'approchèrent de la table, une fille svelte se leva et lissa des mains la longue robe noire qu'elle portait.

— Brandon, murmura la fille en lui adressant un profond signe de tête avant de se tourner vers Callie et Fane.

À la lumière du plafond, Callie s'aperçut qu'elle n'était pas aussi jeune qu'elle l'avait d'abord pensé. Peut-être dans les vingt-cinq ans plutôt qu'au début de l'adolescence, mais son visage pâle et parfait conservait un air fragile, dominé par de grands yeux d'un brun de velours. Ses cheveux étaient ramassés en une longue tresse qui lui retombait jusqu'à la taille, d'un blond argenté si clair qu'il ne semblait pas réel.

Elle ressemblait à une princesse de contes de fées.

Jusqu'à ce qu'elle pose son regard sur Callie. Ses yeux renfermaient une sagesse séculaire. Comme si elle en avait plus vu dans sa vingtaine d'années d'existence que la plupart des gens dans toute leur vie.

— Voici Myst, annonça Brandon. Elle se tient à votre disposition pour vous aider.

Myst. Ça lui allait bien.

— Merci, murmura Fane, qui monta la garde à la porte alors que le moine partait.

Callie rejoignit la scribe à la table.

Myst sortit d'une boîte une paire de gants de protection blancs et les lui tendit.

— Je crois avoir rassemblé ici tous les documents relatifs au sujet qui vous intéresse.

Callie grimaça face au tas intimidant de livres, de lettres et de ce qui semblait être des rapports officiels.

Elle en aurait pour des heures, si ce n'étaient des jours, à parcourir tout ça. À condition évidemment qu'elle déchiffre le russe, le français et ce qu'elle ne pouvait que soupçonner d'être du latin.

Ce qui n'était pas le cas.

— Vous avez tout lu ? demanda-t-elle.

— Bien sûr.

— Alors, vous pouvez peut-être nous en donner la version « Pour les nuls » ?

Myst la regarda sans comprendre.

— « Pour les nuls » ?

— Un condensé, expliqua Fane depuis la porte.

— Oh, je vois. Très bien.

La fille hocha la tête ; elle avait un léger accent, mais il n'était certainement pas russe. Scandinave ? Peut-être.

— Les registres de l'église révèlent que le seigneur Zakhar était le benjamin d'un noble mineur à Kokorino. C'était un petit village isolé dans ce qui est maintenant la Sibérie. Il avait deux frères aînés qui sont morts avant d'avoir atteint l'âge de dix-huit ans.

— Cause des décès ? s'enquit Fane.

— Ils ont tous deux été retrouvés dans les bois avec le cou brisé. (D'un air distrait, Myst enfila les gants et tira l'un des livres vers elle.) On a supposé qu'ils étaient tombés de cheval.

— Au même moment ? demanda Callie.

Myst consulta son livre.

— Non, à cinq ans d'intervalle.

Callie arqua les sourcils. D'accord, ils n'avaient peut-être pas de police scientifique à l'époque mais ils n'étaient pas stupides.

— Et personne n'a eu de soupçons ?

— Au contraire, surtout quand on a prétendu avoir vu les morts marcher juste après leurs chutes. (Myst haussa les épaules.) Bien sûr, personne n'a prêté attention aux commérages de simples serfs, pas même le chaman.

Callie frémit. Zakhar avait réussi à ressusciter les morts alors qu'il était si jeune ?

Elle avait pensé que c'était un pouvoir qu'il avait affiné au cours des siècles.

Ce qui entraînait la question… S'il pouvait ressusciter les morts alors qu'il n'était qu'un adolescent, de quoi était-il capable à présent ?

Les possibilités étaient terrifiantes.

— Et les parents ? demanda-t-elle finalement.

— La mère n'est jamais évoquée. Le père, quant à lui, a été retrouvé mort à la suite de ce qui a été qualifié de « faiblesse du cœur » quelques minutes seulement après qu'il a officiellement proclamé le seigneur Zakhar son héritier.

Fane ricana.

— Pratique.

Myst se tourna vers un autre livre.

— Après une période de deuil, il s'est rendu à Saint-Pétersbourg pour intégrer la cour royale.

— Il n'était pas marié ? s'enquit brusquement Callie, soudain frappée par l'idée horrible que le nécromancien ait pu engendrer des rejetons.

Un nécromancien qui ressuscitait les morts était déjà assez, merci beaucoup.

— Non. (Myst indiqua la liasse de papiers.) En fait, les lettres que j'ai rassemblées mentionnent plusieurs fois qu'il était haï et craint par la société.

Callie résista à l'envie de toucher les feuilles qui se désagrégeaient.

— Elles disent pourquoi ?

— À cause de ses yeux, pour commencer.

— Qu'est-ce qu'ils avaient ?

— Ils sont décrits comme des diamants.

Callie décocha un regard à Fane, son cœur manquant un battement au souvenir de ces yeux froids et impitoyables.

— C'est lui, souffla-t-elle.

Avec lenteur, il acquiesça.

— C'est ce qu'il semblerait, mais je pense qu'on devrait éviter d'en déduire des conclusions trop hâtives.

Loin de se montrer aussi prudente que son gardien, Callie se tourna de nouveau vers la scribe.

— Il y a des tableaux ou des photos de lui ?

Myst secoua la tête.

— Je n'en ai pas trouvé.

Callie soupira. Bien sûr que non.

Avant de révéler leur existence aux norms, les évolués avaient appris à ne pas se faire tirer le portrait.

— Que lui est-il arrivé ?

— Il a acquis du pouvoir au cours des années.

— Comment ?

Myst effleura des doigts la page bordée d'or du livre devant elle, comme réconfortée par le contact du vieux papier.

Ce devait être un truc de scribe.

— Ce n'est pas clair, reconnut-elle. Mais je dirais qu'il recueillait des informations pour le tsar.

— Un espion ? demanda Callie.

— Oui. (Myst hocha la tête.) Il savait des choses qui poussaient les gens à croire qu'il lisait dans leur esprit.

Callie la regarda fixement, déconcertée.

— Un médium ?

Myst baissa les yeux, ayant soudain l'air mal à l'aise.

— En fait…

— Quoi ? insista Callie.

— Un puissant aristocrate qui avait juré que son valet l'avait aidé à s'habiller pour le dîner a découvert en descendant que celui-ci avait été trouvé mort dans les écuries avec un couteau dans le ventre dans l'après-midi.

Fane poussa un grognement de dégoût.

— Il se servait des morts pour soutirer des secrets.

— Oh !

Callie grimaça. Le malaise de la scribe constituait un avertissement éloquent de ce qu'il adviendrait si on apprenait l'existence d'un nécromancien capable de ressusciter les morts. Les devins étaient déjà craints. Y compris par d'autres évolués. Jouer avec les morts, même si c'était fait avec respect, avait tendance à filer les jetons aux gens. S'ils s'imaginaient que les devins utilisaient secrètement les cadavres de leurs êtres chers… ça allait vraiment tourner au cauchemar.

— Ils ont compris que le seigneur Zakhar était responsable ? demanda-t-elle.

— Il y avait des rumeurs, mais il a fallu attendre qu'il s'allie à la médium de la tsarine pour que les murmures deviennent des accusations publiques de sorcellerie, répondit Myst.

Il avait une complice ?

Sans trop pouvoir se l'expliquer, Callie était étonnée.

Un nécromancien cinglé devait-il forcément travailler seul ?

— Que savez-vous sur la médium ?

— Presque rien.

La scribe tendit la main pour ouvrir l'un des journaux intimes relié de cuir. Sur une page se trouvait un croquis au fusain d'un étroit visage de femme. Il était trop effacé pour distinguer plus qu'un nez fin, de hautes pommettes et des lèvres pleines et sensuelles, mais Callie discerna une arrogance dans les yeux légèrement bridés et l'angle du menton.

— Il n'est jamais fait mention d'elle avant son arrivée à Saint-Pétersbourg comme conseillère.

— Une évoluée ? demanda Fane.

Myst acquiesça.

— Oui.

Alors, il était possible qu'elle soit encore vivante.

Callie reporta son regard sur la scribe.

— Vous pouvez nous expliquer quel était son talent ?

— Il n'y a pas de preuves…

— À votre avis, insista Callie. S'il vous plaît.

Myst hésita. À coup sûr, elle avait été formée pour présenter des faits, pas des théories. Néanmoins, Callie se fiait aux instincts de la jeune femme.

— Une sorcière, murmura-t-elle finalement.

Callie hocha la tête. C'était ce qu'elle aurait dit elle aussi.

— C'est parce qu'elle prétendait être médium ?

— Oui, et parce qu'il est fait mention des étranges bijoux qu'elle portait en bracelet.

— Des amulettes, déclara Fane.

Les sorcières s'en servaient pour contenir des sorts, des malédictions et des charmes. Contrairement aux Sentinelles, qui utilisaient parfois des cristaux pour concentrer leur magie.

— Certaines rumeurs racontaient également qu'elle avait le pouvoir de guérir, ajouta Myst.

Callie fronça les sourcils. Les dons des guérisseurs n'avaient rien à voir avec la magie.

— Vraiment ?

— Elle prédisait l'apparition des maladies.

De nouveau, Fane poussa un grognement dégoûté.

— Des maladies qu'elle avait certainement provoquées.

— Oui, pour ensuite soigner les malades.

Myst referma le journal intime d'un coup sec ; la lueur dans ses yeux trahissait des blessures qui n'avaient pas encore cicatrisé.

— Ou du moins ceux qui pouvaient se permettre ses prix exorbitants, précisa-t-elle.

— Une escroquerie ingénieuse, grommela Fane.

Callie examina le visage de la scribe. Elle se demandait quelle douleur gardait la jeune femme cachée dans ces caves, mais ce n'était ni le lieu ni le moment de chercher à le découvrir.

Dès son retour à Valhalla, elle parlerait de Myst à la Mave. La puissante sorcière avait les moyens d'obtenir des réponses bien plus discrètement que Callie.

— Alors, qu'est-ce qui est arrivé à la médium ? s'enquit-elle.

Comme si elle percevait qu'elle avait révélé plus qu'elle n'en avait eu l'intention, Myst baissa la tête et ouvrit un autre livre avec précaution. Celui-ci contenait une écriture manuscrite présentée en colonnes soignées, comme un registre officiel.

— On l'a trouvée dans ses appartements privés en compagnie du seigneur Zakhar avec l'enfant d'un serviteur. Il avait la gorge tranchée et était étendu sur un autel en bois.

— Un sacrifice humain ?

La stupéfaction imprégnait la voix de Fane.

Les meurtres d'innocents étaient aussi rares parmi les évolués que chez les norms.

Myst hocha la tête.

— C'est ce qu'il semblerait.

— Pourquoi ? (Perplexe, Callie secoua la tête.) Les sorcières n'ont pas besoin de sang.

— Certains sorts interdits exigent le sang d'innocents, affirma Myst en grimaçant.

Durant un court silence, Callie et Fane échangèrent un regard surpris.

Comme si un nécromancien capable de ressusciter les morts n'était déjà pas assez ? À présent, ils devaient s'occuper d'une sorcière psychopathe qui était prête à sacrifier des enfants ?

Callie frémit d'horreur.

Fane reporta son attention sur la scribe.

— Le seigneur Zakhar a été condamné avec elle ?

— Oui, mais ils ont réussi à s'enfuir de Saint-Pétersbourg. (Myst tourna la page du livre et fit glisser son doigt jusqu'au bas du texte.) On a fini par les retrouver sur son domaine familial. Les écrits se font vagues mais il semblerait que le seigneur Zakhar ait été livré aux villageois qui ne demandaient qu'à brûler leur seigneur et maître sur le bûcher.

— La femme ? insista Callie.

Si la sorcière était encore en vie, ils devaient l'arrêter.

— Il n'est pas fait mention d'elle, à part dans une note de bas de page qui prétend qu'elle a disparu avec le corps calciné du seigneur Zakhar.

Brusquement, Fane s'avança, pour s'immobiliser au bord de la table comme s'il sentait que sa proximité mettait Myst mal à l'aise.

Bien sûr, Fane avait tendance à mettre beaucoup de monde mal à l'aise.

— Il est fait mention d'une pièce de monnaie ? s'enquit-il.

— Une pièce de monnaie ? (À cette question inattendue, Myst fronça les sourcils.) Quel genre de pièce ?

Fane sortit son téléphone et lui présenta l'écran pour lui montrer l'image qui avait été enregistrée par les caméras de sécurité de Calso.

Les génies de l'informatique n'avaient pas eu le temps de nettoyer le cliché granuleux, pourtant bizarrement Myst écarquilla les yeux de surprise.

— Suivez-moi.

Elle se précipita vers le fond de la salle et ouvrit une porte qui donnait sur une autre cave, cette fois tapissée de grands tiroirs en bois du sol au plafond.

Depuis le seuil, Callie et Fane regardèrent la scribe parcourir des yeux les petites plaques fixées sur le devant des compartiments ; elle remuait les lèvres en marmonnant.

— Étrusque… non. (Elle passa à un autre.) Minoen. Byzantin. Oh ! C'est ça.

Elle ouvrit un tiroir et en sortit une petite tablette de pierre où étaient gravés des hiéroglyphes qui s'effaçaient.

Elle revint vers Callie et Fane, effleurant du doigt l'étrange dessin d'un oiseau semblable à celui sur la pièce.

Callie arqua les sourcils, impressionnée par la faculté de la jeune femme à se souvenir de ce symbole parmi toutes les innombrables informations entreposées dans ces caves.

Possédait-elle une mémoire visuelle ?

Ou s'agissait-il d'un pouvoir d'évolué ?

Fane se pencha pour examiner la tablette, et suivit délicatement du doigt l'oiseau gravé dans le coin supérieur gauche.

— Qu'est-ce que c'est ? murmura-t-il.

— Ce symbole provient d'une secte secrète d'anciens Sumériens, répondit Myst, le visage troublé.

Callie sentit un frisson lui descendre dans le dos avec lenteur.

— À quoi servait-il ?

Myst releva la tête, une peur sincère brillant dans ses yeux.

— Il ouvre une porte sur des connaissances interdites.

Fane fronça les sourcils.

— Qu'est-ce que ça veut dire ?

— Je l'ignore.

Chapitre 16

Quand Duncan était enfant, son vieux avait adopté un train-train sans chichis. La semaine, il se tuait le cul à jouer les chauffeurs de taxi pour faire vivre sa famille. Et il passait ses week-ends à tondre leur petite parcelle d'herbe ou à bricoler dans le garage attenant sur la dernière voiture de merde qu'ils conduisaient ce mois-là.

Duncan traînait parfois dans le garage. C'était le seul endroit où il pouvait être sûr d'échapper aux chamailleries constantes de ses sœurs. Et même s'il n'avait jamais développé le don de son père pour retaper les moteurs, il avait appris en revanche que la meilleure façon de venir à bout d'une tâche était d'utiliser le bon outil.

Vous voulez attraper un dealer ? Faites un tour dans une fumerie de crack.

Vous voulez coincer un voleur de bagnoles ? Placez un véhicule appât dans un quartier qui craint.

Vous voulez trouver un marchand qui revend des œuvres d'art issues du marché noir, vous allez dans un mont-de-piété.

Un de très sélect.

Il sortit de sa voiture et observa l'édifice tout de verre et d'acier.

Ça ne ressemblait pas à un mont-de-piété.

À vrai dire, le bâtiment principal abritait une galerie d'art parfaitement en règle qui établissait un lien absolument nécessaire entre les artistes locaux et le public.

Le sous-sol, néanmoins, était connu pour accueillir des ventes « privées » qui écoulaient des œuvres d'art et des antiquités qui n'avaient pas toujours la paperasse obligatoire pour une transaction légale.

Duncan ne s'était pas emmerdé à tenter de fermer les ventes aux enchères. À quoi bon ? Elles auraient vidé les lieux pour s'installer ailleurs avant qu'il ait pu obtenir un mandat de perquisition.

Sans compter que disposer dans la place d'un indicateur qui comprenait que Duncan avait la possibilité de détruire son activité très lucrative signifiait qu'il pouvait se procurer les faits dont il avait besoin avec un minimum de tracas.

Lorsqu'il entra dans le bâtiment, il ne prêta pas attention à la belle brunette qui s'avança vers lui en se déhanchant, vêtue d'une robe argentée qui avait coûté plus que sa voiture. Il se fraya un passage à travers les œuvres suspendues aux poutres d'acier apparentes qui faisaient office de plafond, sans se donner la peine de jeter un regard aux vigoureuses éclaboussures de peinture sur les toiles.

Contrairement à beaucoup, il aimait l'art moderne, mais ce jour-là il n'avait en tête qu'un aller-retour.

Et le plus vite serait le mieux.

Duncan poussa la petite porte au fond de la salle d'exposition principale, entra dans le bureau et referma derrière lui.

À sa vue, Jacques Girard se leva. Petit homme svelte, il portait un costume noir de grand couturier avec une cravate de soie rouge, et ses cheveux noirs grisonnants étaient coiffés de façon à dégager son visage à la beauté sévère.

Il lui adressa un sourire aimable qui montra ses dents aux couronnes parfaites.

— Sergent O'Conner, quelle délicieuse surprise ! Asseyez-vous, *s'il vous plaît**.

Il avait un accent français, mais Duncan mettrait sa couille droite à couper que l'homme n'avait jamais posé le pied en dehors de Kansas City.

Balayant son invitation de la main, Duncan traversa la pièce meublée dans un style épuré qui présentait le même mélange de verre et d'acier que la galerie. Parvenu au niveau du bureau, il plaça le vase de pierre dans son sachet en plastique juste en face de l'homme.

— J'ai besoin de votre expertise.

Jacques se pencha pour examiner l'objet avec un intérêt soudain. Il avait beau être un imposteur dans son rôle de Français raffiné, il en connaissait un rayon en matière d'art.

— Belle pièce, murmura-t-il. Où l'avez-vous eue ?

— Ça ne vous regarde pas, répliqua Duncan. Vous reconnaissez ce symbole ?

Jacques était trop intelligent pour ne pas finir par comprendre que l'urne faisait partie de l'enquête sur le meurtre de Calso, mais Duncan n'était pas prêt à divulguer des informations confidentielles.

Le marchand d'art continua à observer le vase, une expression étrangement intense sur le visage.

— Je ne suis pas un expert en antiquités, mais je dirais sumérien.

Sumérien ?

On croirait qu'il avait lancé ça… au hasard.

— Qui trafique de ce genre de pièce ?

L'homme se redressa.

— Dans la région, personne.

Duncan fronça les sourcils.

---

* Les mots en italique suivis d'un astérisque sont en français dans le texte original. (*NdT*)

— Ne me menez pas en bateau, Girard.

— Certainement pas. (Jacques leva les mains.) C'est une pièce digne d'un musée. Très rare.

— Alors, donnez-moi un nom.

L'homme haussa les épaules.

— Je vais devoir effectuer quelques recherches.

Duncan jeta sur le bureau le cliché qu'il avait pris au poste.

— Et ça ?

Jacques ramassa la photographie sur papier brillant qui avait été obtenue à partir des caméras de sécurité. Elle avait été agrandie autant que possible sans transformer le jeton en une tache floue, pourtant, d'un mouvement brusque, Jacques s'empara d'une loupe posée sur son bureau pour l'examiner dans un silence sinistre.

— C'était avec le vase ? demanda-t-il enfin.

— Oui.

— Hmm. (Encore un long silence.) Ce n'est pas une monnaie. Peut-être un symbole d'autorité.

— Il vaudrait combien ?

— Je ne peux pas l'affirmer.

Jacques poussa un petit cri interloqué quand Duncan sortit son pistolet d'un geste plein d'aisance pour le lui pointer sur la tête.

— *Mon Dieu !** Je l'ignore vraiment. On les a trouvés ensemble ?

Duncan continua à braquer le flingue sur l'homme. Il n'avait pas l'intention d'abattre cet escroc. Mais il sentait que Jacques en savait plus sur le jeton qu'il n'était disposé à l'admettre. De toute évidence, il avait besoin… d'inspiration pour partager toute l'étendue de ses connaissances.

— Comment vous êtes-vous douté qu'on les avait découverts ensemble ?

Jacques s'humecta les lèvres et se servit de la loupe pour indiquer l'urne sur le bureau.

— Les symboles sur le haut du vase.

— Quoi ?

— Je ne suis pas spécialiste, mais je dirais qu'ils doivent décrire la fonction du jeton.

Duncan fronça les sourcils pendant qu'il méditait ses paroles.

— Comme un manuel d'utilisation ?

— Exactement. Et ici… (Il baissa la loupe au niveau de l'étrange oiseau gravé dans la pierre.) Il ressemble au hiéroglyphe sur le jeton. Il ne peut s'agir d'une coïncidence. Ensemble, ces deux-là seraient presque d'une valeur inestimable.

Duncan se raidit, comprenant brusquement ce qui le travaillait depuis qu'il était entré dans le bureau de Calso et avait posé les yeux sur l'urne ancienne.

— Une paire, souffla-t-il.

Jacques haussa les épaules.

— C'est ce que je viens d'expliquer.

— Alors, pourquoi quelqu'un prendrait-il le jeton en abandonnant le vase qui le contenait ?

— Aucun collectionneur ne ferait ça, affirma aussitôt Jacques. Séparés, leur valeur est immense. Ensemble… (Il plaça la photo près du vase, pour mettre en évidence leurs symboles assortis.) Comme je l'ai dit. D'une valeur inestimable.

Duncan avait déjà éliminé le vol comme mobile du meurtre. Un voleur ne repartait pas sans des millions de dollars en œuvres d'art, et encore moins sans une liasse de billets parfaitement blanchis.

À présent, il devait écarter un collectionneur d'antiquités obsessionnel.

Ce qui laissait…

Plus de putains de questions que de réponses.

Il venait à peine d'en prendre conscience quand il sentit son téléphone vibrer dans sa poche. Il recula et glissa son pistolet dans son étui avant de sortir son portable et de le coller à son oreille.

Ce serait dommage de tuer l'un de ses meilleurs indicateurs juste parce que les dernières nouvelles n'étaient pas à son goût.

Et il ne doutait pas un instant qu'elles ne seraient pas à son goût.

— O'Conner, dit-il d'un ton brusque.

Il se raidit en entendant la voix mal assurée de son correspondant lui annoncer que le corps de Leah avait été découvert. À nouveau.

— Où ? (Il prit note mentalement de ses indications.) J'y serai. Prévenez Valhalla.

Après avoir rangé le téléphone dans sa poche, Duncan tendit le bras pour prendre le vase et la photo sur le bureau.

Jacques avait blêmi et ses abords avenants de Français avaient volé en éclats sous l'effet d'une peur sincère.

— Qu'est-ce que c'est que ce bordel ? Vous ne m'avez pas dit que ça avait un rapport avec les bizarroïdes !

Duncan se retourna et se dirigea vers la porte.

— Il me faut les noms des marchands d'art dans les mains desquels ces pièces ont pu passer, et il me les faut vite.

— Je ne veux pas avoir affaire aux évolués, protesta l'escroc d'une voix presque criarde. Ils n'apportent que des ennuis.

Duncan lui accorda un regard par-dessus son épaule.

— Moins que le fait de me décevoir.

Certain que l'homme comprenait le prix de l'échec, Duncan traversa la salle d'exposition, le visage assez sinistre pour garder à une distance respectueuse l'assistante empressée.

Puis, entrant dans sa voiture, il quitta la ville à une allure qui aurait fait s'évanouir sa petite maman.

Il devait faire quelque chose pour décharger la frustration qui bouillonnait en lui.

D'accord, peut-être qu'il n'avait pas complètement perdu sa matinée. Il avait découvert que le vase et la pièce étaient indubitablement liés et qu'ils avaient été façonnés par les anciens Sumériens.

Mais ces informations ne le mettaient pas sur la piste de Zakhar, et il en avait besoin pour aider Callie.

Et à présent, il était en route pour récupérer le corps d'une jeune femme qui aurait dû être protégée par la police, si ce n'était de son vivant, du moins assurément après sa mort.

Quoi d'étonnant à ce qu'il ait le pied lourd sur le champignon ?

Arrivé à l'endroit isolé dans l'est de la ville, il se gara sur la falaise et descendit avec prudence jusqu'à la rive boueuse du Missouri.

Aussitôt, il fut frappé par la puanteur de l'eau saumâtre et de la vase verte qui s'étaient amassées en une petite mare séparée du fleuve par un tas de troncs pourrissants. S'il grimaça, néanmoins, ce fut à la vue de la jeune femme étendue dans la boue. De toute évidence, on l'avait jetée dans le Missouri dans l'espoir que son corps flotte assez loin pour qu'on ne le relie pas à Kansas City.

Au lieu de quoi, elle s'était coincée dans les branches.

Il sentit une autre vague de frustration monter en lui. Zut, Leah devrait être en train de faire les boutiques avec ses amies. Ou de suivre ses cours à l'université. Ou bon Dieu, de danser au *Rabbit Hutch*, incitant les vieux messieurs à avaler des petites pilules bleues au cas où ils seraient chanceux.

N'importe quoi plutôt que d'être étendue dans la boue, ses yeux aveugles rivés sur le ciel sans nuages.

Lorsqu'il détourna son attention du cadavre, Duncan fronça les sourcils en voyant Frank au milieu d'une foule d'agents en uniforme, à quelques mètres de là. Pourquoi le légiste aux cheveux argentés ne s'occupait-il pas du corps, putain ? Ils attendaient un truc ? Ou quelqu'un ?

Quand Duncan s'approcha, Frank s'éloigna des autres policiers, le visage dur.

— O'Conner. Il était temps que tu arrives.

Duncan soupira. Vu comme il le connaissait, il ne doutait pas que Frank prenait personnellement le vol et la façon dont le corps de Leah avait été utilisé.

— Qui l'a trouvée ?

Frank tendit le pouce vers le grand homme debout au sommet de la falaise, son visage grassouillet coloré par l'adrénaline.

— Un fermier du coin. Il cherchait une de ses vaches qui avait disparu.

— On l'a prévenu de ne parler à personne ? demanda Duncan.

— Ouais. (Frank leva les yeux au ciel.) Pour ce à quoi ça servira.

Duncan haussa les épaules. Ce n'était pas comme si ce fermier découvrait une fille morte tous les jours. *Dieu merci.* Qui pouvait l'en blâmer, s'il tirait le maximum de cet événement rare ?

— Tu as pu l'examiner ?

Frank grommela un juron.

— Je venais juste de commencer quand on m'a prié d'arrêter.

— Qui ?

— La chef.

Duncan fronça les sourcils.

— Elle a dit pourquoi ?

L'expression dure du légiste s'assombrit encore.

— Les bizarroïdes arrivent pour la prendre.

Si Frank avait prononcé ces mots ne serait-ce que le jour précédent, Duncan aurait pété un plomb. C'était son enquête et qu'il soit damné si un bizarroïde s'y ingérait.

À présent, il bridait ses instincts territoriaux. Cette affaire dépassait largement son domaine de compétence. Plus il obtiendrait d'aide, mieux ce serait. Et en parlant d'aide…

— Tu as appris quelque chose ? s'enquit-il.

Frank se renfrogna.

— Tu es sourd ? Je viens de te dire qu'on m'a demandé de ne pas la toucher.

— Je ne suis pas plus sourd que stupide, répliqua Duncan d'une voix traînante. Le jour où tu feras ce qu'on te dira, il me poussera des ailes et une auréole.

Il vit un sourire contrit remplacer sa mine bourrue.

— Très bien, marmonna Frank. Il lui manque toujours son cœur.

— Pas étonnant. Quoi d'autre ?

Frank se rapprocha et baissa le ton de sa voix pour qu'elle ne porte pas. Que le cadavre qui avait disparu ait été filmé par une caméra de surveillance en train de tuer l'un des habitants les plus puissants de Kansas City allait finir par s'ébruiter dans le service de police. Mais plus longtemps ils tairaient cette affaire, plus longtemps ils éviteraient la panique totale.

— Son corps n'est pas en mauvais état pour quelqu'un qui a déambulé à travers la ville, reconnut Frank d'une voix où transparaissait une colère poignante.

Duncan jeta un coup d'œil vers la femme svelte étendue dans la boue telle une fleur coupée. Il comprenait la rage de son ami.

C'était mal. Obscène.

— Pas de blessures apparentes ?

— *Nada*.

— Rien qui indiquerait où elle se serait rendue ?

Frank hésita avant d'esquisser un léger haussement d'épaules.

— Un truc.

Ha! Duncan savait qu'il pouvait compter sur Frank. Ce type avait beau être un norm, rien n'échappait à ses yeux d'aigle.

— Quoi ?

— Les étiquettes de ses vêtements.

Duncan regarda de nouveau du côté de Leah, et effleura d'un œil perplexe son corsaire et son haut moulants.

— Qu'est-ce qu'elles ont ?

— Les habits qu'on a trouvés chez elle venaient tous du centre commercial du coin.

Duncan reporta son attention sur son ami.

— Comment tu le sais ?

Frank lui décocha un sourire ironique.

— Tu te fous de moi ? J'ai trois adolescentes. Il n'existe pas une boutique dans ce centre commercial où elles ne m'ont pas traîné un millier de fois.

— Je suppose que ça se tient, reconnut Duncan, surpris de ressentir une petite pointe d'envie.

Il avait toujours eu conscience de vouloir des enfants. C'était inscrit dans l'ADN des O'Conner. Alors pourquoi avait-il soudain l'impression de vouloir ces enfants, là tout de suite ? *Seigneur.* Les hommes avaient-ils une horloge biologique ? Secouant la tête à ces pensées idiotes, il se concentra de nouveau sur ce que Frank tentait de lui expliquer.

— Les vêtements qu'elle porte maintenant ont quelque chose de différent ?

— Your Sung.

— Your Sung ?

— Your Sung. Un styliste local, dit Frank. Très haut de gamme.

Bizarre. Pourquoi le nécro dépenserait-il de l'argent dans des vêtements de créateur pour un cadavre qu'il allait jeter dans le fleuve ?

— Merci, *amigo*, murmura-t-il, se promettant mentalement de passer en revue les boutiques les plus luxueuses.

Frank se raidit, et darda le regard par-dessus l'épaule de Duncan.

— La cavalerie est arrivée.

Duncan se retourna, s'étant attendu aux toubibs en uniforme qui s'empressaient d'envelopper Leah dans un sac de protection qui la cacherait aux regards indiscrets tout en préservant d'éventuelles preuves sur son corps.

En revanche, il ne s'était pas attendu à voir Callie et Fane, qui suivaient les toubibs de près.

Ils avaient déjà effectué l'aller-retour jusqu'en Russie ? Cette pensée l'aurait laissé sur le cul s'il ne l'avait pas déjà été par l'éclair de désir qui crépita en lui.

Vêtue d'un jean décontracté et d'un tee-shirt blanc, ses magnifiques yeux dissimulés derrière des lunettes de soleil, elle aurait dû facilement passer inaperçue. Elle était certainement assez petite pour se perdre dans la foule.

Mais il n'y avait pas un homme qui n'attardait pas son regard sur le cramoisi exotique de ses cheveux ébouriffés et ses mouvements gracieux alors qu'elle s'arrêtait à quelques mètres de distance pendant que Fane allait se poster directement entre les toubibs et le rassemblement de la police humaine.

Comme un chien de garde enragé.

— C'est ce qu'il semblerait, murmura-t-il d'un ton absent.

— J'ai entendu dire que tu étais resté à Valhalla. (Frank s'éclaircit la voix.) Et que tu n'étais pas seul.

Duncan décocha à son ami un regard menaçant.

— Ça te pose un problème ?

— Pas la peine de t'exciter ! (Frank leva les mains.) Je me demandais juste ce qui t'arrivait.

Dans un ricanement, Duncan commença à marcher vers Callie.

— Tu sais quoi, Frank ? Quand je l'aurai pigé, tu seras le premier informé.

— Tu joues à un jeu dangereux, *amigo*, lui cria le légiste dans son dos.

Callie se tenait avec raideur, mal à l'aise pendant que Duncan s'avançait d'un air décontracté vers elle.

Non qu'elle ne soit pas contente de le voir.

Elle ricana doucement. Bien au contraire…

Elle était parcourue de frissons de la tête aux pieds.

Rien que de l'apercevoir avec ses cheveux dorés qui brillaient au soleil et son corps svelte mis en valeur dans un jean délavé et un tee-shirt noir, son cœur bondit dans sa poitrine et elle eut la bouche aussi sèche que le Sahara.

Elle avait envie de traverser le sol raboteux pour l'enlacer. Pas seulement parce qu'elle se rappelait le plaisir qu'elle avait éprouvé à se lover contre ses muscles fermes ; mais fouiller dans la sinistre histoire du seigneur Zakhar l'avait rendue nerveuse. Comme si une ombre planait au-dessus d'elle. Qu'on la prenne dans ses bras lui ferait assurément le plus grand bien.

Elle serra les bras sur son ventre, ayant une conscience aiguë des regards suspicieux que lui lançaient les amis humains de Duncan. De toute évidence, ils avaient entendu dire qu'il était resté à Valhalla et ils le gardaient à l'œil pour vérifier qu'il n'avait pas été « contaminé » par les bizarroïdes.

De toute façon, elle n'avait pas encore décidé si rechercher du réconfort auprès de cet homme-là était un choix raisonnable.

Si ?

Cette question troublante occupait ses pensées quand Duncan s'arrêta devant elle, ce qui la rendit encore plus nerveuse.

— Bonjour, sergent O'Conner, murmura-t-elle d'une voix tendue.

— Sergent O'Conner ? (Il la regarda sans comprendre.) C'est une blague ?

— Je ne m'attendais pas à te voir ici. On venait juste de rentrer à Valhalla quand la Mave nous a demandé d'amener les toubibs pour qu'ils récupèrent le corps, se retrouva-t-elle à débiter, reculant d'un pas. Elle espère que l'autopsie de Leah pourra nous apprendre quelle magie exactement a utilisée le nécromancien pour l'animer.

Les sourcils froncés, Duncan examina son expression circonspecte.

— Qu'est-ce qui se passe, bon Dieu ?

À son ton impatient, elle s'humecta les lèvres.

— Je viens de te le dire.

— Tu m'as dit ce que tu faisais ici, gronda-t-il. Mais pas pourquoi tu te comportes comme si je n'avais pas embrassé la moindre parcelle de ta peau satinée toute la matinée.

Elle sentit ses joues la brûler.

— Chut !

— Réponds-moi ou je vais hausser le ton et pas qu'un peu.

— C'est… Je ne savais pas…

— Tu ne savais pas quoi ?

— Si tu souhaitais que les gens se doutent qu'on est ensemble, expliqua-t-elle.

Elle poussa un grognement surpris quand il lui saisit le bras pour l'entraîner vers un sentier qui remontait la falaise. Assez loin pour s'assurer que personne ne pourrait les entendre, même s'ils restèrent en pleine vue des flics qui les observaient bouche bée.

— Duncan. Qu'est-ce que tu fais ?

— Je veux être sûr d'avoir compris. (Une lueur dorée étincelait dans ses yeux noisette, ce qui avertissait qu'il était énervé.) Tu insinues que tu croyais que je pourrais avoir honte d'avoir couché avec toi ?

Dit comme ça, ça avait l'air… nul.

Elle jeta un coup d'œil du côté de la foule, dansant d'un pied sur l'autre. Elle détestait être le centre de l'attention. Surtout quand elle était entourée de norms.

— On peut en parler plus tard ?

Il serra les dents avec force. Il était bel et bien en rogne.

— Non, on ne peut pas en parler plus tard, putain. On en parle maintenant.

— On nous regarde.

— Je n'en ai rien à foutre.

Il se pencha pour lui chuchoter directement à l'oreille ; son parfum lui chatouilla le nez et lui enflamma le corps. *Oh là là !* Elle adorait son odeur. Elle sentit le sang lui monter aux joues quand elle s'aperçut que ses tétons avaient durci et que tout son bas-ventre vibrait d'excitation. Elle avait envie de plonger les doigts dans ses cheveux et de tracer une ligne de baisers sur sa mâchoire têtue. Ou d'enfouir le visage dans la courbe de son cou et savourer son parfum enivrant.

— Tout comme je n'en ai rien à battre s'ils savent que je t'ai choisie comme maîtresse, poursuivit-il, déposant un baiser intime juste sous son oreille avant de s'écarter pour l'observer d'un regard songeur. À moins que ce ne soit pas ça le problème ?

Elle le dévisagea sans comprendre, et s'efforça de se concentrer sur ses mots.

Zut ! Elle était la reine de la sérénité. Rien ne l'ébranlait. Surtout pas un simple homme.

Mais Duncan O'Conner possédait le don exaspérant de se glisser sous ses défenses.

— Qu'est-ce que tu veux dire ?

— Tu as peut-être honte que les gens te soupçonnent d'avoir revu tes critères à la baisse en acceptant dans ton lit un flic tout juste civilisé ?

Elle poussa un soupir incrédule à cette suggestion idiote. Il n'existait pas une femme vivante qui ne serait pas fière de prendre cet homme comme amant.

— Si c'était le cas, je n'aurais jamais passé la nuit avec toi. (Elle énonça une évidence.) Personne à Valhalla n'ignore qu'on était ensemble.

Il plissa les yeux, affichant son visage de flic.

— Alors pourquoi tu t'es comportée comme si j'étais l'ennemi ?

Elle se mordit la lèvre et se déplaça pour dissimuler son expression aux badauds. Cet homme avait beau être splendide, sexy et d'une tendresse inattendue derrière sa façade de macho, il était aussi têtu qu'une mule du Missouri.

— C'est difficile.

Il lui glissa un doigt sous le menton et lui inclina la tête en arrière en l'observant avec une inquiétude flagrante.

— Parle-moi, ma puce.

D'accord. Très bien. C'était peut-être mieux s'il savait.

— Je n'ai jamais été en couple, avoua-t-elle à contrecœur.

Il se figea, le regard rivé sur elle avec l'intensité d'un laser. Comme un chasseur découvrant une proie providentielle.

— Jamais ?

Elle frissonna. Pas de peur. Mais de… plaisir anticipé.

— Non. Je n'ai eu que quelques relations et ça n'a jamais été très sérieux.

Du pouce, il lui frôla la lèvre inférieure, une caresse légère qui lui envoya une pointe de douce volupté dans le creux du ventre.

— Alors, je t'ai gênée avec ma manifestation d'affection en public ?

— Pas exactement.

— Callie ?

Elle grimaça, se rappelant son embarras dans la matinée puis quand elle avait aperçu Duncan pour la première fois cet après-midi.

— C'est plus le fait de ne pas comprendre les règles du jeu.

Elle vit son expression s'adoucir, et cette sensualité coquine réchauffa ses yeux noisette.

— Il n'y a pas de règles entre nous. On va apprendre à s'apprivoiser… (il se baissa pour lui effleurer les lèvres d'un baiser léger) ensemble.

Elle sentit un autre frisson délectable lui traverser le corps, et elle leva les mains pour les poser sur son torse ferme.

— Je ne crois pas que tes amis vont apprécier.

Il lui mordilla le coin de la bouche.

— Alors ce ne sont pas mes amis.

À ces simples mots, une chaleur inattendue lui inonda le cœur. Étrange. Était-ce vraiment si important pour elle qu'il n'éprouve pas la moindre hésitation à s'afficher avec elle en public ?

De toute évidence, oui.

— Et ta famille ?

— J'ai déjà promis de t'emmener au déjeuner dominical.

De nouveau, la réponse parfaite, alors évidemment Callie paniqua.

— Non. Enfin… pas ce dimanche.

Il esquissa un sourire ironique.

— Pourquoi ces réticences ?

C'était une question légitime. À laquelle elle n'avait pas de réponse.

Tout avait été chamboulé au cours des deux derniers jours.

Sa croyance en des lois de physique rigoureuses qui contrôlaient les pouvoirs des évolués.

Sa conviction que son avenir paisible, bien que quelque peu solitaire, était entièrement planifié.

La règle implicite selon laquelle les norms et les évolués ne se mélangeaient pas.

Quoi d'étonnant à ce qu'elle soit déchirée entre l'intense désir d'entraîner cet homme dans les buissons pour lui arracher ses vêtements et le besoin puissant de rentrer à Valhalla pour se cacher sous ses couvertures ? Malheureusement, aucune de ces alternatives n'était viable.

Pas tant qu'ils n'auraient pas rattrapé le seigneur Zakhar et mis un terme à l'usage épouvantable qu'il faisait des morts.

— Je crois que je ne suis pas prête.

— D'accord. (Il lui déposa un léger baiser sur le nez avant de s'écarter pour l'observer avec un sourire résigné.) On attendra que tu cesses d'avoir des palpitations à la seule mention de ma famille.

À cette gentille raillerie, elle retrouva le sens de l'humour qui lui avait fait défaut.

— C'est d'une générosité.

— Et quand on travaillera sur l'enquête, je me montrerai professionnel, promit-il, une chaleur coupable diluant l'or dans ses yeux jusqu'à ce qu'ils brillent dans le soleil de l'après-midi. Même si je compte les secondes qui me séparent du moment où je pourrai te dévêtir pour te lécher de la tête aux pieds.

Callie sentit son cœur tambouriner contre ses côtes, submergée par un désir instantané. Soudain, l'alternative de le pousser dans les buissons pour le déshabiller était bien plus viable.

Trop viable.

— Tu es…

— Ouais, je sais. Tout juste civilisé. (Il lui décocha un grand sourire coquin par-dessus son épaule.) On ferait mieux d'y aller avant que tout le service de police de Kansas City ne parte en retraite anticipée pour échapper à Fane.

Chapitre 17

Prompts et efficaces, les toubibs achevaient d'envelopper le corps de Leah dans un sac de protection pendant que Callie résumait à Duncan ce qu'ils avaient appris en Russie. Dans des termes également condensés, Duncan lui relata sa visite à l'expert en art, qui avait évoqué une origine sumérienne du jeton.

C'était un pas en avant, mais qui était loin d'être assez grand ou assez rapide.

Au plus profond d'elle, Callie sentait vibrer son angoisse croissante.

Comme si quelque chose l'avertissait que son temps était compté.

Les flics toujours amassés ensemble s'agitèrent et, tournant la tête, Callie comprit que Fane voulait lui demander de partir.

Redressant les épaules, elle franchit la courte distance qui les séparait pour parler à la Sentinelle en privé.

Il n'allait pas aimer ce qu'elle avait à dire, mais pour une fois elle était déterminée. L'heure était venue de mettre sa casquette de grande fille. Elle en avait fini de se cacher derrière son fidèle gardien et les murs protecteurs de Valhalla.

— Je vais rester ici pour travailler sur l'enquête avec Duncan, annonça-t-elle, avant même que Fane se soit arrêté.

Il avait un visage sans expression, les yeux durs.

— Non.

— Fane, écoute-moi.

— Tu connais les règles.

En effet. Un devin ne devait jamais se déplacer en dehors de Valhalla sans protection. Il y avait bien trop de cinglés qui estimaient que le seul devin qui vaille était un devin mort.

Et c'était avant que la nouvelle d'un nécromancien qui jouait avec les cadavres de jeunes femmes commence à s'ébruiter.

À dessein, elle lança un regard du côté de Duncan, qui les observait, les yeux plissés.

— Je ne serai pas seule.

— Tu fais exprès de me faire chier ?

— Non. J'essaie de me montrer raisonnable.

Quand il grommela ce qu'il pensait de sa raison, elle ne s'en soucia pas.

— Il n'y a que toi qui peux ramener Leah et les toubibs à Valhalla, reprit-elle. Le plus logique serait que je reste ici pour poursuivre l'enquête.

— Et en quoi consiste cette enquête ?

Elle se retourna vers lui, mais ne put supporter la vue de son expression dure comme du granit.

— Duncan a dit que Leah portait des vêtements qui venaient d'un magasin de luxe, répondit-elle. Il veut tenter de trouver cette boutique pour en interroger le propriétaire.

Fane croisa les bras.

— C'est tout ?

— Il aimerait explorer la piste de la pièce. (Elle haussa les épaules.) Je lui ai suggéré qu'on passe par le *Rabbit Hutch* au cas où les amies de Leah…

— Hors de question.

Callie soupira quand il rejeta immédiatement sa proposition parfaitement sensée. Comme si c'était ça qui l'aurait arrêtée si elle avait été vraiment déterminée à se rendre dans la boîte de striptease.

— Ouais, Duncan m'a dit la même chose. (Elle leva les yeux au ciel.) Les hommes.

Il l'observa durant une longue minute de silence. Le summum de l'intimidation.

— Tu pourrais attendre que je revienne pour que je puisse t'accompagner.

Ce fut au tour de Callie d'étouffer sa suggestion dans l'œuf. Elle avait peut-être l'habitude de la Sentinelle, mais la plupart des gens la voyaient comme une enfoirée qui leur foutait les jetons.

— Fane, je t'adore, mais tu terrifies les norms, souligna-t-elle gentiment. Ils ne parleront jamais s'ils t'aperçoivent.

Il afficha un sourire redoutable.

— Je pourrais les faire parler.

Elle ricana. Fane avait fait pleurer de peur des guerriers endurcis.

— Je n'en doute pas un instant, mais je crois qu'on devrait essayer à la manière de Duncan d'abord, dit-elle en tendant la main pour lui toucher le cou. Si ça ne marche pas, on emploiera les grands moyens.

Le regard de Fane resta vide, implacable.

— Il ne peut pas te protéger de la sorcière. Ni de tout autre évolué.

Callie ne pouvait le nier. Duncan avait beau être un flic génial, il n'était pas une Sentinelle.

Même si, avec ses pouvoirs spéciaux, il pourrait toujours… Elle réprima cette pensée inattendue.

Duncan adorait être flic. Être humain. Et souhaiter qu'il rejoigne son monde constituait le genre de truc susceptible de briser le cœur d'une femme.

Ou peut-être juste de la briser, elle.

— Je ne prendrai aucun risque, lui assura-t-elle. Promis.

Comme s'il percevait sa vulnérabilité, Fane plissa les yeux.

— Ça te dépasse, Callie.

Elle tressaillit en se remémorant malgré elle l'avertissement de Boggs.

— On n'est pas sûrs que je sois vraiment impliquée.

— Tu n'es plus une enfant, la gronda-t-il. Tu ne peux pas te plonger la tête dans le sable en feignant de ne pas sentir le danger grandissant.

— Tu as raison, admit-elle brusquement. Je suis désolée.

Il écarquilla les yeux avec exagération.

— Tu as de la fièvre ?

Elle secoua la tête, pas près de reconnaître être assaillie de cauchemars et d'un sentiment de fatalité imminente. Elle se retrouverait enfermée dans son appartement avant d'avoir pu dire « ouf ». Quoi que ça puisse bien signifier.

— Il me faut tenir compte de ces mises en garde, expliqua-t-elle d'un ton vague. Si les ténèbres nous menacent, alors il nous faut les arrêter. Le plus tôt sera le mieux. (Elle baissa la main pour frapper Fane en plein dans son torse dur comme l'acier.) Et accepter toute l'aide qu'on pourra obtenir.

Il arqua un sourcil.

— Et ça n'a rien à voir avec le fait de rester seule avec le flic ?

Elle hésita. Elle n'avouait peut-être pas toujours tout à son gardien, mais elle ne lui mentait jamais sciemment.

Leur relation était fondée sur une confiance mutuelle absolue et elle ne ferait jamais rien qui pourrait la compromettre.

— Peut-être en partie, mais je ne me laisserai pas distraire. Fais-moi confiance.

— Toi, je te fais confiance. (Il décocha un regard brûlant à Duncan.) Lui… jamais.

À seulement quelques mètres de là, Duncan se raidit et serra les poings le long de son corps en renvoyant son regard noir à Fane.

— Je t'appellerai dès qu'on aura du nouveau, dit-elle en le frappant de nouveau pour qu'il cesse de défier Duncan du regard.

Seigneur. La testostérone était une saloperie.

À contrecœur, Fane reporta son attention sur son visage agacé.

— Je vais voir si je peux trouver des informations sur la pièce.

Callie fut prise au dépourvu par cette annonce.

— Tu retournes auprès de Myst ? demanda-t-elle, se souvenant de la beauté fragile de la scribe.

Se pouvait-il que la Sentinelle stoïque soit amoureuse ?

Elle ne lui refuserait pas une occasion de saisir un peu de bonheur. Fane avait bien trop sacrifié pour elle. Même si elle ne pouvait nier éprouver une pointe de déception pour Serra.

La belle médium serait anéantie si Fane en choisissait une autre.

— Non. (Il lui donna une tape sur le nez : une mise en garde silencieuse pour qu'elle se tienne éloignée de sa vie privée.) Je connais un moine qui a étudié les Sumériens.

Ah ! Elle sourit de soulagement.

— Il n'est pas sumérien, si ? s'enquit-elle.

Il se disait que les moines vivaient aussi longtemps que les évolués.

Une autre tape.

— Ce n'est pas poli de demander ça.

Elle recula, et son sourire disparut.

— Sois prudent, Fane. Tu n'es pas aussi invincible que tu le crois.

— Si. (Il soutint son regard.) Je viendrai te chercher demain matin à la première heure.

— Mais…

— Ne me pousse pas à bout.

Il partit, se déplaçant avec une grâce fluide tandis qu'il conduisait les toubibs en haut de la falaise, loin des humains qui le regardaient bouche bée comme s'il était une bête sauvage qui pourrait très bien les décimer s'il échappait à sa laisse.

Ils n'avaient pas tort.

Assis à son bureau dans sa bibliothèque privée, Zak sentit une odeur de sang et releva la tête pour regarder Anya entrer dans la pièce.

Pour une fois, elle avait mis de côté ses vêtements de grands couturiers et était couverte du cou aux orteils d'une robe de satin noir, ses cheveux ramassés en une tresse serrée qui lui retombait dans le dos. Zak était pareillement vêtu, même si sa robe était de soie argentée et qu'il la jetterait quand ils en auraient terminé.

Le sang et la mort étaient salissants.

— Tu as préparé le sort ?

Elle haussa les épaules.

— Le sang a ouvert un chemin vers notre destination.

Il se leva, indifférent au fait qu'elle avait dû sacrifier un jeune enfant pour réunir la magie nécessaire à la création d'une porte.

Après tout, c'était pour cette raison qu'il avait d'abord été séduit par Anya.

Les sorcières et les médiums n'avaient pas manqué à la cour russe, certaines ayant même été authentiques. Mais Anya était spéciale. Bien avant que l'existence des évolués ait été connue des norms, elle s'était formée dans un convent clandestin qui lui avait enseigné une magie depuis longtemps interdite. Dont la faculté de se déplacer à la manière des Sentinelles, même si elle était attirée vers des objets aux pouvoirs magiques au lieu d'utiliser des portails bien établis d'un monastère à un autre.

C'était ainsi qu'elle était tombée pour la première fois sur l'ancienne ziggourat couverte de hiéroglyphes, qui était presque entièrement enfouie dans les déserts d'Iran.

— Bien, dit-il d'une voix empreinte d'une satisfaction sinistre. Alors, allons-y avant qu'on me fauche encore mon destin.

— Fauche ? (Elle plissa les yeux.) De quoi tu parles ?

— D'un traître.

— Un traître ?

Il arqua un sourcil.

— Je bégaie ?

— Non, mais… (Anya fronça les sourcils.) Je ne comprends pas.

— Vraiment ? J'aurais cru que c'était évident. Quelqu'un m'a trahi. (Un air glacé tournoya dans l'atmosphère.) Quelqu'un qui m'est très proche.

— Tu ne me soupçonnes quand même pas ? Ce serait ridicule.

— Ne feins pas la moralité offensée, Anya, l'avertit-il d'un ton froid. Ça ne te va pas.

La sorcière serra ses poings tachés de sang.

— Je me suis autant investie que toi, Zak. Pourquoi t'aurais-je consacré ma vie si j'avais voulu te trahir ?

Il fut loin d'être impressionné par sa réponse farouche. Seul un imbécile ferait confiance à une femme prête à vendre son âme au plus offrant.

— Et qu'as-tu investi ? demanda-t-il d'une voix traînante.

Elle eut le souffle coupé d'indignation.

— Je t'ai sauvé la vie.

— Peut-être.

— Comment ça ? Je t'ai sorti des flammes. (Sa colère éclata brusquement dans ses yeux émeraude.) C'est ma magie qui a fait battre ton cœur pendant que ton corps guérissait.

L'expression de Zak demeura glaciale.

— Tu m'as aussi promis une dizaine de fois qu'on était sur le point de mettre la main sur le jeton, avant qu'on découvre qu'il nous avait encore échappé.

Elle grommela un horrible juron.

— Ce sont tes bokors qui nous ont fait défaut, pas ma magie.

Des doigts, il caressa la pièce cachée dans la poche de sa robe. Au cours des années, il avait méticuleusement analysé ses échecs. Il avait gâché des ressources énormes et couru le risque d'être démasqué chaque fois qu'il avait ressuscité les morts. Le fait qu'ils ne menaient pas à bout leur mission à quelques heures près, minutes parfois, avait suffi à éveiller ses soupçons.

— Hmm.

Anya plissa les yeux.

— Quoi ?

— Une explication plus simple serait qu'on a prévenu les propriétaires du jeton que j'étais sur leur piste.

À ces mots, elle parut sincèrement outrée.

— Si tu me soupçonnais d'être une traîtresse, pourquoi m'avoir permis de rester auprès de toi ?

— J'ai toujours cru en la théorie selon laquelle il vaut mieux garder ses ennemis près de soi.

— C'est de la folie, cracha-t-elle. Si ça avait été moi, pourquoi est-ce que je n'aurais pas averti Calso ?

— Peut-être que tu es vraiment innocente. Ou peut-être qu'il s'agit d'un piège habilement monté. (Il haussa les épaules.) Tant que je ne saurai pas ce qu'il en est, je peux t'assurer que je me tiendrai en permanence sur mes gardes.

Il lui adressa un sourire froid.

— Bon, on va au temple, oui ou non ? s'impatienta-t-il.

— Très bien. (Dans un tournoiement de robes de satin, la sorcière se dirigea vers la porte.) Suis-moi.

En silence, ils rejoignirent les appartements d'Anya à l'étage. L'odeur nauséabonde du sang devint presque écrasante quand elle ouvrit la porte de son salon, qui avait été aménagé en une chapelle rudimentaire.

Avec une grimace, Zak parcourut du regard les fauteuils ornés de volutes et aux jolis coussins pastel, qui étaient disposés en demi-cercle autour du grossier autel en bois. Les œuvres d'art onéreuses qui avaient été accrochées aux murs ivoire avaient été entassées dans un coin pour être remplacées par des étagères de bocaux ternes qui contenaient un assortiment d'horribles ingrédients dont se servait Anya pour concocter ses potions ou jeter ses sorts.

Les rideaux avaient été tirés, plongeant la pièce dans l'obscurité. La seule lumière provenait d'une bougie solitaire placée sur l'autel à côté d'un bol en bois rempli de sang.

Le sang d'un innocent.

Anya s'avança et indiqua l'autel de la main.

— Viens près de moi, ordonna-t-elle.

Zak la rejoignit et lui serra le poignet à lui faire mal.

— Anya, murmura-t-il d'un ton suave, assure-toi bien de ne pas commettre d'erreur.

Duncan était sacrément fier de lui.

Il n'avait pas sorti son pistolet quand Fane, d'un air protecteur, s'était tenu tout près de Callie, le visage dur pendant qu'il s'efforçait manifestement de la convaincre de rentrer à Valhalla avec lui.

Ni quand Callie avait levé la main pour toucher la Sentinelle avec une intimité qui lui avait arraché un grognement digne d'un putain de chien.

Ni même quand Fane lui avait décoché un regard noir où brillait la promesse de toutes sortes de très, très horribles conséquences s'il arrivait quoi que ce soit à Callie pendant qu'elle serait sous sa surveillance.

Ouais, il récoltait tous les lauriers.

N'empêche, il ne put s'empêcher de passer un bras empreint de possessivité autour des épaules de Callie quand elle revint enfin à ses côtés alors que son imposant gardien remontait le sentier raide au petit trot ; celui-ci s'arrêta au sommet pour foudroyer Duncan d'un dernier regard.

Et si ça faisait de lui un homme des cavernes… alors qu'il en soit ainsi.

— Il n'a pas l'air content, grommela-t-il en l'attirant encore plus près de lui.

Au moins, il ne s'était pas frappé le torse, hein ?

— Non. (Elle poussa un léger soupir avant de se tourner pour l'observer avec une expression déterminée.) On va où en premier ?

Il fit glisser son regard sur ses traits pâles et parfaits, et résista tout juste à l'envie de lui arracher ses lunettes réfléchissantes pour pouvoir se noyer dans la beauté de ses yeux de saphir.

— Je sais où j'aimerais aller, murmura-t-il.

Elle arqua un sourcil.

— Je ne suis pas certaine de vouloir entendre ça…

Il fit remonter et descendre ses mains sur ses bras.

— Mon appartement n'est qu'à quelques kilomètres.

Il sentit le frisson de plaisir révélateur qui la traversa, mais elle secoua la tête d'un air sévère.

— Je croyais que tu souhaitais vraiment que je t'aide dans ton enquête.

Il afficha un large sourire.

— C'est vrai, mais je suis un homme.

— Et ?

Avec un petit rire, il recula et plongea la main dans sa poche de devant pour sortir son portable.

Il avait beau préférer l'idée de l'attirer chez lui, il comprenait que leur relation était devenue physique à la vitesse grand V. Non qu'il s'en plaigne. *Bon Dieu, non.* Mais le fait qu'il ne lui avait pas fait la cour au sens traditionnel signifiait que Callie ne pouvait pas être sûre qu'il l'appréciait autant pour sa vive intelligence et son courage serein que pour sa beauté.

Ce qu'il comptait lui prouver sans laisser place au moindre doute.

— Et je vais appeler le poste pour qu'on puisse poursuivre l'enquête, lui assura-t-il.

En voyant son expression excessivement innocente, elle sourit d'un air narquois avant de le retenir par le bras.

— Pourquoi tu dois appeler le poste ? Je pensais qu'on devait enquêter sur les boutiques de vêtements de marque ?

— Oui, mais j'espère pouvoir concentrer nos recherches en découvrant les magasins qui vendent les créations d'un styliste local. (Il s'efforça de se souvenir de ce que Frank lui avait dit.) Sung machin chose ou un truc comme ça.

— Attends.

Elle sortit son propre téléphone et fit défiler ses contacts.

— Tu appelles qui ?

— Serra. (Elle porta l'appareil à son oreille.) Elle connaît intimement tous les magasins dans un rayon de cent kilomètres.

Duncan avait conservé un souvenir brûlant de la tenue ajustée de Serra et de ses bottes à talons aiguilles qui déchiraient. Il ne possédait pas l'expérience du légiste en matière de fringues de femmes, mais il avait en revanche une ribambelle de sœurs. Il avait appris à reconnaître une *fashion victim*.

Son vieux avait failli étrangler sa plus jeune sœur quand il avait découvert qu'elle s'était servie de sa carte de crédit pour acheter un sac à main de créateur à six cents dollars. Il frémit à l'idée de ce que la médium avait dépensé pour ses bottes.

— Je ne sais pas pourquoi, mais ça ne m'étonne pas.

Elle feignit de ne pas avoir entendu ce qu'il avait grommelé et parla dans l'appareil.

— Serra, tu connais un styliste du nom de Sung ? (Elle marqua une pause.) Super, où peut-on acheter cette marque ?

Elle écouta, hochant la tête.

— Merci, tu es un amour. (Elle s'interrompit, un léger sourire lui ourlant les lèvres.) Fane ? En fait, il est en route pour Valhalla, même s'il ne fera que passer en coup de vent, alors si tu veux le coincer tu dois te tenir prête. Bonne chance.

Elle remit son portable dans sa poche, puis lui adressa un sourire bizarre quand elle perçut son regard qui s'attardait sur elle.

— Quoi ?

— Je pensais que tu aimais bien ton gardien ?

— Évidemment.

— Alors pourquoi tu le laisses à la merci de cette dévoreuse d'hommes ?

— Hé ! Serra est mon amie la plus chère.

Elle lui donna un coup de poing dans l'épaule, avec une puissance surprenante malgré son petit gabarit. Tous les évolués étaient-ils plus forts que les norms ? Ça expliquerait pourquoi son record en développé couché à l'école de police n'avait toujours pas été battu. Ce qui entama légèrement son ego.

— Elle est terrifiante, répliqua-t-il en tremblant avec exagération.

— Tu crois que je ne peux pas être terrifiante ? demanda-t-elle, ne plaisantant qu'à moitié. Tu ne m'as pas encore vue en colère.

Hmm. Il effleura un instant du regard la flamme cramoisie de ses cheveux. Il avait déjà découvert sa nature passionnée derrière sa façade de calme. Il ne doutait pas une seconde que celle-ci incluait un tempérament susceptible de l'écorcher vivant.

— Et je n'en ai pas l'intention, l'avertit-il, frôlant du pouce la courbe généreuse de sa lèvre inférieure. Après tout, je suis absolument adorable.

— Tu ne te prends pas pour de la merde, oui, rectifia-t-elle d'un ton pince-sans-rire.

Il partit d'un rire énorme qui retentit à travers la berge isolée.

— Possible.

Sans se soucier des regards que lui jetèrent ses collègues flics, qui allaient du dégoût à une envie flagrante, il poussa Callie vers le sentier qui remontait la falaise.

— Elle t'a donné le nom d'un magasin ?

— Deux. *Victoria's Boutique* sur la Plaza et la *Paris Gallery* sur Independance.

Elle gravit sans mal la pente raide ; au balancement de ses fesses moulées dans son jean serré, Duncan éprouva une chaleur brûlante à travers le corps. Oh, il voulait poser les mains sur ce postérieur arrondi, de préférence pendant que Callie le chevauchait vers l'oubli. Ou peut-être alors qu'elle était à quatre pattes et qu'il la prenait par-derrière.

— Duncan ? Il y a un problème ?

La question de Callie s'immisça dans son fantasme coupable, et il s'aperçut qu'ils avaient atteint le sommet.

Mince.

Aucune femme n'avait provoqué en lui ce genre de désir insouciant depuis…

Jamais, fut-il obligé de reconnaître.

Pas même durant sa folle adolescence boostée aux hormones.

Il s'éclaircit la voix et entra le nom des boutiques dans le GPS de son téléphone ; il sentit une chaleur lui remonter sur la nuque avec lenteur. Dieu merci, Callie était devineresse, pas médium.

Sinon, elle l'aurait poussé au bas de la falaise.

La tête la première.

— Fin prêt, marmonna-t-il, levant les yeux pour croiser son regard perplexe. Allons-y.

Elle le suivit sans un mot et s'installa docilement à l'avant de la voiture, puis il roula à une vitesse sensiblement moins imprudente qu'à son arrivée. Callie ne lui obéissait pas, mais cherchait simplement à comprendre pourquoi il rougissait comme un idiot.

Heureusement, elle cessa de le scruter quand il tourna dans Broadway et se dirigea vers la Plaza.

Le nez collé à la vitre, elle sembla fascinée par les bâtiments d'inspiration espagnole et les fontaines exquises caractéristiques du quartier. La nuit, il était baigné de lumières superbes, et de doux accords de jazz emplissaient l'air, mais pendant la journée c'était le domaine des clients branchés.

Lorsque Duncan se gara dans un parking souterrain et coupa le moteur, il éclata de rire.

Se retournant, Callie accueillit son sourire les sourcils froncés.

— Qu'est-ce qu'il y a de si drôle ?

Il descendit de voiture, et constata sans surprise que Callie se tenait déjà près du capot le temps qu'il ait refermé la portière. Elle était peut-être obligée de se déplacer avec un gardien, mais ça ne signifiait pas qu'elle dépendait docilement d'un homme.

Bien au contraire, elle se battait pour la moindre miette d'indépendance qu'elle pouvait obtenir.

— On croirait ma nièce de cinq ans, Tabby, quand je l'emmène à la fête foraine, répondit-il.

Avec douceur, il la prit par le coude pour rejoindre sans se presser l'escalier tout proche.

— C'est-à-dire ?

— Les yeux écarquillés d'émerveillement.

Elle esquissa un faible sourire.

— Je ne quitte pas souvent Valhalla et quand ça m'arrive, c'est rarement pour le plaisir.

Il sentit un regret profond, douloureux, lui serrer le cœur. Elle avait employé des mots simples, sans amertume. Mais pour un homme qui avait grandi entouré d'une famille aimante et d'une communauté qui n'avait eu aucun mal à l'accepter, ça lui donnait envie de frapper un truc.

Quel genre de monde obligeait une petite fille à rester cloîtrée derrière des murs protecteurs au risque d'être attaquée par des justiciers autoproclamés étroits d'esprit ?

La réponse n'était pas compliquée.

C'était le même monde qui s'empressait d'avoir recours à elle quand sa « malédiction » pouvait aider à résoudre un meurtre.

Au prix d'un immense effort, il réprima la colère qui monta en lui. Il ne pouvait pas changer le passé de Callie. Tout ce qu'il pouvait faire, c'était essayer de lui montrer qu'il existait des trucs bien et beaux à découvrir en dehors de Valhalla.

Ils entrèrent dans la rue inondée de soleil à seulement un pâté de maisons de leur destination.

— Tu n'as jamais été sur la Plaza ? s'enquit-il tandis qu'ils flânaient sur le trottoir.

— Non.

— On a le temps, si tu as envie de t'y promener. (De la tête, il lui indiqua une luxueuse boutique de bijoux de l'autre côté de la rue.) Peut-être un peu de shopping ?

Ses lunettes renvoyèrent la lumière éblouissante du soleil quand elle se tourna vers lui.

— Tu présumes que parce que je suis une femme je dois adorer faire les magasins ?

Il se pencha pour lui voler un baiser bien trop bref.

— Absolument, ma puce.

Chapitre 18

Callie s'efforça de dissimuler son sourire alors qu'elle mettait les mains sur les hanches.

Tout au fond d'elle, elle devait avouer que les moqueries de Duncan la ravissaient. Elle n'avait jamais passé ses journées à flirter comme les autres jeunes filles. Pas parce qu'elle n'en avait pas eu envie, mais les gens traitaient les devins différemment, même les évolués. Il ne s'agissait peut-être pas toujours de défiance, mais à tout le moins de… prudence. Sans compter que Callie était d'une nature plus sérieuse que nombre de ses amies.

À présent, elle ne pouvait nier éprouver un plaisir grisant, comme une jolie femme qui aurait attiré l'attention d'un homme viril et sexy à tomber.

Bien sûr, elle avait beau être naïve, elle n'était pas stupide. Duncan était le genre d'homme qui s'attendait à arriver à ses fins, que ce soit en usant de son charme ou par pure arrogance. Si elle ne le mettait pas au pas, il la piétinerait sans état d'âme.

— Je crois qu'on devrait trouver la boutique avant que je te donne un coup de poing sur le nez, le menaça-t-elle.

— D'accord.

Il leva les mains en un simulacre de capitulation avant de remonter la rue en flânant. Enfin, il ne flânait pas exactement. À l'instar de Fane, il se tenait constamment sur ses gardes, cherchant des yeux des ennemis potentiels parmi les piétons, le corps placé de façon à s'assurer que tout danger qui surgirait devrait d'abord lui passer au travers. Une panthère en chasse. Elle sourit d'un air ironique. La Sentinelle serait fière de lui. Même si Fane préférerait se faire couper la langue que de le reconnaître.

Et Callie n'était pas la seule à avoir remarqué le puissant attrait qu'exerçait l'apparence redoutable de Duncan.

Une dizaine de regards féminins étaient rivés comme des lasers sur les muscles fermes sous son tee-shirt serré et son jean délavé, tandis qu'une dizaine d'autres s'attardaient sur la perfection ciselée de son visage, dont la délicatesse était atténuée par la barbe naissante dorée qui couvrait sa mâchoire têtue et par l'éclat meurtrier dans ses yeux noisette. Même avec ses cheveux pâles d'une douceur satinée qui lui retombaient sur le front, on ne pouvait douter qu'il était la virilité incarnée.

Impitoyable, inaccessible.

Percevant peut-être son irritation grandissante à la vue de toutes ces femmes qui le reluquaient, Duncan lui décocha un sourire coquin.

— Si tu ne fais pas les boutiques, qu'est-ce que tu aimes faire ?

Elle haussa les épaules, et chassa la pointe de jalousie ridicule qu'elle ressentit. *D'accord.* Les femmes adoraient mater Duncan O'Conner. Qui aurait pu les en blâmer ? Il n'y avait certainement pas de quoi gâcher cette occasion rare de profiter de la ville.

Et même si devoir retrouver le dangereux nécromancien n'avait rien de réjouissant, elle avait l'intention de savourer ce moment loin de Valhalla.

— Différents trucs, dit-elle d'un ton vague.

Il l'observa avec une curiosité manifeste.

— Tu n'as pas de loisirs ?

— Et toi ?

— Je travaille trop, mais si j'avais eu le temps, j'aurais voulu entraîner l'équipe de base-ball des moins de douze ans, répondit-il avec une franchise facile qu'elle envia.

Elle avait trop l'habitude de garder pour elle ses pensées et ses sentiments.

— Des moins de douze ans ? (Elle arqua un sourcil étonné.) Vraiment ?

— J'adore les gosses et j'adore le base-ball. (Il haussa les épaules.) Ça me semble être le choix parfait.

Soudain, elle l'imagina entouré de petits garçons exubérants, le visage sévère alors qu'une gaieté pleine d'indulgence pétillait dans ses yeux.

— Oui, reconnut-elle brusquement. C'est parfait.

Il plissa les yeux.

— Tu te moques de moi ?

— Non, pas du tout. Je pense que tu ferais un super entraîneur.

Son expression resta méfiante, comme s'il ne savait pas trop si elle l'insultait ou non.

— Parce que je me comporte encore comme si j'avais cinq ans ?

— Il y a de ça, railla-t-elle.

— Merci, grommela-t-il. Autre chose ?

Elle laissa échapper un petit rire bien trop rare. Il parlait même comme un gamin de cinq ans de mauvaise humeur.

— Oui, murmura-t-elle, décidant de mettre un terme à son supplice. Tu es aussi un chef-né, sans être trop dominateur. De toute évidence, tes collègues te respectent. Et tu possèdes un certain charme quand tu ne fais pas l'imbécile. (Elle lui donna un coup de coude dans les côtes.) Les gosses t'adoreraient.

Il plongea les doigts dans ses courts cheveux ébouriffés. Un remerciement silencieux pour avoir foi en lui.

— Et toi, Callie ? demanda-t-il d'une voix rauque. Qu'est-ce qui te rend heureuse ?

Elle hésita, et réfléchit sérieusement à sa question. Elle aimait plein de trucs. Être avec ses amies. Jardiner. Passer une soirée tranquille dans son appartement à lire un bon livre.

— Passer du temps dans la nursery, dit-elle enfin, prenant conscience pour la première fois de l'importance du plaisir qu'elle avait à être entourée d'enfants.

— Ah ! (Il afficha un large sourire satisfait.) Les bébés te rendent gaga, c'est ça ?

— Pas juste les bébés, rectifia-t-elle. À Valhalla, tous les enfants de moins de cinq ans viennent au moins quelques heures chaque jour à la nursery.

Il parut fasciné par cet aperçu d'un monde qui était enveloppé de mystères pour la plupart des gens.

— C'est pour une raison particulière ?

— Pour s'assurer qu'ils s'habituent à être avec des gamins qui ne sont pas comme eux. Dans un espace aussi restreint, on ne peut pas se permettre de nourrir des préjugés, expliqua-t-elle sans hésiter.

Ce n'était pas un secret d'État. Sans compter que Duncan n'était pas n'importe quel norm.

— Ça les aide aussi à apprendre à contrôler leurs pouvoirs quand ils sont en public, ajouta-t-elle.

— C'est ce que tu voulais dire quand tu parlais d'avoir eu beaucoup de mères ?

— Oui. Les évolués ne sont pas comme la plupart des gens.

Une chaleur l'envahit au souvenir de tout l'amour dont elle avait été entourée. Après avoir constaté les traumatismes dont souffraient les enfants amenés à Valhalla à la suite de négligences ou de mauvais traitements, elle avait pris conscience d'avoir eu une enfance bénie.

Il fit courir ses doigts au milieu de son dos, une caresse légère qui la fit se sentir toute chose.

— En fait, je l'avais compris tout seul.

— Ce que je veux dire, c'est que quatre-vingt-dix-neuf pour cent du temps ils ne sont pas nés de parents évolués, précisa-t-elle, soulagée de s'être exprimée d'une voix posée. (Inutile d'alimenter son ego démesuré en lui montrant que son contact seul suffisait à la faire fondre.) De sorte qu'on se retrouve à recueillir des bébés abandonnés ou des enfants qui ne peuvent plus vivre avec leur famille biologique. Ils ont besoin de sentir qu'ils sont désirés et estimés par leur nouvelle communauté.

Immobilisant soudain les doigts dans son dos, il la fit pivoter pour qu'ils soient face à face.

— Ma mère va t'adorer.

Son cœur manqua un battement à ces mots inattendus.

— Parce que j'aime les enfants ?

— Parce qu'elle a toujours ramené des poussins égarés, malgré nos protestations incessantes que la maison était déjà pleine à craquer. (Il effleura le visage qu'elle levait vers lui d'un regard d'une intensité perçante.) Elle sera ravie de rencontrer une autre mère poule.

Sa mère… La femme qui pensait à coup sûr que personne n'était assez bien pour son bébé.

Et certainement pas une bizarroïde de Valhalla.

Et… de quoi paniquer.

Elle s'écarta pour indiquer d'une main tremblante la porte au coin de la rue qu'abritait un élégant auvent ivoire.

— Je crois que c'est ici.

Poussant un lourd soupir, il se baissa pour lui frôler la bouche d'un court baiser.

— Un jour, murmura-t-il contre ses lèvres.

Duncan brida son impatience. *Un pas après l'autre*, se dit-il en lui-même. *Si je précipite les choses, je pourrais la perdre.* Et il n'était pas prêt à courir ce risque.

Lorsqu'il la suivit dans la boutique tape-à-l'œil, il la vit avec surprise s'éloigner pour déambuler à travers les portants de vêtements qui coûtaient plus que ce qu'il gagnait en un an.

Peut-être qu'elle aimait faire les magasins plus qu'elle ne voulait l'admettre. Il haussa les épaules et se tourna vers la femme aux cheveux argentés vêtue d'une robe noire discrète qui traversait la moquette pelucheuse ivoire, son visage fin pincé comme si elle avait senti une mauvaise odeur.

Duncan dissimula un sourire ironique. Il n'était pas le genre de flic qui prenait son pied à casser les couilles aux criminels. Il faisait ce qu'il avait à faire, rien de plus.

Mais il ne put nier éprouver un plaisir anticipé très humain à faire chier cette femme à la mine revêche. Peu de trucs le mettaient autant en rogne que quelqu'un qui pensait que quelques billets à la banque le rendaient meilleur que les autres.

— Puis-je vous aider ? demanda-t-elle d'un ton qui indiquait qu'il devrait retourner au plus vite dans le caniveau d'où il était sorti.

Glissant la main dans sa poche de derrière, il brandit sa plaque avec un sourire féroce.

— Service de police de Kansas City. Je suis là pour vous poser quelques questions.

La femme laissa échapper un petit cri, et darda son dur regard bleu à travers la boutique vide comme si elle craignait qu'on les entende.

— Je ne peux pas imaginer quelles questions vous pourriez avoir à me poser.

Remplaçant sa plaque par son portable, Duncan fit défiler les photos jusqu'à tomber sur une de Leah qu'il avait trouvée sur le site Internet du *Rabbit Hutch*.

— Je voudrais que vous me disiez si vous avez vu cette femme dans votre magasin.

Elle jeta un coup d'œil à la photo et retroussa les lèvres avec mépris en découvrant le maquillage tapageur de Leah et sa tenue aguichante.

— Certainement pas.

Il sentit une colère froide le transpercer. *La salope.* Quels qu'aient été les choix professionnels de Leah, c'était une jeune femme qui aurait mérité un sort bien meilleur que celui qu'elle avait reçu.

— Combien d'employés avez-vous ? gronda-t-il.

— J'ai deux assistantes, mais je suis Victoria, la propriétaire de cette boutique, et quand celle-ci est ouverte, je suis là. (Elle pinça les lèvres jusqu'à les rendre presque invisibles.) Si cette femme avait été une cliente, je l'aurais reconnue.

— Vous connaissez chaque client ?

— Naturellement.

Duncan ricana, et passa le pouce sur l'écran de son téléphone pour faire apparaître la photo de Calso.

— Et cet homme ?

Surprise, elle arqua ses sourcils fins comme un trait de crayon.

— M. Calso ?

— C'est un client ?

— Malheureusement non.

— Mais vous le connaissez ?

— Nos chemins se sont croisés lors de différentes soirées caritatives, déclara-t-elle d'un ton hautain. C'est un éminent homme d'affaires qui s'est toujours montré très généreux avec ceux moins fortunés.

Traduction : cette femme se frottait au beau monde de Kansas City dans l'espoir d'attirer ses membres dans sa boutique.

— Ouais, je suppose, grommela-t-il.

Rien de tel que de balancer une poignée de dollars dans une œuvre de charité pour se faire bien voir d'une ville.

— Je ne comprends pas, s'enquit-elle d'un ton brusque. Pourquoi êtes-vous là ?

— Duncan. (La voix de Callie lui parvint depuis un coin de la boutique.) On dirait que c'est ça.

Il tourna la tête alors que la devineresse brandissait un corsaire moulant et un minuscule haut qui ressemblaient de façon remarquable à ce que Leah portait.

— Une fille intelligente, souffla-t-il tout bas.

Il reporta son attention sur la dame âgée dont il surveilla soigneusement l'expression. Il ne pensait pas qu'elle était impliquée, mais il traitait tout le monde comme des suspects tant qu'il n'avait pas la preuve de leur innocence. Il était flic, pas juge.

— Combien de ces tenues avez-vous vendues ? demanda-t-il.

Victoria agita la main avec impatience ; les diamants qui s'entassaient sur ses doigts noueux l'aveuglèrent presque quand ils captèrent la lumière du plafond.

— Je n'aborde pas le sujet de mes clients…

— Vous allez me parler de vos clients ou je vais me procurer un mandat et commencer à les convoquer au poste, l'avertit-il, la mine sévère. À vous de voir.

Elle blêmit, le dos si raide que ce fut un miracle qu'il ne se brise pas.

— Il m'est impossible de vous répondre, parvint-elle enfin à articuler, les dents serrées. Chaque pièce Your Sung est une création unique. Il n'en existe pas deux semblables.

Sans hésiter, il chercha un autre cliché sur son téléphone. Elle refusait de jouer le jeu, alors il allait sortir la grosse artillerie.

— Et ça ? insista-t-il en lui montrant la photo de Leah étendue sur la berge du Missouri.

Pour la première fois, le sang-froid glacial de la femme fut ébranlé, et elle porta la main à ses lèvres.

— Oh mon Dieu ! Elle est…

— Morte, confirma Duncan.

— J'ai besoin de…

Elle retint ses mots précipités et tourna les yeux avec une envie manifeste vers la caisse au fond de la boutique. Elle avait à coup sûr un stock de « pilules de la bonne humeur » sur ordonnance caché dans son sac à main.

— D'eau, termina-t-elle.

— Vous pourrez avaler votre Prozac quand vous m'aurez dit qui a acheté cette tenue-là, Victoria, annonça-t-il d'un ton catégorique qui indiquait qu'il n'en avait rien à foutre de ses nerfs fragiles.

Elle leva des doigts tremblants pour jouer avec les perles à son cou.

— Je l'ignore.

Trop c'était trop. C'était la goutte d'eau qui faisait déborder le vase.

— Ma petite dame, j'ai essayé d'être poli mais vous avez poussé à bout ma putain de patience, déclara-t-il d'une voix rageuse. Dites-moi ce que vous savez où je vous fais sortir d'ici les menottes aux poignets.

— S'il vous plaît. (Elle recula vivement.) Je ne peux vraiment pas.

— Vous devriez peut-être juste nous dire ce que vous savez, suggéra Callie d'une voix apaisante.

Elle fit les gros yeux à Duncan en se plaçant à ses côtés.

— Je… (La femme s'humecta les lèvres.) Elle a commencé à venir il y a six mois. Peut-être un peu plus.

Elle.

Duncan n'était pas entièrement surpris. Ça aurait été trop demander que d'espérer que le mystérieux nécromancien soit entré avec désinvolture dans la boutique et ait utilisé sa carte de crédit pour acheter des vêtements pour sa marionnette macabre.

Et Callie lui avait parlé de rumeurs selon lesquelles il aurait eu une sorcière pour complice.

Sans se soucier de la désapprobation de Callie, il lui laissa endosser le rôle du gentil flic. Il n'avait jamais été bon pour ça de toute façon. Le méchant flic ? Voilà qui était facile.

— Son nom ? aboya-t-il.

— Elle ne me l'a jamais donné.

— Il devait être sur sa carte de crédit.

Victoria secoua la tête au point que ses cheveux argentés gominés menacèrent de bouger.

— Elle a toujours payé en liquide.

En liquide ? Qui se trimballait avec la somme en liquide nécessaire pour s'offrir des vêtements haute couture ?

— Ça ne vous a pas semblé bizarre ?

— Ça s'est déjà vu. (Victoria haussa les épaules.) Il arrive qu'une femme doive garder sa liaison… discrète.

Ah !

Callie paraissait perplexe. Alors que Duncan comprit immédiatement.

Malheureusement, il avait des amis qui profitaient des avantages du mariage tout en courtisant d'autres femmes. La première règle de l'infidélité était de ne jamais, au grand jamais, laisser de traces écrites.

— La maîtresse d'un homme marié ? demanda-t-il.

Victoria continua à tirer sur ses perles ; la gêne était inscrite sur chaque angle de son corps mince.

— Je ne pose pas de questions dérangeantes.

Duncan la crut. Une femme qui vendait des vêtements hors de prix aux maîtresses des riches et puissants apprenait à fermer les yeux sur beaucoup de choses.

— Elle venait seule ?

— Toujours.

La femme s'interrompit et Duncan supposa qu'elle fronçait les sourcils. Du moins, ç'aurait été le cas si le Botox ne lui avait pas figé le front.

— Bien sûr, elle avait un chauffeur qui l'attendait dehors, ajouta-t-elle.

— Marque et modèle de la voiture ? s'enquit-il aussitôt.

— Elle était gris métallisé, je crois. (Elle haussa les épaules.) Je n'y ai vraiment pas prêté attention.

Duncan tourna le regard vers le plafond.

— Enregistrements des caméras de surveillance ?

— Ils ne sont pas conservés à moins d'avoir une raison de les garder. (Elle tua le dernier espoir de Duncan.) Comme je vous l'ai dit, cette boutique promet la discrétion.

Il ravala son opinion des gens qui avaient besoin de cacher leur linge sale. Il avait quelques secrets lui aussi.

— Et la femme ? demanda-t-il. Vous pouvez la décrire ?

Un autre geste de la main, un autre éclat aveuglant de diamants.

— Elle était de taille moyenne, faisait un 34, avec une carnation automne.

Duncan la regarda fixement.

— Automne ?

— Peau pâle. Yeux verts.

Duncan en prit note sur son téléphone.

— Ses cheveux ?

— Ils étaient toujours dissimulés sous un chapeau.

— Le contraire m'aurait étonné. (Il grimaça.) Non que ce soit important. Les femmes changent de couleur de cheveux plus souvent que la plupart des hommes ne changent de sous-vêtements.

La dame âgée parut choquée, tandis que Callie levait les yeux au ciel.

— Autre chose ? poursuivit-il.

— Non… (Victoria sembla frappée par une pensée soudaine.) Attendez.

— Quoi ?

— Elle avait un bracelet bizarre.

— Décrivez-le.

— Il avait un assortiment de petits disques de métal gravés d'étranges symboles. (Victoria esquissa une moue.) Pas du tout le genre de bijoux que porterait une vraie dame.

Duncan tourna la tête pour croiser le regard écarquillé de Callie.

— La sorcière, articula-t-il en silence.

— Anya, souffla-t-elle.

Il réprima son envie de tirer des conclusions hâtives. C'était dangereux, comme les calmars datant de plus d'un jour.

— Peut-être.

Il prit une petite carte de visite dans sa poche de derrière.

— Il y a les numéros du poste ainsi que de mon portable. Appelez-moi si elle revient.

De loin, la ziggourat n'était qu'une ruine qui avait été laissée en proie au désert. Construite en brique séchée au soleil, elle avait autrefois fait partie d'un temple sumérien. À présent, il ne restait plus qu'une coquille friable constituée de quatre gradins en voie d'ensevelissement et de deux escaliers de pierre raides. Même le magnifique sanctuaire qui avait un jour couronné l'édifice avait été balayé par les implacables tempêtes de sable.

C'était un lieu de rêves brisés.

Pas même un fantôme n'était resté pour témoigner de ceux depuis longtemps disparus.

Dans ce paysage mouvant, à moins d'un kilomètre du temple, Zak s'efforça de recouvrer l'équilibre. Le voyage jusqu'au Moyen-Orient avec la sorcière était loin d'avoir été aussi plaisant qu'un trajet en compagnie d'une Sentinelle.

En vérité, il avait plus eu l'impression d'avoir été secoué dans tous les sens par un tourbillon déchaîné que d'être passé en douceur d'un endroit à un autre.

Ce qui expliquait qu'il acceptait aussi rarement d'entrer dans un sort de sorcière. C'était presque toujours plus d'ennuis que ça n'en valait.

Enfin certain de pouvoir tenir debout, Zak défroissa sa robe des mains et s'assura discrètement que le jeton ainsi qu'un petit pistolet étaient toujours dans sa poche.

Dans l'autre, il avait une minuscule amulette qui renfermait un sort mortel.

S'il s'agissait là d'un piège, il ne se rendrait pas facilement.

Jetant un regard à la sorcière près de lui, il lui indiqua la ruine d'un geste de la main.

— Débarrasse le temple de l'illusion, Anya.

Cette dernière était à genoux, son visage pâle tendu d'épuisement à la lueur de la lune. Contrairement aux Sentinelles qui utilisaient les chemins établis que les moines maintenaient ouverts, Anya était obligée de se servir de sa propre magie pour se déplacer. Ce qui la laissait à la limite de l'évanouissement.

— Je dois me rapprocher, haleta-t-elle.

Zak poussa un grognement impatient. Il n'éprouvait aucune compassion pour la sorcière. Pas quand une épaisse couche de magie dissimulait le vrai temple, ainsi que quiconque susceptible de s'y trouver.

— Je ne ferai pas un pas de plus tant que l'illusion ne sera pas partie, l'avertit-il, une brise glacée lui tirant ses cheveux argentés et remuant le sable sous ses pieds.

Anya jura mais, levant une main tremblante, elle prononça les mots qui effaceraient temporairement l'illusion.

— Voilà, dit-elle d'une voix rauque.

Ils virent un miroitement ondoyant, comme un mirage éphémère, puis le temple fut révélé dans toute sa splendeur.

Les gradins n'étaient plus des coquilles qui s'éboulaient, mais des murs entiers de briques vernissées de bleu qui avaient autrefois fait la fierté de la cité. Les fenêtres étaient délicatement treillissées de bronze et au sommet se trouvait un sanctuaire ovale réservé aux prêtres qui offraient des sacrifices aux dieux.

— Reste là, ordonna-t-il, fouillant l'obscurité des yeux alors qu'il commençait à marcher vers l'escalier le plus proche.

— Tu m'abandonnes comme ça ? s'offusqua Anya.

— C'est ce qui semblerait.

Sans tenir compte de ses protestations, Zak continua à avancer ; les ténèbres qui vivaient en lui palpitèrent sous l'effet d'un sentiment de reconnaissance enivrant.

Il était déjà venu là une fois. Peu de temps après qu'Anya était apparue à Saint-Pétersbourg et l'avait convaincu qu'elle avait vu son avenir gravé sur un mur au milieu d'un désert.

Naturellement, il avait demandé à s'en assurer par lui-même.

Un sourire sans joie aux lèvres, il grimpa l'escalier et franchit la porte étroite qui menait dans la première salle du temple. Il se dirigea tout droit vers le mur baigné par le clair de lune et traça des doigts les hiéroglyphes qui parlaient d'un homme aux yeux de diamant qui chuchotait à l'oreille des morts. À côté, sur un piédestal, se dressait même une figurine sculptée qui lui ressemblait de façon troublante.

Il s'approcha du mur suivant et passa de nouveau les doigts sur les caractères hiéroglyphiques. Ceux-ci se concentraient sur le même homme aux yeux de diamant ; cette fois, il tenait un jeton dans sa main. Le même jeton qui se trouvait à présent dans sa poche.

Les étranges symboles se succédaient sur la pierre lisse, décrivant l'homme qui plaçait le jeton dans une brèche peu profonde qui avait été percée à la base du mur. À partir de là, la signification devenait plus obscure.

Après avoir consacré des heures à étudier ces glyphes, il en avait conclu que le jeton ouvrait une porte. Peut-être physique, peut-être métaphysique. Ça n'avait pas d'importance. Contrairement à l'image suivante qui révélait l'homme qui soulevait un calice au-dessus de sa tête avec une armée de morts marchant derrière lui.

Son armée.

Pour régner sur le monde.

Il posa un instant le regard sur les marques gravées sur les bras de l'homme. De longues entailles avec ce qui semblait être du sang qui dégouttait des coudes pour former une flaque à ses pieds.

Il comprenait que du sang était exigé.

Le pouvoir avait toujours un coût.

Mais ça ne signifiait pas qu'il avait l'intention de mourir pour quelques brefs moments de gloire.

Parvenu au bout des hiéroglyphes, Zak s'agenouilla et sortit le jeton de sa poche.

Un étrange silence emplit l'air et il sentit un frisson électrique lui courir sur la peau.

C'était comme si le monde retenait son souffle, attendant qu'il accomplisse son destin.

À peine conscient de bouger, Zak se pencha en avant pour placer la pièce dans l'indentation peu profonde.

Il ignorait à quoi s'attendre.

À une explosion de lumière divine ?

À un chœur d'anges ?

À un éclair qui le réduirait en cendres ?

Mais le sol trembla sous ses genoux et une roche se décrocha du plafond pour le frapper sur le sommet de la tête.

La douleur irradia dans son crâne et du sang lui coula dans le cou tandis qu'il basculait la tête la première sur le sol de pierre.

Tant pis pour son moment de gloire.

Chapitre 19

Installée sur le siège passager de la voiture de Duncan, Callie examina ce qu'ils avaient découvert.

Ce n'était pas grand-chose. Ils n'avaient pas d'adresse. Pas de numéro de téléphone. Pas même de nom.

Mais elle était convaincue que c'était Anya qui avait acheté les vêtements que portait Leah. Ce qui signifiait que la sorcière était toujours avec le seigneur Zakhar. Et qu'ils se trouvaient dans la région de Kansas City.

C'était un début.

— Tu as faim ?

La question de Duncan l'arracha à ses pensées et elle tourna la tête pour observer son profil finement ciselé.

Sans raison précise, elle fut frappée par un éclair de désir intense.

Dieu tout-puissant.

Elle lutta pour respirer en prenant conscience de la beauté absolue de son visage. Combien de fois au cours des dernières années avait-elle regardé à la dérobée le flic aux cheveux dorés et à l'expression sévère ? Combien de nuits ses rêves avaient-ils été hantés par son tee-shirt serré et son jean délavé qu'elle lui arrachait ?

Et à présent qu'elle savait exactement ce que ça faisait de passer la nuit dans ses bras, tandis qu'il lui couvrait la gorge de baisers ravageurs en glissant profondément en elle…

Il y avait de quoi pousser même une gentille fille à songer à menotter un homme à son lit pour assouvir tous ses fantasmes.

Manifestement intrigué par son silence soudain, Duncan la scruta.

— Callie ?

Elle sentit ses joues la brûler alors qu'elle s'éclaircissait la voix.

— En fait, je suis affamée.

— Tant mieux.

Reportant son attention sur les rues de plus en plus étroites, il se fraya un passage à travers la circulation avec une aisance qui indiquait qu'il était né dans cette ville.

— Je connais un petit resto qui fait de la viande au barbecue à tomber, ajouta-t-il.

Elle baissa les yeux sur son large torse admirablement souligné dans les moindres détails par son tee-shirt. La température avait-elle augmenté ? Soudain, elle avait bien trop chaud dans la voiture.

— Ils font les livraisons ?

— Bien sûr. (Il haussa les épaules.) C'est une journée magnifique. On peut aller au parc ou…

— À ton appartement ?

Les jointures de ses doigts devinrent blanches tandis qu'il serrait le volant.

— C'est une possibilité.

À son ton qu'il prit soin de garder neutre, Callie arqua les sourcils.

— Mais ?

— Mais je croyais que j'étais censé bien me tenir.

Soulagée, elle éclata de rire. L'espace d'une seconde, elle s'était demandé si elle ne l'intéressait plus.

— Tu ne peux pas bien te tenir chez toi ? le taquina-t-elle.

Lorsqu'il tourna ses yeux noisette vers elle, elle vit les mouchetures d'or fondre sous l'effet d'un désir brûlant.

— Non.

Elle eut la bouche sèche.

— Au moins tu es honnête.

— Pas toujours, même si ma mère a fait tout ce qu'elle a pu.

Son sourire de travers était crispé. Callie sentit son tee-shirt adhérer à sa peau humide.

— Elle était persuadée que me laver la bouche au savon me guérirait de ma tendance à déformer la vérité, poursuivit-il.

— Elle a toute ma compassion.

Callie tenta d'adopter un ton également détendu alors même qu'ils frissonnaient tous deux sous la tension sexuelle qui vibrait dans l'air.

— Je suppose que tu étais un petit morveux précoce en pleine croissance, dit-elle.

— Tu ne l'as pas été, toi ?

— Pas vraiment. En général, j'étais la gamine timide assise dans un coin.

— Serra ne t'a jamais poussée à transgresser les règles ?

Elle grimaça. Serra avait été une enfant pleine de vivacité et une chef-née qui avait pris énormément de plaisir à provoquer le chaos. Bien sûr, contrairement à Callie, elle avait eu des parents biologiques aimants qui venaient souvent la chercher à Valhalla quand ses professeurs et sa famille d'accueil avaient besoin de souffler.

Elle n'avait jamais eu à craindre de perdre sa seule maison.

— Peut-être une fois ou deux, reconnut-elle.

Soudain, Duncan se gara dans un parking vide et se tourna pour l'observer d'un air grave.

— Écoute, ma puce, on peut aller où tu le souhaites et je promets d'essayer de ne pas te sauter dessus. (Des doigts, il lui effleura la joue avec douceur.) Mais je te désire de la pire des façons et je crois qu'il serait préférable de rester dans un lieu public.

Elle se figea à son ton farouche et en voyant les muscles de ses mâchoires trembler tant il les serrait avec force.

— Tu veux dire…

Il fit glisser son doigt pour lui caresser la lèvre inférieure.

— Quoi ?

— Que tu es fou de moi ?

Leurs regards se heurtèrent à son choix de mots délibéré. Une femme plus expérimentée aurait certainement gardé pour elle une telle question.

La plupart des hommes n'aimaient pas avouer leur vulnérabilité. Pas même à leur maîtresse.

Et elle avait carrément demandé à savoir s'il la désirait plus qu'il avait jamais désiré sa propre épouse.

Ouais, un peu trop direct. *Arrrgh !*

Mais alors même qu'elle cherchait désespérément un moyen de dédramatiser cette question, il se pencha soudain pour s'emparer de ses lèvres en un baiser empreint d'une possessivité purement masculine.

— Bon Dieu, oui, reconnut-il sans hésiter.

Oh ! Elle sentit son cœur fondre.

Elle enroula les doigts dans ses cheveux courts, déterminée à ne pas prêter attention à la chaleur qui se répandit en elle comme du miel.

Elle n'était pas prête à gâcher cet instant avec des émotions idiotes.

— Je veux être seule avec toi, murmura-t-elle contre ses lèvres.

— Tu es sûre ?

— Absolument, complètement.

Il s'écarta pour l'observer durant une longue minute. Puis, manifestement convaincu qu'elle était aussi décidée que lui, il lui décocha un sourire teinté d'un plaisir coupable.

— Accroche-toi, ma jolie.

Il se tourna face au pare-brise, démarra et, du bout d'un doigt, fit hurler la sirène.

Callie ouvrit la bouche, mais avant qu'elle ait pu parler il était sorti du parking et traversait la ville à une vitesse qui l'obligea à s'agripper au tableau de bord.

Elle aperçut brièvement des usines de brique rouge qui laissèrent place à des entrepôts. Puis des petits magasins familiaux situés entre des maisons miteuses et des immeubles d'habitation ramassés.

Ils s'arrêtèrent dans un crissement de pneus sur un étroit parking. Duncan coupa le moteur et la sirène d'un tour de clé, les plongeant dans un silence étrangement épais.

Callie déglutit.

— Tu as le droit de faire ça ?

À sa grande surprise, elle vit une rougeur lui colorer ses hautes pommettes. Était-il gêné ?

— J'aimerais autant que tu n'en parles pas à Molinari.

Elle dissimula son expression amusée. On aurait dit un gamin pris la main dans la boîte à gâteaux.

Enfin, peut-être pas un gamin, reconnut-elle alors qu'une pointe brûlante d'excitation se nichait dans son ventre.

Une bête sexy pas tout à fait domptée, oui.

Détachant sa ceinture de sécurité dans un petit bruit sec, Callie franchit la courte distance qui les séparait pour placer un baiser sur le creux juste en dessous de son oreille.

Elle avait déjà appris que c'était une zone particulièrement sensible.

— Mes lèvres sont scellées, promit-elle doucement.

— Merde, grogna-t-il, se débattant avec sa propre ceinture de sécurité. Tu me tues.

S'attardant à peine le temps de humer le parfum enivrant de sa peau chaude et masculine, Callie s'empressa de descendre de voiture.

Elle jeta un regard à la construction de brique décolorée qui était assortie aux bâtiments attenants pour former un mur terne à l'architecture déprimante, avant que Duncan la soulève du sol pour disparaître par la porte la plus proche.

Il fut obligé de la reposer pour ouvrir son appartement, mais il garda un bras passé autour d'elle, comme s'il craignait qu'elle se sauve.

L'idiot! Aucune chance en enfer qu'il se débarrasse d'elle.

Il la poussa à l'intérieur et verrouilla la porte. Puis, la tenant toujours avec fermeté, il la conduisit dans la « cuisine-salle à manger » et s'arrêta pour lancer ses clés sur la table en Formica carrée.

— Tu veux que je commande à déjeuner maintenant ou…

— Plus tard, l'interrompit-elle.

— Plus tard, ça me va, reconnut-il avec un grognement de soulagement, avant de l'embrasser avec un appétit empreint de frustration qui n'avait rien à voir avec un barbecue. Beaucoup plus tard serait génial.

Il jeta un regard à la table ; à l'évidence, il hésitait entre le plaisir d'une satisfaction immédiate et le confort d'un lit et d'un matelas moelleux.

Elle ignorait ce qui avait fait pencher la balance mais, à un instant elle regardait sur le buffet les photos de différents hommes et femmes qui ressemblaient assez à Duncan pour être de sa famille, et le suivant on la tirait brusquement à travers un salon bien rangé avec des meubles vieux mais étonnamment accueillants et d'autres photos sur le mur.

Quelques pas après, elle se retrouva dans une chambre décorée dans des tons de brun clair et de chocolat. Elle arqua les sourcils en observant l'édredon soigneusement étendu sur le lit deux places et l'absence de vêtements sur la moquette.

— Je suis étonnée, murmura-t-elle.

Avec précaution, il enleva l'étui contenant son pistolet tout en traçant un chemin de baisers sur son cou, le contact de sa barbe naissante sur sa peau sensible la faisant frissonner de plaisir.

— Je t'avais prévenue que c'était un taudis, souffla-t-il.

— Non, je veux dire…

Elle perdit le fil de ses pensées quand il glissa les mains sous son haut et déplaça les doigts, telle la caresse des ailes d'un papillon, sur ses côtes avant de les poser juste en dessous du renflement de ses seins.

— Tu veux dire ? insista-t-il d'un ton amusé.

Pas près de lui laisser tout contrôler, elle saisit l'ourlet de son tee-shirt et le lui passa par-dessus la tête d'un geste brusque, dévoilant une étendue délectable de peau hâlée et de muscles ciselés.

Oh… hmm.

C'était comme une fête pour ses sens.

— C'est plus propre que je ne pensais, expliqua-t-elle, levant les mains pour explorer le triangle de poils dorés sur le haut de son torse.

Il poussa un grognement guttural et lui prit la poitrine entre ses mains tandis que son souffle chaud lui brûlait l'oreille.

— Mes sœurs adorent faire des inspections surprises, dit-il d'une voix rauque. Si l'endroit ne correspond pas à leurs standards, alors je suis coincé avec elles jusqu'à ce qu'elles aient tout nettoyé à leur goût.

Les mots de Duncan lui parvinrent à travers un brouillard sensuel. Elle était déjà terrifiée à l'idée de rencontrer sa famille… la dernière chose dont elle avait besoin, c'était de redouter que cette entrevue ait lieu alors qu'elle était nue dans son lit.

— Elles ne vont pas passer aujourd'hui, si ?

Du pouce, il trouva les tétons tendus de ses seins et lui envoya des pointes d'excitation torride à travers le corps.

— À moins de vouloir se faire descendre d'une balle, grommela-t-il.

Elle s'écarta pour lui jeter un regard préoccupé.

— Duncan.

— Elles savent que si je suis chez moi la journée, j'ai bossé toute la nuit et je suis au lit. (Il se pencha pour l'embrasser avec une minutie lente et approfondie.) On ne sera pas dérangés.

Fondant sous la chaleur de son baiser, Callie oublia les sœurs de Duncan, le nécromancien et toutes les raisons pour lesquelles c'était une très mauvaise idée.

Elle pourrait bien n'avoir droit qu'à des instants volés avec cet homme.

Et elle avait l'intention de savourer chacun d'entre eux.

Percevant peut-être l'urgence qui l'habitait, Duncan fit passer son tee-shirt par-dessus sa tête et le lança de côté. Son soutien-gorge suivit.

Elle ôta ses chaussures, appréciant la possessivité typiquement masculine de ses gestes tandis qu'il lui déboutonnait le jean et le lui baissait.

— Tu es très doué, souffla-t-elle.

Il se laissa tomber à genoux ; des lèvres, il effleura les muscles tendus de son ventre.

— Cette alchimie n'a rien à voir avec un don quelconque. (Il fit remonter les doigts sur l'arrière de ses cuisses, et sa peau se couvrit de chair de poule.) Mais avec le destin.

Son cœur qui battait la chamade s'arrêta complètement.

Le destin.

Un truc si dangereux.

— Comment ça ?

Duncan lui enleva sa culotte et elle s'aperçut que ses yeux étaient voilés par la sensualité quand il les leva pour croiser son regard scrutateur.

— C'est plus que du simple désir sexuel, murmura-t-il. C'est une obsession qui échappe largement à toute explication. Qu'est-ce que ça pourrait être si ce n'est le destin ?

Elle n'en avait pas la moindre foutue idée. C'était un autre de ces trucs à mettre sur sa liste des « soucis pour plus tard ». Pour l'instant, tout son corps vibrait d'une excitation électrique.

— Qui suis-je pour lutter contre le destin ? soupira-t-elle, plongeant les doigts dans ses cheveux en un encouragement silencieux.

Elle vit une émotion passer sur ses traits à la beauté sauvage avant qu'il s'avance pour lui embrasser à pleine bouche l'intérieur de la cuisse.

Frissonnante, Callie ferma irrésistiblement les yeux tandis qu'il faisait remonter ses mains sur la courbe dénudée de ses fesses avant de l'empoigner par les hanches pour la maintenir en place.

Non qu'elle aille où que ce soit.

Bon Dieu, non

Elle poussa un petit cri quand il leva la tête vers la chaleur humide entre ses jambes. De la langue, il lui écarta les lèvres et titilla son clitoris avec une tendresse pressante qui ne tarda pas à lui faire vibrer tout le corps d'un désir douloureux.

Dieu tout-puissant. C'était juste aussi merveilleux que dans son souvenir. Tout aussi époustouflant.

Duncan avait appelé ça une obsession. Et c'était peut-être bien ce que c'était. Une obsession brûlante, impitoyable, qui n'aurait aucun mal à la submerger.

Elle prit une inspiration étranglée, les genoux tremblants tandis qu'il léchait son point le plus sensible avec une insistance grandissante. *Oh, oui.* Elle serra les doigts dans ses cheveux et son souffle rauque retentit bruyamment dans la pièce silencieuse. C'était l'endroit précis, parfait.

Mais Duncan était d'humeur joueuse.

À moins qu'il prenne juste plaisir à la torturer.

Maintes fois il l'amena au bord de la jouissance, avant de s'écarter à la dernière seconde.

Elle ouvrit péniblement les yeux quand il déposa d'innombrables baisers enflammés sur la courbe de sa hanche.

— J'avais l'intention de faire ça tout l'après-midi, chuchota-t-il contre sa peau. Mais j'ai besoin d'être en toi. Tout au fond de toi.

Flottant à la limite de l'orgasme, elle lui agrippa les épaules pour le relever.

— Alors vas-y, ordonna-t-elle d'une voix rauque.

Dans un petit rire, il se redressa et baissa la tête pour passer la langue sur la longueur de son cou. Il embrassa son pouls qui battait à tout rompre avant de descendre encore plus bas pour refermer les lèvres sur la pointe de son téton frémissant.

Callie gémit à ces sensations vertigineuses. Devrait-elle s'inquiéter que cet homme soit capable de la faire fondre d'un désir vulnérable ?

Et d'autant plus alors qu'ils pourraient être bientôt séparés ?

Elle oublia ce bref instant d'incertitude quand il se servit des dents pour titiller son téton avec une tendresse pressante qui la poussa à contracter les muscles, les jambes tremblantes. Il laissa échapper un grondement guttural en faisant glisser les mains sur sa peau enflammée pour lui empoigner les hanches. Puis, soudain, il la fit pivoter et la guida vers le mur.

Prise au dépourvu, elle le regarda par-dessus son épaule.

— Duncan ?

Son visage fin était tendu et couvert de sueur, comme s'il luttait contre une force formidable.

— Fais-moi confiance, souffla-t-il, arrachant son jean et son boxer.

Puis il se colla contre son dos et enfouit le visage dans la courbe de son cou.

— Je te promets que tu vas aimer, ajouta-t-il.

— Mais…

Ses mots moururent brusquement sur ses lèvres quand il descendit les doigts sur la douce rondeur de son ventre jusque dans la moiteur entre ses cuisses.

— J'ai passé cent nuits à me tourner et me retourner dans ce lit, à imaginer ce que je te ferais si je parvenais jamais à t'attirer ici.

Il lui mordit l'épaule à lui faire mal tandis qu'il glissait un doigt en elle et entreprenait de la caresser avec une lenteur insistante.

— Ça, c'est la première chose.

Elle laissa retomber sa tête sur son épaule. Une pression délicieuse commençait à monter en elle. Plus tard, elle lui avouerait quelques-uns de ses propres fantasmes.

Mais ce serait plus tard, reconnut-elle en sentant son membre dur appuyer entre ses cuisses. Avec douceur, il enleva son doigt puis, d'un lent coup de reins il s'enfonça profondément en elle.

Dès son retour à Valhalla, Fane entra dans son appartement pour se doucher en vitesse et se changer. Non que qui que ce soit puisse voir une différence. Sa garde-robe se composait de treillis, de tee-shirts et de grosses bottes.

Les Sentinelles chasseuses aimaient se pavaner dans des vêtements hors de prix et conduire des voitures qui incitaient les vrais hommes à se demander s'ils compensaient pour un truc. Mais les gardiens… ils savaient ce qui était important.

Et ça ne s'achetait pas dans un magasin.

Après être passé en coup de vent par la morgue, il finit par se rendre dans le bureau de la Mave pour lui communiquer les conclusions de l'examen du corps de Leah par les toubibs. Puis, sortant dans le couloir, il hésitait entre manger un bout à la cafétéria et regagner son appartement quand il sentit un picotement de pouvoir lui courir sur la peau.

Lorsqu'il se retourna avec lenteur, il savait déjà que c'était son Tagos qui approchait. Wolfe dégageait une énergie électrique qui faisait l'effet d'un coup de poing dans le ventre.

L'homme grand au profil aquilin était vêtu de noir de la tête aux pieds. Il avait laissé ses cheveux bruns flotter librement sur ses épaules, la mèche blanche près de son visage dur chatoyant dans les rayons du soleil qui se déversaient à travers la lucarne du plafond.

Wolfe s'arrêta à quelques mètres. Chacun à leur façon, ils étaient des prédateurs. L'espace constituait une nécessité.

— Les toubibs ont trouvé quelque chose ? demanda le Tagos.

Il hocha la tête.

— Le corps se décompose à un rythme normal.

— Autrement dit ?

— La magie qui l'a animé n'a fait que lui donner l'apparence de la vie.

Wolfe grimaça.

— Un vrai cadavre ambulant.

— Oui.

— Seigneur.

Ils échangèrent un regard dur qui traduisait leur détermination commune à mettre un terme aux agissements épouvantables du nécromancien. C'était ce que faisaient les Sentinelles. Résoudre les problèmes.

— Vous êtes en route pour où maintenant ?

— La Floride.

— Il y a quoi en Floride ?

— Un moine qui j'espère pourra me fournir des informations sur les anciens Sumériens.

Wolfe ne chercha pas à en savoir plus. Les liens entre les moines et les gardiens étaient basés sur une confiance sacrée qui n'était jamais évoquée en dehors des monastères.

— J'ai entendu dire que vous étiez rentré sans Callie.

Fane serra les poings. La laisser derrière lui était allé à l'encontre de tous ses instincts protecteurs. Mais il n'était pas idiot. Callie était une adulte qui n'en ferait qu'à sa tête.

Tenter de l'arrêter n'aurait fait que la pousser à camper sur ses positions.

Les femmes.

— Elle a insisté pour rester avec le flic, reconnut-il d'un ton acerbe.

— Insisté ? (Wolfe arqua un sourcil.) Ça ne ressemble pas à Callie.

— Elle s'est amourachée de ce salopard.

Wolfe l'observa d'un regard calme empreint d'une curiosité dénuée de jugement.

— Ça vous dérange ?

— Seulement parce que je ne peux pas être sûr que ses émotions ne lui embrouillent pas l'esprit, répondit-il. En ce moment, je crois qu'elle braverait n'importe quel danger pour être avec lui.

Callie occuperait toujours une place dans son cœur. Elle était sous sa protection. Mais ce n'était pas la femme qui attisait ses passions jusqu'à déchaîner en lui un incendie.

— Je comprends votre douleur, mon camarade. Les femmes se montrent déraisonnables dans le meilleur des cas.

Il tourna une seconde son regard sombre vers la porte fermée du bureau de la Mave. Un acte instinctif dont le Tagos n'avait certainement même pas conscience.

Fane haussa les épaules.

— Je n'ai plus qu'à faire confiance à O'Conner pour prendre soin d'elle.

— Il en est capable ?

— Pas aussi bien que moi, mais il possède plus d'aptitudes qu'il ne le croit.

Aussitôt, Wolfe fut intrigué.

— Une Sentinelle potentielle ?

Fane esquissa un sourire sans joie. Il avait identifié les facultés cachées de Duncan O'Conner à l'instant où leurs chemins s'étaient croisés. Non seulement son don pour lire les âmes, mais sa force supérieure. C'était la seule raison pour laquelle il avait permis à Callie de rester avec lui.

Sinon il l'aurait enfermée dans les cachots pour l'empêcher de filer à la minute où il aurait eu le dos tourné.

— Si je ne le tue pas avant, grommela-t-il.

Wolfe sourit avec compréhension, puis les deux hommes se figèrent quand une odeur de cuir hors de prix et de femme dangereuse flotta dans l'air. Quelques secondes plus tard, Serra surgit d'un angle du couloir, son extraordinaire beauté une arme périlleuse.

— Ah !

Wolfe s'éclaircit la voix, prenant soin de détourner les yeux du corps voluptueux de la jeune médium, mis en valeur par un pantalon en cuir moulant et un bustier de dentelle.

— On dirait une femme en mission, ajouta-t-il. Je crois que je vais vous laisser seuls tous les deux.

— Traître, marmonna Fane.

Il composa son expression pour dissimuler un sentiment familier de frustration et un désir douloureux, à l'état brut.

Cette femme constituait sa plus grande tentation.

Et la promesse de sa perte.

CHAPITRE 20

Duncan finit par commander la viande au barbecue. Il laissa même Callie se rhabiller pour qu'ils puissent dîner comme un couple civilisé dans la salle à manger, avec de vraies fourchettes et de vraies assiettes.

Comme quoi… il n'était pas un barbare absolu.

Et à sa grande surprise, il goûtait un plaisir incroyable à être assis à table à discuter de musique, de films et de la supériorité de la glace au chocolat sur celle à la vanille pendant qu'il lui servait la meilleure poitrine de bœuf au monde.

Il ne s'agissait pas de passion, de désir sexuel ni de feu d'artifice.

Mais c'était sympa, tranquille et tellement, putain, tellement… bien… qu'une partie de lui savait qu'il devrait être terrifié.

Prenant le dernier morceau de pain de maïs, il avait entrepris de le beurrer quand la sonnerie de son téléphone brisa cette atmosphère paisible.

Automatiquement, il tendit la main pour répondre, mais il aperçut le bleu de saphir à facettes des yeux de Callie et il se remit délibérément à tartiner son pain.

La sonnerie cessa. L'espace de deux secondes.

— N'y prête pas attention, grommela-t-il comme ça recommençait.

Et recommençait encore.

Callie lui vola le pain des mains, un grand sourire railleur aux lèvres.

— Si tu y arrives.

La libido de Duncan se réveilla alors qu'elle mordait dedans, le beurre brillant sur sa lèvre inférieure. Il devrait éteindre son portable et la traîner de nouveau au lit.

Ou même balayer les assiettes d'un revers de main et assouvir son fantasme de manger le dessert sur cette peau pâle et satinée.

Cette vision délectable commença à se former dans son esprit.

Le corps nu de Callie étendu en travers de la table. Ses cheveux cramoisis chatoyant au soleil de la fin d'après-midi. Les jambes enroulées autour de sa taille pendant qu'il…

Son téléphone le dérangea encore.

— Zut ! Je suis désolé.

Poussant un bruyant soupir de résignation, il ramassa le téléphone. Il était un imbécile de premier ordre. Pas étonnant que Susan l'ait plaqué.

Avant qu'il ait pu répondre, Callie lui effleura la main.

— Duncan.

Il grimaça, se préparant au sermon familier.

— Oui ?

— Ne t'excuse jamais d'être bon dans ton job.

D'accord. C'était le dernier truc auquel il s'attendait.

Il observa son visage pâle, où il lut une approbation sereine qu'il était absolument sûr de ne pas mériter.

— Je crois que je m'excuse de laisser mon job me bouffer, grommela-t-il. Ou du moins, c'est ce qu'on m'a dit.

— Qui ?

Il haussa les épaules.

— Mon ex-femme, ma mère, mes sœurs, la vieille dame de l'appart d'à côté…

Elle leva la main.

— Ouais, j'ai pigé. Elles se font du souci pour toi. Mais ça ne signifie pas que ta passion pour ton métier est une mauvaise chose.

Lui prenant les doigts, il scruta les superbes profondeurs de ses yeux à la recherche de la vérité.

Se pouvait-il qu'elle le comprenne vraiment ?

— Je ne veux pas que tu aies le sentiment de passer en second.

— Aucun risque. (Elle se pencha par-dessus la table pour lui effleurer la bouche d'un léger baiser.) Bien sûr, il y a une différence entre être accaparé par sa carrière et s'en servir comme d'une barrière pour garder les gens à distance.

Elle le comprenait vraiment.

Bien trop bien.

— Comment l'as-tu su ? demanda-t-il.

Avec réticence, il se rappela les rendez-vous qu'il avait annulés parce que c'était plus facile de rester au poste que de passer quelques heures insipides à s'efforcer d'avoir l'air intéressé. Ou les repas dominicaux en famille qu'il avait évités parce qu'il n'avait pas envie d'être la cible des tentatives de ses sœurs de le caser avec le cortège interminable de leurs amies.

— Parce que j'ai utilisé ma peur du rejet pour faire la même chose.

Il esquissa un sourire empreint d'un amusement contrit.

— Alors, tu veux dire qu'on est un couple béni des dieux ?

— Ou qu'on est tous deux tellement détraqués que personne ne peut nous supporter.

Il rit tout bas et porta ses doigts à ses lèvres.

— Ça me va.

Juste à ce moment-là, le téléphone recommença sa sonnerie incessante. Avec un sourire, Callie lui serra le bras.

— Réponds, ordonna-t-elle avec douceur. Ça pourrait être important.

Il colla l'appareil à son oreille, conscient qu'elle avait raison. Il ne s'agissait pas de se plonger dans le travail pour oublier le vide de sa vie. Il avait un nécromancien cinglé à arrêter.

— O'Conner, gronda-t-il, fronçant les sourcils en écoutant la voix claire de sa chef. Où ? (Il marqua une courte pause.) J'y serai dans une demi-heure.

Il termina la conversation et croisa le regard intrigué de Callie.

— C'était qui ? demanda-t-elle.

— La chef. (D'un air distrait, il rassembla les assiettes sales et les porta dans la cuisine.) Elle a dit qu'un homme s'était pointé au poste en affirmant être le propriétaire légitime du jeton de Calso.

Il ne s'aperçut que Callie l'avait suivi que lorsqu'elle parla juste dans son dos.

— Où es-tu censé le rencontrer ?

Lorsqu'il se retourna, il fronça les sourcils en voyant son visage plein d'attente.

— Callie, c'est trop dangereux…

Elle lui pinça les lèvres ensemble, l'empêchant efficacement de protester.

— Ne t'aventure pas de ce côté, l'avertit-elle. On se serre les coudes dans cette histoire.

Il lui mordilla le bout des doigts avant de les éloigner de sa bouche.

— Têtue.

La jeune femme exaspérante sourit, consciente d'avoir gagné.

— Déterminée.

— C'est pareil, marmonna-t-il. Allons-y.

Il la précéda hors de son appartement et jusqu'à sa voiture, se promettant en lui-même de se mettre en quête d'un nouveau logement dès son prochain jour de congé.

Il nourrissait de grands espoirs de parvenir à convaincre Callie de passer plus qu'un après-midi avec lui. Elle méritait mieux que cette résidence délabrée dont le seul attrait était sa proximité avec le poste.

Peut-être même qu'il regarderait les maisons, décida-t-il en sortant du parking.

Avec un jardin, un chien et une balançoire…

Il arrivait juste à la barrière de piquets blancs quand Callie l'arracha heureusement au cours ridicule de ses pensées.

— Tu ne m'as pas dit où on allait.

Il s'éclaircit la voix, sentant une chaleur lui remonter le long de la nuque. *Seigneur.*

— Au poste de police.

Elle fronça les sourcils.

— Pourquoi as-tu parlé de danger ?

— N'importe quel endroit peut se révéler dangereux.

Elle ricana.

— Tu essayais juste de m'empêcher de t'accompagner.

C'était vrai, mais pas pour la raison qu'elle avait en tête. À la pensée de l'accueil qu'elle risquait de recevoir, il grinça des dents.

Le moment était venu de changer de sujet.

— Hé, la seule fois où je me suis fait tirer dessus, j'étais dans une église.

Il adopta un ton railleur, mais elle écarquilla les yeux, sincèrement horrifiée.

— Tu t'es fait tirer dessus ?

— Une simple éraflure infligée par un adolescent qui tentait de voler les chandeliers en argent de l'autel.

Il s'empressa de minimiser l'incident : sa petite maman et ses sœurs étaient toujours convaincues qu'il passait ses journées à esquiver des balles.

— Si je ne l'avais pas surpris, il n'aurait jamais tiré, précisa-t-il.

Elle fronça les sourcils.

— Ou il aurait peut-être mieux visé.

— Je suis toujours prudent.

— Non, c'est faux, marmonna-t-elle, fouillant dans son sac pour en sortir ses lunettes de soleil réfléchissantes. Mais je suppose que ça fait partie de qui tu es.

S'arrêtant à un feu rouge, il la regarda mettre les lunettes. À cette vision, il fut envahi d'un mélange d'émotions.

La rage qu'elle doive cacher qui elle était, associée à un besoin vif et douloureux de la ramener à son appartement pour la protéger du monde.

— Je pourrais téléphoner à Molinari pour lui dire de reporter l'entretien à demain, proposa-t-il d'un ton bourru.

Elle inclina la tête sur le côté ; ses lunettes empêchèrent Duncan de lire son expression.

— Tentant, mais Fane revient dans la matinée, lui rappela-t-elle.

— Raison de plus pour savourer ce rare moment d'intimité.

Elle réfléchit, comme si elle examinait tout ce qui pouvait expliquer sa soudaine et pressante envie de rentrer chez lui. Puis elle esquissa avec lenteur un sourire à la tristesse poignante.

— On aura toute la nuit, promit-elle dans un murmure.

Il s'agrippa au volant, sans se soucier du crétin derrière lui qui klaxonna quand le feu passa au vert.

— Tu as bien conscience que je viens juste de te proposer d'oublier mon boulot ? demanda-t-il. C'est une première pour moi.

Au prix d'un effort manifeste, elle réussit à arborer une expression moqueuse et se pencha sur son siège pour lui effleurer la joue des lèvres.

— Je suis très fière de toi.

Il inspira profondément, laissant son doux parfum de pomme apaiser son étrange pressentiment.

— Fière à quel point ?

— Je te montrerai, lui chuchota-t-elle à l'oreille avant de se rasseoir à sa place. Plus tard.

Dans un grognement, il appuya sur le champignon.

Plus tard ne pouvait pas arriver assez vite.

Zak savait que son corps était étendu sur le sol du temple. Tout au fond de son cerveau, il percevait les cailloux durs qui lui tombaient sur le torse et les grains de terre fins qui coulaient du plafond pour lui atterrir sur le visage.

Il sentait même le sang qui dégouttait de sa blessure pour former une flaque à la base de son crâne.

Mais sa conscience voyageait à travers les ténèbres, loin sous la ziggourat, comme attirée par le chant d'une sirène.

Enfin, il s'arrêta et les ombres bougèrent pour lui montrer qu'il flottait devant un sarcophage richement orné.

Il examina les symboles élaborés gravés sur le bois doré, et sut sans l'ombre d'un doute qu'ils avaient été créés spécialement pour lui.

Il le percevait dans son âme même.

Tout comme il sentait une présence qui emplissait le tombeau austère.

Sans corps physique, il ne pouvait qu'utiliser ses pensées pour essayer de communiquer.

— *Qui êtes-vous ?*

— *Nous sommes le commencement.*

Les mots vibrèrent dans l'air et le bruit d'un millier de voix sembla le transpercer directement.

Le commencement ?

Ça ne lui apprenait rien.

Était-ce censé être un genre d'énigme, comme celle du Sphinx ?

Il tenta une nouvelle approche.

— *Où suis-je ?*

— *À l'entrée du monde des ténèbres.*

Ah! Ça expliquerait pourquoi il avait été attiré dans cet endroit. Les morts s'étaient toujours adressés à lui.

Mais ça n'expliquait pas pourquoi il était étendu inconscient dans le temple avec une blessure béante par où il se vidait de son sang en ce moment même.

— *Pourquoi m'avez-vous conduit ici?*

— *Nous avons une histoire à raconter.*

Les glyphes sur le sarcophage se mirent à chatoyer.

— *Votre histoire?*

— *Notre histoire.* (L'odeur de la mort tournoya dans l'air.) *Regarde.*

Même sans son corps, Zak sentit une pointe de rage méfiante quand les glyphes palpitèrent, comme s'ils étaient vivants.

— *De la magie*, cracha-t-il.

— *Ne nous interromps pas.*

Il éprouva une sensation de douleur. Zak ne pouvait savoir avec certitude s'il l'avait ressentie ou non, mais il n'était pas prêt à prendre le risque de voir de sérieux dégâts infligés à son corps physique.

Étouffant la haine viscérale que lui inspira le fait de recevoir des ordres, il se concentra sur les glyphes qui palpitaient toujours, le miroitement sous eux jetant des ombres étranges sur les murs lisses du tombeau.

Durant une minute de perplexité, Zak regarda les formes dansantes et comprit enfin qu'elles commençaient à se solidifier pour constituer l'image en trois dimensions d'un ancien village.

Alors qu'il continuait à observer les dessins qui se succédaient, il s'aperçut que le village était construit autour de ce temple. Il ne pouvait se méprendre sur le vernis indigo vif de la façade de brique ni sur les motifs particuliers des treillis des fenêtres.

— *Qui sont ces gens ?* demanda-t-il.

Les sourcils froncés, il vit un groupe de silhouettes en robe descendre le long escalier de la ziggourat pour se mêler à la foule assemblée.

— *Tes ancêtres*, répondit la multitude de voix.

— *Des nécromanciens ?*

— *Des évolués.*

Il observa en silence l'histoire qui se déroulait sous ses yeux, intrigué par ces étranges images alors même que son esprit critique l'avertissait qu'il ne pouvait s'agir que d'un effet de son traumatisme crânien.

Ou, plus probablement, d'un subterfuge.

Pour l'instant, il était disposé à jouer le jeu.

— *C'est de là que sont originaires les évolués ?*

— *Oui*, confirmèrent les voix. *Nous avons été bénis des dieux. Leurs pouvoirs nous ont donné le droit de régner sur ce monde.*

Les images changèrent. Soudain, la foule ne s'inclinait plus avec un respect mêlé de crainte devant les silhouettes en robe, mais encerclait le temple, armes à la main tandis qu'elle se frayait un passage à travers les évolués qui tentaient de protéger les escaliers.

— *Pas pour longtemps*, murmura-t-il.

L'air fut saturé d'une colère qui l'aurait écrasé s'il avait été sous sa forme corporelle.

— *Les gens sont devenus jaloux de nos dons.*

Hmm. Il ne doutait pas que les humains pouvaient se montrer perfides, jaloux et prêts à détruire ce qu'ils ne comprenaient pas. Même en ces prétendus temps de lumière, ils avaient été de petits lâches mesquins.

Mais il était passé maître dans l'art de manipuler les émotions des autres. Il n'avait aucun mal à s'apercevoir quand on se jouait de lui

Des mensonges enveloppés de vérités.

— *Ils vous ont attaqués ?*

Des flammes engloutirent les images et des hurlements lointains emplirent le tombeau.

— *Les oracles ont été les premiers éliminés, brûlés dans leur propre temple. Puis ce fut au tour des sorcières.*

Les flammes s'atténuèrent pour dévoiler l'intérieur du temple où des guerriers armés conduisaient les silhouettes en robe dans des souterrains.

— *Quand les Sentinelles ont compris que nous étions au bord de l'extinction, elles ont rassemblé autant d'évolués qu'elles le pouvaient et les ont disséminés à travers le monde.* (Les images commencèrent à se modifier, passant d'une abbaye isolée à une autre.) *Nous sommes restés cachés des siècles durant.*

— *Les Sentinelles ont créé les monastères*, murmura Zak.

— *Oui, ainsi que les voies utilisées par notre peuple pour entretenir leurs liens.*

Ah. Voilà qui faisait sens. Nul n'évoquait les origines des évolués ni les mystérieuses relations des moines entre eux.

Non qu'il s'imagine une seconde qu'on lui avait livré toute l'histoire.

— *Qu'attendez-vous de moi ?* s'enquit-il.

Brusquement, les images revinrent à la bataille précédente, cette fois pour montrer une silhouette en robe debout au sommet du temple, un calice tendu au-dessus de la tête, du sang dégouttant le long de ses bras des profondes entailles à ses poignets.

La même vision que celle tracée par les hiéroglyphes dans la salle située à l'étage du temple, reconnut-il avec un petit frisson de stupéfaction.

Sauf que c'était lui qui brandissait le calice.

— *Sokar était notre chef*, crachèrent les voix.

Zak n'eut pas à demander si c'était son corps qui reposait dans le sarcophage.

Il le savait sans l'ombre d'un doute.

— *Un nécromancien ?* s'enquit-il.

— *Oui.*

L'image recula pour dévoiler plusieurs silhouettes en robe qui se tenaient derrière lui, les bras levés et avec les mêmes coupures aux poignets.

— *Sokar, avec ses fidèles disciples, est resté derrière pour nous aider à nous échapper*, expliquèrent les voix. *Son sacrifice a sauvé des centaines d'évolués mais nous a laissés enfermés entre le monde des vivants et celui des morts.*

Les images disparurent soudain et la pièce fut de nouveau plongée dans l'obscurité.

Zak maîtrisa la frustration qui monta en lui. Il avait un millier de questions. Une partie si importante de l'histoire des évolués avait été dissimulée, ou même perdue dans les brumes du temps.

Mais il n'était pas idiot. On lui avait permis de voir exactement ce que les voix inconnues voulaient qu'il voie, rien de plus.

Il ne pouvait pas vraiment se fier à quoi que ce soit qui pourrait lui être montré en ce lieu.

— *Vous ne m'avez toujours pas dit ce que je fais ici.*

La réponse lui parvint immédiatement.

— *L'emprisonnement de Sokar nous a privés de la relation avec les morts qui constituait jadis un droit que chaque nécromancien acquérait à la naissance. Nous avons longtemps attendu l'arrivée d'un nouveau nécromancien capable de nous rendre ce que nous avons perdu.*

— *Et vous pensez que c'est moi ?*

— *Nous le découvrirons bientôt.*

Ce n'était pas précisément l'assurance que Zak avait espéré entendre, mais il s'interdit de réclamer une promesse plus catégorique de sa gloire suprême.

— *Vous allez me donner le pouvoir de ressusciter les morts ?*

— *Ouvre les portes*, chuchotèrent les voix. *Et le pouvoir sera à toi.*

Chapitre 21

Sans la présence intimidante de Fane pour disperser les badauds, Callie s'était préparée à affronter les regards avides lorsque Duncan l'avait précédée dans le poste de police.

Certains curieux. D'autres hostiles. La plupart méfiants. Comme s'ils étaient convaincus qu'elle était une dangereuse démone qui vénérait le diable à la pleine lune et élevait des zombies le week-end.

Tandis qu'elle traversait la vaste salle remplie de bureaux, de classeurs et du matériel habituel, ainsi que de policiers suspicieux, Callie garda la tête haute.

Elle n'allait pas s'excuser d'être la personne qu'elle était.

Grommelant ce qu'il pensait des flics qui avaient des flingues plus gros que leur cerveau, Duncan posa une main empreinte de possessivité sur la cambrure de son dos en la poussant vers le fond de la salle.

— Ne prête pas attention à ces imbéciles, lui lança-t-il d'une voix assez forte pour être entendue de tous.

Voyant l'un des plus jeunes agents refermer à dessein les doigts sur la crosse de son arme de service, elle esquissa un sourire ironique.

— Plus facile à dire qu'à faire, murmura-t-elle.

Duncan foudroya l'homme du regard jusqu'à ce qu'il rougisse et se détourne.

— Je pourrais les descendre si tu veux, proposa-t-il.

— Ça semble un peu extrême.

Il balaya d'un regard noir la salle silencieuse.

— Pas à moi.

Une porte s'ouvrit soudain et une petite femme brune apparut.

— Si vous avez tous le temps de rester là à vous gratter les couilles, il y a un tas de dossiers d'affaires non résolues au sous-sol que je peux commencer à vous distribuer, annonça-t-elle, les mains sur les hanches tandis qu'elle regardait les flics s'empresser d'avoir l'air occupés. Non ? Bien.

Elle reporta son attention vers Duncan et Callie.

— Par ici.

Callie dissimula un sourire tandis qu'elle les conduisait dans un court couloir. Ce devait être la tristement célèbre chef Molinari. Sans trop savoir pourquoi, elle avait pensé que cette femme mesurerait plus d'un mètre quatre-vingts et aurait des cornes et une queue.

Non que sa petite taille la rende moins intimidante.

En fait, elle lui faisait songer à la Mave. Sévère, d'une compétence effrayante et impitoyable si nécessaire.

La main toujours sur le bas de son dos, Duncan l'attira plus près de lui alors qu'ils suivaient la chef.

— Vous avez dit que l'homme m'avait demandé ? s'enquit-il.

— Ouais, confirma la chef. Il est entré tranquillement. Il prétend s'appeler Hektor. Pas de nom de famille.

Bizarre.

— Et il affirme être le propriétaire du jeton ?

Les talons de Molinari cliquetaient sur le carrelage industriel.

— Il a dit qu'il appartenait à sa…

Lorsqu'elle s'interrompit, Duncan et Callie échangèrent un regard perplexe.

— Sa quoi ? finit par demander Duncan.

— Confrérie, marmonna la chef.

— Confrérie ? (Duncan fronça les sourcils.) Il fait partie d'un gang ?

— Il faut le voir pour le croire.

La chef s'arrêta derrière un miroir sans tain et indiqua d'un signe de tête la salle d'interrogatoire de l'autre côté.

Celle-ci était délibérément austère, avec des murs blancs et du linoléum baignés par la lumière crue des néons. Au milieu se dressait une longue table entourée d'une demi-douzaine de chaises en bois.

Mais c'était l'homme solitaire assis à la table qui attira l'attention de Callie.

— Seigneur, quoi maintenant ? grommela Duncan.

Callie se demandait la même chose tandis qu'elle observait l'inconnu. C'était un homme mince approchant la cinquantaine avec de courts cheveux noirs lissés de part et d'autre d'un étroit visage de salaud. Il avait une peau d'un brun doré, comme brunie à la suite d'interminables journées passées dans les déserts du Moyen-Orient. Une vision renforcée par la longue tunique blanche qu'il portait par-dessus un pantalon ample.

Les yeux plissés, elle examina la petite boîte en bois qu'il avait posée devant lui. Sur le couvercle usé était gravé un symbole étrange qui ressemblait à l'oiseau qui ornait le vase. Celui-là même qui avait contenu le jeton qu'on avait dérobé dans le coffre-fort de Calso.

Callie éprouva une soudaine lueur d'espoir.

Cet homme détenait manifestement des connaissances sur le jeton. Était-ce possible qu'il puisse les aider à retrouver le nécromancien à l'origine de son vol ?

Duncan lui jeta un regard expressif qui révélait qu'il avait lui aussi remarqué le symbole puis, après avoir adressé un signe de tête à la chef, il précéda Callie dans la salle d'interrogatoire.

— Hektor, murmura-t-il en se dirigeant vers la longue table. Je suis le sergent O'Conner et voici…

— Une évoluée, cracha l'homme, bondissant sur ses pieds en dévisageant Callie avec un mépris évident.

Callie s'arrêta brusquement, stupéfaite par la réaction de l'homme.

Pas par sa haine flagrante à l'encontre des évolués. C'était bien trop commun.

Mais par sa capacité à comprendre immédiatement qu'elle n'était pas simplement humaine.

La plupart des flics du coin l'avaient vue sur des scènes de crime. Ils n'auraient aucun mal à la reconnaître, même s'ils n'avaient pas déjà été informés qu'elle accompagnait Duncan au poste.

Mais sans Fane à ses côtés, et avec ses yeux cachés par ses lunettes réfléchissantes, il aurait dû être impossible à un inconnu de deviner qu'elle était une évoluée.

Duncan, d'un autre côté, ne sembla pas le moins du monde intéressé par la façon dont l'homme l'avait su. Il s'était figé, submergé par une fureur qui rendit l'air soudain cuisant.

— C'est Mlle Brown, proféra-t-il entre ses dents. Elle est mon associée sur cette enquête de police.

Une rage équivalente brilla dans les yeux sombres de Hektor.

— Je ne parlerai pas devant mes ennemis.

— Surveillez votre langage, espèce…

— Duncan, ça va, s'empressa de l'interrompre Callie, percevant de la violence dans l'atmosphère.

— Non, ça ne va pas, gronda-t-il. Ce sale type va apprendre les bonnes manières ou je vais lui botter le cul.

— Soit c'est elle qui part, soit c'est moi, grommela Hektor, refusant catégoriquement de revenir sur sa position.

Un vrai fanatique, reconnut Callie en grimaçant.

— Je vais attendre dehors.

Duncan releva le menton d'un air têtu.

— Ce n'est pas nécessaire.

Elle frôla de la main les muscles rigides de son bras. Elle ne permettrait pas qu'il risque son boulot à cause d'elle.

— Inutile de perdre du temps, dit-elle avant de se tourner vers l'inconnu avec un sourire froid. En plus, la puanteur des préjugés me donne la nausée.

Durant un long silence, Duncan lutta pour réprimer son envie de foutre son poing dans le visage de l'homme. Finalement, ce fut grâce à sa formation de flic qu'il résista à sa soif de sang, même si son expression avertissait qu'il n'attendait qu'un prétexte pour craquer.

Grommelant un juron, il l'accompagna dans le couloir, les poings serrés le long du corps.

— Il y a une salle de conférences à côté du bureau de la chef, dit-il d'une voix brusque. Attends-moi là-bas.

Callie comprenait. Il était déjà furieux de la réaction de ses collègues. À présent, il devait laisser un parfait inconnu l'insulter. Pour un homme qui se consacrait à la protection des autres, ça devait le rendre fou.

Discrètement, elle lui frôla la main, un sourire railleur aux lèvres.

— Ça va aller.

Il ouvrit la bouche, mais avant qu'il ait pu lui rappeler que l'accueil que lui réserveraient ses amis ne serait pas plus chaleureux, elle s'était retournée pour remonter le couloir.

Plus vite Duncan aurait interrogé l'inconnu, plus vite ils pourraient partir d'ici. Et elle avait vraiment très, très envie de se barrer.

Lorsqu'elle revint dans la salle principale, Callie garda le regard rivé sur la porte sur le mur du fond et marcha d'un pas assuré. Elle espérait passer inaperçue. Hé, les flics avaient beau être formés à être observateurs, ne devraient-ils pas être occupés à faire des trucs de policiers ?

Manger des beignets, jouer au poker, harceler les évolués…

Comme pour la punir de ses pensées coléreuses, elle venait à peine d'entrer dans la salle de conférences vide que quelqu'un l'y suivit et referma fermement la porte.

Faisant volte-face, elle se retrouva nez à nez avec le légiste aux cheveux gris qu'elle avait vu sur plus d'une scène de crime.

— Je dois te parler, nécro.

Alors même qu'elle relevait le menton, elle sentit son cœur se serrer. Elle avait su que ça arriverait. Les amis de Duncan ne seraient pas plus heureux de leur relation – qu'elle soit brève ou non – que Fane et ses amies.

N'empêche, elle avait espéré éviter ça jusqu'à ce qu'ils aient mis la main sur le mystérieux seigneur Zakhar.

Aussi improbable que cela puisse paraître, il existait la possibilité qu'ils aient besoin des humains.

Résistant à l'envie de lui crier d'aller se faire voir, elle soutint avec calme son regard noir. Elle s'efforcerait de ne pas se comporter en vraie salope, mais cela dit, elle n'allait pas non plus agir comme une satanée mauviette.

— J'ai un nom, fit-elle remarquer d'un ton délibérément froid.

— Brown, c'est ça ?

— Callie.

— Callie. (Il haussa les épaules ; de toute évidence, il n'avait aucune intention de devenir son meilleur pote.) Moi c'est Frank. Je suis un ami de O'Conner.

— Je sais qui tu es.

— Je crois qu'on a besoin d'avoir une petite conversation.

Elle hocha la tête, l'expression neutre.

— Vas-y.

Le légiste fronça les sourcils, presque comme désarçonné par sa sérénité. Peut-être qu'il supposait que tous les bizarroïdes étaient élevés par des loups et étaient incapables du plus élémentaire savoir-vivre ?

— Tu veux t'asseoir ?

— Non. (Elle n'éprouva aucune compassion pour son malaise soudain.) Dis ce que tu as à dire.

Il hésita avant de redresser les épaules.

— Tu es au courant que l'ex-femme de O'Conner vient juste de se remarier ?

Ah ! Ainsi, c'était la direction que ça allait prendre.

— Il m'en a parlé, répondit-elle.

— Ça l'a rendu malade de voir son mariage se terminer, l'informa Frank avec une sincérité qui indiquait qu'il croyait vraiment à ce qu'il disait. Ça a été encore pire quand il a appris qu'elle allait devenir la femme d'un autre homme. Susan était son âme sœur.

Callie aurait pu être anéantie par cette affirmation brutale si elle avait ignoré la vérité. À présent, elle se contenta d'un haussement d'épaules.

— Pourquoi tu me racontes ça ?

Il pinça les lèvres en constatant qu'elle refusait de réagir comme il l'avait attendu.

— Un homme fait des trucs fous quand il a été blessé, insista-t-il. Des trucs qu'il finit par regretter.

— Par « fous », je suppose que tu parles de passer du temps avec moi ?

— Je suis désolé, mais s'il avait eu toute sa tête, il n'aurait jamais été avec une…

— Bizarroïde ? proposa-t-elle avec obligeance.

Elle vit une rougeur se répandre sur sa peau, et il tourna les yeux vers la rangée de fauteuils qui faisaient face à l'estrade à l'autre bout de la salle.

— Je ne suis pas un fanatique. Je ne déteste pas les évolués, déclara-t-il d'un ton bourru. Je sais juste que les gens de votre espèce ne sont pas destinés à se mêler aux humains.

Elle poussa un grognement dégoûté. Combien de personnes au fil des siècles s'étaient senties isolées à cause de ces mots précis ?

— Séparés mais égaux ? demanda-t-elle d'une voix froide.

Il rentra la tête dans les épaules.

— Quelque chose comme ça.

Elle se mordit la lèvre. *D'accord.* Peut-être pas tant égaux que ça.

Le pauvre type.

— J'apprécie le fait que tu t'inquiètes pour ton ami, mais Duncan est un grand garçon, dit-elle, dissimulant son mépris derrière un masque d'indifférence. Tu ne crois pas qu'on devrait le laisser prendre ses propres décisions ?

Cet homme était le collègue et ami de Duncan. Si sa relation avec lui se poursuivait, elle devrait au moins feindre de ne pas penser que c'était un parfait crétin.

L'expression de Frank se durcit. Comme la plupart de ses collègues, il avait l'habitude que les gens s'exécutent quand il donnait un ordre.

— Par ici, on prend soin les uns des autres ; c'est la seule façon de survivre, gronda-t-il. Si tu tiens vraiment à O'Conner, va-t'en et laisse-le trouver une femme qui aura sa place dans sa vie.

— Dans sa vie ou dans la tienne ?

— Réfléchis-y, l'avertit-il avant de se retourner pour quitter la salle de conférences, claquant la porte derrière lui.

Levant les yeux au ciel, Callie se demanda avec ironie pourquoi elle n'était pas rentrée à Valhalla où se trouvait à l'évidence sa place.

— Bienvenue dans le monde réel, Callie Brown, grommela-t-elle.

Lorsque Duncan revint dans la salle d'interrogatoire, il était d'une humeur plus que merdique.

Alors qu'il observait le petit salopard suffisant, il n'avait qu'une envie, lui foutre le pied dans le cul. Ou peut-être lui enfoncer dans la gorge quelques-unes de ses dents trop blanches…

Incapable de faire l'un ou l'autre, il croisa les bras et rencontra le regard sombre de l'homme qui l'examinait avec une suspicion flagrante.

— Vous regardez quoi, putain ? lui lança-t-il d'un ton brusque.

L'homme plissa les yeux, les narines dilatées comme pour humer l'air. Ou se pouvait-il qu'il sente que Duncan n'était pas entièrement humain ?

— Êtes-vous…

— Vous avez jusqu'à cinq pour me dire ce que vous savez sur le jeton ou je vous jette en prison pour entrave à la justice, l'interrompit-il abruptement.

Il avait beau vouloir réduire cet imbécile en une bouillie sanglante bonne pour la poubelle, il avait besoin des informations qu'il pourrait détenir au sujet de la pièce. Et il n'obtiendrait rien de l'homme s'il craignait que Duncan soit un évolué.

Hektor se hérissa, mais heureusement il parut convaincu que Duncan était humain.

— Je suis venu ici chercher de l'aide, pas me faire menacer, déclara-t-il avec raideur.

— Je m'en branle. Parlez-moi du jeton.

L'homme humecta ses lèvres fines.

— Il possède une longue histoire.

— Sumérienne ?

Hektor hésita, manifestement réticent à dévoiler plus que le nécessaire.

— Peu importe. Le jeton a été créé par la Confrérie dans les premiers jours de la civilisation.

Des nécromanciens. Des jetons mystérieux. Des confréries secrètes. On croirait une intrigue rebattue sortie tout droit d'*Indiana Jones*.

Malheureusement, Duncan ne pouvait écarter la possibilité que l'homme dise la vérité.

—Que fait ce jeton ?

Hektor grimaça.

—Il abrite le calice.

—Le calice ? (Duncan leva les yeux au ciel.) Quel calice ?

—Celui qui ouvre une voie vers le monde des ténèbres.

Duncan se renfrogna. Il détestait le charabia mystique.

—Vous parlez de l'enfer ?

—Appelez ça comme vous voulez.

—Et ce calice… Quoi ? (Il agita la main.) C'est une clé de l'enfer ?

Hektor hocha la tête.

—Il permet de faire marcher les morts.

À ces simples mots, Duncan frémit d'horreur. *Seigneur.* Même après avoir vu Leah déambuler… *Une minute.* S'avançant, il se pencha pour poser les mains à plat sur la table devant Hektor.

—À quel jeu jouez-vous ? Le nécromancien ressuscitait les morts avant de s'emparer du jeton.

L'inconnu secoua la tête.

—C'étaient des bokors.

—C'est-à-dire ?

—Ce sont juste des cadavres animés qu'un nécromancien peut contrôler durant un court laps de temps.

Duncan grimaça. Quand sa vie s'était-elle encombrée de mots comme « cadavres animés » et « voie vers le monde des ténèbres » ?

—Alors, qu'avez-vous voulu dire en prétendant que le jeton leur permettait de faire marcher les morts ? demanda-t-il. Ils sont vraiment vivants ?

Il vit son visage étroit prendre une expression plus dure.

— Ce n'est pas le jeton. Il a été créé pour fermer la porte du monde des ténèbres. C'est le calice qui représente le véritable danger.

Duncan poussa un grognement impatient.

— Ils sont vivants, oui ou non ?

— D'une certaine façon. Grâce au calice, le nécromancien peut remplir les cadavres d'une puissance maléfique qui leur donne la faculté de marcher parmi nous comme s'ils étaient vivants. (Il se pencha en avant et serra les poings sur la table, les yeux brillant d'une lueur fiévreuse.) Ils pourraient s'infiltrer dans notre société pendant des jours ou des semaines sans qu'on s'en rende compte. Ou plus probablement…

— Quoi ?

— Le nécromancien pourrait lever une armée pour tous nous détruire.

Duncan grommela un juron féroce. *Bordel de merde !* Ça allait de mieux en mieux.

— Comment on peut trouver ce… calice avant que le nécromancien mette la main dessus ?

— Nul ne peut entrer dans le temple sans le jeton, avoua-t-il à contrecœur.

Brusquement, Duncan se redressa. Bien sûr que ce connard aurait de sinistres prédictions plein la bouche sans l'ombre d'un plan pour éviter la catastrophe imminente.

Il fit les cent pas dans la pièce étroite, s'efforçant d'avoir les idées claires.

Il était flic.

Et c'était une enquête.

D'accord, elle était remplie de nécromanciens à faire froid dans le dos et d'une confrérie bizarre, mais empêcher un crime potentiel était son boulot.

Et pour s'en acquitter, il devait être capable de déterminer où se trouvaient le jeton et le nécromancien avant que celui-ci transforme la vie sur terre en enfer.

Littéralement.

— Calso appartenait à votre Confrérie ? demanda-t-il abruptement.

— Certainement pas.

Il se retourna pour observer l'expression outrée de Hektor.

— Alors pourquoi avait-il le jeton ?

— Pendant des siècles, nous l'avons protégé, puis nous avons commencé à comprendre que quelqu'un le chassait.

— Qui ?

L'homme haussa les épaules.

— Il est facile de changer de nom, mais il ne fait aucun doute que c'était un nécromancien. Et un de redoutablement puissant.

Il serait aisé de tirer la conclusion hâtive qu'il s'agissait du seigneur Zakhar. Mais il préférait en obtenir vraiment la preuve avant d'écarter toute autre possibilité.

— Comment pouvez-vous être si sûr que c'était un nécromancien et pas un cinglé qui pensait que le jeton avait de la valeur ?

— Nos frères et sœurs…

— Les femmes sont acceptées dans votre Confrérie ? demanda Duncan, surpris.

D'habitude, les fanatiques aimaient que leurs sectes bizarres restent très fermées.

— Si elles le méritent, répliqua Hektor d'une voix hautaine. Beaucoup sont appelés mais peu sont choisis.

Duncan leva les yeux au ciel. *Argh !* Celle-là il l'avait cherchée.

— Ouais, c'est ça, grommela-t-il. Continuez.

Hektor se raidit, comme insulté par le manque de respect que manifestait Duncan pour la grande consécration que représentait pour lui le fait d'avoir été accueilli au sein de la Confrérie.

L'imbécile arrogant.

—Nos frères et sœurs ont été massacrés avant d'être ressuscités, expliqua-t-il enfin.

—Ils avaient le jeton ?

Hektor secoua la tête.

—Non, mais chacun d'eux savait où il était caché. Ils ont été tués et on s'est servi de leurs cadavres pour tenter de franchir nos défenses.

—Exactement comme avec Leah, grogna Duncan, qui frémit au souvenir de la jeune femme qui s'était fait balader à travers Kansas City telle une marionnette épouvantable.

—Qui ?

Duncan ne prêta pas attention à sa question. Il n'était pas près de lui parler de la pauvre Leah ou de la façon dont on l'avait utilisée.

—Comment vous êtes-vous aperçus qu'ils étaient… quel est le terme… des bokors ?

L'homme haussa les épaules, s'efforçant visiblement de prendre un air décontracté.

—Nous sommes formés à identifier les morts-vivants.

Ouais, c'est ça.

—Vous voulez savoir à quoi je suis formé ? (Duncan se pencha en avant, les yeux plissés.) À sentir les conneries à un kilomètre.

Hektor grommela un truc, mais il n'était pas stupide au point d'insulter en face un flic armé.

—Très bien. Nous avons appris d'une source anonyme que la personne en possession du jeton avait été démasquée, de sorte que nous avons été en mesure de le déplacer avant qu'il soit volé.

Duncan ricana. Ça faisait des années qu'il travaillait avec des sources anonymes. Quatre-vingt-dix-neuf pour cent des informations qu'il obtenait ainsi ne valaient pas un clou, et le reste équivalait en général à une supposition hasardeuse qui se trouvait être bien tombée.

Il ne compterait pas sur une source anonyme pour lui donner l'heure, et encore moins pour assurer la protection de la raison même de son existence.

— Comment saviez-vous que vous pouviez vous fier à cet informateur ? demanda-t-il.

— Jusque-là, il avait toujours eu raison. Malheureusement…

Hektor ravala ses mots, une rougeur honteuse lui envahissant la peau.

— Malheureusement ? insista Duncan.

— Lorsque nous avons été prévenus que le nom de Calso avait été découvert, nous avons décidé qu'il était trop risqué de déplacer le jeton tant que nous ne disposerions pas d'un endroit jusqu'auquel il serait impossible de remonter. (L'homme pinça les lèvres de fureur.) Nous avons fait courir le bruit qu'il avait été transféré chez un nouvel hôte, dans l'espoir de berner le nécromancien le temps de parvenir à une solution plus durable.

Une décision hasardeuse.

Qui pourrait bien causer leur perte à tous.

— Comment Calso a-t-il obtenu le jeton au départ ?

— Nous avons conclu que le nécromancien qui chassait le jeton était capable de reconnaître les membres de la Confrérie. Il était impératif de le confier à une personne n'ayant aucun lien officiel avec notre groupe.

D'un air absent, Hektor leva la main pour suivre du doigt un petit tatouage qui ressemblait à une flèche stylisée sur le côté de son cou.

Ça se tenait, mais Duncan ne réussissait pas à imaginer comment une bande de cinglés imbus d'eux-mêmes avaient pu choisir un as de la finance ayant un faible pour les jolies stripteaseuses pour protéger leur trésor le plus précieux.

— Pourquoi lui ?

Hektor pinça les lèvres, comme si ce choix n'avait pas été entièrement à son goût.

— Calso était un ami de confiance de notre dirigeant, et dans la mesure où il était déjà collectionneur d'art, qu'il investisse dans des mesures de sécurité de pointe n'aurait rien eu de suspect.

Se remettant à faire les cent pas, Duncan se promit de faire l'inventaire des différentes façons dont on aurait pu découvrir que Calso détenait le jeton.

C'était faisable.

Il n'en doutait pas une seconde.

Mais suivre des pistes prenait du temps.

Parfois des jours, parfois des semaines.

Du temps dont il ne disposait pas.

Il devait exister un moyen plus rapide de trouver le seigneur Zakhar, ou celui qui s'était servi d'une femme morte comme d'un pantin personnel.

— Vous pouvez… ?

Il esquissa un geste vague de la main.

— Je peux quoi ?

— Sentir le jeton ? demanda-t-il.

L'homme se renfrogna.

— Je suis un humain, pas un évolué. Aucune magie impie ne coule dans mes veines.

Duncan plissa les yeux.

— Pourtant vous avez semblé savoir que Callie était une évoluée à la seconde où elle est entrée dans la pièce.

— Mon aptitude à flairer l'ennemi est un don de mon Dieu, dit Hektor d'un air méprisant.

Duncan retroussa les lèvres. *L'hypocrite.* Tout pouvoir que sa prétendue Confrérie et lui possédaient venait du même endroit que les évolués, pas d'un dieu mystérieux.

Le moment, néanmoins, n'était pas à une discussion philosophique.

En fait, en ce qui le concernait, il n'existait jamais de bon moment pour une discussion philosophique.

Il se concentra plutôt sur le seul truc qui comptait.

— Bon. Vous pouvez utiliser ce « don reçu de Dieu » pour traquer le nécromancien ?

À son ton railleur qu'il ne tenta pas de masquer, il vit les yeux sombres de l'homme lancer des éclairs.

— Si nous en avions eu le pouvoir, nous l'aurions éliminé depuis des années.

— Vraiment ? s'enquit Duncan avec ironie. Vous éliminez souvent les gens ?

Il parierait une jolie somme que la Confrérie était très douée pour s'envelopper de mystère et très mauvaise pour se bouger vraiment le cul et prendre les choses en main.

L'homme jeta un coup d'œil rapide à la caméra au plafond.

— Certainement pas.

Soudain Duncan en eut assez.

Il avait espéré que l'homme leur procurerait un moyen d'arrêter le nécromancien.

Mais il n'avait eu droit qu'à des contes de fées et à de vagues menaces.

— Ainsi, vous ignorez où est le jeton ou comment débusquer le nécro qui l'a volé, lâcha-t-il brusquement. Qu'est-ce que vous foutez ici, bon Dieu ?

— Je suis venu vous avertir du danger encouru si le jeton ne regagne pas immédiatement notre protection.

— Du temps perdu, grommela-t-il en se dirigeant vers la porte. Débrouillez-vous pour trouver la sortie.

Impatient de rejoindre Callie pour s'assurer que ses soi-disant amis ne l'embêtaient pas, il poussa un grognement de frustration quand Hektor réclama son attention.

— Sergent ?

Il le foudroya du regard par-dessus son épaule.

— Quoi ?

L'homme se leva, une expression comminatoire lui durcissant les traits.

— Les évolués ont autrefois tenté de devenir des dieux, révéla-t-il d'un ton féroce. Ne doutez pas un instant qu'ils essaieront encore.

Chapitre 22

Zak ouvrit les yeux, un instant perplexe en découvrant qu'il était allongé sur le ventre sur un sol de pierre avec du sang qui lui dégoulinait dans le cou.

Depuis qu'il avait été brûlé sur le bûcher par ses serfs enragés, il avait appris à prendre d'infinies précautions pour ne pas se mettre dans une situation où il pourrait se réveiller dans des endroits inconnus avec des blessures béantes.

Ce n'était pas juste de la paranoïa.

Pas quand il se savait entouré d'ennemis.

À la fois ceux qui œuvraient ouvertement contre lui et ceux qui se cachaient dans l'ombre…

Sans se soucier de la douleur qui irradiait dans son crâne, Zak tourna la tête, et une satisfaction sinistre remplaça sa confusion momentanée.

Malgré l'obscurité, il distingua la lueur caractéristique de l'or.

Le calice.

Saisissant son trophée, Zak s'obligea à se lever tant bien que mal.

Ça n'avait pas été un rêve. Ni un piège.

Il avait parlé aux fantômes de ses ancêtres. Qui l'avaient jugé digne.

Plus que digne, se vanta-t-il en lui-même, forçant ses jambes lourdes à le conduire hors du temple.

Contrairement au précédent nécromancien, il n'avait nullement l'intention de mettre sa vie en péril pour obtenir le pouvoir nécessaire à la constitution d'une armée. Le rôle du martyr ne l'avait jamais attiré. Pas alors qu'il avait eu l'intelligence de préparer un vrai sacrifice.

Quel était l'intérêt du pouvoir si on ne pouvait pas s'en servir pour régner sur le monde ?

Après avoir descendu le long escalier, il s'arrêta pour rassembler ses forces avant de franchir la courte distance qui le séparait de la sorcière.

Sa tête avait beau l'élancer et ses genoux menacer de se dérober sous lui, il ne montrerait jamais de signe de faiblesse.

Il était trop près de son succès suprême pour risquer qu'on lui plante un couteau dans le dos.

S'immobilisant devant Anya, toujours agenouillée, la tête baissée de lassitude, il se pencha pour lui saisir le bras. Alors qu'il la tirait pour la relever, il glissa le calice dans la poche profonde de sa robe.

— La voie est-elle encore ouverte ? gronda-t-il.

Anya cligna des yeux, le regard vague comme si elle avait été endormie.

— Oui, mais…

— Allons-y.

— Qu'est-il arrivé ? demanda-t-elle, jetant un coup d'œil au désert aride. Le jeton a marché ?

Il lui adressa un sourire pincé.

— J'ai ce qu'il me faut.

Les sourcils froncés, elle l'observa à la lumière déclinante de la lune.

— Tu saignes ?

— Comme c'est astucieux de ta part, Anya, dit-il d'une voix traînante, refusant de parler de ce qui s'était produit dans le temple. Tu comptes poursuivre cet interrogatoire ? À moins qu'on puisse le terminer quand on ne sera plus enfoncés dans le sable jusqu'aux genoux ?

— Très bien. (Relevant le menton, elle lui tendit la main.) Allons-y.

Il hésita moins d'un battement de cœur avant de lui prendre les doigts, rassemblant ses forces pour le trajet. Il était épuisé mais pas sans défense.

En plus, être sans cesse sur ses gardes signifiait qu'il était prêt à affronter n'importe quel piège.

Le calice toujours caché dans sa poche, Zak serra les dents alors que le monde s'évanouissait et que des ténèbres accablantes l'enveloppaient.

Même quand c'était nécessaire, il détestait se rendre vulnérable à la magie d'Anya.

Alors qu'ils se déplaçaient à travers l'étrange pli dans l'espace, ils furent secoués à en avoir mal au cœur, puis le monde réapparut brusquement et ils se retrouvèrent dans son bureau.

Dans un gémissement, Anya tomba à genoux, le rideau éclatant de ses cheveux dégringolant par-dessus ses épaules pour balayer le tapis persan.

Reculant d'un pas, Zak considéra la sorcière avec impatience.

— Va te coucher, Anya. Tu ne seras bonne à rien tant que tu n'auras pas recouvré tes forces, dit-il avec une absence brutale de compassion.

Avec une difficulté manifeste, la sorcière se releva, le visage pâle à cause de l'effort qu'elle fournissait pour rester debout.

— Je veux savoir ce qui s'est produit dans le temple.

Zak hésita avant de hausser les épaules. Inutile de dissimuler son succès.

Alors qu'il comptait commencer à mettre en œuvre les étapes finales de son plan dans les prochains jours.

Peut-être même les prochaines heures.

— J'ai reçu ce dont j'ai besoin pour prendre ma place à la tête des évolués, reconnut-il, sortant le calice de sa poche pour le poser sur le bureau.

Anya eut le souffle coupé ; elle percevait certainement la magie qui vibrait autour de l'artefact en or.

— Qu'est-ce qu'il fait ?

Il passa un doigt plein d'adoration sur le rebord du calice.

— Avec ça, je peux lever des armées pour mener mes combats.

Anya vacilla, le visage plus pâle que d'habitude tandis qu'elle s'agrippait au dossier d'un fauteuil tout proche.

— Zak, c'est trop dangereux.

Il la dévisagea, les sourcils froncés.

— Quoi ?

— La dernière fois qu'on a essayé…

— Inutile de me rappeler mes précédents échecs, répliqua-t-il d'un ton brusque.

— J'aimerais juste que tu prennes ton temps. (Anya s'humecta les lèvres.) Tu te moques peut-être de la Mave et de Valhalla, mais ils ne sont pas sans défense.

Le sourire froid de Zak masquait son accès de rage.

Au fil des siècles, il avait regardé de loin les évolués commencer à se rassembler en petits groupes impénétrables. Il comprenait la philosophie selon laquelle il était plus sûr de s'entourer de gens comme soi. Surtout quand les humains se mettaient à prendre conscience que les mythes et les légendes qu'ils avaient toujours cru n'être rien d'autre que des contes de fées étaient en fait vrais.

Des monstres rôdaient dans le noir.

Mais il avait vu les hiéroglyphes sur le mur du temple et savait ce qui arrivait quand les évolués vivaient en communauté, leurs pouvoirs exposés aux regards du monde.

Il n'avait pas l'intention d'être un ennemi visible aux humains violents toujours prêts à détruire ce qu'ils craignaient.

Néanmoins, il n'avait jamais cessé d'être contrarié par le spectacle des Maves qui se succédaient à Valhalla, chacun maîtrisant plus de pouvoir que le précédent.

Il était celui qui était destiné à diriger les évolués.

— Ils sont devenus suffisants au fil des années. (Il esquissa un rictus méprisant.) Je dois frapper avant qu'ils aient pu se préparer à une attaque.

Anya resserra les doigts sur le fauteuil au point que ses jointures blanchirent.

De la peur ? Du désespoir ? Un mélange des deux ?

— Rien ne garantit que le calice marchera.

Il haussa les épaules.

— Je le découvrirai bientôt.

— Comment ça ?

— Je crois qu'on devrait effectuer un petit test.

— Zak…

— Va dans ta chambre, Anya, l'interrompit-il.

Dans peu de temps, il devrait s'occuper de la sorcière.

Mais pas ce soir.

Percevant au ton de sa voix qu'il la congédiait, Anya traversa la pièce à contrecœur et, après lui avoir jeté un dernier regard méfiant, le laissa seul.

Zak attendit d'entendre ses pas dans l'escalier pour passer les doigts sous le rebord du bureau. Un petit bruit sec retentit, puis un panneau secret s'ouvrit sur le côté. Avec une pointe de satisfaction, il prit le calice et le rangea dans le compartiment vide avant de refermer le panneau secret.

Ce n'était pas la cachette la plus sûre, mais le calice vibrait d'une magie qui était propre aux devins. La magie de la mort.

Nul autre qu'un puissant nécromancien ne pouvait l'utiliser.

Pour n'importe qui d'autre, ce n'était qu'une coupe bosselée.

Son trophée installé pour la nuit, Zak s'enfonça dans le fauteuil derrière son bureau et saisit d'un air absent la télécommande pour allumer l'écran plasma fixé au-dessus de la cheminée.

Avant de se coucher, il consacrait toujours une heure ou deux à regarder les informations, à la fois mondiales et locales. Il avait beau se considérer comme supérieur aux humains, il ne les sous-estimait jamais en tant qu'ennemis. Il était impératif d'étudier leurs forces et leurs faiblesses.

Alors qu'il passait en accéléré la fascination ennuyeuse qu'exerçaient les acteurs glamour qui se comportaient mal et la Bourse imprévisible, Zak se leva brusquement quand l'image d'une fille morte sur la berge d'un fleuve apparut à l'écran.

Ce ne fut pas la vision de Leah qui attira son attention. Il avait su que son corps finirait par resurgir. Après tout, Tony s'était débarrassé d'elle. Autrement dit, il avait roulé jusqu'au Missouri et l'y avait balancée depuis l'endroit le plus facile d'accès, sans même prendre la peine d'anticiper qu'elle resterait accrochée à la rive à peine quelques kilomètres plus loin s'il ne la lestait pas.

L'idiot.

Mais son regard se fixa sur l'écran quand la caméra effectua un panoramique horizontal pour suivre un homme mince au visage dur qui s'écartait d'un groupe de flics pour parler à une jeune femme. Une femme aux cheveux de la couleur du feu et aux yeux masqués par des lunettes réfléchissantes.

Il bondit sur ses pieds, l'esprit foisonnant de possibilités.

Callie Brown.

Précisément la femme qu'il voulait.

Il se pencha et appuya sur un bouton qui le mit en contact avec son serviteur par Interphone.

Quelques secondes plus tard, la voix faible de Tony flotta dans l'air.

— Oui, monsieur ?

— Dans mon bureau.

Un silence momentané lui répondit.

— Maintenant ?

Zak poussa un grognement impatient.

— Oui, maintenant.

Levant la télécommande, il repassa le flash d'information, rien n'échappant à ses yeux plissés tandis qu'il envisageait les différentes façons de tirer avantage de ce coup de bol inattendu.

Il visionnait le reportage pour la quatrième fois quand Tony entra enfin dans la pièce d'un pas pesant, son corps massif couvert d'un peignoir trop court et les cheveux ébouriffés.

— Vous avez besoin de quelque chose ? demanda-t-il, la voix ensommeillée.

Zak indiqua l'image sur l'écran de télévision. Il l'avait arrêtée au moment où l'homme aux cheveux blonds parlait à la devineresse.

— Vous reconnaissez cet homme ?

Tony grimaça.

— O'Conner. Sergent O'Conner du département de police de Kansas City, dit-il. Il m'a chopé il y a à peu près six ans. Le salopard.

Tony s'approcha de la télévision et siffla tout bas.

— C'est qui la poupée ?

D'un mouvement nonchalant, Zak décocha un revers à son serviteur, l'envoyant s'écraser contre le mur opposé.

— Ne parlez plus jamais d'elle, c'est clair ?

Tony se remit debout avec lenteur et essuya le sang qui coulait de sa lèvre fendue.

— Ouais, douloureusement clair.

— Bien.

Zak appuya sur « Play » et observa avec attention la possessivité avec laquelle O'Conner se comportait avec Callie. Ils étaient amants. C'était évident à la manière dont elle s'abandonnait à son contact intime et aux regards noirs protecteurs qu'il jetait à quiconque s'égarait trop près d'eux.

Ils étaient engagés émotionnellement, ce qui signifiait qu'ils ne seraient pas capables de rester éloignés l'un de l'autre.

Tout ce qu'il avait à faire, c'était surveiller le flic de près. Callie finirait par quitter Valhalla pour passer du temps avec lui. Avec un peu de chance, sans la garde constante de sa Sentinelle.

La difficulté serait, bien sûr, de les prendre vivants.

La mort était sa spécialité.

Rembobinant le film, il regarda O'Conner parler avec ses collègues flics et remarqua sa conversation en privé avec un homme aux cheveux gris qui se tenait à l'écart des autres.

— Et lui ? demanda-t-il.

— Frank, marmonna Tony en grattant sa joue pas rasée.

— Vous le connaissez ?

Tony haussa les épaules.

— Sa femme est ma cousine au deuxième degré du côté de ma mère.

— Évidemment, répliqua Zak d'un ton ironique.

C'était précisément la raison pour laquelle il avait embauché cet imbécile empoté et ne s'était pas encore débarrassé de lui. Il avait des liens avec toutes les familles de Kansas City.

— Je voudrais que vous m'organisiez une entrevue.

— Moi ? (Tony parut horrifié.) Frank me déteste. Il me traite de honte de la famille.

— Compréhensible, commenta Zak d'une voix traînante, jetant la télécommande sur le bureau avant de se tourner pour lui adresser un regard sévère. Dites-lui que vous détenez des informations au sujet de Leah. Des informations que vous êtes prêt à vendre.

— Je suppose que ça pourrait marcher, répondit Tony avec lenteur, ses hésitations gravées sur son visage grassouillet.

— Arrangez-vous pour qu'il vous retrouve ici demain matin.

Zak fronça les sourcils, prenant soudain conscience qu'une voiture de police sur la propriété n'était peut-être pas une très bonne idée. Elles n'avaient pas une sorte de… GPS ?

— En fait, il vaudrait mieux que vous passiez le chercher.

La réticence de Tony se fit plus prononcée alors qu'il se mettait à transpirer.

— Vous voulez que je le conduise ici ?

— Ce n'est pas ce que je viens de dire ?

— Mais il pourra révéler aux flics où vous vivez, lâcha Tony.

— Il ne le dira à personne.

Tony grimaça.

— Je connais Frank et vous pouvez me croire, on ne peut pas soudoyer ni intimider ce type. Il ne rigole vraiment pas avec les règles.

Zak haussa les épaules.

— Il ne dira rien à personne, parce qu'il sera mort.

— Mort ?

— Ça vous pose un problème ?

— Je… Non. (L'homme de main parvint à esquisser un pâle sourire et recula vers la porte.) Pas de problème. Je vais rejoindre mes appartements et je l'appellerai demain matin à la première heure

Zak le laissa s'éloigner comme une souris tentant d'échapper à un chat en chasse. Tony était peut-être une petite brute, mais il possédait le cœur d'un lâche.

Il n'aurait pas le courage de s'enfuir.

— Demain, chuchota-t-il, le pouvoir qui tournoyait tout au fond de lui vibrant en sentant la présence du calice qui était caché à seulement quelques centimètres. Ça commence.

Callie se trouvait exactement là où elle avait envie d'être... pelotonnée dans le lit de Duncan, avec ses bras autour d'elle, la tête posée sur le battement régulier de son cœur.

Malheureusement, alors que son corps était comblé après la passion qui avait éclaté à l'instant où ils étaient entrés dans l'appartement, son esprit bouillonnait de frustration.

Elle se sentait tendue. Nerveuse.

Comme si elle fonçait à toute vitesse vers un accident de voiture impossible à éviter.

— Tu es bien silencieuse.

Elle inclina la tête pour croiser le regard serein de Duncan ; elle n'eut aucun mal à y lire l'inquiétude qui miroitait dans leurs profondeurs noisette.

— Je suis préoccupée, avoua-t-elle d'une voix basse.

— Promis, je ne ronfle pas, la taquina-t-il, cherchant manifestement à lui changer les idées.

Du bout des doigts, elle traça distraitement un motif sur son torse, savourant le contact de sa peau chaude et satinée même si ses pensées étaient toujours sombres.

— Si le nécromancien détient le jeton, il pourrait déjà être trop tard.

Elle formula ses craintes à voix haute, dans l'espoir que ça puisse apaiser l'effroi qui lui nouait le ventre.

Ce qui ne fut pas le cas.

Duncan effleura des lèvres son front soucieux.

— Il n'est pas trop tard.

À son ton assuré, elle esquissa un sourire ironique. Elle ne savait pas trop pourquoi, mais elle avait supposé que personne ne pouvait rivaliser d'arrogance avec une Sentinelle.

Duncan lui démontrait à quel point elle s'était trompée.

— Comment peux-tu en être si sûr ?

— Hektor a dit que le jeton était indispensable pour ouvrir la porte du monde des ténèbres où se trouve un mystérieux calice, expliqua-t-il. Quoi que ça puisse bien signifier. À moins que cette porte se cache à Kansas City… Dieu nous en préserve… le nécromancien devra entreprendre un long voyage pour y arriver.

Ah ! Ainsi il ne s'agissait pas juste d'arrogance.

Elle prit une profonde inspiration, s'efforçant d'apaiser l'angoisse qui bouillonnait en elle.

— J'imagine que tu as raison, convint-elle, avant de grimacer quand son impression de danger persista. Fane a pris soin de demander aux moines d'ouvrir l'œil au cas où ils apercevraient un devin aux yeux de diamant. S'il tente de se déplacer avec une Sentinelle, il sera facilement identifié.

— Un Fane intelligent, grommela Duncan.

Aux accents indéniablement tendus de sa voix, Callie le regarda fixement.

— Tu serais plus content s'il était stupide ?

D'un mouvement rapide, il roula au-dessus d'elle, le visage durci par une jalousie qu'il ne chercha pas à dissimuler.

— Je serais plus content si j'étais ton gardien.

D'instinct, elle écarta les cuisses pour lui permettre de s'installer contre elle. Elle réprima un petit soupir de satisfaction. C'était si bon d'avoir son poids sur elle, le parfum de sa virilité lui chatouillant les narines et le contact de sa peau chaude la brûlant de plaisir.

Là, dans ce lit, elle se sentait protégée. En sécurité.

Aimée…

Son cœur cogna contre ses côtes quand ce mot périlleux lui passa par la tête

Oh, bons dieux.

Une partie d'elle savait que le moment était malvenu d'ajouter une autre couche de complications à leur relation.

C'était déjà un terrain miné qui menaçait de lui exploser au visage quand elle s'y attendrait le moins.

Son après-midi au poste de police n'en avait-il pas été la démonstration ?

Mais ce mot en « A » n'était pas si facile à chasser.

Pas alors que Duncan glissait la main de façon intime le long de sa clavicule et que dans ses yeux noisette brillaient des mouchetures d'or fondu.

— Seule une Sentinelle peut devenir gardien, lui rappela-t-elle dans un chuchotement voilé qui ne l'étonna pas alors même qu'elle aurait voulu prononcer un avertissement sévère.

— D'après qui ?

Hmm. Bonne question.

— La tradition, suggéra-t-elle finalement.

— Rien à foutre de la tradition, gronda-t-il, baissant la tête pour faire courir ses lèvres sur la ligne de son visage. On peut en créer une nouvelle.

Frissonnante, elle leva les mains pour les passer dans les mèches courtes de ses cheveux.

— Je doute que les Sentinelles soient d'accord.

Avec lenteur, il s'écarta pour examiner son visage empourpré avec une expression impossible à déchiffrer.

— Et toi ?

— Moi ?

— Tu serais prête à m'accepter comme gardien ?

Elle hésita. C'était important.

Même si Duncan n'avait pas soudain eu les épaules tendues ni éprouvé des réticences à croiser son regard, elle aurait su à quel point sa réponse lui importait.

Mais elle comprenait aussi qu'elle ne pouvait pas lui mettre la pression pour qu'il prenne un engagement qu'il pourrait finir par regretter. Duncan O'Conner ressemblait bien trop à Fane. Un homme doté de ses propres valeurs morales.

Il respecterait sa promesse, même s'il devait vivre un enfer. N'était-il pas resté dans un mariage sans amour jusqu'à ce qu'il surprenne sa femme en train de le tromper ?

Toute la difficulté était d'apaiser son orgueil masculin sans rien exiger.

Ouais, facile.

Et ensuite, elle résoudrait le problème de la fusion froide.

— Ça dépend, murmura-t-elle, s'obligeant à afficher un sourire moqueur.

Il fronça les sourcils.

— De quoi ?

Elle leva la tête pour lui mordiller le menton.

— Tu dois postuler à cette fonction.

La tension de Duncan se relâcha tandis qu'une lueur coquine chassait les ombres de ses yeux.

— C'est vrai ?

Elle lui lécha la lèvre inférieure, oubliant qu'elle était censée le distraire.

Bon Dieu, c'était elle qui était distraite.

De la meilleure des façons possibles.

— Mmm.

Il poussa un grognement guttural, son membre gonflé appuyant contre l'intérieur de sa cuisse.

— Et comment dois-je procéder ?

— Oh, c'est un processus très rigoureux, souffla-t-elle.

— Je peux être rigoureux.

Elle gloussa au souvenir du bruit de la tête de lit qui heurtait le mur moins d'une heure auparavant.

— Tu peux assurément l'être, convint-elle d'une voix aux accents rauques sous l'effet de la volupté qu'elle éprouvait encore.

Elle avait mis du temps à convaincre cet homme têtu qu'elle était bien plus forte que la plupart des femmes qu'il avait connues et qu'elle approuvait totalement sa façon… rigoureuse de lui faire l'amour.

Il s'empara de ses lèvres en un baiser profond, enivrant.

— Ou je peux être lent et consciencieux.

Son frisson de plaisir anticipé commença à la pointe de ses orteils avant de l'envahir entièrement.

— C'est bien.

— Mais d'abord…

Perdue dans le charme sensuel qu'il parvenait à jeter avec une telle facilité, Callie fut perplexe lorsque Duncan s'écarta pour l'observer, les yeux plissés.

— Quoi ?

— Je veux que tu me dises la vérité.

Était-ce un jeu ? Dans ce cas, elle espérait qu'il incluait davantage de ces lents et consciencieux baisers.

— La vérité sur quoi ? demanda-t-elle, prête à jouer le jeu.

— Tu es silencieuse depuis qu'on a quitté le poste. Qu'est-ce qui s'est passé ?

Oh… merde.

Elle s'était persuadée d'avoir réussi à masquer que sa conversation avec Frank l'avait bouleversée. La dernière chose qu'elle souhaitait, c'était créer des problèmes entre Duncan et son ami.

Mais elle aurait dû se douter qu'elle ne l'avait pas trompé une seconde. Rien n'échappait au sergent O'Conner.

— Si je te le dis…

— Callie ? insista-t-il.

— Je ne veux pas que tu le prennes mal.

Aussitôt, il serra les dents et Callie poussa un soupir résigné. Qu'est-ce qui ne tournait pas rond chez elle ?

Le simple fait de l'avertir de ne pas mal le prendre était le meilleur moyen d'obtenir ce résultat.

— Qu'est-ce qui te fait penser que je vais mal le prendre ? répliqua-t-il, sans surprise, d'un ton hargneux.

— Tu es un homme.

À cette accusation brutale, il la regarda fixement, puis il esquissa un sourire contrit.

— Bien vu, marmonna-t-il, lui effleurant la joue des doigts. Raconte-moi.

Malgré sa douce caresse, il affichait son visage de flic.

Il ne laisserait pas passer ça.

— Ton ami Frank craignait que tu n'aies pas les idées claires, avoua-t-elle à contrecœur.

Il resserra les doigts sur sa joue, mais ne fut pas étonné que Frank soit celui qui était allé la trouver. Le légiste n'avait jamais particulièrement cherché à cacher l'antipathie que lui inspiraient les évolués.

— À ton sujet ? demanda-t-il entre ses dents.

— En partie. (Elle fit descendre ses mains dans son dos en un geste apaisant.) Il pense que tu es anéanti par le mariage de ta femme.

— Ex-femme.

Elle s'efforça de ne pas se réjouir de sa correction farouche.

Mais, hé, elle était humaine. Ou du moins, elle éprouvait les émotions humaines habituelles.

Elle fit remonter ses doigts sur ses épaules.

— Il est persuadé qu'elle était ton âme sœur et que tu vas regretter notre relation dès que tu recouvreras tes esprits.

Elle vit une menace de violence assombrir ses yeux noisette.

— Il a dit ça ?

Elle grimaça.

— Oui.

— Le salopard. Je vais le tuer.

— Non, Duncan, c'est ton ami, protesta-t-elle d'un ton plein d'urgence – c'était exactement ce qu'elle avait redouté. Bien sûr qu'il s'inquiète pour toi.

— Il t'a blessée.

Elle secoua la tête.

— Non, il ne m'a pas blessée.

Il lui prit le menton entre ses doigts tout en soutenant son regard avec une intensité empreinte de gravité.

— Callie, si on veut que ça marche, on doit se montrer honnêtes l'un envers l'autre.

Il avait raison. Les mots que lui avait assenés Frank la rongeaient déjà tout au fond d'elle. Menaçant de détruire la joie qu'elle éprouvait en présence de Duncan.

La seule façon d'en finir était de verbaliser ce qu'elle ressentait.

Comme quand on perçait un abcès.

— Il ne m'a pas blessée mais en revanche il m'a rappelé le coût que tu devras payer pour être avec moi, répondit-elle, la voix si faible qu'il dut baisser la tête pour l'entendre. Ça… ne va pas être facile pour toi.

Il se figea, comme étonné par ses mots.

— Pas juste pour moi, Callie, dit-il finalement. Ça va être difficile pour chacun de nous.

Elle leva la main pour lui toucher la joue.

— Tu es sûr d'être prêt à ça ?

Il examina son expression préoccupée avant de se pencher avec lenteur pour l'embrasser avec une tendresse qui lui fit monter les larmes aux yeux.

— J'essaie, murmura-t-il contre ses lèvres. Même si je ne peux pas garantir de ne pas me mettre en rogne si je crois que tu te fais insulter.

— Je ne veux pas que tu perdes tes amis.

Un autre baiser. Plus lent… plus appuyé.

— Si ce sont vraiment mes amis, alors ils comprendront quand je leur dirai d'aller se faire voir. (De la langue, il créa un passage humide le long de sa lèvre inférieure.) Et s'ils veulent être des têtes de cons, ils n'auront qu'à foutre le camp de ma vie.

Elle ne put s'empêcher de rire.

— Des têtes de cons ?

— Ouais, des têtes de cons.

Il traça un chemin de baisers sur la ligne de son visage avant de la scruter d'un air interrogateur.

— Et toi ? Tu es prête à ça ?

Elle soutint son regard.

— Quand je suis avec toi, j'ai l'impression de pouvoir affronter n'importe quoi.

L'expression de Duncan s'adoucit et une émotion indéfinissable couva dans ses yeux.

— Même les flics crétins ? s'enquit-il d'une voix rauque.

— J'ai plus peur de ta mère.

Un sourire empreint d'une intention coupable aux lèvres, il glissa la main par-dessus son épaule pour lui faire épouser le renflement de son sein.

— Tu sais, je connais un moyen parfait de te faire oublier ma petite mère et mes amis fouineurs. (Du pouce, il frotta son téton jusqu'à ce qu'il devienne une pointe contractée.) Oh, ainsi que la fin potentielle du monde.

— Hmm. (Elle lui érafla le dos des ongles, le corps envahi d'une chaleur de miel.) Ça a intérêt à être une distraction sacrément bonne, railla-t-elle, lui caressant le mollet du pied.

Il gémit doucement, enfouissant le visage dans la courbe de son cou.

— Oh, je crois que tu vas aimer.

— Juste aimer ?

Des lèvres, il trouva le pouls qui tambourinait à la base de sa gorge.

— Si j'ai beaucoup de chance, tu vas adorer, chuchota-t-il, inclinant les hanches pour glisser profondément en elle d'un coup de reins plein d'aisance.

— Duncan…

Chapitre 23

L'aube venait tout juste de poindre quand Zak quitta ses appartements privés et entra dans la petite pièce à l'arrière du manoir. Comme toujours, un petit déjeuner complet l'attendait, accompagné de la pile des journaux du matin.

Il ne prêta pas attention à la sensation crépitante d'anticipation qui lui emplissait les veines comme le champagne le plus fin tandis qu'il s'acquittait de ses occupations matinales avec une précision rigoureuse. L'attirance exercée par le calice l'avait hanté toute la nuit, mais le moment n'était pas venu de se laisser ensorceler par les chuchotements du pouvoir.

Non.

Il avait besoin de garder un esprit méthodique.

Un état de calme absolu.

Et de comprendre que plus il se rapprochait de l'accomplissement de son destin, plus il devait se montrer prudent.

En ce jour, il plaçait ses pions et finalisait sa stratégie.

Et, bien sûr, il réglait les derniers détails.

À ce moment précis, Tony entra dans la pièce ; il avait plus mauvaise mine que nombre de cadavres que Zak avait ressuscités.

De toute évidence, son serviteur n'avait pas dormi. Ni ne s'était lavé. Ses cheveux bruns formaient de petits épis et ses joues n'étaient pas rasées. Il avait fait l'effort de s'habiller d'un pantalon propre et d'un tee-shirt blanc, mais il avait oublié ses chaussures, et sa ceinture pendait autour de sa taille épaisse, sans être bouclée.

— Tony, murmura Zak. Où est le légiste ?

Le serviteur dansa d'un pied sur l'autre, anxieux.

— Il est dans la cuisine en train de boire un café. Je lui ai dit que je devais vérifier que mes employeurs n'étaient pas encore debout.

— Excellent. (Zak reposa sa serviette de table et se leva.) Il ne se doute pas qu'il s'agit d'un piège ?

— Non. (Tony remua encore, mal à l'aise.) Il sait qu'il m'arrive parfois de… d'échanger des informations contre du liquide.

Redressant d'un air absent les manchettes de son costume Armani, Zak contourna la table. Contrairement à Tony, il comprenait l'importance d'incarner l'image de la force.

— Utilisez les souterrains pour le conduire au sous-sol.

L'homme passa les doigts dans ses cheveux.

— Il sera armé.

— Les armes humaines ne m'effraient pas.

— Moi si, grommela Tony.

Zak haussa les épaules.

— Dès que le légiste sera dans mon laboratoire, vous pourrez partir.

— À condition qu'il ne me tire pas une balle dans le dos avant qu'on y soit.

Zak sourit avec une froide indifférence.

— C'est un risque que je suis prêt à courir.

Tony perdit le peu de couleurs qui lui restaient.

— Génial.

Sans se soucier de la panique tout juste contenue de son serviteur, Zak quitta la pièce avec désinvolture et longea le couloir. Il était encore tôt, mais il avait des tâches à terminer avant l'arrivée du légiste.

Lorsqu'il atteignit son bureau, il ralentit le pas en humant la senteur caractéristique de cire de bougie et de sang.

Anya.

Un sourire glacial aux lèvres, il ouvrit la porte avec précaution et scruta la pièce pour s'assurer qu'aucune surprise fâcheuse ne l'attendait.

Tout semblait en ordre. À condition de ne pas tenir compte de la femme svelte aux cheveux roux qui fouillait furtivement dans les tiroirs de son bureau.

Il s'avança dans la pièce, referma la porte et traversa le tapis en silence pour se poster juste derrière l'intruse.

— Je pensais te trouver ici, sorcière, murmura-t-il.

Le souffle coupé, Anya virevolta pour lui faire face, les yeux écarquillés de peur.

— Zak.

Soutenant son regard, Zak se pencha sur le côté et actionna le levier caché. Dans un petit bruit sec, le panneau bascula et il plongea la main dans le compartiment pour en sortir le calice.

— C'est ce que tu cherchais ?

Elle eut la sagesse de reculer tandis qu'il se redressait pour brandir le calice entre eux.

— Bien sûr que non.

Elle déglutit puis, au prix d'un effort manifeste, elle se força à esquisser un sourire figé.

— Je cherchais une amulette que j'ai perdue ici hier, ajouta-t-elle.

Zak fit claquer sa langue et posa avec précaution le calice sur le bureau.

— Tu es vraiment une menteuse pitoyable, déclara-t-il d'une voix traînante.

— Je… je n'ai aucune raison de te mentir.

— Exact. Ce temps-là est derrière nous.

Il tendit la main pour enrouler les doigts autour de son cou. Sans serrer au point de lui faire mal. Pas encore.

— Dis-moi, Anya, pourquoi avoir fait ça ?

Elle se raidit mais eut l'intelligence de ne pas tenter de se libérer.

— Fait quoi ? demanda-t-elle d'une voix rauque.

— Me trahir.

— Je ne t'ai… (Elle poussa un cri étranglé quand il resserra les doigts.) Zak, non !

— Je ne suis pas stupide, Anya. (Sa voix avait des accents glacés.) Personne d'autre n'aurait pu garder le jeton hors de ma portée durant si longtemps.

— La Confrérie…

— Une bande d'idiots qui n'auraient jamais été capables de se montrer plus malins que moi sans une espionne pour les prévenir chaque fois que je m'apprêtais à frapper, l'interrompit-il, observant de ses yeux plissés les émotions se succéder à toute vitesse sur son visage.

De la peur… du désespoir… de la ruse.

— Une espionne ? tenta-t-elle finalement de bluffer.

Du pouce, il appuya sur le pouls qui tambourinait juste sous sa mâchoire.

— Toi.

Le rire de la sorcière contenait des notes hystériques à peine masquées.

— Tu ne peux pas être sérieux.

— Oh, je suis très, très sérieux, répliqua-t-il doucement.

— Mais…

Elle s'efforça de se souvenir des excuses faciles qu'elle avait employées pendant des années pour balayer ses soupçons.

— Si c'était moi, reprit-elle, alors pourquoi n'aurais-je pas alerté Calso ?

Il baissa le regard sur la ligne tremblante de ses lèvres.

— Je reconnais avoir pensé qu'il s'agissait d'un piège jusqu'à ce que je mette la main sur le calice. Maintenant, je ne peux que supposer que quelque chose a mal tourné.

La respiration de la sorcière s'accéléra, un signe certain qu'il avait deviné juste.

— Alors qu'est-il arrivé, ma chère ? Ils n'ont pas écouté ton avertissement ? Ou tu as remarqué mes suspicions et décidé que le risque n'en valait pas la peine ?

— C'est absurde, Zak, s'obstina Anya. Mon sort est lié au tien.

Elle était avant tout tenace. Ce qui était la seule raison pour laquelle elle avait survécu au cours des siècles.

— C'est ce que je croyais.

Elle s'humecta les lèvres, de plus en plus alarmée par son refus d'ajouter foi à son innocence.

— Je t'ai sauvé des flammes, lui rappela-t-elle. J'ai monté la garde près de ton corps mutilé pendant un siècle. Je t'ai conduit au temple secret. Pourquoi aurais-je tant sacrifié si c'était pour te trahir ?

Il arqua les sourcils. Elle n'espérait quand même pas éveiller sa compassion ? Mieux que quiconque, cette femme devrait savoir qu'il ne s'adonnait pas aux émotions humaines.

— C'est ce que tu vas me dire, lui assura-t-il. Alors vas-y, explique-moi.

— Je t'ai dit…

Il poussa un soupir de déception feinte et serra les doigts lentement, implacablement autour de sa gorge.

— On est ensemble depuis très longtemps, Anya. Je ne voulais pas avoir à te faire du mal. (Il commença lentement, implacablement à lui écraser la gorge.) Mais ça va être le cas.

— Non ! parvint-elle à souffler, les larmes baignant ses joues blêmes.

— Dis-le-moi, sorcière. Dis-moi pourquoi.

Il se pencha jusqu'à ce que leurs nez se touchent, son pouvoir froid tournoyant dans l'air.

Frissonnante de douleur, elle leva les mains pour lui saisir les poignets.

— Parce que je t'aime, cracha-t-elle.

— Tu m'aimes ?

Son rire sans joie résonna à travers le bureau. Cette femme était capable de désir sexuel, d'avidité et d'ambition narcissique. Mais d'amour ?

Un barracuda avait plus de cœur qu'elle.

— Oui, insista-t-elle, ses joues retrouvant soudain des couleurs. Tu ne peux pas être surpris. Pourquoi une femme consacrerait-elle sa vie à un homme si ce n'est par amour ?

— Tu dois vraiment penser que je suis idiot, déclara-t-il d'un ton sarcastique, desserrant les doigts juste assez pour lui permettre de prendre une inspiration tremblante.

Il voulait que ce soit lent.

Et douloureux.

Très, très douloureux.

— C'est la vérité, implora-t-elle.

— Je ne prétends pas être expert en matière d'émotions humaines, mais je suis absolument certain que l'amour n'inclut pas la trahison. (Il croisa son regard méfiant, l'expression froide, impitoyable.) Sauf si on se trouve être un personnage shakespearien. Et tu sais à quel point je déteste Shakespeare.

— Ça n'a pas commencé comme une trahison.

— Non ?

— Non.

L'amulette autour du cou de la sorcière émit une faible lueur. À coup sûr une ultime tentative pour l'inciter à gober ses paroles suppliantes. Elle avait toujours été douée pour contraindre les autres. Malheureusement pour elle, il n'avait jamais été sensible à son influence.

— Lors de notre première rencontre, j'ai été attirée par ton pouvoir, poursuivit-elle. C'est pour ça que je t'ai aidé à retenir l'attention de la tsarine.

Il poussa un grognement méprisant.

— Je n'avais pas besoin de ton aide.

— Peut-être pas, mais tu n'aurais jamais découvert ton destin si je ne t'avais pas révélé l'existence du temple.

— Il aurait fini par m'être révélé. Mon destin m'attend depuis l'aube de la civilisation. (Zak haussa l'épaule avec dédain.) En plus, j'ai promis de faire de toi la reine du monde. Un échange équitable pour cette information.

— Et je n'en désirais pas plus. Même après t'avoir sauvé des flammes et protégé de tes ennemis. Ce n'est pas avant…

À dessein, elle laissa les mots mourir sur ses lèvres.

— Avant ?

— Avant qu'on devienne amants que mes sentiments ont acquis de la profondeur.

— Amants ? (Il esquissa un sourire sans joie.) On a couché ensemble pour nous assurer ma victoire suprême.

Elle masqua prestement la rage qui brilla dans ses yeux.

— Appelle ça comme tu veux, dit-elle, baissant la voix en une invitation séduisante. J'ai passé nuit après nuit dans tes bras, ce qui a créé un lien entre nous.

« Nuit après nuit… »

Frappé par ses douces paroles, Zak serra brusquement les dents.

Seigneur. Il venait juste de jurer qu'il n'était pas un idiot, mais il était évident que c'était exactement ce qu'il avait été.

Cette… femme… s'était servie de son désintérêt des détails ennuyeux de la procréation pour le retenir en otage.

Et le plus exaspérant de tout, c'était qu'il ne s'était même pas douté qu'elle se jouait de lui.

— Espèce de petite sorcière intelligente.

À chaque mot glacial il resserra les doigts, lui enfonçant les ongles dans la peau jusqu'à ce que du sang lui dégouline le long de la gorge.

— Zak, cria Anya d'une voix rauque, les yeux exorbités. Arrête.

— Tu as prétendu que ta magie noire t'empêchait presque totalement de concevoir, dit-il avec hargne, les lèvres retroussées de dégoût. Un mensonge, n'est-ce pas, Anya ?

Elle dut s'y prendre à plusieurs fois avant de réussir à parler malgré sa souffrance.

— Pas entièrement.

— Tu mens.

— Non.

Avec désespoir, elle lui saisit les poignets et tenta d'écarter ses mains implacables.

— C'est vraiment plus difficile, ajouta-t-elle.

Il examina son visage pâle avec une répugnance qui ne lui correspondait pas. Les émotions constituaient une perte d'énergie. C'était regrettable, mais il arrivait qu'elles refusent de se laisser éliminer.

Comme à présent.

— Mais tu t'es assuré que ce serait impossible.

— Oui, souffla-t-elle. Je savais que dès que tu aurais eu ce que tu voulais, tu ne m'aurais plus invitée dans ton lit.

— Alors pourquoi… ?

Il ravala sa question, se rappelant brusquement les jours qui avaient précédé l'annonce de sa grossesse tant attendue.

— Bien sûr, poursuivit-il. J'ai dit que j'étais las de ton manque de production. J'avais l'intention de trouver une autre femme pour recevoir ma semence.

Elle baissa les yeux et fit trembler ses lèvres de façon ingénieuse. Un si joli numéro, reconnut-il avec aigreur. Dommage qu'elle ne dispose pas d'un public pour apprécier ses efforts.

— Je ne pouvais pas permettre que tu prennes une autre maîtresse.

— Permettre ?

— J'étais désespérée, avoua-t-elle d'un ton théâtral. À la fin, j'en ai été réduite à te donner l'enfant que tu désirais en espérant que tu verrais que nous étions tellement plus que de simples partenaires.

Il grogna avec mépris.

— Tu n'as jamais été ma partenaire.

Son petit numéro vacilla alors qu'une vague d'amertume lui assombrissait les yeux.

— Non, je n'étais qu'un moyen pour atteindre un but, grommela-t-elle.

Parfaitement vrai. Il resserra les doigts et elle trembla d'une douleur atroce.

— Quand as-tu commencé à me dénoncer à la Confrérie ? demanda-t-il.

Elle s'agrippa à ses bras, le visage tordu de panique alors que les os se mettaient à craquer dans son cou.

— Je ne peux plus… respirer.

— Oh, je crois que tu peux y arriver si tu essaies vraiment, ma chère, répliqua-t-il d'une voix traînante.

Même si les sorcières ne possédaient pas les facultés de guérison des Sentinelles, elles supportaient mieux les blessures que de simples humains.

— Bon, on reprend. Quand as-tu commencé à me dénoncer à la Confrérie ?

L'amulette brilla, mais cette fois il ne s'agissait pas d'une vaine tentative pour l'ensorceler. *Non.* Anya puisait avec frénésie dans la magie qui y était conservée pour rester en vie.

— Peu de temps après que tu t'es aperçu que tu pouvais sentir leur présence, souffla-t-elle.

Combien d'années avaient été perdues à cause de cette salope ?

Combien de temps son destin lui avait-il été refusé ?

Anya paierait pour chacun des jours qu'elle lui avait coûtés.

— Tu n'as jamais voulu que j'occupe ma place à la tête du monde.

— Bien sûr que si, essaya-t-elle de protester. J'espérais qu'une fois que tu te serais vraiment attaché à moi…

— Ah ! Tu souhaitais un pantin que tu aurais pu mener par la bite, l'interrompit-il, comprenant enfin.

De toute évidence, la définition de l'amour d'Anya consistait à séduire un homme jusqu'à ce que le désir l'aveugle.

Elle lui planta les ongles dans le poignet quand ses jambes se mirent à se dérober sous elle. Il la maintenait au bord de la mort et son corps n'était qu'à quelques minutes de l'évanouissement complet.

— Et toi ?

Il haussa les épaules.

— Je préfère ne pas être le pantin d'une salope trop ambitieuse.

Il vit ses yeux émeraude se vider de toute affection feinte pour révéler le ressentiment amer qui couvait sous la surface.

— Je veux dire que tu ne vaux pas mieux que moi, cracha-t-elle. Tu n'avais pas l'intention de me faire reine.

Il éclata d'un rire moqueur.

— C'est ce que je t'ai promis, non ?

— Une promesse en l'air.

Sa tête tomba en arrière et sa peau devint d'un blanc terreux alors que sa magie faiblissait et qu'elle subissait de plein fouet les conséquences de ses blessures.

— Tu es prêt à sacrifier n'importe qui, y compris ta propre famille, pour atteindre tes objectifs. Je n'ai jamais douté une seconde que tu m'éliminerais avec la même facilité dès que je ne t'aurais plus été d'aucune utilité. (Elle partit d'un rire déchirant, du sang lui coulant du coin de la bouche.) Je ne pouvais qu'espérer me rendre indispensable.

— Ah ! Nul n'est indispensable, Anya, railla-t-il, resserrant les doigts jusqu'à lui écraser la trachée. Dommage.

Avec ses dernières forces, elle leva la main pour lui griffer la joue.

— Je te verrai en enfer, jura-t-elle.

Zak entendit la porte s'ouvrir derrière lui, puis une exclamation étouffée quand l'intrus l'aperçut en train de prendre impitoyablement ce qui restait de la vie d'Anya. Mais il ne détourna jamais le regard de ses yeux émeraude, savourant sa mort lente, le sourire aux lèvres.

Oui. C'était son plus grand talent.

Et son plus grand plaisir.

Au bruit du métal frottant contre le cuir, il comprit alors que dans son dos l'homme sortait un pistolet.

— Il se passe quoi ici, putain ? gronda-t-il, la voix pas complètement assurée.

— Patience, flic, ordonna Zak, le pouvoir sombre s'agitant tout au fond de lui. Tu es le suivant.

Duncan n'était pas un type du genre sentimental.

Ou du moins… il ne s'était jamais pensé comme quelqu'un de sentimental. Pas avant Callie Brown.

Allongé sur le côté, il observait la petite femme pelotonnée près de lui. Il était éveillé depuis des heures, enchanté par la vision de Callie endormie dans ses bras.

Ses traits pâles et délicats. Ses cheveux flamboyants qui reflétaient son esprit indomptable. La courbe pulpeuse de ses lèvres qui laissait deviner son tempérament passionné. Et son corps svelte qui renfermait une force qui aurait choqué la plupart des gens.

Il avait tenu à Susan. Vraiment.

Mais cette femme…

Elle s'emboîtait en lui avec une perfection absolue. Comme deux pièces de puzzle qui avaient enfin été assemblées.

Là, vous voyez ?

Sentimental.

Et autre chose. Quelque chose à la possessivité farouche et de dangereusement protecteur.

Il grimaça, lui effleurant l'épaule des doigts. Il avait beau avoir affirmé à Callie être prêt à affronter les inévitables préjugés dont ils seraient victimes, il mourait encore d'envie de foutre son poing dans la figure de Frank.

Ami ou non, cet homme n'avait aucun droit de tenter d'intimider Callie. S'il estimait que Duncan faisait une erreur, il devait le lui dire en face. Ça, c'était un truc qu'il respectait. Pas se comporter comme une petite brute dans son dos.

Il secoua la tête, ne souhaitant pas gâcher la tranquillité de ce moment avec des pensées aussi moches. Il aurait largement le temps plus tard de s'inquiéter au sujet du reste du monde. Pour l'instant, ils étaient juste tous les deux.

Alors qu'il s'apprêtait à réveiller d'un baiser sa belle endormie, Duncan fut pris au dépourvu quand elle commença soudain à s'agiter violemment contre lui, ses petits gémissements de détresse lui transperçant le cœur.

— Callie. Ma puce.

Il s'assit pour l'attirer tout contre son torse.

Elle se débattit contre lui, la respiration rapide, paniquée.

— Non… non…

Il lui appuya la tête contre son épaule, l'empêchant des bras de dégringoler du lit.

— Callie, réveille-toi.

Le ton autoritaire qu'il adopta sembla faire l'affaire. Dans un gémissement sourd, elle souleva les paupières, la vive clarté de ses yeux voilée par l'horreur qui s'y attardait.

— Duncan ?

Il lui saisit le menton et effleura d'un doux baiser ses lèvres tremblantes.

— Tu as fait un cauchemar.

— Oui, dit-elle avec lenteur, le corps secoué d'un frisson. Bon Dieu, c'était terrible.

Il fit courir sa bouche sur sa tempe.

— Tu veux en parler ? demanda-t-il. Ou tu préfères l'oublier ?

— Je me tenais aux limites de Valhalla et…

— Callie ?

— Ils étaient partout, poursuivit-elle, s'efforçant courageusement de ravaler un sanglot étouffé.

— Tout va bien. (Il resserra les bras autour d'elle en la sentant trembler contre lui.) Je suis là.

— Je ne pouvais pas les arrêter.

— Arrêter qui ?

— Les morts.

À ces mots chuchotés, son cœur se contracta. *Merde !* Ils ne pouvaient pas la laisser tranquille au moins pendant son sommeil ?

— Callie, c'était juste un cauchemar.

— Non. Pas juste un cauchemar.

Lorsqu'elle inclina la tête en arrière, il observa son expression préoccupée, ses joues mouillées de larmes.

— C'était réel. Une prémonition, ajouta-t-elle.

Il ne prêta pas attention au frisson froid qui lui descendit dans le dos. Il n'allait pas commencer à avoir peur de son ombre.

Ils étaient tous les deux sur les nerfs. N'était-il pas plus probable que ses cauchemars soient la conséquence du stress plutôt qu'un présage ?

Du pouce, il essuya ses larmes.

— Voir l'avenir fait partie de tes dons ?

— Non, mais…

— Alors ce n'était qu'un cauchemar, insista-t-il.

Elle prit une inspiration tremblante.

— C'était mon sang.

— Quoi ?

— C'était mon sang qui les avait sortis de la tombe.

— Chut. Rien ne va t'arriver. Pas tant que je te tiendrai dans mes bras.

La joue posée sur le sommet de sa tête, il tendit la main pour ouvrir le rideau, la lumière du soleil matinal inondant le lit.

Chapitre 24

Zak observa la petite entaille dans sa paume, fasciné d'y voir apparaître une goutte de sang qui disparut aussitôt, pour réapparaître dans le calice qu'il avait laissé sur le plan de travail de son labo.

Il sentait le pouvoir sombre qui coulait en lui comme une rivière de glace. C'était le même déferlement vibrant qui menaçait de lui brûler les chairs jusqu'aux os, tout en étant… différent.

Avec le calice, c'était plus profond.

Il avait les sens aiguisés jusqu'à atteindre une finesse presque insupportable, comme si chacun de ses nerfs avait été dénudé. La lumière des néons était vive à en être aveuglante, la légère caresse de l'air conditionné lui donnait la chair de poule et les battements effrénés du cœur de Tony qui se recroquevillait près de la porte retentissaient dans la pièce.

Mais par-dessus tout, il avait conscience des fils chatoyants de magie qui le reliaient au cadavre qui se tenait au milieu du labo.

Il ne s'agissait pas du glissement familier dans l'esprit d'un mort. Il ne contrôlait pas une coquille vide qui se décomposait rapidement.

Non.

Une partie de Frank Sanchez était restée malgré son décès. Il était imprégné d'une magie qui passait du calice à Zak avant de s'insinuer en lui. Le légiste pouvait marcher, parler et réfléchir par lui-même. La magie lui donnait même l'apparence de la vie. Il clignait des yeux, inspirait parfois une bouffée d'air inutile et son visage pouvait prendre quelques expressions léthargiques.

La magie masquait aussi la blessure béante sur le côté de son crâne, que Zak lui avait infligée. Presque comme si c'était l'image que Frank avait de lui-même qui enveloppait son cadavre.

Mais alors qu'il paraissait vivant, il était bel et bien mort, et sous le contrôle absolu de Zak.

L'arme parfaite.

Un sourire satisfait aux lèvres, Zak tourna avec lenteur autour de sa dernière création.

— Tu m'entends ? demanda-t-il doucement, ravi quand Frank posa ses yeux sur lui, la lueur de la conscience brillant dans leurs profondeurs sombres.

— Oui.

— Tu sais qui tu es ?

— Frank Sanchez.

— Merde, grommela Tony depuis le seuil, le visage d'un blanc terreux.

— Taisez-vous, lui lança Zak d'un ton brusque, sans jamais quitter des yeux Frank qui fronça les sourcils avec perplexité. Qu'y a-t-il ?

— Qui es-tu ? s'enquit le légiste.

Ah ! Ainsi il ne se rappelait pas les instants qui avaient précédé sa mort.

Intéressant.

— Je suis ton maître, répondit-il avec une simplicité sévère.

La perplexité de Frank s'accentua.

— Foutaises…

Zak laissa son pouvoir se déverser à travers leur lien, interrompant ses paroles chargées de colère et renforçant sa volonté sur l'homme.

— Qui suis-je ? demanda-t-il.

La confusion de Frank s'évanouit et il inclina la tête.

— Maître.

— Très bien.

Plongeant la main dans la poche de son pantalon Armani, il en sortit son téléphone et en dirigea l'écran vers Frank.

— Tu te souviens de cet homme ?

Frank n'hésita pas.

— O'Conner.

— C'est ça.

Zak passa le doigt sur l'écran pour faire apparaître une autre photo.

— Et cette femme ?

— Une nécro.

Zak plissa les yeux. Dès qu'il serait aux commandes de Valhalla, les choses allaient changer. À commencer par les humains, à qui il apprendrait quelle était leur place.

— Son nom est Callie Brown, corrigea-t-il d'une voix basse, glaciale. Dis-le.

— Callie Brown, répéta docilement Frank.

Satisfait, Zak remit le téléphone dans sa poche.

— Je veux qu'on me l'amène, ordonna-t-il. Tu comprends ?

— Oui.

Avec une rapidité qui prit Zak au dépourvu, le légiste s'était retourné pour se diriger vers la porte.

— Attends, gronda-t-il, empoignant l'homme par le bras. Tu ne sais pas où elle est.

Il vit une émotion indéfinissable briller un instant dans ses yeux. Ou, plus probablement, le simple souvenir d'une émotion.

Il doutait que la magie qui emplissait Frank puisse vraiment lui faire éprouver des sentiments sincères.

— Elle est avec O'Conner.

Zak plissa les yeux.

— Tu en es sûr ?

— Elle était avec lui au poste hier.

— Elle était accompagnée de son gardien ?

— Non.

Se détournant, Zak marcha vers le plan de travail en Inox.

Était-ce possible ?

Il avait attendu si longtemps, se l'était vu refuser si souvent.

Se pouvait-il que le destin intervienne enfin pour lui assurer le succès suprême ?

Oui, chuchota une voix dans son esprit.

De toute évidence, le sort avait estimé que le moment était venu pour lui de prendre la place qui lui revenait. Pourquoi les étoiles ne s'aligneraient-elles pas pour que Callie soit exactement là où il avait besoin qu'elle soit ?

Lorsqu'il se retourna avec lenteur, il résista à l'envie de se ruer hors du manoir pour rejoindre la femme qui représentait la dernière clé vers sa gloire.

Destin ou non, il serait idiot de se mettre en danger alors qu'il était si près de la réussite.

— Je veux que tu trouves O'Conner. Si Callie est encore avec lui, je veux que tu l'attrapes et la ramènes directement ici. S'il est seul, je veux que tu gardes un œil sur lui jusqu'à ce qu'elle se montre.

Il reporta son attention vers l'homme qui tentait de se fondre dans les ombres.

— Tony t'accompagnera, ajouta-t-il.

— Bon Dieu, non ! aboya le serviteur, les yeux exorbités alors qu'il s'écartait de la porte.

— Pardon ?

Tony tressaillit en entendant l'avertissement funeste qui transparaissait dans le ton de Zak.

— Notre marché n'a jamais inclus de jouer les acolytes d'un zombie, grommela-t-il.

Zak esquissa un sourire empreint d'un amusement glacé.

— Votre objection porte sur le fait d'être un acolyte ou de travailler avec des morts ?

Incapable de percevoir l'humour de la situation, Tony commença à reculer par la porte.

— Je démissionne.

— Tony.

La voix de Zak était douce mais chargée d'assez de pouvoir pour arrêter l'homme sur place.

— Quoi ? grogna Tony, son attitude belliqueuse ne parvenant pas à masquer sa peur.

— Vous allez aider Frank, l'informa Zak d'un ton monocorde, catégorique. Que vous soyez vivant ou mort ne fait aucune différence pour moi.

— Hé, petite marmotte.

Callie se réveilla pour la seconde fois, son précédent cauchemar oublié alors qu'elle sentait des lèvres chaudes et viriles lui courir sur la joue et qu'elle humait dans l'air une odeur délectable.

Oh… mmm !

Elle ne pouvait décider ce qui était le mieux. Les sensations excitantes que lui procuraient les légères caresses de Duncan ou les parfums chauds de cannelle, de beurre et de sirop d'érable.

Ce fut le gargouillis de son ventre qui s'en chargea.

— Hmm, murmura-t-elle, soulevant les paupières pour découvrir Duncan assis sur le bord du lit, un plateau débordant de bonnes choses posé près de lui. Ce sont des gaufres que je sens ?

Il hocha la tête.

— Je viens de les préparer.

— Tu les as faites ?

Elle se releva pour s'adosser à la tête de lit et plissa les yeux en apercevant la pile de gaufres bien gonflées parfaitement dorées et saupoudrées de cannelle et de sucre glace, avec une belle cuillerée de crème fouettée sur le dessus. Près de l'assiette se trouvait un petit pot de sirop d'érable, et de l'autre côté un bol de fraises rouges bien mûres.

— Menteur.

— Démasqué, reconnut-il avec un sourire enfantin à la vue duquel Callie sentit son cœur se serrer. En revanche, je les ai commandées. Ça compte ?

Callie réprima un soupir résigné. Il n'était pas rasé, portait un tee-shirt blanc uni avec un jean délavé et ses cheveux lui retombaient sur le front. Il aurait dû avoir l'air négligé.

Au lieu de quoi, il était d'une virilité insolente et radieuse, et si séduisant qu'elle avait envie de se pelotonner sur ses genoux et de le supplier de la serrer pour le reste de l'éternité, ou à peu près.

Alors qu'elle était perdue dans ce fantasme, Duncan arqua un sourcil doré et elle fut arrachée à son émerveillement amoureux.

Elle grimaça. Oh là là, elle était bien, bien, bien entichée.

— Seulement si tu as pensé au café, s'obligea-t-elle à le taquiner.

Il afficha un sourire encore plus large.

— Tes désirs sont des ordres.

Il se pencha pour ramasser une tasse qu'il avait laissée par terre et la lui passa sous le nez avant de la lui mettre dans sa main tendue.

Après avoir humé profondément le riche arôme, elle en but une gorgée et adressa à Duncan un regard appréciateur.

Il s'était rappelé qu'elle le prenait avec trois sucres et une bonne dose de crème.

— Parfait, murmura-t-elle, posant son café pour casser le coin de la gaufre du dessus qu'elle trempa dans le sirop d'érable avant de le faire disparaître dans sa bouche. Il y a une raison pour que je sois si honteusement gâtée ?

Il haussa les épaules.

— J'aime te gâter.

Elle le croyait. Duncan était un flic dur à cuire et macho mais il était aussi un amant généreux qui chercherait toujours à faire plaisir à sa partenaire.

— Et tu t'inquiètes pour moi ? demanda-t-elle doucement.

— Aussi.

Elle saisit une fraise et la lui colla contre les lèvres.

— Merci, chuchota-t-elle.

— Pour quoi ? (Il mordit dans le fruit, sans jamais quitter son visage des yeux.) Le petit déjeuner ?

— Aussi.

Ils échangèrent un sourire intime, se souvenant tous deux de la longue nuit remplie de suffisamment de passion pour mettre le feu au monde.

L'or dans ses yeux noisette brillait, suggérant que Duncan ne serait pas contre faire plus que simplement se rappeler le plaisir qu'ils avaient partagé.

— À quelle heure doit arriver ton chien de garde ? s'enquit-il dans un souffle rauque.

Se penchant sur le côté, elle prit son portable sur la table de nuit pour lire le message qui, elle le savait, l'attendait.

Elle grimaça.

— Dans une demi-heure.

— Zut, grommela Duncan, bridant le désir qui l'avait immédiatement envahi. Tu es censée le retrouver où ?

— Sur le parking.

Il fronça les sourcils.

— Quel parking ?

— Ici. (Elle vit sa perplexité s'accentuer.) Il y a un problème ?

— Comment sait-il où… Attends. (Il leva la main, et roula des yeux.) Question idiote.

Elle hocha la tête. C'était bien une question idiote.

— Fane est avant tout consciencieux.

Il serra les dents, même s'il s'efforça visiblement de garder une expression neutre.

— Tu vas rentrer à Valhalla ?

— Oui. Je dois faire un rapport à la Mave.

— Dommage. Je connais un moyen bien plus agréable de passer la journée.

Il baissa le regard vers l'endroit où la couverture cachait tout juste la courbe de sa poitrine.

— Tu ne dois pas travailler ?

— Si. (Il esquissa un sourire coquin.) Mais ça ne veut pas dire que je ne préférerais pas passer la journée avec toi.

Dans un mouvement impulsif, elle se pencha en avant pour déposer un long baiser sur ses lèvres.

— Je vois de quoi tu parles.

— Mmm.

Il lui prit la nuque de la main alors qu'il lui entrouvrait les lèvres pour glisser la langue dans sa bouche, la goûtant avec un appétit flagrant, puis il s'écarta avec un sourire contrit.

— Mange ton petit déjeuner avant que j'oublie qu'on n'a pas le temps pour ça, ordonna-t-il.

Elle lui mordilla légèrement la lèvre inférieure.

— Du temps pour ça ?

— Tiens-toi bien, femme.

Après l'avoir réinstallée d'autorité contre la tête de lit, Duncan saisit une fraise et la lui porta à la bouche.

Avec docilité, Callie mordit dedans, savourant le jus acidulé qui lui explosa sur les papilles. Duncan avait raison, c'était dommage. Bon Dieu, c'était plus que dommage.

Elle préférerait largement se délecter de son corps ferme et viril, mais le temps filait trop vite pour qu'ils puissent s'adonner à leurs envies.

Aucun d'eux ne voulait que Fane vienne la chercher.

Avec un sourire indulgent, Duncan l'incita à terminer son assiette puis, pendant qu'il emportait le plateau, Callie se doucha rapidement.

Lorsqu'elle revint dans la chambre, elle découvrit que ses vêtements avaient été fraîchement lavés et disposés sur le lit, et elle sentit son cœur fondre un peu plus.

Merde.

Cet homme comprenait les femmes beaucoup trop bien.

L'amour n'était pas une question de fleurs, d'anniversaires qu'on se rappelait ni de voyages surprises à Paris.

Non que toutes ces attentions ne soient pas agréables.

Mais c'étaient les petits gestes quotidiens pleins de prévenance qui donnaient à une femme le sentiment d'être appréciée.

Aimée.

Tandis qu'elle s'habillait, elle lutta contre la déception douloureuse qu'elle éprouvait à devoir partir.

Un jour, elle taperait des poings sur la table et insisterait pour obtenir la liberté d'explorer sa relation avec Duncan.

Mais pas ce jour-là.

Tant qu'ils étaient encore en danger, elle devait redoubler de prudence. Son cauchemar l'avait obligée à prendre conscience qu'elle n'accordait pas à l'avertissement de Boggs la considération qu'il méritait.

La vision qu'elle avait eue d'elle-même, dressée face à Valhalla pendant qu'une sinistre et funeste vague déferlait devant elle, était gravée dans son esprit, la glaçant jusque dans son âme même.

Elle ignorait comment ou pourquoi son sang pouvait ressusciter les morts, mais s'il existait la plus petite possibilité pour que ce nécromancien malfaisant puisse l'utiliser dans ses plans morbides, elle devait rester hors de sa portée.

Et si ça signifiait se cacher derrière les murs protecteurs de Valhalla, qu'il en soit ainsi.

Redressant les épaules, elle força ses jambes à la conduire hors de la chambre et jusque dans le salon où Duncan glissait son pistolet dans son étui.

Elle réprima un gémissement.

Sa beauté virile et dorée aurait pu être trop lisse si ses traits n'avaient pas eu un accent dangereux et si son corps svelte et musclé ne l'avait pas prédisposé à la violence.

Il était… à croquer.

Résistant tout juste à l'envie de traverser la courte distance qui les séparait pour se coller contre l'invitation sexy qu'incarnait Duncan O'Conner, elle s'obligea à sourire.

Pas question de se morfondre devant ce flic délectable. Il se faisait déjà assez de souci pour elle.

— Merci pour les vêtements propres, murmura-t-elle. Je n'imaginais pas que tu pouvais non seulement commander un petit déjeuner à tomber mais aussi faire la lessive.

— Je suis un homme aux multiples talents.

— Tu l'es assurément, chuchota-t-elle.

Il se figea alors que leurs regards se croisaient, exprimant tous les mots qu'ils ne pouvaient pas dire.

— Callie…

— Je devrais y aller, souffla-t-elle brusquement, mettant ses lunettes réfléchissantes. Fane ne va plus tarder.

Les dents serrées, il s'approcha pour passer un bras autour de sa taille et la conduire vers la porte. Il avait beau détester que Fane soit son gardien, il ne compromettrait pas sa sécurité.

— Je vais attendre avec toi.

Inutile de protester, même si elle en avait eu envie.

Duncan ne la laisserait pas échapper à sa vigilance jusqu'à ce qu'il l'ait confiée à Fane.

Ce qui aurait pu être insultant si elle n'avait pas accepté qu'elle devait ranger sa fierté au placard jusqu'à ce qu'ils trouvent le nécromancien. Dans sa tête, elle était peut-être une « Xena la guerrière » qui déchirait, mais dans la réalité… *ouais, pas vraiment.*

Lorsqu'elle sortit de l'appartement, Callie sentit un froid étrange lui frôler la peau. Presque comme si elle avait été touchée par la mort.

Elle frémit, et scruta aussitôt l'étroit couloir qui se terminait par une lourde porte coupe-feu. Il n'y avait pas grand-chose à voir. Quelques plantes en plastique qui avaient grand besoin d'être époussetées et un renfoncement peu profond qui conduisait au second logement.

Alors, pourquoi avait-elle l'impression que quelque chose était tapi juste hors de sa portée ?

— Qu'est-ce qu'il y a ? demanda Duncan, la main sur son pistolet.

Elle jeta un dernier regard dans le couloir avant de secouer la tête. De toute évidence, son cauchemar l'avait affectée encore plus qu'elle l'avait pensé.

Elle avait peur de son ombre.

— Rien.

Duncan hocha la tête, et continua à l'accompagner vers la sortie du bâtiment, mais garda la main sur le pistolet.

Elle n'était pas la seule à être sur les nerfs.

Ils entrèrent sur le parking, un instant aveuglés par le soleil de la fin d'après-midi.

Callie cligna des yeux, cherchant le lourd véhicule qu'affectionnait toujours Fane.

Un Hummer, un camion, un char d'assaut.

Quand elle ne vit rien à part les guimbardes et les monospaces habituels, elle regarda Duncan d'un air étonné.

— Il n'est pas là ? s'enquit-il.

— Non. Bizarre. (Elle sortit son téléphone et s'aperçut qu'elle avait raté le texto de Fane.) Oh ! Il a dû attendre que les moines lui préparent une voiture. Il devrait être là d'un instant à l'autre.

— Bien.

Brusquement, Duncan l'attira dans ses bras et lui déposa un baiser sur le bout du nez.

— On a le temps pour un peu de DAP, ajouta-t-il.

— « DAP » ? (Elle inclina la tête en arrière, les sourcils arqués.) Oserais-je demander ?

— Démonstration d'Affection en Public, murmura-t-il, son sourire sexy se figeant soudain quand il regarda derrière elle. Ce type me dit quelque chose et pas pour de bonnes raisons, annonça-t-il, en plein mode flic alors qu'il lui fourrait une clé dans la main. Tiens. Retourne dans l'appartement et enferme-toi. Je t'appellerai quand Fane sera là.

Elle lança un regard par-dessus son épaule et aperçut un homme au torse puissant et aux cheveux bruns lissés de part et d'autre de son visage aux traits grossiers. Il était à moitié caché derrière une benne à ordures et jetait des coups d'œil furtifs sur le côté d'une façon qui ne pouvait pas manquer d'attirer l'attention d'un flic méfiant.

Callie n'aimait pas ça.

Ça hurlait « PIÈGE ».

— Mais…

— S'il te plaît, Callie, marmonna Duncan, la voix tendue.

Comprenant qu'il ne l'écouterait pas tant qu'il ne serait pas certain qu'elle ne courait aucun danger, Callie soupira avec résignation.

— Très bien. (Elle le transperça du regard.) Mais si tu es blessé, je ne vais pas être contente.

En guise de réponse, il la poussa doucement, et Callie retourna dans la résidence et franchit la courte distance jusqu'à l'appartement de Duncan.

Parvenue devant la porte, elle s'évertua à essayer d'insérer la clé dans la serrure. Elle était rongée à l'idée que Duncan puisse bien s'être jeté dans un piège.

C'était un bon flic. Un flic absolument excellent. Mais sa détermination qui frôlait l'obsession à la protéger le rendait vulnérable.

Elle ne doutait pas une seconde qu'il se mettrait en danger s'il le jugeait nécessaire.

À peine capable de se concentrer sur la tâche simple consistant à déverrouiller une serrure, Callie ne remarqua pas l'ombre qui se glissa par la porte à l'autre bout du couloir.

Rien ne l'avertit que le piège dont elle avait soupçonné l'existence s'apprêtait à se refermer sur elle.

Jusqu'à ce qu'une douleur paralysante explose à l'arrière de sa tête et que le monde devienne noir.

Après avoir attendu que Callie entre dans la résidence, Duncan traversa le parking avec assurance, la main tenant son pistolet bien en vue. Si ce rôdeur était un dealer ordinaire, il s'enfuirait. C'était ce qu'ils faisaient toujours quand ils avaient affaire aux forces de l'ordre. Duncan pourrait le signaler et rejoindre Callie.

Si ce n'était pas ça… eh bien, il s'était occupé d'ordures avant.

Et l'homme qui se cachait derrière la benne portait tous les signes caractéristiques d'une ordure de premier ordre.

S'arrêtant dos à une voiture pour que personne ne puisse lui tomber dessus à l'improviste, il examina les traits grossiers qui lui évoquaient un vague souvenir.

Cet homme avait déjà croisé son chemin. Rien d'inhabituel. Duncan passait beaucoup de temps dans les rues, à interagir avec de nombreuses personnes différentes. Il était rare qu'il ne voie pas quelqu'un qu'il avait déjà rencontré. Que ce soit un criminel, une victime ou juste un témoin.

— Comment tu t'appelles ? demanda-t-il, sans prendre la peine de montrer sa plaque.

Inutile de rendre les choses officielles.

Pour l'instant.

— Tony, marmonna l'homme, un joli voile de sueur sur le front.

La nervosité ? La culpabilité ? Un truc pire ? Un seul moyen de le découvrir.

— Tu as une raison pour rôder sur mon parking, Tony ?

Tony humecta ses lèvres épaisses, jetant un regard vers la résidence.

— Je ne rôdais pas. Je…

— Ouais ?

— … vous attendais.

— Moi ? (Il fronça les sourcils.) Pourquoi ?

— Vous êtes flic, c'est ça ?

— En effet.

— J'ai des informations pour vous.

Duncan resta sur ses gardes. D'après son expérience, les indicateurs de confiance ne se cachaient pas sur les parkings à attendre qu'un flic se pointe.

Et comment avait-il bien pu savoir où il habitait ?

Discrètement, Duncan resserra les doigts sur son pistolet.

— Quel genre d'informations ?

— J'ai entendu dire que vous vous intéressiez à un nécro.

Duncan eut le souffle coupé.

— Comment as-tu appris ça ?

De nouveau, l'homme lança un regard vers la résidence. Comme s'il cherchait un truc.

Ou quelqu'un.

— Les rumeurs circulent.

Non ! Les rumeurs ne circulaient pas. Pas parmi les criminels de bas étage.

Il sentit des pointes froides de suspicion lui transpercer le cœur.

Quelque chose clochait.

— D'accord.

Il se positionna de façon à pouvoir surveiller la résidence et commença à reculer, ses alarmes internes hurlant un avertissement tardif.

— Retrouve-moi au poste de police dans une demi-heure et on discutera.

— Non ! (D'un mouvement soudain, Tony empoigna Duncan par le bras.) Attendez.

Duncan sortit son pistolet et le braqua entre les yeux du salopard.

— Lâche-moi.

Tony écarquilla les yeux de peur, pourtant il continua à l'agripper avec ténacité.

— Je dois vous parler maintenant.

Un flamboiement de lumière aveugla Duncan quand le soleil se réfléchit sur la porte vitrée de la résidence. Tournant la tête, il la vit s'ouvrir et son cœur s'arrêta brusquement.

Callie.

Abasourdi, il riva son attention sur l'homme qui emmenait son corps inerte dans la direction opposée.

Était-ce…

— Frank, murmura-t-il avec perplexité.

Le monde avança au ralenti tandis qu'il regardait son ami de longue date porter Callie vers une voiture garée à côté de la sienne.

Ça n'avait pas de sens.

D'accord, Frank avait peut-être dit des trucs idiots dans une volonté malheureuse d'aider Duncan, mais c'était un homme d'honneur. Il ne s'en prendrait jamais à une femme qui n'était pas armée juste parce qu'il n'aimait pas les évolués.

Jamais. Alors, qu'est-ce qui se passait, bon Dieu ?

Son cerveau léthargique s'efforçait de trouver une explication raisonnable.

Frank avait-il découvert Callie évanouie et se dépêchait-il de l'emmener à l'hôpital ?

S'était-il aperçu qu'elle courait un danger et tentait-il de la protéger ?

Avait-il… ?

Il plissa les yeux quand Frank marcha juste devant une voiture qui entrait sur le parking sans jamais tourner la tête, même quand le conducteur klaxonna.

— Qu'est-ce que… ? souffla Duncan, une peur violente lui déchirant le cœur.

À cet instant, il comprit que le comportement étrange de son ami n'était pas le seul truc qui clochait chez lui. Son aura était déformée.

Comme si l'étincelle de vie qui dansait autour de lui en tourbillons colorés avait été étouffée pour ne laisser qu'une âme vide.

C'était un… cadavre ambulant. Il n'existait pas d'autre explication.

— Merde !

Libérant brusquement son bras de l'étreinte de Tony, il s'élança à travers le parking, hurlant à pleins poumons.

— Callie !

Décidé à rattraper Frank avant qu'il mette Callie dans la voiture et disparaisse, Duncan chassa Tony de ses pensées. De toute évidence, ce voyou n'avait servi qu'à détourner son attention. Il s'occuperait de lui quand Callie serait en sécurité.

Mais avec une rapidité surprenante pour un homme de sa corpulence, Tony se jeta sur Duncan par-derrière, le renversant au sol.

— Bordel de merde ! gronda Duncan, lançant le bras dans son dos pour frapper Tony sur le côté de la tête avec la crosse de son pistolet.

L'homme jura mais continua à s'agripper à lui avec une détermination farouche, ses grognements rauques emplissant l'air.

— Il est trop tard, haleta-t-il. Il est trop tard pour chacun de nous.

Alors qu'il s'efforçait de se débarrasser de l'homme, Duncan réussit à se tourner suffisamment pour lui braquer le pistolet entre les yeux.

— Laisse-moi partir ou je t'éclate le cerveau.

L'homme rit.

Vraiment.

— Allez-y. Ça sera un soulagement comparé au sort qui m'attend.

Merde.

Il n'y avait rien de pire qu'un criminel suicidaire.

Surtout quand ce criminel détenait des informations dont il pourrait avoir besoin.

Avec un grognement de frustration, il résista à l'envie de presser la détente et s'écarta pour le frapper à nouveau avec la crosse de son arme.

Il entendit un craquement sourd quand le crâne de Tony se fractura et qu'une entaille apparut au milieu de son front, mais de façon insensée l'homme continua à s'agripper à lui.

Duncan poussa un grondement frustré. *Assez.* Il avait assez glandé comme ça.

Le doigt sur la détente, il était à un cheveu de tirer quand il vit Tony loucher, et le bouffon s'affala enfin sur le côté.

Dans un grognement, Duncan se dégagea de ce poids mort et bondit sur ses pieds.

Il fouilla d'un regard désespéré le parking, et la terreur lui étreignit le cœur quand il aperçut une voiture gris métallisé avec Frank au volant qui fonçait dans sa direction.

Callie…

Elle devait être dans le véhicule.

Brandissant son pistolet, il visa en plein dans le pare-brise, et ne bougea pas même quand Frank accéléra, manifestement déterminé à l'écraser.

Non. Seigneur, non.

Ça n'était pas possible.

Déchargeant son arme, il jura en comprenant que les balles n'avaient aucun effet sur Frank. C'était comme si son cadavre absorbait simplement les impacts et se reconstituait.

Lançant le flingue de côté, Duncan rassembla ses forces. Il sauterait sur le capot de la voiture et se faufilerait par le pare-brise cassé.

Presque comme s'il avait senti les intentions de Duncan, Frank donna un coup de volant au dernier moment, mettant le véhicule hors de sa portée.

— Merde.

Au prix d'un effort surhumain, Duncan se jeta sur la voiture et saisit du bout des doigts la poignée de la portière arrière. Désespérément, il tenta de ne pas se laisser distancer pendant qu'il tirait sur la poignée, mais il se démonta l'épaule quand Frank vira brusquement sur la gauche.

Duncan fut soulevé du sol et la poignée lui échappa alors qu'il valsait en arrière. En plein vol, il se cogna la tempe au pare-chocs arrière, s'ouvrant une entaille profonde avant de heurter la chaussée.

Rugissant de douleur et de rage, il s'obligea à s'agenouiller, et ne remarqua même pas le corps de Tony étendu à quelques mètres. Pas avant qu'un filet de sang coule peu à peu par terre pour former une flaque juste devant lui.

Oh… bon Dieu.

Frank n'avait pas fait une embardée pour éviter Duncan.

Mais pour rouler sur Tony alors qu'il était inconscient.

Ne pas laisser de complices… À l'évidence, telle était la devise de ce nécro inconnu.

Du moins, pas un en état de parler.

Et celui-là ne parlerait assurément plus.

Duncan frémit tandis qu'il examinait le corps mutilé. Il n'avait pas besoin d'un médecin pour savoir que Tony était mort. Non seulement les roues avant lui avaient écrasé la poitrine, mais celles de derrière l'avaient presque décapité.

Toute information qu'ils auraient pu obtenir sur l'endroit où Frank emmenait Callie ou même sur les plans du nécromancien était perdue.

Ces pensées ineptes lui traversaient la tête alors qu'il se relevait tant bien que mal, et courait vers le trottoir.

Trop tard, trop tard, trop tard…

Ces mots accablants passaient en boucle dans son esprit quand un lourd camion noir s'arrêta dans un grincement de freins devant lui et que Fane ouvrit la portière.

— Où est Callie ? gronda-t-il.

Le monde tournait d'une drôle de façon, mais Duncan s'efforça farouchement de répondre.

— Ils l'ont prise, parvint-il à souffler, se demandant pourquoi il avait l'impression d'avoir le visage humide d'un côté.

Il ne s'était pas mis à pleuvoir sans qu'il s'en aperçoive, si ?

Levant la main, il toucha le liquide chaud et collant et retira les doigts pour constater qu'ils étaient enduits de rouge.

Pas de la pluie. Du sang.

Puis il se rappela.

Ah ouais.

Tête contre pare-chocs.

Trous de mémoire.

Ce fut sa dernière pensée à peu près cohérente avant qu'il s'évanouisse dans les bras de Fane.

Chapitre 25

Avec précaution, Callie ouvrit les yeux et regarda autour d'elle.

Elle ignorait à quoi s'attendre.

Une crypte ? Un cachot ? Un château sinistre abritant Dracula ?

Mais elle découvrit qu'elle se trouvait dans un labo de pointe.

Quelque part, cette vision était loin d'être rassurante.

Tout ce métal brillant et ce blanc froid lui rappelaient la morgue d'un Frankenstein contemporain à faire dresser les cheveux sur la tête.

Callie descendit du lit à roulettes en Inox où elle était allongée et s'obligea à respirer lentement tandis qu'elle parcourait la vaste salle du regard.

Des placards en acier. Un long plan de travail avec un évier. Du carrelage blanc au sol et un haut plafond avec des néons. Le long du mur du fond s'alignaient d'immenses congélateurs qu'elle n'avait pas l'intention d'explorer.

Pas de fenêtres.

Une porte qui, elle ne tarda pas à s'en apercevoir, était verrouillée.

Ce qui limitait de façon drastique ses voies de sortie.

Comprenant qu'elle était coincée pour l'instant, Callie se concentra sur la recherche d'une arme.

Elle ne pensait pas vraiment qu'un truc qui pouvait tuer un puissant nécromancien traînait par là. Ça n'arrivait que dans les films de série B.

Mais ouvrir les placards et fouiller dans les tiroirs l'empêchait de céder à la panique qui vibrait en elle.

À quoi bon se tourmenter en se demandant si Duncan avait été blessé ? Ou pire ?

Ou s'appesantir sur son horrible sort si elle ne parvenait pas à s'échapper ?

Elle avait le nez dans le dernier tiroir quand un léger soupçon de parfum la fit se retourner brusquement pour découvrir une femme au milieu de la pièce.

— Nom de Dieu, grommela-t-elle.

Elle n'avait pas entendu un bruit. Que ce soit le claquement d'une porte qui s'ouvrait ou se fermait. Ou le cliquetis de talons de dix centimètres sur le carrelage.

Était-elle juste apparue comme par magie ?

Troublée, Callie observa la femme. Elle était belle avec ses longs cheveux roux et ses yeux vert émeraude. Et très élégante. La robe argentée Dior et les escarpins Christian Louboutin coûtaient plus que toute la garde-robe de Callie et avaient été achetés à coup sûr dans la boutique chic sur la Plaza.

Puis elle reporta le regard sur son visage délicat et eut le souffle coupé.

Le croquis de la médium russe qu'elle avait vu dans la grotte secrète du monastère avait été effacé, mais sa ressemblance avec cette femme ne faisait aucun doute.

Ce qui signifiait que c'était la complice du seigneur Zakhar. La sorcière qui était prête à sacrifier des enfants pour le pouvoir.

La femme s'avança, le regard rivé sur Callie avec une fascination étrange.

Non que cette fascination soit le seul truc bizarre chez cette femme.

Quelque chose… clochait.

Callie n'arrivait pas à mettre le doigt dessus.

Ce n'était rien de tangible.

Juste l'impression que la femme était floue sur les bords, comme si elle était légèrement trouble.

C'était hyper bizarre, ce qui ne fit qu'aggraver sa terreur.

— Bonjour, Callie, susurra la femme, esquissant un sourire qui ne se refléta pas dans ses yeux.

Callie grimaça. Ça lui donnait envie de gerber que la femme connaisse son nom.

— Qui êtes-vous ?

La femme arqua les sourcils, comme étonnée par cette question.

— Tu dois vraiment demander ça ?

Les sourcils froncés, Callie serra les bras contre son corps tremblant. Pourquoi faisait-il soudain si froid ?

— On s'est déjà rencontrées ?

— Il y a très, très longtemps. Je suis Anya, répondit la femme d'une voix empreinte d'un léger accent. Ta mère.

Callie recula en trébuchant et se heurta douloureusement l'épaule à un placard en Inox, une stupéfaction horrifiée lui transperçant le cœur.

C'était idiot.

Elle était retenue prisonnière par un nécromancien cinglé, elle ignorait si Duncan était vivant ou mort et le monde pourrait bien être sur le point de devenir un enfer.

Littéralement.

Mais en cet instant, rien n'était plus perturbant que l'idée qu'elle puisse vraiment être la fille de cette… femme.

Une sorcière qui rendait les humains malades juste pour l'argent. Et sacrifiait des innocents pour le pouvoir.

Ça lui donnait envie de vomir.

— Non. (Elle secoua la tête de rejet.) Vous mentez.

— Tu n'es pas aveugle, Callie. Tu dois bien voir la ressemblance, insista impitoyablement Anya, se rapprochant d'elle pour lui saisir le menton. Les cheveux. Les lèvres.

Elle s'interrompit pendant qu'elle examinait les traits de Callie.

— Les pommettes et les yeux viennent de ton père.

Callie faillit hurler au contact de ses doigts glacés sur sa peau.

C'était anormal.

Maléfique.

— Je vous en prie, ne me touchez pas, souffla-t-elle.

Anya laissa retomber sa main mais resta bien trop près.

— J'ai pensé à toi pendant toutes ces années. Je me suis demandé comment tu étais.

Avec un ridicule sentiment de soulagement, Callie rebondit sur cette affirmation scandaleuse.

— Si vous étiez vraiment ma mère, vous sauriez que j'ai été abandonnée dans une benne à ordures, cracha-t-elle. Si ma mère m'avait accordé une pensée pendant tout ce temps, ça aurait été en étant persuadée que j'étais morte.

La femme sourit.

Enfin, elle étira les lèvres pour esquisser ce que Callie supposait être censé représenter un sourire.

Seigneur.

— Tu crois qu'on a cherché à te tuer ? s'enquit-elle.

— En général, c'est pour cette raison qu'on jette un bébé à la poubelle.

— Si j'avais voulu ta mort, tu serais morte, déclara Anya avec une absence totale de remords qui ébranla la certitude de Callie qu'elle ne pouvait pas être sa mère.

La femme ne simulerait-elle pas le regret si elle tentait de la convaincre qu'elle disait la vérité ?

Oh... bon Dieu.

Elle eut mal au cœur.

— Alors pourquoi m'avoir abandonnée ?

— À ta naissance, Valhalla avait déjà été créé et la Mave avait donné des instructions pour identifier tous les bébés évolués afin de leur faire passer des examens. Le Maître des Dons avait disséminé à travers le monde bien trop d'espions pour qu'on coure le risque d'attirer l'attention sur nous. (La femme haussa les épaules.) Il nous est apparu évident que l'endroit le plus pratique pour te cacher était Valhalla.

Le plus pratique ?

On l'avait jetée dans une benne à ordures parce que c'était plus pratique ?

Elle sentit les larmes lui piquer les yeux.

Elle avait mille questions plus importantes à poser, qui lui permettraient de recueillir des informations qui pourraient se révéler capitales pour arrêter le nécromancien si elle parvenait à s'échapper.

Mais après une vie entière à affirmer n'en avoir rien à foutre de qui étaient ses vrais parents, elle fut soudain submergée par le besoin d'en savoir plus.

— Si je représentais tant de problèmes, n'aurait-il pas été plus logique de ne pas avoir d'enfant du tout ?

Elle vit une émotion assombrir les yeux d'Anya. Enfin, pas vraiment une émotion. Plutôt le reflet d'une émotion.

— Tu étais nécessaire.

Un très mauvais pressentiment se logea dans le creux du ventre de Callie.

— Pour quoi ?

La femme écarta les lèvres, mais avant qu'elle ait pu parler la porte du labo s'ouvrit brusquement et Callie se retrouva nez à nez avec le nécromancien.

Son cœur trébucha, manquant un battement puis un second avant de se remettre à fonctionner pour battre à tout rompre.

Il était exactement comme elle se le rappelait après l'avoir aperçu dans l'esprit de Leah.

Grand et svelte avec des cheveux argentés qui encadraient un visage hâlé à la beauté stupéfiante et des yeux de diamant où miroitait un amusement glacial.

Cette fois, cependant, il portait un costume noir immaculé au lieu d'une robe. Et le pouvoir qui s'était révélé écrasant de loin dépassait toute mesure à cette distance bien trop intime.

Il s'avança sans se presser pour se poster à côté d'Anya et leva les doigts pour les passer sur le visage à la pâleur anormale de la femme.

— Ah ! Je vois que tu as rencontré ta mère, dit-il d'une voix traînante, sans jamais quitter Callie du regard. Comme c'est charmant.

— Vous, souffla-t-elle.

— Oui… moi.

Il continua à caresser la joue d'Anya même si celle-ci ne réagissait pas. En fait, à la seconde où il était entré dans la pièce, Anya s'était fermée comme si on avait appuyé sur un bouton. Elle était là mais personne ne l'habitait.

— Je suppose que je devrais me présenter, poursuivit-il.

Callie frémit, reportant son attention sur l'homme qui la dévisageait avec un détachement froid.

— Inutile. Vous êtes le seigneur Zakhar. (Elle réussit à adopter un ton méprisant… *bravo Callie !*) Aristocrate et psychopathe russe.

— Et ton père

Son bref sursaut provocateur fut démoli par ces trois simples mots.

Père.

Elle sentit un rire hystérique lui monter dans la gorge, menaçant de l'étrangler.

Eh bien, bon Dieu.

Bien sûr que c'était son père.

Comme si ça ne suffisait pas d'avoir été abandonnée bébé dans une benne à ordures ? Ou que Boggs l'ait terrifiée avec de vagues mises en garde concernant son avenir le jour où elle avait terminé le lycée ? Ou que sa mère soit une tueuse de sang-froid ?

À présent, il fallait que son père soit un nécromancien cinglé qui se servait des morts et manigançait à coup sûr quelque vil complot.

Comprenant qu'elle était au bord de la crise de nerfs, Callie s'efforça avec détermination de se concentrer sur des questions plus importantes. Ainsi, ses parents étaient des fous furieux. Elle pourrait s'autoriser une dépression nerveuse si elle parvenait à survivre.

Inspirant profondément, elle réfléchit au meilleur moyen de découvrir ce que son père projetait exactement.

Étant donné son pouvoir, elle ne pouvait pas l'obliger à le lui révéler.

Mais une arrogance indéniable était gravée sur ses traits séduisants, ce qui suggérait qu'il ne demandait qu'à se vanter de son intelligence.

— Alors, pourquoi cette réunion de famille tardive ? s'enquit-elle.

— Le moment était venu, murmura-t-il, un sourire froid aux lèvres tandis qu'il jetait un regard vers la femme à ses côtés. N'est-ce pas, Anya ?

La sorcière demeura immobile, les yeux rivés sur le mur du fond.

Callie grimaça.

— Qu'est-ce qui cloche chez elle ?

Il reporta son regard de diamant sur Callie.

— Elle est récemment passée sur un autre plan d'existence.

Callie en eut le souffle coupé.

— Elle est...

— Morte ? Oui, susurra-t-il. N'est-elle pas magnifique ?

Magnifique ?

Callie eut la chair de poule tandis qu'elle contemplait la femme qui prétendait être sa mère. Elle avait l'air pâle et était toujours étrangement floue sur les bords, mais sinon elle était… parfaite.

Impossible de deviner que c'était un cadavre.

— Espèce de malade, murmura-t-elle.

Le seigneur Zakhar pinça les lèvres, comme agacé par sa réaction.

— Plus que quiconque, tu devrais apprécier ce que j'ai accompli, la réprimanda-t-il d'un ton glacé.

Elle n'eut pas à simuler sa répulsion.

Tout là-dedans était malsain.

Morbide.

— Et vous avez fait quoi exactement, à part tuer ma mère ?

— J'ai ouvert les portes du monde des ténèbres.

Elle le regarda fixement, sincèrement perplexe.

— Je ne comprends pas.

Avec tendresse, il passa la main dans les longs cheveux roux d'Anya.

— Son corps est mort, mais son âme subsiste.

— Ah…

Callie sentit son ventre se tordre d'horreur. C'était une chose de se servir d'une coquille vide, mais emprisonner l'âme d'une personne… c'était monstrueux.

— Bon Dieu, souffla-t-elle.

— Oui, c'est ce que je suis, affirma-t-il avec aisance, un abîme vaste et dévorant brillant un instant dans ses yeux de diamant. Un créateur qui disposera bientôt d'une armée entière de disciples indestructibles et d'une loyauté absolue.

Elle reporta vivement son regard sur le visage arrogant de son père.

Elle tenta de se dire que c'était juste un vantard.

Un mégalomane perdu dans sa folie des grandeurs.

Mais la femme morte qui se tenait docilement près de lui n'était que trop réelle. De même que le pouvoir vibrant qui emplissait l'air d'un froid accablant.

Elle ignorait s'il pouvait lever une armée, mais il était évident qu'il pouvait contrôler les morts.

Elle devait trouver un moyen de l'arrêter.

— Comment ?

Elle n'avait pas remarqué qu'il dissimulait une main derrière son dos jusqu'à ce qu'il la tende devant lui pour dévoiler une coupe en or cabossée.

— Avec ceci.

D'accord. Elle ne s'était pas attendue à ça.

— Une coupe ?

— Un calice, rectifia-t-il d'un ton glacé. Il a été fait à partir de la magie des nécromanciens. Les vrais, ceux comme nous, pas les devins pitoyables qui se cachent derrière leur Sentinelle.

Alors qu'elle s'apprêtait à l'informer qu'elle ne lui ressemblait absolument pas, son attention fut attirée par la petite entaille qu'il avait sur l'intérieur du poignet.

— Vous saignez.

— Le pouvoir exige un sacrifice.

— Du sang ?

— C'est la source de ma force vitale. (Il leva le bras pour lui montrer la goutte de sang qui apparut sur sa blessure avant de disparaître.) Le calice ouvre la porte mais c'est le sang qui contrôle mes enfants.

Callie fronça les sourcils.

Le calice absorbait-il son sang ?

Ça semblait l'explication la plus logique dans un monde devenu insensé.

— Chacun de vos… enfants consume un peu de votre force vitale ?

— Oui. (Il baissa le bras, le regard rivé sur son visage pâle.) Et c'est pour cette raison que tu as été créée, ma chère Callie.

Elle sursauta.

Une partie d'elle voulait se boucher les oreilles des mains. Ouais, c'était immature mais il y avait des limites à ce qu'une pauvre fille pouvait supporter. Et elle avait eu plus que sa part d'émotions fortes au cours de la dernière demi-heure, merci beaucoup.

Malheureusement, une plus grande partie comprenait qu'il n'était plus question de fuir ni de se cacher de son destin.

C'était ce dont l'avait mise en garde Boggs toutes ces années plus tôt. Elle le savait au plus profond de son âme.

Tout ce qu'elle pouvait faire, c'était espérer parvenir à empêcher son père de l'utiliser dans sa quête de... Attendez, elle ignorait encore ce qu'il recherchait.

— Comment ça, la raison pour laquelle j'ai été créée ?

— Pour occuper la place qui me revient, je dois posséder une armée mais, contrairement à mon prédécesseur, je n'ai pas l'intention de devenir un martyr. (Il baissa les yeux sur la petite entaille sur son poignet avant de croiser son regard méfiant.) Ce sera ton sang qui sera sacrifié.

C'était exactement ce à quoi elle s'était attendue, pourtant elle fut malgré tout submergée par une vague noire d'effroi.

Au prix d'un grand effort, elle chassa son désespoir, et d'instinct glissa les mains dans son dos. Comme si ça pouvait arrêter ce cinglé.

— Et si je refuse de jouer ce rôle ? demanda-t-elle d'une voix rauque.

Son père sourit avec une froide indifférence.

— Tu n'as pas vraiment le choix, ma chérie.

Duncan faisait les cent pas dans le jardin intérieur de Valhalla, l'impatience qui bouillonnait en lui l'empêchant de rester tranquille.

Il s'était réveillé deux heures plus tôt avec un mal de crâne et l'épaule en feu, mais sans se soucier du jeune guérisseur qui avait insisté pour qu'il demeure alité, il s'était lancé à la recherche de la Mave.

Il devait retourner à Kansas City.

Et peu importait qui il devrait faire chier pour y arriver.

Malheureusement, la Mave s'était révélée introuvable et Fane avait refusé de l'autoriser à partir, affirmant qu'ils faisaient tout leur possible pour découvrir où Callie avait été emmenée.

Ce n'était pas que Duncan doute de la promesse de la Sentinelle ; Fane donnerait sa vie pour sauver Callie. Mais être obligé de faire les cent pas alors que Callie était en danger constituait une véritable torture.

Dans une tentative pour s'occuper sans faire un truc dingue qui lui vaudrait d'être enfermé dans les cachots, Duncan avait appelé sa chef pour lui expliquer la présence d'un cadavre sur le parking de sa résidence.

Et, ah ouais, pour la prévenir que son légiste de confiance était non seulement mort mais désormais sous le contrôle du seigneur Zakhar.

Il sentit son cœur se serrer au souvenir de la peine et de la stupéfaction de Molinari, mais il refusa de se laisser aller à ses propres émotions bouillonnantes. Il pleurerait Frank quand Callie serait en sécurité.

Jusque-là… il était l'ennemi.

Alors qu'il s'était arrêté le temps d'assener un coup de poing dans une fontaine de marbre, il se raidit brusquement, mais pas de douleur.

Quelqu'un était entré dans le jardin.

Faisant volte-face, il regarda Fane surgir de derrière une haie taillée, son visage tatoué aussi dur que du granit.

— Ce n'est pas trop tôt, putain, gronda Duncan, traversant d'un pas lourd et bruyant les parterres de fleurs pour se poster devant la Sentinelle. Où est la Mave ?

Les bras croisés sur son torse nu, Fane affronta le regard noir de Duncan avec une expression fermée.

— Elle a convoqué les sorcières.

— Pourquoi ?

— Elle espère qu'elles pourront combiner leurs pouvoirs pour trouver Callie.

Duncan plissa les yeux. Il n'y connaissait que dalle en sorcières.

— Y a-t-il une chance qu'elles y parviennent ?

— Pas vraiment. (Fane esquissa un geste brusque de la tête.) Venez.

Duncan le suivit hors du jardin et dans un étroit couloir. Puis, s'arrêtant devant un mur apparemment vide, Fane posa la main à plat sur un petit scanneur dissimulé dans une plante verte.

Le mur s'ouvrit dans un léger sifflement, dévoilant un ascenseur enduit d'acier et équipé d'alarmes de sécurité de pointe.

— On va où ? grommela Duncan. Dans la Batcave ?

Fane le poussa dans la cabine et appuya sur l'unique bouton du panneau de contrôle.

— Rencontrer le Tagos.

— Mince, protesta Duncan, regardant la porte se fermer avec frustration. On a assez perdu de temps. On devrait être en train de chercher Callie.

Fane s'adossa à la paroi lisse pendant qu'ils descendaient à une vitesse vertigineuse.

— Où ?

Eh bien, c'était la question, non ?

Si Duncan avait eu ne serait-ce qu'une vague idée de l'endroit où le nécromancien détenait Callie, aucune force de la nature n'aurait pu le garder à Valhalla. Il marmonna un juron.

— Vous n'avez pas une sorte de lien mystique avec elle ? demanda-t-il d'un ton provocant.

Même si l'expression dure de Fane ne changea jamais, on ne pouvait se méprendre sur la chaleur qui se dégageait de son corps massif. La Sentinelle était aussi près de craquer que Duncan.

— Je sens qu'elle est toujours en vie mais quelque chose masque notre lien, reconnut-il avec gravité.

— Le nécromancien ?

— Oui.

L'ascenseur s'arrêta soudain et la porte s'ouvrit en silence.

— Parfait, déclara Duncan avec hargne en sortant de la petite cabine. Juste parfait.

— Votre frustration ne sert à rien, flic, le réprimanda une voix masculine profonde.

Comprenant un peu tard qu'il était entré directement dans un gigantesque bureau, Duncan s'immobilisa brusquement.

Waouh.

Il avait l'habitude du poste de police exigu avec son équipement dépassé et son ameublement merdique.

Ça… c'était le fantasme d'un flic.

Une longue pièce bien éclairée avec un système informatique dernier cri et de lourds meubles en bois suffisamment espacés pour préserver l'intimité des personnes. Sur le mur du fond s'alignaient des écrans de contrôle qui laissaient deviner un matériel de surveillance pouvant rivaliser avec celui du Pentagone.

Bon Dieu, il était absolument sûr que certains de ces écrans étaient reliés à des satellites du gouvernement. Peut-être que les évolués possédaient leurs propres satellites.

Sur un autre mur, plusieurs portes fermées étaient contrôlées par des détecteurs de mouvement à infrarouge, et Duncan se demanda le genre de secrets qui se cachaient juste hors de sa vue.

Des armes de niveau militaire ?

Des super-héros ?

Elvis ?

Secouant la tête, Duncan tourna son attention vers l'homme qui se tenait au milieu de la salle.

Wolfe, le chef des Sentinelles.

Sans l'ombre d'un doute.

Il n'avait ni les tatouages ni les muscles saillants de Fane.

Il ne portait même pas de symbole de dominance.

Mais une autorité indéniable était imprimée sur ses traits hâlés exotiques encadrés par des cheveux bruns brillants où se mêlait une surprenante mèche argentée. Et un pouvoir rapace courait sur son corps mince vêtu d'un jean noir et d'un tee-shirt blanc qui moulait son large torse.

Ses pieds, chaussés d'une paire de lourdes bottes, écartés et les mains sur les hanches, il dévisagea Duncan d'un œil soupçonneux.

Ou, comme dirait son vieux, il lui donnait du « regard qui tue ».

Dans d'autres circonstances, Duncan aurait pu se sentir intimidé. Wolfe était le genre de type qui pouvait démonter n'importe qui. Mais en cet instant précis, il était rongé par ses craintes pour la vie de Callie et absolument pas d'humeur pour un combat de coqs.

— Vous croyez que je devrais être heureux de rester assis le pouce dans le cul ? répliqua-t-il d'une voix rauque, lui donnant sa propre version du regard qui tue.

— Faites gaffe à vos manières, flic, ou vous vous retrouverez avec un truc en plus du pouce coincé dans le cul, gronda une nouvelle voix.

Dans un grognement stupéfait, Duncan tourna la tête pour regarder deux hommes sortir de l'ombre. *Seigneur.* Il aurait juré sur son SIG Sauer préféré qu'ils n'avaient pas été là une seconde plus tôt.

Alors, avaient-ils emprunté une porte secrète ?

Ou pouvaient-ils s'envelopper de ténèbres ?

Esquissant un sourire en voyant la surprise de Duncan, celui qui avait parlé s'arrêta près de Wolfe ; il paraissait tout aussi dangereux que son Tagos.

Oh, il s'était efforcé d'avoir l'air civilisé. Ses cheveux bruns mêlés de touches de feu automnal étaient coupés court et son corps mince était vêtu d'une chemise de soie bleue et d'un pantalon de toile noire.

Il avait un visage fin parfaitement équilibré avec un large front et un nez étroit. Et alors qu'il était trop viril pour être qualifié de séduisant au sens traditionnel, il avait le style du « grand brun ténébreux » qui faisait se pâmer d'admiration les femmes.

Son partenaire, quant à lui, possédait la beauté d'un ange.

Des traits délicats avec des cheveux châtains aux reflets de miel. Et des yeux… Dans l'éclairage puissant, ils miroitaient d'un or parfait.

Il aimait à coup sûr qu'on le prenne pour un poids plume, mais Duncan ne manqua pas de remarquer les muscles d'athlète sous son tee-shirt décontracté et son jean délavé, ainsi que la volonté impitoyable de tuer qui couvait tout au fond de ses yeux dorés.

Des Sentinelles chasseuses.

Duncan résista à l'envie de saisir son pistolet quand celui aux airs angéliques ricana.

— Je l'écouterais, flic, l'avertit-il. Ces bottes pointure 51 font des dégâts.

Duncan se déplaça pour regarder Fane, qui s'était arrêté juste derrière lui.

— Des amis à vous ?

Fane lui indiqua l'homme à la chemise en soie et au pantalon de toile.

—Niko.

Il tourna le doigt vers l'ange.

—Arel.

Il passa au gros dur aux cheveux bruns.

—Et Wolfe.

Il pointa le doigt sur Duncan.

—Voici O'Conner.

Niko plissa les yeux, le visage soupçonneux.

—Je croyais qu'il était humain.

Wolfe esquissa un sourire sans joie.

—Il a berné plein de gens.

Duncan poussa un grognement dégoûté. Comment avait-il jamais bien pu penser que sa faculté à discerner les auras constituait un secret ? Toutes les Sentinelles de ce putain de monde voyaient bien qu'il n'était pas humain.

—Cette réunion a-t-elle pour objet Callie ou de me casser les couilles ? lança-t-il avec hargne.

—Cette réunion est réservée aux Sentinelles, déclara Wolfe avec une lenteur délibérée. Vous avez été autorisé à y assister parce que Fane est convaincu de votre loyauté envers Callie.

—Si vous voulez savoir si je ferais n'importe quoi pour la sauver, la réponse est oui.

—N'importe quoi ?

Duncan se renfrogna.

—Qu'attendez-vous de moi ?

L'homme l'observa durant une longue minute, d'un regard qui parut mettre l'âme de Duncan à nu. Et c'était peut-être le cas. Les Sentinelles se révélaient posséder un surprenant éventail de talents.

—Vous pouvez être un flic humain ou vous pouvez être une Sentinelle, dit finalement Wolfe. Mais pas les deux.

Ah!

Duncan avait senti que ce choix arrivait.

Dès l'instant où il s'était engagé dans une relation avec Callie, il était apparu évident qu'ils ne pouvaient pas vivre dans deux mondes différents.

Bon Dieu, il ne voulait surtout pas qu'ils vivent dans des mondes différents.

À présent, il n'hésita pas.

—Alors je suis une Sentinelle, répondit-il, abasourdi de constater à quel point ces mots lui semblaient justes.

Comme si une pièce de puzzle qui était absente tout au fond de lui venait de prendre sa place. Troublé par cette sensation, il éclata d'un rire tendu.

—Je n'ai pas à me faire tatouer, si?

Fane leva les yeux au ciel.

—Vous n'êtes pas assez spécial pour ça.

—Ne vous inquiétez pas. Vous aurez droit à une initiation, promit Arel. Plus tard.

Duncan grimaça. Son esprit rechignait à envisager ce que ces hommes pouvaient considérer comme une initiation.

—Super.

Wolfe jeta un regard vers Fane.

—Racontez-moi ce que vous avez appris en Floride.

Brusquement, Duncan se rappela que Fane avait passé la nuit précédente à rechercher des informations sur le jeton.

—Rien de bon, reconnut le gardien. Le moine m'a prévenu que nous devions empêcher le nécromancien d'ouvrir la voie vers le monde des ténèbres.

Duncan se remémora l'avertissement de Hektor. N'avait-il pas parlé d'une voie vers le monde des ténèbres?

—Et si on intervient trop tard? demanda Wolfe.

—Seul un rituel obscur la refermera.

—Il connaît ce rituel obscur?

—Non.

Wolfe jura tout bas.

— Bien sûr que non.

Fane ne semblait pas plus heureux que son chef, mais il indiqua le mur occupé par les écrans en haussant les épaules.

— Vous avez fait quoi, là-bas ?

— J'ai des chasseurs qui tentent de trouver l'odeur de Callie, et les techniciens sont à l'œuvre pour localiser son téléphone, expliqua Wolfe. J'ai aussi contacté les monastères pour interrompre tout déplacement.

Soudain, Fane tourna son attention vers Duncan.

— Flic ?

Trois paires d'yeux étaient rivées sur lui, et Duncan comprit que c'était son premier test.

Inconsciemment, il redressa les épaules et s'adressa directement à Wolfe.

— J'ai parlé avec ma chef et elle a lancé un avis de recherche sur Frank, annonça-t-il, voyant sans surprise ces gros durs de Sentinelles frémir – personne ne souhaitait penser au nombre de cadavres qui pourraient bien déambuler dans les rues de Kansas City. Ils essaient aussi d'examiner le GPS de sa voiture.

— Ils ont trouvé quelque chose ? demanda Wolfe.

Duncan secoua la tête.

— Pas encore. Sa voiture était garée chez lui mais il n'était pas... (Duncan oublia ce qu'il disait, le souffle coupé.) Oh, merde.

Fane s'avança juste devant lui, la chaleur de son corps une force tangible.

— Quoi ?

— Frank conduisait une voiture gris métallisé.

— Et alors ?

— Il n'a pas de voiture gris métallisé, grommela Duncan en se frottant la nuque pendant qu'il passait en revue les informations qu'il avait réussi à rassembler au cours des derniers jours. La dame de la boutique a dit que la femme était arrivée dans une voiture gris métallisé. Et une voiture gris métallisé a été aperçue dans la rue de Calso juste avant son meurtre. Elle doit appartenir au nécro.

Fane se renfrogna.

— C'est censé vouloir dire quelque chose ?

Duncan jeta un coup d'œil vers Wolfe, une urgence presque douloureuse vibrant dans ses veines.

— Vos techniciens peuvent-ils s'introduire dans les bases de données du gouvernement ?

Aussitôt sur ses gardes, le Tagos plissa les yeux d'un air menaçant.

— Pourquoi ?

Duncan agita la main avec impatience.

— Je ne parlerai à personne des… méthodes supplémentaires que vous utilisez pour protéger les évolués.

Wolfe hésita avant de hocher la tête.

— Très bien. Que voulez-vous ?

— Je dois retrouver une plaque d'immatriculation.

Fane poussa un grognement surpris.

— Vous avez retenu le numéro ?

Inconsciemment, Duncan toucha le bandage qui couvrait sa blessure à la tempe.

— Seulement les trois derniers chiffres quand j'ai volé devant, dit-il d'un ton pince-sans-rire. Mais ça pourrait suffire à obtenir une correspondance.

Wolfe se retournait déjà pour se diriger vers une porte éloignée.

— Par ici.

Chapitre 26

C'était le genre de manoir qui poussait Duncan à secouer la tête, écœuré.

Qui avait besoin d'un faux château avec douze chambres, des toilettes plaquées d'or et un héliport ? Bon Dieu, il manquait juste un pont-levis.

Soit un homme à l'ego démesuré, soit quelqu'un souhaitant se cacher en s'exposant aux yeux de tous.

C'était incroyable le nombre de barons de la drogue qui vivaient derrière les hauts murs des quartiers résidentiels sécurisés et se mêlaient à leurs voisins comme s'ils étaient de simples contribuables.

Cette nuit, cependant, Duncan n'en avait rien à foutre de la piscine de taille olympique ou du bar extérieur plus grand que son appartement. Tout ce qui l'intéressait, c'était de se tenir prêt à côté de la petite grille de derrière pendant qu'ils attendaient le retour de Niko qui était parti inspecter le parc.

— Flic…

Duncan tourna la tête pour foudroyer du regard Wolfe qui se trouvait à quelques mètres, avec un Fane et un Arel silencieux.

— Ne commencez pas, l'avertit-il d'un ton bas et féroce. Je vous accompagne.

Le Tagos arqua un sourcil.

— Votre chef ne va pas être contente si elle apprend que vous vous êtes introduit par effraction sur une propriété privée.

Duncan ricana.

— J'ai fait plein de trucs qui n'auraient pas plu à ma chef si elle l'avait su.

— Son cas n'est peut-être pas encore désespéré, murmura Arel avec un sourire effronté.

Ils se raidirent tous en percevant un léger déplacement d'air alors que Niko franchissait d'un bond la haute grille et retombait dans un silence terrifiant.

Duncan avait entendu tout ce qui se racontait sur les Sentinelles.

Elles étaient plus rapides que les humains, plus fortes, avec des sens supérieurs. Et il s'était même douté posséder certaines de ces qualités, bien qu'il n'ait jamais voulu l'admettre.

Mais les voir à l'œuvre…

Il grimaça. Les humains se montreraient bien moins suffisants s'ils avaient conscience de la véritable étendue des pouvoirs des évolués. Ce qui expliquait certainement que les Sentinelles se soient donné tant de mal pour rester enveloppées d'un voile de mystère.

Niko se redressa et fendit les ombres pour se dresser juste devant eux.

— Un sort d'atténuation empêche de sentir ce qui se trouve à l'intérieur.

Fane avançait déjà.

— Je vais aller voir.

— Je vous accompagne, annonça Duncan, l'urgence mordante qui grondait en lui le rendant nerveux comme pas possible.

— Attendez, Rambo. (Wolfe lui empoigna le bras.) Fane est le seul à pouvoir désactiver les sorts sans tous nous tuer.

Duncan fut contraint de regarder Fane franchir la grille avec aisance et disparaître.

Il avait envie de protester. Bon Dieu, il avait envie de sortir son flingue pour tirer sur des trucs. À commencer par l'homme qui le tenait dans une étreinte implacable.

Mais il n'était pas complètement cinglé.

Pas encore.

Il ne possédait pas les tatouages protecteurs de Fane ni son aptitude magique à percevoir et détruire les sortilèges. Il ne constituerait qu'un boulet s'il se ruait dans la propriété comme un éléphant dans un magasin de porcelaine.

— Merde, grommela-t-il de frustration.

Wolfe le lâcha, mais une émotion indéfinissable continua à donner un air dur à son visage fin.

— On est tous très attachés à Callie.

Duncan fusilla le Tagos du regard.

— Où vous voulez en venir ?

— Contentez-vous d'écouter.

Duncan se renfrogna encore plus. *Le salopard arrogant.* Malheureusement, c'était un salopard arrogant dont Callie avait besoin s'ils devaient la sauver.

— Je suis tout ouïe, parvint-il à articuler entre ses dents.

— Quand Callie a été amenée à Valhalla, c'était juste un tout petit bout de chou avec des yeux tels des joyaux et un sourire capable de faire fondre le cœur le plus endurci, commença Wolfe, une pointe d'affection adoucissant la courbe cruelle de sa bouche. On est tous sans exception tombés sous son charme.

Duncan n'eut aucun mal à s'imaginer Callie comme un minuscule bébé, gagnant le cœur des guerriers les plus cyniques. Qui ne craquerait pas en regardant dans ces yeux magnifiques ?

— Je ne suis pas étonné.

— Alors vous comprenez qu'on est prêts à donner notre vie pour la protéger.

Un ordre, pas une question.

Duncan plissa les yeux.

— On ne parle pas du nécromancien, si ?

— Je vais accepter que vous nous aidiez à sauver Callie. Bon Dieu, je ne refuserais pas le soutien de Satan si je le jugeais nécessaire, déclara Wolfe. Mais la confiance se mérite quand il s'agit du cœur fragile de Callie.

Duncan s'avança vers lui, les poings serrés le long du corps.

Depuis qu'il était devenu flic, il avait appris à ne pas se jeter dans une bagarre qu'il n'avait aucune chance de remporter. Mais là, c'était trop important pour qu'il s'écrase.

Les Sentinelles estimaient que c'était leur rôle de protéger Callie. Elles ne lui feraient pas de place auprès d'elle.

Il devait revendiquer ce droit.

— J'apprécie votre sollicitude, mais la confiance de Callie est tout ce qui m'importe, dit-il, son expression avertissant qu'il ne cherchait pas à débattre de la question. J'ai l'intention de consacrer ma vie à la rendre heureuse. Avec ou sans votre approbation.

Arel ricana.

— Soit c'est un homme suicidaire, soit c'est un homme amoureux.

Duncan ne quitta jamais des yeux le visage fin de Wolfe. Il fallait toujours garder un prédateur à l'œil.

Puis un sifflement bas près de la grille brisa la tension.

— C'est Fane, dit Wolfe, qui prit aussitôt la direction des opérations en allant ouvrir le portail et en faisant signe au chasseur aux cheveux auburn de passer le premier.

Duncan tenta de se ruer à sa suite, mais Wolfe l'attrapa de nouveau par le bras.

Sans se soucier du chapelet de jurons que lâcha Duncan, le Tagos regarda la Sentinelle traverser le parc impeccable au petit trot : elle se dirigea vers le devant du manoir avant de le contourner par l'arrière.

Finalement, l'homme s'arrêta et inclina la tête comme pour humer l'air.

— Niko ? appela Wolfe.

— J'ai senti son odeur, annonça l'homme en courant vers la terrasse de derrière.

Wolfe libéra Duncan qui s'élança aussitôt derrière Niko qui grimpait les marches peu élevées et entrait dans la demeure par une petite porte. Duncan ignorait si elle avait été verrouillée ou non, et il s'en foutait.

Il n'était pas là en tant que flic. Mais comme un homme qui cherchait désespérément à retrouver la femme qu'il aimait.

Accroche-toi, Callie. Accroche-toi…, l'encouragea-t-il en lui-même.

Ils se déplacèrent à travers une vaste cuisine, Niko en tête, suivi par Duncan puis Wolfe. Fane et Arel fermaient la marche, tous deux tournés sur le côté pour s'assurer qu'aucune surprise n'était tapie dans les ténèbres.

Niko les conduisit hors de la cuisine et dans un court couloir qui aboutissait à un mur, devant lequel il s'arrêta.

Qu'est-ce que ça voulait dire ?

Duncan fronça les sourcils quand Wolfe le dépassa et leva la jambe pour écraser son pied massif dans le lambris.

Ah ! Une porte secrète.

Bien sûr.

Tous les méchants bandits en avaient une, non ?

Et à présent que Duncan prenait le temps d'y songer, il pouvait vraiment sentir le vide signalant l'espace derrière la boiserie. Peut-être qu'avec un peu d'entraînement il…

À ces pensées ineptes, il secoua la tête, et se baissa vivement quand des éclats de bois volèrent.

Quatre coups de pied plus tard, Wolfe avait ouvert un trou assez grand pour que Niko s'y faufile. Le Tagos suivit, mais quand Duncan s'apprêta à lui emboîter le pas, il entendit Fane pousser un grognement sourd.

— Il y a quelqu'un.

Duncan se retourna, sortit son pistolet et enleva la sécurité.

— Le nécro ?

— Non.

Duncan sentit un frisson d'avertissement lui descendre le long de la colonne vertébrale tandis qu'il rejoignait Fane. Durant une minute, il n'y vit que dalle dans l'obscurité. Puis une ombre s'avança dans un rayon de lune.

— Frank, souffla Duncan, plus résigné que surpris. Je vais l'occuper. Continuez à chercher Callie.

Fane se posta juste devant lui.

— Flic.

— Quoi ?

Son visage tatoué exprimait la tension qu'il éprouvait à savoir que Callie était en danger.

— Ce n'est plus votre ami.

Duncan grimaça, sans prêter attention à la souffrance qui lui serra le cœur.

Frank était mort.

Cette… chose qui approchait était une création du même nécromancien qui lui avait enlevé la femme qu'il aimait.

Il n'hésiterait pas à la renvoyer dans sa tombe. À condition bien sûr qu'il trouve comment s'y prendre.

— Je sais. (Il indiqua de la tête l'ouverture dans le mur.) Dépêchez-vous.

Ayant manifestement lu la détermination farouche gravée sur son visage, la Sentinelle acquiesça et le contourna.

Seul avec son ancien ami, Duncan s'assura de disposer d'assez de place pour se battre.

Parce qu'il allait se battre.

Aucun doute là-dessus.

L'unique question concernait sa survie.

S'arrêtant à quelques mètres de lui, le zombie le dévisagea avec une expression morne, même si ses yeux sombres n'avaient rien de vide.

Ils étaient emplis d'une… conscience.

Duncan frémit et resserra les doigts sur le pistolet. Par pur instinct. Il savait déjà qu'il gâcherait ses balles à tirer sur ce salopard.

En plus, pour l'instant, tout ce qui lui importait était d'occuper Frank le temps que les Sentinelles trouvent Callie et tuent le nécromancien.

— Salut, *amigo*, dit-il, une sensation de nausée s'ajoutant à la peur à l'état brut qui lui nouait le ventre.

Rationnellement, il comprenait que ce n'était pas Frank. Mais merde… il ressemblait à l'homme qui l'avait pris sous son aile à sa sortie de l'école de police. Celui qui lui avait appris à lever les filets d'un poisson-chat. Et celui qui l'avait emmené dans une boîte de striptease pour se bourrer la gueule le soir où son divorce avait été prononcé.

— Tu te souviens de moi ?

La créature sourit.

— O'Conner.

Duncan sursauta. *Seigneur.* Cette chose se souvenait vraiment de lui ?

— Ouais, c'est ça.

Il s'obligea à continuer à parler. S'il s'interrompait pour réfléchir, il serait submergé par l'horreur absolue de la situation.

— Je cherche mon amie Callie. Tu l'as vue ?

— Elle est partie.

Duncan eut le souffle coupé. *Partie ?* Se pouvait-il que ce soit vrai ?

Il ignorait totalement si Frank avait gardé assez de lucidité pour savoir ce qui se passait autour de lui.

— Où est-elle allée ?

— Elle est avec le maître.

À la mention du nécromancien, Duncan grogna, mais il resta concentré sur Callie.

— D'accord, j'ai pigé qu'elle était avec le… maître. (Il se força à prononcer ce mot.) Mais où sont-ils allés ?

Frank hésita, comme s'il lui fallait une minute pour comprendre la question.

Était-il relié mentalement au seigneur Zakhar ?

Non que ce soit important.

Le nécromancien devait se douter qu'il serait traqué par toutes les Sentinelles de Valhalla.

Finalement, Frank parla.

— Ils sont partis pour lever une armée.

— Une armée ?

De zombies ? Duncan chassa cette pensée effrayante. La seule chose qui importait était de retrouver Callie.

— À Kansas City ? demanda-t-il.

— Non.

— À côté ?

Il vit une émotion passer mollement sur le visage de Frank. De la colère. De la frustration. Du regret ?

— Tu le découvriras bientôt.

Une réponse vague qui n'apprit rien à Duncan. Est-ce que ça signifiait que Frank l'ignorait ? Ou avait-il reçu l'ordre de ne pas le révéler ?

Bon. Il avait été formé à pratiquer des interrogatoires. Si on ne pouvait pas obtenir l'information que l'on cherchait par une approche directe, il fallait s'y prendre autrement.

— Comment Callie peut-elle lever une armée ?

Frank sourit et Duncan frémit. Ça lui foutait les jetons comme pas possible.

— Elle est destinée à être le sacrifice.

Le sacrifice ?

Duncan péta un câble.

Il s'élança, agrippa son ancien ami par son polo et braqua le canon de son flingue sous son menton.

— Espèce de salopard. Dis-moi où elle est ! hurla-t-il.

Frank le regarda fixement, sans prêter attention au pistolet.

Ou peut-être qu'il s'en foutait juste.

Quand on était mort, on était mort, après tout.

Puis, soudain, Frank rejeta la tête en arrière et éclata d'un rire strident.

Duncan poussa un cri terrifié.

Si son sourire filait les jetons, son rire faisait carrément se dresser les cheveux sur la tête.

— Seigneur, grommela-t-il. Pourquoi tu ris ?

— Je t'attendais, O'Conner, expliqua Frank.

— Pourquoi ?

— Pour te tuer.

Son sourire perturbant ne bougea pas d'un pouce même quand il appuya les mains sur le torse de Duncan et l'envoya valser contre le mur avec une force telle que ses dents s'entrechoquèrent.

Bondissant sur ses pieds, Duncan tira deux coups, atteignant Frank en plein entre les yeux. Le zombie ne s'arrêta jamais alors qu'il s'avançait vers lui, les trous de balle se refermant avec une facilité magique.

Nom de… Dieu.

Duncan rangea son arme dans son étui. Inutile de gâcher ses munitions. Surtout quand d'autres ennemis pourraient bien rôder dans les ténèbres. Des ennemis susceptibles eux de mourir d'une blessure par balle.

En plus, il était à cran, énervé et submergé de terreur pour Callie.

Une bonne vieille raclée était juste ce dont il avait besoin.

Après avoir attendu que Frank avance d'un autre pas, Duncan lui balança le poing en plein dans le menton, obtenant un craquement d'os satisfaisant.

Frank trébucha en arrière mais, recouvrant prestement l'équilibre, il reprit sa marche stoïque vers Duncan.

Tendant la main dans son dos, ce dernier saisit un vase qui trônait sur une table et le jeta sur le zombie en même temps qu'il lui donnait un coup de pied.

Le vase se brisa contre le visage de Frank et son pied l'atteignit en plein dans le ventre. Mais de nouveau, il recula à peine avant de franchir le dernier mètre pour se tenir devant Duncan.

Et alors les choses sérieuses commencèrent.

Parvenant à esquiver le premier coup de poing, Duncan ne put éviter l'uppercut qui lui projeta la tête contre le mur et le sonna. Ensuite ce fut son genou qui prit et il trébucha sur le côté, juste à temps pour se mettre dans la trajectoire d'un crochet du droit.

Heureusement, Duncan avait passé son enfance à se faire torturer par ses frères aînés, ce qui signifiait qu'il était non seulement capable d'endurer une raclée, mais d'assener aussi quelques coups bien placés.

Ils ne servaient peut-être à rien, mais zut, s'il devait tomber, il tomberait en se battant.

Il ignorait combien de temps il avait joué les punching-balls pour son vieil ami, mais il y voyait double quand il entendit la voix de Fane par-dessus le tintement de ses oreilles.

— Flic.

Un méchant coup au ventre le fit se plier en deux, mais il se redressa et réussit à frapper Frank au menton avec son crâne.

Frank perdit l'équilibre et Duncan en profita pour lancer un regard par-dessus son épaule au guerrier tatoué qui passait la tête par le trou dans le mur.

— Callie ?

Fane secoua la tête d'un air sinistre.

— Partie.

— Putain !

Ce mot venait à peine de sortir de sa bouche que Frank était debout et s'avançait pour lui porter le coup de grâce.

Le salopard était avant tout persévérant.

Duncan rassembla ses forces pour affronter une autre raclée, envahi par une telle rage à l'idée qu'ils avaient perdu des heures dans une chasse au dahu qu'il n'en avait rien à foutre.

Mais alors que Frank était assez près pour poursuivre la bagarre, trois ombres apparurent dans son dos pour le jeter à terre.

Duncan s'écarta d'un bond de la trajectoire de Wolfe qui valsa près de lui, s'écrasant dans le même mur que lui un peu plus tôt.

— On doit l'emmener en bas, grommela le Tagos, sautant sur ses pieds tout en essuyant distraitement le sang sur sa lèvre inférieure.

Les sourcils froncés, Duncan regarda, horrifié, Frank clouer Arel au sol, indifférent aux méchants coups de pied que la Sentinelle lui assenait au visage.

— Pourquoi ?

— Il y a une chambre forte où on pourra l'enfermer.

Duncan frémit.

— Vous pensez que ça va le retenir ?

— Bon Dieu, je n'en sais rien, marmonna la Sentinelle. Mais ça nous laissera quelques heures pour trouver un meilleur plan.

Duncan grimaça.

« Un meilleur plan. »

Ouais, ça résumait bien les choses.

Au fil des années, Callie avait entendu des histoires horribles sur des enfants abandonnés partis en quête de leurs parents biologiques.

Elle connaissait une sorcière qui était allée voir sa mère, et la femme hystérique avait sorti un pistolet et lui avait tiré une balle dans la jambe. Un autre médium avait appris qu'il avait été emmené de chez lui par la police quand ils s'étaient aperçus que son père se servait de lui pour lire dans l'esprit des gens qui retiraient de l'argent au distributeur de billets afin de découvrir le code de leur carte de crédit.

N'empêche, elle était parfaitement sûre d'avoir remporté le gros lot dans le concours des pires parents au monde.

Assise à l'arrière de la voiture gris métallisé, elle gardait les yeux fermement rivés sur le paysage qui défilait. Peu importait qu'elle n'y distingue que dalle dans l'obscurité. Tout était mieux que de devoir regarder son père psychopathe installé à côté d'elle sur la banquette.

Ou pire, contempler sa défunte mère, qui conduisait avec une adresse perturbante.

Elle ignorait quelle distance ils avaient parcourue. Elle avait l'impression qu'ils roulaient depuis des jours, même si elle savait qu'il ne pouvait pas s'être écoulé plus de deux heures.

Elle sentit un déplacement d'air froid quand le seigneur Zakhar bougea sur son siège. Callie grimaça. Elle était tentée de plonger la tête dans le sable en prétendant qu'ils ne se précipitaient pas vers quelque épouvantable destinée.

Si elle ne pouvait pas changer l'avenir, à quoi bon en connaître les détails sanglants par avance ?

Mais alors que la lâcheté lui apparaissait comme une possibilité préférable, elle était obligée de prêter attention à la voix sévère dans sa tête qui lui rappelait qu'elle avait un devoir.

Elle ignorait peut-être ce qui était arrivé à Duncan, à Fane et à tous ses amis, mais elle s'accrochait avec détermination à la croyance qu'ils étaient sains et saufs, et en train de la chercher.

S'ils parvenaient à entrer en contact avec elle, elle devait être en mesure de les prévenir de ce que sa famille cinglée complotait.

Et de la façon dont on pouvait l'arrêter.

— Quand allez-vous me dire où on va ?

Malgré ses lèvres rigides, elle se força à formuler cette question, le regard rivé sur la vitre.

— Et gâcher la surprise ? railla son père.

Callie leva les yeux au ciel.

— Je croyais que les génies diaboliques adoraient se vanter au sujet de leurs conspirations si intelligentes.

— Il est vrai que je suis un génie, mais je réfute l'affirmation selon laquelle je serais diabolique.

Elle sursauta à ce démenti prononcé d'une voix douce.

— Vous vous foutez de moi ?

— La plupart des gens admirent l'ambition, susurra-t-il.

— L'ambition ne signifie pas tuer sa famille ou sacrifier son enfant, répliqua-t-elle avec un écœurement flagrant. Et certainement pas profaner les morts pour en faire ses esclaves personnels.

— Je vois que tu as hérité du goût de ta mère pour le mélodrame. (Son lourd soupir flotta dans l'air.) Dommage.

Sa défunte mère qui jouait en ce moment même les chauffeurs ?

Elle réprima une envie hystérique de rire.

— Vous allez me dire où on va ?

Un silence tendu s'installa avant qu'elle entende le froissement de sa robe de soie contre l'étoffe du siège, comme s'il haussait les épaules.

— Tu devrais être contente. Je t'emmène à la maison.

Elle tourna vivement la tête pour voir son expression suffisante.

— À la maison ?

— Valhalla.

Elle en eut le souffle coupé.

— Pourquoi ?

Il feignit d'être surpris par sa question.

— J'aurais pensé que c'était évident. Pour diriger le monde, j'aurai besoin des pouvoirs des évolués.

Valhalla.

Mince. Il avait raison. Elle aurait dû se douter que c'était leur destination. Un homme doté de l'ego démesuré du seigneur Zakhar ne se satisferait pas de commencer son coup d'État ailleurs qu'au sommet.

— Vous ne vous imaginez quand même pas qu'ils vont collaborer à votre plan de malade ?

— Pas sans un encouragement approprié. (De ses longs doigts, il caressa le calice en or qu'il tenait sur ses genoux.) Et c'est là que tu entres en jeu, ma chérie.

Callie lutta contre la bile qui menaçait de l'étouffer. Les gens qu'elle aimait le plus se trouvaient à Valhalla. Songer ne serait-ce qu'une seconde qu'elle pourrait participer à leur destruction lui donnait la nausée.

Néanmoins, il était hors de question qu'elle laisse voir à son père à quel point elle était désespérée.

C'était une faiblesse qu'il utiliserait contre elle.

— Vous voulez que je les persuade de vous aider ? parvint-elle à demander d'un ton railleur.

— Pas toi. (Ses yeux de diamant émirent une lueur sinistre.) L'armée qui sera levée grâce à ton sang.

Elle s'obligea à arborer un sourire dédaigneux.

— Ah oui. Une armée de morts.

— Oui.

Il fronça les sourcils, comme troublé par son apparent manque d'intérêt.

Bien. Peut-être que si elle arrivait à lui faire baisser sa garde, elle trouverait un moyen de s'échapper.

— D'où va venir cette armée de morts ? se moqua-t-elle. Vous avez planqué des cadavres dans le coffre ?

Elle vit une satisfaction froide briller dans ses yeux.

— Le précédent Mave a eu la gentillesse d'insister pour que tous les évolués soient ensevelis dans une crypte commune, murmura-t-il. Une dizaine de Sentinelles invincibles devraient représenter une force de destruction suffisante pour obliger Valhalla à se rendre, tu ne penses pas, ma chérie ?

Callie fut arrachée à son indifférence feinte.

La loi exigeait que tous les évolués soient enterrés sur le domaine de Valhalla. Non seulement pour s'assurer que les corps recevaient le respect qui leur était dû, mais pour empêcher les humains de les envoyer à des scientifiques qui leur feraient subir ces tests comme à des rats de laboratoire.

Et les Sentinelles s'étaient vu attribuer des tombeaux particuliers près du lac en l'honneur de leurs services. Ce qui signifiait qu'elles se trouvaient à l'extérieur du dôme protecteur qui enveloppait Valhalla.

— Espèce de… salopard, souffla-t-elle.

Il écarta son insulte d'un geste.

— Tu commences à te répéter.

Pour se calmer, Callie respira profondément. *La colère représente une perte d'énergie*, se rappela-t-elle avec sévérité.

— Vous ne pouvez pas croire que ça va marcher, cracha-t-elle.

Le seigneur Zakhar la dévisagea avec une arrogance glaciale.

— Bien sûr que ça marchera.

Elle secoua la tête. Il était si… sûr de lui. C'était terriblement perturbant.

— Les évolués ne vous suivront jamais.

— Alors ils seront éliminés.

À son ton distant, Callie grimaça. Comme si un génocide n'était qu'un truc qui arrivait tous les jours.

— Et moi ?

— Quoi ?

— Je vais mourir ?

— Quand j'aurai pris ma place de dirigeant, dit-il en haussant les épaules.

Elle ricana. Ouais, elle avait vraiment gagné le gros lot avec son père.

— Et qu'est-ce qu'il adviendra alors de votre armée ?

— Sans ton sang, elle ne sera plus sous mon contrôle, reconnut-il, une pointe de frustration passant sur son visage à la beauté saisissante avant qu'il ne la chasse prestement. Dommage, mais heureusement je pourrai produire autant d'enfants que nécessaire si j'ai besoin de nouvelles armées. Ce dont je doute fortement, bien sûr. Une fois que le monde aura goûté à mon pouvoir, il s'empressera de s'incliner devant moi.

Le cœur de Callie manqua un battement. Une horde de Sentinelles magiques et indestructibles échappant à tout contrôle ?

Dieu tout-puissant.

— Quand vous dites que l'armée ne sera plus sous votre domination… ?

— Elle saccagera tout ce qui croisera son chemin, expliqua-t-il avec obligeance.

Quel fils de pute impitoyable et amoral !

Elle serra les poings de rage et de frustration.

— On va vous arrêter.

Il arqua un sourcil, le sourire condescendant.

— Non, ma chère, non.

— Comment pouvez-vous en être si sûr ?

— Ma destinée m'a été prédite. (Il sourit de plus belle alors qu'Anya s'engageait sur la route qui conduisait au lac.) Rien ne peut plus m'arrêter maintenant.

Chapitre 27

Duncan avait vaguement conscience de l'affairement étouffé qui remplissait le bureau des Sentinelles dans les entrailles de Valhalla.

Être flic était trop ancré en lui pour qu'il ne remarque pas la foule de techniciens qui pianotaient frénétiquement sur leurs ordinateurs portables en tentant de localiser le téléphone de Callie. Ou les guerriers assis à la longue table où Wolfe leur communiquait les dernières informations que lui avaient transmises ses traqueurs qui continuaient à battre les rues de Kansas City.

D'autres Sentinelles se tenaient devant la rangée d'écrans de contrôle, entrant parfois de nouvelles coordonnées pour modifier l'angle des satellites ou aboyant des ordres dans leurs portables pour diriger les traqueurs.

Mais alors qu'il approuvait d'un point de vue stratégique ces efforts déterminés et parfaitement organisés pour retrouver Callie, il n'était pas un flic cette nuit-là.

Mais un homme qui n'avait pas réussi à protéger la femme qui était devenue pour lui la personne la plus importante au monde.

Arpentant la salle d'un bout à l'autre, il se frotta distraitement la poitrine. À un moment, Wolfe l'avait arrêté le temps de lui retirer son pistolet. À coup sûr une sage décision étant donné que Duncan hésitait au bord de la folie. Il n'en faudrait pas beaucoup pour qu'il pète un câble.

Atteignant l'extrémité de la salle, il se retourna pour continuer ses allées et venues oublieuses quand il s'aperçut qu'un béhémoth tatoué lui bloquait le passage.

— Vous avez une sale gueule, flic, l'informa Fane, son propre visage hagard.

Duncan lui fit un doigt d'honneur.

— Allez vous faire foutre.

— Ça ne risque pas. (Fane lui fourra un verre dans la main.) Buvez.

Duncan le leva pour humer avec méfiance le liquide ambré.

— C'est quoi ?

— Détendez-vous, ordonna Fane, croisant les bras sur son torse massif. Si je décide de vous tuer, je vous arracherai le cœur, je ne gâcherai pas mon meilleur whisky avec du poison.

Duncan ricana.

— Réconfortant.

Le guerrier attendit que Duncan avale le breuvage brûlant pour reprendre le verre vide et le poser sur un bureau.

— On est tous inquiets, gronda-t-il enfin.

Duncan grimaça.

— Elle est blessée.

— Comment vous le savez ?

— Je le sens. (Il porta la main sur son cœur douloureux.) Ici.

Fane se figea, les yeux flamboyant de rage.

Duncan n'aurait pas vraiment été surpris si la Sentinelle avait éclaté de rire. Ou du moins, si elle l'avait traité de crétin.

Un homme pouvait avoir peur pour sa maîtresse. Il pouvait craindre qu'on lui fasse du mal. Mais il ne pouvait pas réellement sentir quand elle souffrait.

Si ?

À en juger par la réaction de Fane, c'était possible.

Soudain, un soulagement l'envahit jusque dans son âme.

Longtemps auparavant, il aurait pu nier avec entêtement le lien mystique qui le reliait à Callie. Il était magnifiquement doué pour contester ce qu'il refusait d'accepter.

À présent, il se raccrochait avec ardeur à ce lien fragile. Elle était blessée, mais elle était vivante.

C'était tout ce qui comptait.

Alors qu'il se concentrait sur les étranges sensations qui lui étreignaient le cœur, Duncan fut pris au dépourvu quand la première alarme lança un avertissement strident.

D'instinct, il porta la main vers l'étui vide de son pistolet, se préparant à une attaque tandis que les lumières du plafond commençaient à clignoter et que la pièce explosait en un tourbillon de mouvements.

— Merde, grommela Fane en se précipitant vers les écrans de contrôle avec les autres Sentinelles.

Duncan s'éloigna pour reprendre son arme sur la table avant de les rejoindre devant les écrans.

— Qu'est-ce qui se passe ?

Ce fut Wolfe qui répondit.

— Le périmètre extérieur vient de tomber.

Duncan fronça les sourcils. Le système de sécurité de Valhalla était entré dans la légende. Il n'existait pas un norm dans le monde entier qui ignorait que ses barrières magiques étaient infranchissables.

Même les flics comprenaient que leur juridiction s'arrêtait au bord de la propriété des évolués. Ceux assez suicidaires pour s'égarer au-delà de cette limite… eh bien, ils n'avaient plus qu'à s'en remettre à eux-mêmes.

— Le nécro ? demanda-t-il.

— Ça doit être lui, gronda Fane. Personne d'autre n'aurait assez de couilles.

Wolfe poussa un grognement guttural.

— On aurait dû se douter que Valhalla était son objectif ultime. Ce salopard arrogant ne se serait attaqué à rien de moins.

Exact.

Non que Duncan en ait quoi que ce soit à foutre de ce qui l'amenait à Valhalla.

S'il était là, alors Callie ne pouvait pas être bien loin.

— Vous pouvez déterminer l'endroit où ils se trouvent ?

— Je suis sur le point de le découvrir.

Wolfe tendit la main pour appuyer sur le bord de l'écran, le faisant passer d'une caméra à l'autre.

Les images défilaient si vite que Duncan ne distinguait rien de plus que des ombres et un chatoiement argenté qu'il supposait être le dôme magique qui entourait Valhalla.

Les Sentinelles voyaient-elles dans le noir ?

Sa question silencieuse obtint une réponse quand Fane grogna tout bas.

— Wolfe.

Ce dernier mit l'image sur pause et fronça les sourcils quand Fane lui indiqua plusieurs silhouettes massives qui se tenaient au bord du dôme.

— Là.

Qu'est-ce que… ?

Duncan se pencha, et s'efforça de discerner autre chose que des contours flous.

Il voyait que les silhouettes étaient grandes. Peut-être autant que Fane et Wolfe. Et chacune d'elles portait des armes différentes. Des épées, des arcs et des flèches, même des matraques équipées de longs pics qui ressemblaient à des trucs sortis d'une reconstitution de la Renaissance.

Au-delà de ça, c'était difficile à dire.

À ses yeux, elles avaient l'air d'être enveloppées dans une étoffe de la tête aux pieds, masquant ainsi leurs visages et leurs vêtements qui auraient pu leur donner une idée de leur identité. Même si… Il se pencha un peu plus pour examiner les mains tout juste visibles.

Des tatouages.

Il eut le souffle coupé au moment même où Wolfe jura.

— Des Sentinelles ? s'exclama le Tagos avec hargne. Impossible.

— De toute évidence si, grommela Duncan, fouillant désespérément l'écran du regard à la recherche de Callie. Pourquoi se seraient-elles ralliées au nécromancien ?

— Jamais, décréta Wolfe d'une voix catégorique. Pas si ce sont mes hommes.

— Vous les reconnaissez ? s'enquit Fane.

— Pas avec leurs visages dissimulés. Qu'est-ce qu'ils portent ?

Wolfe scruta l'écran, sa fureur sauvage bouillonnant dans l'air avec une telle chaleur que Duncan transpira.

Bonne question. Pour Duncan, ça ressemblait à des linceuls…

Il poussa un petit cri interloqué, frappé par une suspicion soudaine.

— Je dois les voir.

Wolfe fronça les sourcils.

— Un autre angle de vue ?

— Non, souffla-t-il. Je dois les voir physiquement.

Sans hésiter, Wolfe hocha la tête.

Pas de questions agaçantes. Pas de demande d'explication.

Juste la compréhension que Duncan faisait partie de l'équipe et avait besoin d'éléments pour les aider à vaincre l'ennemi.

Et c'était pour cette raison que des soldats endurcis offraient leur entière loyauté au Tagos. La confiance était une voie à double sens. Une confiance que de trop nombreux dirigeants ne gagnaient jamais.

— Niko, restez en communication, ordonna Wolfe en partant vers l'une des portes de derrière. Arel, trouvez la Mave. Vous deux, venez avec moi.

Il pointa le doigt sur deux Sentinelles gardiennes presque dissimulées sous des couches de pistolets, d'épées et… nom de Dieu, était-ce un lance-roquettes ?

Ils quittèrent le bureau et entrèrent dans un souterrain en ciment qui s'élevait vers la surface, Wolfe en tête, Duncan et Fane derrière lui et les jumeaux à l'arsenal fermant la marche.

Duncan n'eut pas à demander où ils allaient.

De toute évidence, c'était une sortie de secours. Qui était non seulement équipée tous les trois mètres de portes d'acier capables de bloquer des poursuivants ou de résister aux bombardements, mais qui, contrairement aux ascenseurs, ne dépendait pas de l'électricité.

Ils se déplacèrent en silence, chacun sur le qui-vive.

Qui pouvait bien savoir ce qu'il s'y cachait ?

Des nécromanciens cinglés ? Des sorcières folles ?

Des zombies mangeurs de chair ?

Duncan sentit quand ils atteignirent la surface, mais Wolfe ouvrit une porte qui donnait sur une volée de marches raides. Perplexe, Duncan les grimpa derrière le Tagos, et comprit qu'ils se trouvaient à plusieurs mètres au-dessus du sol.

Ce ne fut que lorsqu'ils sortirent sur une étroite plate-forme qu'il s'aperçut qu'ils se tenaient sur une tour de guet offrant un panorama parfait des environs. Et, plus important, une vue dégagée sur les dix… non, un instant, douze guerriers qui psalmodiaient d'une voix rude et profonde, les mains posées contre une barrière invisible.

— Alors, flic ? demanda Wolfe tout bas pour que sa voix ne porte pas sur la brise légère. Qu'est-ce que vous cherchez ?

Duncan se rapprocha du parapet de pierre peu élevé qui entourait la plate-forme, reconnaissant pour la pleine lune qui baignait le paysage dans une lueur argentée. Contrairement à ses compagnons, il n'avait pas la faculté de voir dans le noir.

— Les auras, dit-il.

Wolfe et Fane le rejoignirent pendant que les deux autres Sentinelles se dirigeaient de l'autre côté de l'étroit belvédère. Rien ne leur tomberait dessus par-derrière.

— Pourquoi ? s'enquit Fane.

Duncan pinça les lèvres quand une violente douleur lui transperça le cœur, le regard rivé sur les intrus.

— C'est Callie qui a compris que les morts n'avaient pas d'aura.

— Merde, souffla Fane.

Duncan indiqua la zone devant eux, un effroi glacé lui pesant sur l'estomac.

— Ces hommes sont comme Frank.

Wolfe se renfrogna.

— Expliquez-vous.

— Un cadavre n'a pas d'aura. Pas… d'étincelle de vie, marmonna-t-il.

Il frémit tandis qu'il observait les hommes qui se mouvaient avec la même grâce qu'ils devaient avoir possédée de leur vivant. C'était juste mal. Sur de si nombreux plans.

— Mais ceux-là, reprit-il, sont entourés d'une noirceur.

Fane poussa un grognement guttural de souffrance.

— Il a enfermé leurs âmes.

Duncan trembla encore. Pauvre Frank. Avait-il conscience que le nécromancien le manipulait ? Ce devait être une torture que d'être coincé dans son propre corps alors que celui-ci était sous le contrôle d'un mégalomane psychopathe.

— Le fils de pute, lança-t-il d'une voix rauque.

Wolfe s'agrippa au haut du parapet et le granit s'effrita sous ses doigts.

— Un fils de pute intelligent, précisa-t-il avec hargne, observant les guerriers d'un air sombre.

Duncan jeta un regard vers le Tagos.

— Pourquoi ?

— Les bokors sont des coquilles vides ; ces… (Wolfe s'efforça de trouver un qualificatif approprié) créatures possèdent leurs anciens pouvoirs.

— Merde, jura Fane. C'est pour ça qu'il a choisi des Sentinelles gardiennes.

Duncan mit plus de temps à saisir.

— Pourquoi ?

Wolfe grimaça.

— Ce sont les seules capables de détruire les couches de magie qui protègent Valhalla.

Oh… merde.

Ils sentirent un léger picotement de pouvoir avant que la grande Mave aux cheveux noirs pose le pied sur la plate-forme ; fière et forte, elle croisa le regard farouche de Wolfe.

Une redoutable guerrière à sa manière, comprit Duncan.

— Dites-moi ce dont vous avez besoin, ordonna-t-elle, son visage pâle calme, même si des cheveux s'échappaient de son chignon habituellement impeccable et que des cernes soulignaient ses yeux magnifiques.

À la lueur de la lune, sa tache de naissance émeraude semblait briller encore plus vivement qu'avant.

— J'aurai besoin des sorcières, répondit-il d'une voix ferme. Au pire, elles pourront ralentir les guerriers en élevant de nouvelles barrières.

La Mave acquiesça.

— Et les devins ?

— Merde.

Wolfe se renfrogna ; de toute évidence, il venait juste de prendre conscience de la catastrophe qui pourrait se produire si le nécromancien mettait la main sur les devins. Ils n'avaient peut-être pas les pouvoirs de Callie, mais ils étaient reliés aux morts.

— Tant qu'on ignorera si le nécromancien peut les contrôler, on doit les éloigner. Servez-vous des hélicoptères.

— Les médiums ?

Wolfe réfléchit une minute avant de secouer la tête.

— Ils peuvent aussi bien partir en empruntant les souterrains avec les humains. Les guérisseurs…

— Refuseront d'aller où que ce soit, l'interrompit la Mave, posant le regard sur les défuntes Sentinelles qui avaient réussi à franchir une autre couche de magie. Pas s'ils pensent qu'il y aura des blessés.

Wolfe ne protesta pas. Il décrocha le kalachnikov qu'il avait fixé dans son dos en chemin.

— Je vous laisse vous occuper des autres, dit-il, faisant certainement allusion aux nombreux évolués qui n'entraient pas dans des catégories données – les mutations ne présentaient pas toujours les mêmes caractéristiques. Vous devez en évacuer autant que possible.

Un étrange silence s'installa pendant que les deux puissants dirigeants échangeaient un regard lourd d'émotion qui poussa Duncan à détourner les yeux, gêné.

Qu'est-ce qui pouvait bien se passer entre ces deux-là ?

Il entendit la Mave s'adresser avec douceur à son Tagos.

— Soyez prudent.

— Vous aussi, répondit Wolfe, la voix rauque.

Puis la tension s'envola et d'un pas vif la Mave redescendit les marches raides et Wolfe aboya dans son oreillette.

— Niko, prenez dix de vos meilleurs traqueurs et commencez à patrouiller dans la zone. Envoyez-moi les autres.

— Des armes ?

La voix de Niko flotta dans l'air.

Wolfe jeta un regard sinistre vers les Sentinelles qui approchaient.

— Tout ce qu'on a.

Callie était agenouillée sur le sol dur, la tête baissée.

Ce n'était pas un geste de respect envers l'homme qui se dressait au-dessus d'elle, son visage hâlé figé dans une expression d'attente glaciale.

Bon Dieu, non.

Elle avalerait des éclats de verre plutôt que de s'agenouiller devant son psychopathe de père.

Mais à leur arrivée à l'entrée des cryptes, le nécromancien n'avait pas perdu de temps pour la traîner hors de la voiture et avait sorti un poignard avec lequel il lui avait ouvert des entailles sur toute la longueur des avant-bras.

Les blessures n'étaient pas très profondes mais elles lui avaient fait un mal de chien. Puis, avant qu'elle ait pu reprendre son souffle, le salopard avait invoqué quelque sinistre pouvoir qui avait percuté Callie avec la force d'un train de marchandises.

Elle avait vu des points noirs danser devant ses yeux quand l'énergie glaciale s'était engouffrée en elle, menaçant de l'aspirer dans un enfer sombre et interminable. Désespérément, elle avait lutté contre les vagues implacables, consciente qu'à la première erreur les ténèbres l'engloutiraient.

Elle n'avait pas la moindre idée du temps qu'avait duré ce combat.

Peut-être des secondes ou des heures, mais quand elle avait eu de nouveau les idées claires, elle s'était retrouvée agenouillée avec la coupe en or appuyée contre sa cuisse.

Pire encore, elle sentait un étrange tiraillement tout au fond d'elle. Comme si elle était reliée à quelque chose – ou plutôt à plein de trucs – juste hors de sa vue.

Ces sensations ne firent que s'intensifier lorsqu'une douzaine de guerriers sortirent des cryptes, encore enveloppés de leurs linceuls funéraires, leurs armes à la main.

Callie cria, horrifiée, mais ses forces la quittaient avec chaque goutte de sang qui lui coulait le long des bras et disparaissait dans la coupe. Elle ne pouvait rien faire tandis qu'ils la dépassaient en silence, ces guerriers autrefois superbes à présent sous la domination du seigneur Zakhar.

— Comme ils sont glorieux, murmura son père, admirant avec fierté ses monstres qui démantelaient les couches de magie qui protégeaient la maison de Callie.

— Ils l'étaient de leur vivant, tenta-t-elle de répliquer avec hargne.

Elle fut étonnée quand sa voix sortit en un chuchotement tremblant. Les guerriers absorbaient sa force vitale à un rythme alarmant.

— Ils devraient être respectés et honorés pour les services qu'ils ont rendus à leur peuple, pas traités comme des sous-fifres jetables.

Il lança un regard indifférent de son côté.

— Une telle passion mais, ma chère Callie, vous êtes tous des sous-fifres jetables pour moi.

Sympa.

Elle grimaça, et réprima la répugnance qui monta en elle envers l'homme qui l'avait engendrée.

La haine n'était pas une émotion féconde.

Elle avait besoin de détermination. D'un but. D'obstination entêtée, dans le genre tête de mule.

De ces trois-là, elle en avait à revendre.

Inspirant profondément, elle tourna son attention en elle-même et se concentra sur le lien mystique qui passait de son père aux guerriers à travers elle. En même temps, elle commença à bavarder. Elle ignorait si le nécromancien pouvait sentir qu'elle s'efforçait de détruire leur lien, mais il lui parut malin d'essayer de le distraire.

Juste au cas où.

— Vous croyez que si vous arriviez à prendre Valhalla vous seriez satisfait ? demanda-t-elle, les sourcils froncés tandis qu'elle s'ouvrait au pouvoir glacé qui vibrait en elle.

Elle grimaça. *Seigneur.* C'était comme un cordon ombilical maléfique qui les reliait tous ensemble.

Perplexe, son père arqua un sourcil.

— Bien sûr que non, dit-il, son calme froid lui assurant qu'il ne percevait pas encore ses tentatives pour briser son lien avec les guerriers. J'ai l'intention de régner sur le monde.

Eh bien, évidemment.

— Et après ? poursuivit-elle.

En son for intérieur, elle compara la quantité de force vitale qu'elle perdait à la progression des guerriers.

Sous ses yeux, la deuxième barrière tomba.

Zut !

Trop rapides.

Il ne restait plus qu'une couche de magie avant qu'ils aient accès à Valhalla.

Et alors…

Elle secoua la tête. Elle ne supportait pas cette idée.

— Après j'aurai accompli ma destinée, annonça le seigneur Zakhar, le sourire aux lèvres tandis qu'il contemplait son avenir glorieux.

Le sale arrogant.

— Et vous serez toujours vide, souligna-t-elle, détournant son attention de la vie qui la quittait implacablement pour la reporter sur son lien avec son père.

Si elle parvenait à briser ce qui la reliait aux morts, elle pourrait peut-être tarir le pouvoir à la source.

— Vide de quoi ?

— D'amour, de bonheur, de… satisfaction.

Il se tourna pour la foudroyer d'un regard agacé.

Ah ! Elle avait touché un point sensible, non ?

— Je n'ai que faire des émotions humaines.

Elle soutint son regard, qui se révéla constituer un point d'ancrage qui l'aida à explorer le cordon qui les attachait ensemble.

— Si c'était vrai, vous n'auriez pas un tel trou béant en vous, rétorqua-t-elle.

Bizarrement, elle était capable de réellement sentir le gouffre hurlant en lui.

Bon Dieu. Pas étonnant qu'il soit aussi froid et désolé que la Sibérie. Il avait été dépouillé de tout sauf d'une soif de pouvoir à l'état brut, implacable.

Elle frémit, et réprima sa pitié instinctive.

Peu de personnes à la surface de la terre méritaient moins la compassion que le seigneur Zakhar.

Elle se concentra sur l'étrange noirceur qui occupait le cœur même de son âme.

Là. La porte du monde des ténèbres.

Elle ignorait comment elle le savait.

Elle le savait, voilà tout.

— Il n'y a pas de trou, railla-t-il d'une voix à la douceur suspecte. Béant ou non.

— Pourquoi serrez-vous les poings, père ? Vous avez peur que j'aie raison ? se moqua Callie à son tour, baissant les yeux sur ses mains contractées pendant qu'intérieurement, elle inspectait la porte.

Merde. C'était plus un portail lisse qu'une vraie porte. Comme un trou noir. Alors, comment pouvait-elle bien être censée le fermer ?

Il inspira profondément, s'obligeant à détendre les mains.

— Ridicule, mon enfant. Je ne crains rien.

C'était faux, bien sûr.

Il craignait d'être faible.

Ou d'échouer dans sa grande quête.

Alors, comment s'en servir à son avantage ?

— Encore une émotion humaine sans intérêt ? le provoqua-t-elle d'un air distrait.

Il fronça les sourcils, comme s'il sentait un peu tard qu'elle n'était pas totalement concentrée sur leur chamaillerie.

— Précisément.

Oh, bon Dieu !

Elle avait besoin de détourner son attention. Et vite.

— Quelle excuse pathétique pour un homme tel que vous.

Elle lui lança la première insulte qui lui vint à l'esprit, tâtonnant encore avec angoisse pour trouver une faiblesse dans leur lien.

Il plissa les yeux.

— Tu cherches à me mettre en colère ?

Elle le regarda avec perplexité.

— Quoi ?

— Tu me pousses à bout à dessein.

— Pourquoi je ferais ça ?

— Tu espères peut-être me rendre assez furieux pour te tuer.

Ah ! C'était assurément la première idée qu'elle avait eue.

Jusqu'à ce qu'il ruine son plan en disant que les défunts guerriers créeraient un chemin de pillage et de dévastation à travers le pays dès qu'elle perdrait son emprise sur eux…

Son emprise sur eux.

Elle sentit son cœur tambouriner contre ses côtes lorsqu'elle comprit qu'elle possédait sa réponse.

Si elle ne parvenait pas à fermer la porte ou à rompre ce lien, elle n'avait d'autre choix que de prendre le contrôle de ce dernier.

— C'est ce que tu espères, Callie ? poursuivit son père avec impatience, l'obligeant à prendre conscience qu'il l'observait avec une suspicion grandissante.

Elle s'humecta les lèvres, la bouche sèche.

Elle devait encore le distraire quelques minutes de plus.

Juste le temps d'invoquer ses pouvoirs.

— Pourquoi souhaiterais-je mourir ?

— Les gens qui s'encombrent de principes moraux sont toujours prêts à devenir des martyrs, répondit-il avec un mépris manifeste.

De toute évidence, il ne nourrissait aucun espoir de tomber en odeur de sainteté.

— Peut-être que je vous trouve juste vraiment pathétique, souligna-t-elle avec un sourire sans joie.

— Tu gaspilles ton énergie, ma chérie. (Le menton relevé, il se retourna vers Valhalla.) J'ai attendu cet instant trop longtemps pour qu'on me pousse à faire preuve d'une imprudence stupide.

— Je fais ce que je veux de mon énergie.

— Plus maintenant. C'est à moi de la contrôler.

Il éclata soudain de rire quand un groupe de Sentinelles apparut pour se dresser face aux guerriers morts, les cheveux d'un blond doré de Duncan bien reconnaissables au clair de lune.

— Ah ! Tu veux une démonstration ?

Callie s'obligea à se relever, la main sur la bouche tandis qu'elle regardait l'homme qu'elle aimait se jeter directement sur l'assaillant le plus proche.

— Non, souffla-t-elle, consciente qu'il n'avait aucune chance de survivre ne serait-ce même que quelques minutes face à une Sentinelle indestructible. Je vous en prie…

— Tu vois ? ricana le seigneur Zakhar. Les émotions te rendent faible.

— Vous vous trompez. (Sachant que c'était maintenant ou jamais, Callie s'ouvrit à ses propres pouvoirs, les laissant affluer en elle.) Elles me donnent une force que vous n'imaginez pas.

Son père continua à observer la bataille, un froid sourire de plaisir anticipé lui ourlant les lèvres quand une Sentinelle tomba, puis une autre.

Avec frénésie, Callie ferma les yeux, car elle ne parviendrait jamais à se concentrer si Duncan était blessé. La seule façon de le protéger était de briser le contrôle qu'avait son père sur les guerriers.

Sans se soucier de réguler le pouvoir inné qui l'envahissait, Callie se focalisa sur le lien qui l'unissait à son père.

C'est exactement comme entrer dans l'esprit des morts, s'assura-t-elle.

Tu te glisses à l'intérieur, tu prends les commandes et…

Eh bien, elle ignorait ce qui arriverait après ça, mais elle n'allait pas tarder à le découvrir.

Fonçant droit sur leur lien, Callie s'immergea dans la noirceur, perdant le contact avec le monde physique.

Une sensation étrangement familière.

Calme, paisible.

La tentation de la mort.

Puis, ayant enfin franchi le lien, elle trouva les ténèbres derrière.

Elle ne savait pas à quoi s'attendre.

Aux visages des guerriers ? Ou peut-être à son père ? Ou même à la porte du monde des ténèbres…

Mais ce fut le calice en or qui flotta juste sous ses yeux.

Bien sûr.

Le pouvoir ne provenait pas de son père.

Mais d'elle.

De son sang.

De sa force vitale.

Elle n'avait qu'à tendre la main pour le saisir.

Sans s'accorder le temps de songer au fait pertinent qu'elle n'avait jamais utilisé ses pouvoirs que pour fouiller dans les souvenirs des morts, elle porta son attention sur le sang qui s'accumulait au fond du calice.

D'abord elle ne sentit rien.

Elle percevait le pouvoir mais elle n'avait pas la moindre idée de comment en prendre le contrôle.

Timidement, elle déploya son propre pouvoir pour en frôler le calice. Elle eut le souffle coupé quand elle toucha l'esprit des guerriers.

Le seigneur Zakhar lâcha un juron interloqué lorsqu'il s'aperçut un peu tard de son intrusion.

— Qu'est-ce que tu fais ? s'écria-t-il avec hargne, l'empoignant par les épaules en une étreinte qui menaça de lui briser les os.

Souriant à travers la douleur, Callie ouvrit les yeux et chuchota un mot.

— Arrêtez.

Duncan n'avait pas besoin d'être un soldat aguerri pour savoir que la bataille ne se déroulait pas bien.

C'était ce qu'il s'était dit quand il avait vidé tout son chargeur dans l'intrus le plus proche, qui avait à peine sursauté.

Pas bon. Pas bon du tout.

De toute évidence, les armes classiques n'avaient aucun effet sur les zombies.

Le moment était venu de réfléchir en dehors des sentiers battus.

Se baissant brusquement pour esquiver la flèche qui siffla près de son visage, il se précipita sur le côté pour saisir la lourde chaîne enroulée à l'arrière de la Jeep qui les avait emmenés au fond de la vaste prairie.

Il ne pouvait pas détruire les zombies mais il réussirait peut-être à en ralentir un ou deux le temps que Fane retrouve le nécromancien.

Il grimaça au souvenir de sa dispute brève mais violente avec la Sentinelle gardienne.

Duncan avait affirmé que c'était son droit de se lancer à la recherche de Callie et de tuer le salopard qui l'avait enlevée. Fane, cependant, avait gentiment souligné qu'il était de loin un meilleur traqueur, sans compter qu'il avait été formé pendant plus d'un siècle par les guerriers les plus redoutables à être jamais nés.

Et, ah ouais, que la magie n'avait aucun effet sur lui.

Duncan aurait pu poursuivre la discussion – il était avant tout obstiné – mais Fane s'était simplement fondu dans les ténèbres et avait disparu.

Le crétin.

À présent, Duncan était obligé de retenir les zombies qui gagnaient du terrain, en priant pour que Fane soit aussi bon qu'il le pensait.

Une autre flèche vola près de son visage et, dans un rugissement furieux, Duncan fit tournoyer la chaîne tel un lasso et la regarda s'enrouler autour des jambes du zombie le plus proche.

La créature tomba au sol et une sorcière svelte s'élança en psalmodiant un sort qui l'enferma dans un dôme chatoyant de magie.

Ça ne durerait pas.

Mais un guerrier avait bien été retiré du combat pour quelques minutes.

Duncan porta son attention sur Wolfe, qui brandissait une énorme épée sur une Sentinelle équipée d'une hache d'armes.

Le Tagos était étonnamment doué dans le maniement de sa lourde arme, assenant coup après coup avant de reculer d'un bond pour esquiver la hache. Mais malgré tout son talent, il n'avait aucune chance de gagner contre un adversaire qui ne pouvait pas être tué. À chaque seconde qui passait, Wolfe perdait du terrain.

Plus loin, les Sentinelles étaient engagées dans des affrontements similaires contre les zombies, luttant farouchement pour tenir ces monstres à distance.

S'attardant le temps de saisir une autre chaîne dans la Jeep, Duncan s'élança à toute vitesse. Dans son dos, il sentait la sorcière qui le suivait, manifestement formée aux tactiques de combat.

Une brave fille.

S'arrêtant à quelques pas du zombie qui se battait contre Wolfe, Duncan s'apprêtait à jeter la chaîne vers ses jambes quand un étrange crépitement vibra dans l'air.

Et alors… les zombies se figèrent brusquement.

Juste comme ça.

À un instant ils se taillaient un chemin sans un bruit à travers la ligne de Sentinelles, et le suivant ils étaient aussi immobiles que des mannequins, le regard vide, comme si on les avait éteints.

Baissant son épée avec prudence, Wolfe fit le tour du zombie inerte qui brandissait toujours sa hache.

— Qu'est-ce que ça veut dire ? grommela le Tagos.

— Callie, souffla Duncan, lâchant la chaîne pour porter la main à son cœur.

Wolfe se renfrogna ; il avait une entaille superficielle sur la joue tandis que d'une autre plus profonde du sang lui coulait dans le cou.

— C'est elle qui a fait ça ?

Duncan hocha la tête avec lenteur. Sans qu'il puisse l'expliquer, il percevait l'odeur de Callie qui se mêlait à celle des guerriers. Comme s'ils étaient reliés à elle.

— Ce doit être elle, marmonna-t-il, avant de grogner en s'apercevant que la présence de la jeune femme qu'il sentait dans son cœur s'effaçait. Zut, on doit la retrouver. Tout de suite!

Juste à ce moment-là, un sifflement strident retentit.

Fane.

Wolfe leva la main, faisant signe aux Sentinelles qui, horrifiées et méfiantes, regardaient fixement les zombies pétrifiés.

— Par ici!

Ils coururent à travers l'herbe et entrèrent dans un petit bosquet qui entourait une construction de pierre grise presque entièrement cachée sous une couche de lierre.

Ce devait être l'entrée des cryptes souterraines, se dit Duncan, l'endroit d'où étaient sortis les guerriers désormais figés.

Cette pensée venait à peine de lui effleurer l'esprit quand il découvrit Fane, les mains enroulées autour du cou d'un homme grand aux cheveux argentés et aux yeux de diamant.

Le nécromancien.

Un brouillard rouge lui obstrua la vue.

Le même brouillard qui était monté en lui quand il avait quatorze ans et qu'il avait vu un joueur de l'équipe de football américain du lycée gifler sa sœur parce qu'elle avait refusé qu'il glisse la main sous son tee-shirt.

À l'époque, Duncan mesurait à peine plus d'un mètre soixante-cinq et pesait moins de soixante kilos, pourtant il s'était jeté sur le salopard et avait réussi à lui casser le nez et à lui faire tomber trois dents avant qu'on les sépare.

À présent, le froid mordant de l'air le laissait indifférent, de même que Fane qui devenait d'un bleu inquiétant alors que les yeux du nécromancien émettaient une lueur aveuglante.

Tout ce qu'il savait, c'était qu'il avait enfin l'occasion de tuer l'homme qui lui avait enlevé la femme qu'il aimait.

Il s'élança et n'était plus qu'à quelques pas quand sa rage fut ébranlée par une légère odeur de sang.

Merde.

Se tournant brusquement sur le côté, il fouilla avec frénésie l'obscurité. Callie était tout près.

Et blessée.

Tout besoin masculin de mettre personnellement la main sur le nécromancien fut oublié tandis qu'il contournait un arbre pour découvrir Callie recroquevillée au sol, un calice en or placé à ses côtés.

Oh… Seigneur.

Le monde entier s'arrêta pendant qu'il posait les yeux sur son visage ô combien pâle et sur le sang qui lui coulait le long des bras.

Elle ressemblait à une fleur exotique cassée qu'une main négligente aurait jetée.

Puis elle entrouvrit les lèvres pour pousser un petit soupir et le cœur de Duncan recommença à battre.

— Callie, grogna-t-il, s'apprêtant à tomber à genoux près d'elle.

Seul le cri d'avertissement que lui lança Wolfe lui permit de sauter de côté assez vite pour esquiver la vilaine explosion de magie qui percuta l'arbre avec une violence telle qu'il se fendit en deux.

Faisant volte-face, il découvrit la femme aux cheveux cramoisis qui marchait lentement vers lui dans une intention évidente.

La sorcière.

Et pas simplement une sorcière, comprit-il en constatant que son aura consistait en un funèbre tourbillon noir.

Mais une sorcière zombie.

Putain, juste parfait.

De nouveau, la femme leva la main, prête à jeter un autre sort offensif ; mais alors même que Duncan rassemblait ses forces, Wolfe surgit derrière elle et planta son énorme épée dans son dos, la faisant ressortir par sa poitrine.

Duncan grimaça.

Il avait vu des trucs vraiment moches et sanglants en son temps, mais regarder Wolfe soulever du sol la sorcière embrochée lui retourna l'estomac. Ça ne s'arrangea pas quand la Sentinelle avança de quelques pas puis, d'un puissant mouvement du bras, cloua la femme à un arbre.

La sorcière se débattit, mais pour le moment elle était bel et bien coincée.

Revenant vers Callie, Duncan s'accroupit et glissa avec précaution les bras sous son corps inerte pour l'attirer sur ses genoux.

Il avait besoin de la sentir contre lui.

Le battement de son cœur contre son torse, la caresse de son souffle contre sa joue.

Puis, enveloppant délicatement son corps fragile de ses bras, il releva la tête pour voir Fane à l'œuvre.

Bizarrement, il n'avait pas douté une seconde que la Sentinelle parviendrait à tuer le nécromancien.

Peu importait que le seigneur Zakhar ait réussi à vivre durant des siècles. Ou qu'il ait le don de jouer avec les morts. Ou même que son pouvoir sature l'air d'un froid qui serait bientôt insupportable.

Fane s'était préparé à cet instant depuis qu'il était devenu le gardien de Callie. Et rien, pas même les hordes du monde des ténèbres, ne l'arrêterait.

— Callie, reste avec moi, ma puce, murmura-t-il, lui caressant le dos de la main pendant qu'il observait Fane qui, lentement, impitoyablement, ôtait la vie au nécromancien. Reste avec moi.

Chapitre 28

C'était censé être fini.

Le méchant était mort.

Non seulement mort, mais haché en menus morceaux qu'on avait brûlés, juste au cas où il tenterait de revenir.

Mais après que Fane avait éparpillé les cendres du salopard, Callie n'avait toujours pas bougé dans les bras de Duncan.

Quel que soit le mal qui la rongeait, ça n'avait pas été résolu avec la mort du nécromancien.

Au contraire, elle continuait à s'affaiblir.

L'ayant ramenée de toute urgence à Valhalla, ils se trouvaient à présent dans l'hôpital de pointe des évolués, avec une dizaine de guérisseurs qui s'affairaient de leur mieux pour la garder en vie.

Duncan était assis sur le bord du lit où Callie était allongée sous un drap mince, les bras soigneusement bandés pendant qu'elle recevait une transfusion pour remplacer le sang qu'elle perdait encore.

Fane faisait les cent pas, la peau légèrement bleue et les mains couvertes d'engelures.

Wolfe était passé en coup de vent pour leur dire que les guerriers zombies étaient toujours dans leur état statufié et que la sorcière avait été enfermée dans les cryptes pour la retenir.

Du moins, durant quelques heures.

Duncan entendit à peine ces bonnes nouvelles.

Qui pouvait bien en avoir quoi que ce soit à foutre des guerriers zombies ?

Toute son attention était tournée vers la femme qui s'accrochait à la vie par le fil le plus fin.

La tête baissée, Duncan priait le dieu quel qu'il soit qui voudrait bien l'écouter, quand Fane s'arrêta brusquement, les sourcils froncés.

— Zut ! gronda-t-il.

Duncan releva la tête.

— Qu'est-ce qui se passe ?

Il obtint sa réponse lorsque la belle Serra ouvrit la porte et entra dans la pièce.

Le visage sévère, Fane s'avança vers elle.

— Je croyais qu'on avait demandé aux médiums de partir, grogna-t-il.

Sans se donner la peine de regarder de son côté, la femme se dirigea vers le lit, les yeux rivés sur Callie.

— Je prends mes propres décisions.

— Sans déc', grommela Fane, mais son expression se détendit quand Serra se retrouva dans la lumière tamisée près de la tête de lit.

Comme d'habitude, elle portait un pantalon en cuir et des bottes qui lui remontaient jusqu'aux cuisses, avec un minuscule débardeur qui pourrait arrêter la circulation, mais son visage était pâle et mouillé de larmes, et dans ses yeux verts brillait une peur qui lui venait des tripes.

— Oh, Callie, petite idiote, chuchota-t-elle d'une voix tremblante, caressant avec douceur la joue froide de son amie. Qu'ont dit les guérisseurs ?

— Elle perd toujours du sang malgré leurs efforts pour panser ses blessures, répondit Duncan dans un souffle rauque.

Jusque-là, il n'avait jamais véritablement compris la signification du mot torture. Rien ne pouvait être pire que de se sentir impuissant pendant que quelqu'un qu'on aimait était en train de s'en aller.

Serra continua à caresser la joue de Callie.

— Vous savez pourquoi ?

Duncan indiqua la coupe remplie de sang posée sur une table à côté.

— On pense que c'est lié au calice.

L'expression déterminée, la médium releva les yeux.

— Je peux essayer de le découvrir.

Le cœur de Duncan bondit soudain alors même que Fane secouait la tête.

— Non, lâcha-t-il avec hargne. Elle est trop faible.

Serra le défia du regard.

— Et si on ne fait rien ?

— De quoi elle parle ? demanda Duncan à Fane.

Ce fut Serra qui répondit.

— Je peux m'adresser directement à l'esprit de Callie.

Duncan fronça les sourcils.

— Même si elle est inconsciente ?

— Oui.

Il jeta un coup d'œil à Fane, qui affichait toujours une mine renfrognée, avant de reporter son attention sur la médium.

— Quels sont les risques ?

— Comme elle est inconsciente, je vais devoir m'introduire plus profondément pour lire dans ses pensées. Ça peut secouer pour quelqu'un qui n'a pas l'habitude de cette intrusion. Mais Callie… (Elle prit une inspiration tremblante, refoulant ses larmes.) Je m'engouffre dans son esprit depuis qu'on est petites.

Les dents serrées, il se tourna vers la femme évanouie sur le lit.

Elle était en train de s'éteindre.

Il le sentait à chacun des battements de son cœur.

Il devait faire quelque chose.

N'importe quoi.

Même si c'était dangereux.

Redressant les épaules, il acquiesça d'un geste brusque.

— Faites-le.

Fane s'avança vers le lit, le visage durci par la peur.

— Serra…

La médium lui adressa un sourire triste. Le genre de sourire qui fendait le cœur d'un homme et le faisait saigner.

— Tu sais que je mourrais plutôt que de lui faire du mal, le réprimanda-t-elle d'une voix douce.

Il grimaça et baissa la tête d'un air contrit.

— Oui.

— Je serai prudente, promit-elle gentiment.

Se retournant vers Callie, Serra se pencha et fixa son amie inconsciente d'un regard intense pendant ce qui sembla une éternité. Finalement, elle poussa un profond soupir.

— Je suis entrée.

Duncan déglutit, et caressa du pouce le poignet de Callie pour s'assurer que son cœur continuait de battre.

— Elle sait qu'on est là ?

— Oui. (Elle esquissa un sourire.) Elle sent que vous lui tenez la main.

Duncan porta les doigts de Callie à ses lèvres.

Fane se déplaça pour se poster près de Serra, les dents serrées.

— Elle sait ce que lui a fait le nécromancien ?

Un long silence s'installa pendant que Serra s'adressait directement à l'esprit de Callie.

— Il… Oh mon Dieu !

Duncan se raidit et tendit automatiquement sa main libre vers le pistolet qui était de nouveau rangé dans l'étui attaché à sa taille.

Peu importait que son arme se soit révélée inutile contre les zombies. Ou que les balles n'arrêteraient rien qui serait capable de franchir les sorts qui protégeaient la salle.

Que ce soit rationnel ou non, il se passerait un temps très, très long avant qu'il se rende où que ce soit sans arme.

— Quel est le problème ? aboya-t-il.

— Le nécromancien… c'était son père, dit-elle en frémissant. Et la sorcière était sa mère.

Le dégoût, mêlé d'étonnement, qui envahit Duncan fut vite remplacé par un surprenant sentiment d'acceptation.

— Bien sûr, marmonna-t-il, échangeant un regard avec Fane. En fait, c'est parfaitement logique.

Fane haussa les épaules, manifestement pas intéressé.

— Que lui a fait le nécromancien ?

Serra ferma les yeux pendant qu'elle communiquait en silence avec Callie.

— Il a utilisé son sang pour l'attacher à la magie du calice, répondit-elle enfin.

Fane se pencha en avant.

— Quelle magie ?

— Celle qui ouvre la porte du monde des ténèbres.

Duncan serra les doigts de Callie. Elle était reliée au monde des ténèbres ? *Merde, merde, merde.*

— Comment on la referme ?

Serra rouvrit les yeux pour croiser le regard inquiet de Duncan.

— Elle l'ignore, mais elle a peur.

Peur ? Peur de quoi ?

— Dites-lui que le seigneur Zakhar est mort.

Elle secoua la tête.

— Ce n'est pas ce qui la préoccupe.

— C'est quoi alors ?

— Si elle meurt, les Sentinelles qui sont unies à elle seront libérées.

Duncan ouvrit la bouche, s'apprêtant à aboyer qu'il était hors de question que Callie meure, mais Fane l'interrompit.

— Et regagneront leurs tombes ?

— Non. (L'expression de Serra était troublée.) Elles tueront tout ce qui se trouvera sur leur passage et rien ne pourra les arrêter.

— Zut ! s'écria Fane avec rage.

Duncan poussa un grognement impatient.

— Écoutez, je ne veux pas qu'une bande de zombies indestructibles et fous furieux saccagent Valhalla…

Fane le foudroya du regard.

— Ça ne se limitera pas à Valhalla.

— J'ai pigé, répliqua sèchement Duncan, refusant d'envisager les ravages que pourraient causer les guerriers zombies. Mais là tout de suite, tout ce qui m'importe, c'est Callie.

Il se retourna vers Serra.

— Comment détruit-on le calice ?

Elle fit son truc de médium, et son visage réussit à perdre encore des couleurs.

— C'est impossible, chuchota-t-elle.

— Non. (Duncan se leva brusquement.) Je le refuse.

Tout aussi déterminé, Fane croisa les bras sur son torse nu.

— Si le calice ne peut pas être détruit, alors on doit trouver un autre moyen de refermer la porte, annonça-t-il, son ton monocorde arrachant Duncan à son bref accès de panique. Le moine a parlé d'un rituel. Je vais repartir en Russie. Il doit être fait mention du calice dans les textes.

Pour se calmer, Duncan s'obligea à respirer profondément. Ce n'était pas en devenant hystérique qu'il aiderait Callie.

Il devait avoir les idées claires pour réfléchir. Tout d'abord à la façon dont ils pouvaient refermer la porte.

Tandis qu'il marchait vers la fenêtre qui offrait une vue sur la campagne encore plongée dans l'obscurité, il fouilla dans ses souvenirs.

Un truc l'avait hanté depuis son entrevue avec Hektor, de la Confrérie.

Un truc…

Ça le frappa avec une telle force qu'il en eut le souffle coupé.

Fane lui jeta un regard inquisiteur.

— Tout va bien, flic ?

— Je crois qu'on peut trouver quelqu'un qui est familier avec le rituel bien plus près d'ici.

— Qui ?

— La Confrérie.

Fane fronça les sourcils.

— Vous pouvez les joindre ?

— Non, mais je pense que je connais quelqu'un qui le peut. (Duncan reporta son attention sur Serra.) Vous pouvez rester avec Callie ?

Elle s'installa sur le bord du lit, le menton relevé d'un air redoutable. Seul un imbécile tenterait de l'éloigner de son amie.

— Je ne quitterai pas son chevet.

Retournant vers le lit, Duncan se pencha pour déposer un long baiser sur le front de Callie, humant profondément son parfum de pomme.

— Accroche-toi, ma belle, chuchota-t-il, lui intimant de rester forte. Je reviendrai avec la cavalerie.

Il se redressa, prit le calice sur la table et croisa le regard calme de Fane.

— Vous pouvez m'emmener à Kansas City ?

— Allons-y.

Ils traversèrent Valhalla pour rejoindre la petite chapelle et se tenir devant le poteau de cuivre familier. Fane n'était jamais bavard. Cette nuit-là, il était carrément muet tandis qu'il rassemblait ses pouvoirs pour les envoyer tournoyer à travers… eh bien, ce qu'ils pouvaient bien franchir pour arriver à Kansas City en un clin d'œil.

Ce ne fut que lorsqu'ils quittèrent le monastère pour grimper dans le Hummer qu'il parla enfin.

— Comment allez-vous contacter la Confrérie ? s'enquit-il en sortant du garage pour accéder au chemin. Toutes les informations personnelles qu'ils ont pu vous donner se révéleront fausses.

— Sans déc', ricana Duncan.

Il était un flic aguerri. Il n'avait pas besoin d'aide pour flairer les arnaques.

— Alors comment ?

— Ça m'a travaillé, que Hektor me réclame quand il est venu au poste, répondit-il.

— Pourquoi ?

Duncan haussa les épaules, et fit signe à Fane de tourner à l'embranchement qui conduisait à l'autoroute la plus proche.

— Personne dans le public n'aurait dû savoir que le jeton avait disparu, et encore moins que j'étais à sa recherche.

Fane arqua un sourcil.

— Exact.

— Donc, il y a eu une fuite, soit à Valhalla…

— Impossible, répliqua la Sentinelle d'un ton brusque.

— … soit au poste de police, poursuivit Duncan sans relever cette interruption. Ou, plus probablement, elle est le fait du seul civil à qui j'ai demandé d'identifier le vase qui accueillait le jeton.

Fane laissa échapper une expiration sifflante.

— Où est-il ?

Duncan entra l'adresse dans le GPS.

— Accélérez.

Ces mots venaient à peine de sortir de sa bouche que Fane appuyait sur le champignon et qu'ils roulaient sur la route à une vitesse à faire dresser les cheveux sur la tête.

Nom de Dieu !

Duncan s'empressa de boucler sa ceinture et rangea le calice dans la boîte à gants pour pouvoir s'accrocher.

Il se promit en lui-même de ne jamais demander à une Sentinelle de conduire vite à moins d'être prêt à risquer sa vie, ainsi que celle de tous les habitants de Kansas City.

Heureusement, en raison de l'heure tardive la circulation était rare et ils réussirent à atteindre le sud de la ville sans emboutir de voitures ni faucher d'infortunés piétons.

S'arrêtant dans un crissement de pneus devant le bâtiment de verre et d'acier, Fane s'était à peine garé que Duncan bondissait hors du véhicule en direction de la ruelle de derrière.

Girard vivait dans un petit appartement à l'arrière de la galerie d'art. *Pas étonnant.* Quand on entreposait dans son sous-sol des œuvres illégales qui pouvaient valoir plus d'un million de dollars, on souhaitait les garder personnellement à l'œil.

Levant le bras, Duncan abattit le poing sur la lourde porte en hurlant à pleins poumons.

— Girard !

Au bout d'un long silence, la porte s'entrouvrit enfin et un Girard aux yeux ensommeillés scruta la ruelle.

— Vous feriez mieux d'être une putain de femme nue ou je vais…

Les mots moururent sur ses lèvres quand Duncan se pencha vers lui.

— Désolé de vous décevoir.

— O'Conner ? Vous savez l'heure qu'il est ?

L'escroc fronça les sourcils, ses cheveux poivre et sel ébouriffés autour de son visage et son corps svelte couvert d'un peignoir en tissu éponge.

Pour toute réponse, Duncan poussa la porte, entra dans l'étroit vestibule et alluma le plafonnier.

— On doit parler et vous pouvez vous épargner le faux accent français, l'avertit-il.

Girard recula en trébuchant, tirant sur la ceinture de son peignoir tout en foudroyant Duncan du regard. Il ne tenta même pas d'incarner l'image d'un marchand d'art raffiné. À quoi bon ? Il était 4 heures du matin et ils savaient tous deux qu'il avait commencé comme un banal voyou des rues.

— C'est une propriété privée, voyez-vous, rouspéta-t-il. À moins d'avoir un mandat, vous pouvez dégager d'ici.

Duncan indiqua du pouce la Sentinelle silencieuse à ses côtés.

— C'est mon mandat.

Le visage de Girard était contracté par la colère mais il n'était pas stupide au point de protester.

— Si vous êtes là au sujet du vase…

— C'est exactement la raison de ma présence, l'interrompit Duncan – il n'avait aucune envie de jouer, pas cette nuit-là. Je dois entrer en contact avec la Confrérie.

— La Confrérie ? (Girard fit mine de froncer les sourcils et remonta discrètement le bord de son peignoir sur son cou.) C'est une sorte de code ?

— Merde !

Duncan s'élança sur lui pour lui ouvrir le peignoir et dévoiler le tatouage en forme de flèche que l'homme avait tenté de dissimuler. Il ne l'avait jamais remarqué avant parce que Girard portait toujours une chemise à col et une cravate.

Fane fronça les sourcils, perplexe.

— Quoi ?

— Hektor avait le même tatouage sur le cou, expliqua Duncan.

Soudain la Sentinelle tendit le bras pour empoigner Girard par la gorge et le souleva à près de dix centimètres du sol.

— On n'a pas de temps à perdre, alors laissez-moi être clair, gronda Fane qui serra jusqu'à ce que l'homme ait les yeux exorbités. Dites-moi comment joindre la Confrérie ou je vous brise le cou.

Duncan ne pouvait que reconnaître le courage de Girard. Malgré la sueur qui lui coulait sur le visage, il tenta de protéger ses frères.

— J'ignore de quoi vous parlez.

Duncan lui prit le menton, espérant qu'en faisant preuve d'honnêteté il lui délierait la langue. Ils ne pouvaient pas se permettre d'attendre que Fane lui arrache la vérité par la force.

— La voie vers le monde des ténèbres a été ouverte.

Une peur sincère brillant dans ses yeux, Girard cessa de lutter contre l'étreinte de fer de Fane.

— Vous en êtes sûr ?

— Oui.

L'homme s'humecta les lèvres.

— Il est trop tard.

— Non, répliqua Duncan d'un ton brusque. Le nécromancien est mort et on a le calice. On a besoin de la Confrérie pour effectuer la cérémonie.

À l'évidence, Girard examinait les possibilités qui s'offraient à lui. S'il révélait l'emplacement de la société secrète et découvrait que Duncan lui avait menti, il serait grillé.

Mais là encore, s'il ne prévenait pas la Confrérie et que Duncan disait la vérité, il serait grillé.

Lorsqu'il s'avoua vaincu, Duncan le sut à la seconde même.

— Lâchez-moi, s'étrangla-t-il, le regard noir quand Fane continua à le maintenir au-dessus du sol. Vous voulez que je les appelle oui ou non ?

Fane se pencha jusqu'à ce que leurs nez se touchent, portant le poids de Girard avec une facilité rageante.

La Sentinelle pouvait à coup sûr soulever le Hummer comme s'il s'était agi d'un haltère.

— Au premier faux pas vous êtes mort, promit-il d'un ton meurtrier, attendant que l'homme opine du chef pour le reposer sur ses pieds et reculer.

— Je déteste les évolués, grommela Girard, sortant un portable de sa poche.

Chapitre 29

Lorsque Callie se réveilla, elle découvrit Duncan allongé près d'elle sur le lit étroit, le bras passé avec douceur autour de sa taille.

Il avait les cheveux ébouriffés, les traits du visage tirés et une barbe dorée d'au moins trois jours, mais il représentait quand même ce qu'elle avait jamais vu de plus beau.

— Hé, ma petite marmotte, murmura-t-il, ses yeux noisette emplis de soulagement quand il s'aperçut qu'elle était éveillée.

Elle fronça les sourcils. Elle se rappelait vaguement que Duncan l'avait ramenée à Valhalla. Puis que Serra était venue et qu'elle avait pu les avertir au sujet de la coupe.

Après ça, tout devenait confus.

— Le calice ?

Il grimaça.

— Fane l'a emporté avec la Confrérie dans un temple du Moyen-Orient. C'est le seul endroit d'où ils pouvaient fermer la porte du monde des ténèbres.

Elle le regarda sans comprendre. La Confrérie ? Un temple ? Le Moyen-Orient ?

— Tu es ivre ? demanda-t-elle.

— J'ai l'impression de l'être. (Dans un grognement étranglé, il enfouit le visage dans la courbe de son cou.) Bon Dieu, Callie, tu m'as foutu une peur bleue.

Elle frotta la joue sur le sommet de sa tête, savourant la chaleur de son corps, qui chassa les derniers vestiges du pouvoir glacial de son père.

Elle était en sécurité.

Et dans les bras de l'homme qu'elle aimait.

— J'ai eu peur moi aussi, souffla-t-elle.

C'était bien le moins qu'on puisse dire. Elle allait avoir des cauchemars pendant des décennies.

Il déposa un baiser juste sous son oreille.

— Je sais, ma puce, mais tu nous as tous sauvés.

Elle se raidit. Il lui semblait bien leur avoir révélé la raison pour laquelle le seigneur Zakhar l'avait choisie lorsque Serra avait fouillé dans son esprit, mais elle devait s'assurer qu'il comprenait quel sang coulait dans ses veines.

— Duncan.

Il était occupé à tracer un chemin de baisers enflammés le long de son visage.

— Mmm ?

— Le nécromancien… (Elle fut obligée de s'interrompre pour s'éclaircir la voix.) C'était mon…

— Il est mort.

Il la coupa abruptement et s'écarta pour lui adresser une mise en garde du regard.

— Ainsi que la sorcière, ajouta-t-il.

— Mais ils…

— Peu importe. (Il déposa un doux baiser empreint de possessivité sur ses lèvres.) Ils sont morts et les zombies ont regagné leurs tombes. C'est fini.

Callie hésita avant de soupirer.

Un jour ils évoqueraient les détails glauques. Non seulement le complot malsain de son père pour régner sur le monde mais aussi le pari désespéré qu'elle avait fait de prendre le contrôle des Sentinelles mortes, ainsi que ce que ça signifiait d'être la fille du seigneur Zakhar et de sa sorcière préférée.

Elle avait aussi mille questions sur ce qui s'était passé après son enlèvement par son père psychopathe.

Mais ça pouvait attendre jusqu'à ce que ses blessures guérissent et que ses émotions ne soient plus à vif.

— Vraiment fini ? murmura-t-elle.

— Vraiment fini. (Un autre baiser appuyé.) Promis.

— Dieu merci.

Il rit doucement.

— Tu ne devrais pas me remercier moi aussi ?

Elle se pelotonna contre lui, et son cœur manqua un battement quand, des lèvres, il trouva le pouls sensible juste sous sa joue.

— Tu veux une médaille ? le taquina-t-elle.

— Hmm. (Il lui embrassa la courbe du cou.) Je pensais à un remerciement plus personnel.

— Ça peut peut-être s'arranger, suggéra-t-elle d'une voix rauque, s'imaginant déjà Duncan étendu nu sur son lit pendant qu'elle suivait de la langue les contours de ses tablettes de chocolat.

Les trucs qu'elle comptait faire à ce corps ferme et viril…

Une prise de conscience malheureuse interrompit brusquement ses délicieuses pensées.

Oh… bon Dieu.

Comme Duncan l'avait affirmé, c'était fini.

Son père était mort, le calice avait été ramené là d'où il venait et elle ne courait plus aucun danger.

Faisant preuve d'une intuition troublante, Duncan s'écarta et plissa les yeux, percevant son désarroi.

— Callie, qu'est-ce qui ne va pas ? demanda-t-il, avant de lui adresser un regard d'avertissement quand elle ouvrit la bouche pour le rassurer. Et ne t'avise pas de me répondre que ce n'est rien.

Elle grimaça.

— Un vrai tyran.

— Ça fait partie de mon charme. Dis-moi ce qui te préoccupe.

Autant qu'elle s'exécute. Sinon, il la harcèlerait jusqu'à sa mort.

— Maintenant que le nécromancien est mort, tu vas retourner à ton ancienne vie, commença-t-elle d'une voix qu'elle veilla à garder neutre.

Elle ne lui mettrait pas la pression pour qu'il reste.

Ni ne le supplierait pour qu'il l'emmène avec lui.

Lui seul pouvait décider de ce dont il avait besoin pour être heureux.

Contre toute attente, elle vit le visage de Duncan se détendre et un minuscule sourire jouer sur ses lèvres.

— Ah oui ?

— Bien sûr.

Elle tira sur le drap qui la couvrait, prenant conscience un peu tard qu'elle devait avoir l'air horrible avec ses cheveux hérissés comme un porc-épic et le corps enveloppé telle une momie dans la chemise de nuit de l'hôpital. De toute manière, Duncan ne serait pas resté même si elle avait été vêtue comme une star de cinéma. Ce n'était pas ce genre de type. Néanmoins, elle avait sa fierté.

— Tu as ta famille. Ton travail…, poursuivit-elle.

— En fait, j'ai accepté un nouvel emploi, l'interrompit-il doucement.

Interloquée, elle écarquilla les yeux.

— Un nouvel emploi ? Mais… tu adores être flic.

Il haussa les épaules.

— J'adore porter un flingue et dire quoi faire aux gens.

Elle secoua la tête, pas près de se laisser berner par son ton léger. Cet homme avait consacré sa vie à sa carrière. Il n'y renoncerait pas juste comme ça, comme si ça n'avait pas la moindre importance.

— Duncan.

— Chut.

Il lui posa un doigt sur les lèvres ; une émotion, peut-être de la satisfaction, brillait dans ses yeux noisette.

— Wolfe a fait de moi une Sentinelle. Ou du moins, j'en serai une dès que j'en aurai fini avec ma formation.

— Une Sentinelle ?

— C'est parfait, lui assura-t-il. J'utiliserai toujours mes compétences de flic et à partir de maintenant je n'aurai plus à cacher ma faculté de lire les auras. C'est mon meilleur atout. (Il esquissa un sourire empreint d'une promesse coquine.) Enfin, un de mes meilleurs atouts, rectifia-t-il, caressant du doigt la douceur pulpeuse de sa lèvre inférieure. Et, plus important, nul autre que moi ne sera ton gardien.

Elle examina son visage à la recherche de la plus petite trace d'hésitation. Elle avait beau désirer désespérément qu'il fasse partie de son monde, elle ne se le pardonnerait jamais s'il en venait à regretter sa décision.

— Et c'est ce que tu veux ? insista-t-elle. Ce que tu veux vraiment ?

Lui encadrant le visage des mains, il la regarda avec un dévouement mêlé de tendresse qui balaya tous ses doutes.

— Tu es ce que je veux, Callie Brown.

— Oh, Duncan, renifla-t-elle, se sentant aussi idiote et émotive qu'une de ces filles coquettes dont elle s'était toujours moquée.

Il lui embrassa le bout du nez.

— Je crains qu'il y ait un inconvénient.

Le ton taquin qu'il adopta empêcha Callie de prendre peur.

— Et c'est quoi ?

— Si j'ai bien compris ce qu'a dit la Mave, je devrais servir de liaison entre Valhalla et les autorités civiles.

— Je pense que c'est une excellente idée.

Il releva la tête en grimaçant.

— Les agents de liaison sont censés être diplomates. Je le suis autant qu'un blaireau enragé.

— Exact.

Elle tendit la main pour écarter de son front une mèche dorée. Un geste empreint d'une possessivité absolue. Cet homme était le sien. Le sien, à elle seule. Elle sentit la joie exploser dans son cœur.

— Je peux te donner des leçons, ajouta-t-elle.

Le sourire coquin de Duncan devint carrément coupable.

— Vraiment ?

— Ouais.

Avec lenteur, il fit descendre son regard noisette, et l'attarda sur le décolleté de sa chemise de nuit trop grande qui dévoilait le haut de sa poitrine.

— Je vais avoir besoin d'encouragements.

Respire, Callie, respire.

— Et de quel genre d'encouragements ?

Il lui passa la main avec douceur dans les cheveux.

— D'abord, il va me falloir un endroit où rester pendant qu'on travaillera sur mes leçons.

— J'ai bien un appartement que je serais prête à partager, proposa-t-elle.

— Parfait, souffla-t-il, de l'or commençant à briller dans ses yeux.

Un indice certain de son excitation. Comme si la dure avancée de son érection qui lui appuyait contre la hanche n'avait pas suffi à le lui faire comprendre.

— Et il nous faudra un refuge privé, poursuivit-il. Peut-être une petite cabane dans les bois où on pourra être complètement seuls.

Complètement seule avec cet homme ? Oui, s'il vous plaît.

— Ça peut s'arranger.

Elle se tortilla pour se tourner sur le côté et glissa la main sous son tee-shirt pour caresser les muscles fermes de son ventre.

— Autre chose ? s'enquit-elle.

Il plongea le regard tout au fond de ses yeux.

— Juste une.

— Quoi ?

— Aime-moi.

Elle fondit complètement, à se demander comment elle avait bien pu jamais survivre sans cet homme dans sa vie.

— De tout mon cœur, promit-elle, des larmes scintillant dans ses yeux.

— Callie. Ma belle Callie.

Dans un grognement, il l'embrassa avec une avidité absolue tout en la caressant avec retenue, comme si elle était un objet fragile qui pourrait se briser sous ses doigts.

Alors qu'elle s'apprêtait à lui assurer qu'elle n'était pas handicapée, il éclata soudain de rire et parla contre ses lèvres.

— Oh, j'ai failli oublier.

Elle glissa les doigts dans ses cheveux, ne souhaitant pas particulièrement discuter.

— Oublier quoi ?

— On déjeune avec ma famille dimanche.

On entendit le cri perçant de Callie à travers tout Valhalla.

— Duncan !

Achevé d'imprimer en juin 2014
Par CPI Brodard & Taupin - La Flèche (France)
N° d'impression : 3005803
Dépôt légal : juillet 2014
Imprimé en France
81121242-1